Jonathan Carroll

Das hölzerne Meer

Aus dem Englischen von Rainer Schmidt

Roman

Eichborn.

Für Ifah2 im Augarten-Himmel

1 2 3 4 05 04 03

Umschlaggestaltung: Moni Port in Anlehnung an die amerikanische Originalausgabe unter Verwendung einer Illustration von Rafael Olbinski
Layout: Cosima Schneider
Satz: Fuldaer Verlagsagentur, Fulda
Druck und Bindung: Clausen & Bosse, Leck
ISBN 3-8218-0907-8

Verlagsverzeichnis schickt gern:
Eichborn Verlag, Kaiserstraße 66, D-60329 Frankfurt am Main
www.eichborn.de

OLD VERTUE

Kaufe niemals gelbe Kleider oder billiges Leder. Das ist mein Credo, und davon habe ich noch mehr. Wissen Sie, was ich gern sehe? Wie Leute sich umbringen. Verstehen Sie mich nicht falsch; ich rede nicht von diesen armen Scheißern, die aus dem Fenster springen oder ihren kläglichen Schädel für alle Zeit in eine Plastiktüte stecken. Auch nicht von diesen »Extremkampfturnieren«: Da tobt bloß eine Meute tollwütiger Bürstenhaarschnitte, die sich gegenseitig beißen. Ich rede von dem Mann auf der Straße, mit einem Gesicht so grau wie nasses Blei, wenn er sich eine Camel anzündet, inhaliert und sich die Seele aus dem Leib hustet. Gratuliere, Sportsfreund! Lang lebe das Nikotin, die Sturheit und die Willensschwäche!

»Schieb mal noch 'ne Runde rüber, Jimmy!« gurrt König Cholesterin unten am Ende der Bar. Er mit seiner roten Nase und einem Blutdruck, der hoch genug ist, um ihn mitsamt seinem Stammbaum bis zum Pluto hinaufzuschießen. Befriedigung, Fülle, Textur. Der Herzinfarkt, der ihn erledigt, wird ein paar Sekunden dauern. Das kalte Bier in dicken Krügen und der Duft von gegrillten T-Bone-Steaks währen ewig – bis er stirbt. Es ist den Kompromiß wert. Ich bin seiner Meinung.

Meine Frau Magda sagt, wer von mir Verständnis erwartet, kann ebenso gut mit Erbsen gegen eine Mauer werfen. Aber ich bringe durchaus Verständnis auf; ich bin nur meistens nicht einverstanden. Old Vertue ist da ein erstklassiges Beispiel. Eines Tages kommt ein Kerl aufs Revier und führt einen Hund an der Leine, wie man ihn noch nie gesehen hat. Es ist eine Mischung, aber hauptsächlich ein Pitbull, mit braun-schwarzen Wirbeln gezeichnet, die ihn aussehen lassen wie ein Marmorkuchen. Aber das ist auch schon alles, was an ihm normal ist, denn der Hund hat nur dreieinhalb Beine, ihm fehlt ein Auge, und er atmet komisch. Irgendwie aus dem Mundwinkel, aber genau kann man es nicht sagen. So wie die Luft herauskommt, klingt es, als ob er »Michelle« vor sich hinpfeift. Auf dem Kopf hat er zwei wulstige Narben. Er ist so verbaut, daß wir ihn alle anstarren, als wäre er soeben mit der Concorde aus der Hölle gekommen.

So beschissen er aussah, hatte der Hund aber doch ein sehr hübsches rotes Lederhalsband. Daran hing ein kleines, flaches Silberherz, in das der Name »Old Vertue« eingraviert war. Der Alte Tugendsam. So altertümlich war es buchstabiert – nicht »Virtue«, wie es richtig wäre. Und weiter nichts: kein Besitzer, keine Adresse, keine Telefonnummer. Nur Old Vertue. Und er ist erschöpft. Mitten zwischen allen Leuten dort ließ er sich auf den Boden fallen und fing an zu schnarchen. Der Typ, der ihm gebracht hatte, sagte, er hätte den Hund schlafend auf dem Parkplatz vom Grand Union Supermarket gefunden. Er hätte keine Ahnung, was zum Teufel er mit ihm anfangen sollte, aber der Hund würde bestimmt überfahren werden, wenn er da sein Nik-kerchen machte, und deshalb hätte er ihn hergebracht.

Die andern meinten, wir sollten den Hund ins nächste Tierheim schaffen und basta. Aber für mich war es Liebe auf den ersten Blick. Ich machte ihm ein Bett in meinem Büro, kaufte Hundefutter und zwei orangefarbene Näpfe. Er schlief zwei Tage beinahe ununterbrochen. Als er schließlich aufwachte, lag er in seinem Bett und starrte mich mit düsteren Augen an. Besser gesagt, mit einem düsteren Auge. Als jemand auf dem Revier fragte, weshalb ich ihn behielte, sagte ich, dieser Hund hat *alles* gesehen. Ich bin der Polizeichef, und deshalb hat keiner protestiert.

Bis auf meine Frau. Magda findet, Tiere gehören gegessen, und kann die nette Katze, die ich seit Jahren habe, nicht ausstehen. Als sie hörte, daß ich einen dreibeinigen, einäugigen Marmorkuchen in meinem Büro hatte, kam sie vorbei, um ihn anzuschauen. Sie starrte ihn zu lange an und schob die Unterlippe vor. Ein schlechtes Zeichen. »Je bescheuerter sie sind, desto lieber hast du sie, was, Fran?«

»Dieser Hund ist ein Veteran, Honey. Er war im *Krieg.*«

»In Nordkorea verhungern Kinder, während du diesem Köter zu fressen gibst.«

»Schick die Kinder her, dann kriegen sie was von seinem Futter.«

»Du bist der Köter, Frannie, nicht er.«

Magdas Tochter Pauline, die daneben stand, fing an zu lachen. Wir schauten sie überrascht an, denn Pauline lacht über *nichts.* Hat absolut keinen Humor. Wenn sie doch mal lacht, dann meistens über was Gespenstisches oder völlig Unangemessenes. Sie ist ein seltsames Mädchen und gibt sich große Mühe, unsichtbar zu bleiben. Mein heimlicher Spitzname für sie ist Fade, »Ausblende«.

»Was ist so komisch?«

»Frannie. Er geht immer nach links, wenn alle andern nach rechts gehen. Was ist denn los mit deinem Hund? Was macht er da?«

Ich drehte mich um, gerade rechtzeitig, um Old Vertue sterben zu sehen.

Er hatte es geschafft, aufzustehen, aber alle drei Beine zitterten ganz schrecklich. Er ließ den Kopf hängen, und der baumelte hin und her, als ob er nein sagen wollte.

Pauline fing an zu kichern. Typisch.

Vertue hörte auf mit seinem Kopfschütteln und schaute zu uns auf. Zu mir. Er schaute geradewegs zu mir auf und zwinkerte. Ich schwöre bei Gott. Der alte Hund zwinkerte mir zu, als hätten wir ein Geheimnis zusammen. Dann kippte er um und starb. Seine drei Beine zuckten ein paarmal und wanderten dann an den Körper. Keine Frage, wo er jetzt war.

Keiner sagte etwas; wir starrten den armen alten Knaben bloß an. Schließlich ging Magda hin und schaute ihn genauer an. »Du liebe Güte, vielleicht hätte ich nicht so gemein über ihn reden sollen.«

Der tote Hund furzte. Es war ein langer Furz – sein letzter Atemzug, der zur falschen Tür herauskam. Magda fuhr zurück und funkelte mich an.

Pauline verschränkte die Arme. »Das ist so schräg! Vor zwei Sekunden hat er noch gelebt, und jetzt nicht mehr. Ich hab noch nie etwas sterben sehen.«

Einer der wenigen Vorteile, wenn man jung ist. Mit siebzehn ist der Tod ein Stern, der Lichtjahre entfernt ist, sodaß man ihn selbst durch ein starkes Teleskop kaum sehen kann. Dann wirst du älter und stellst fest, daß es kein ferner Stern ist, sondern ein großer, dicker Asteroid, der geradewegs auf deinen Kopf zugerast kommt.

»Und was jetzt, Dr. Doolittle?«

»Jetzt werde ich ihn wohl begraben.«

»Sieh nur zu, daß du es nicht in unserem Garten tust.«

»Ich dachte, unter deinem Kopfkissen wäre ein guter Platz.«

Unsere Blicke verhakten sich ineinander, und gleichzeitig lächelten wir. Sie küßte die Luft zwischen uns. »Komm, Pauline. Wir haben zu tun.«

Sie ging, aber Pauline zögerte. Während sie sich langsam auf die Tür zubewegte, starrte sie wie hypnotisiert den Hund an. An der Tür blieb sie stehen und starrte noch ein bißchen. Draußen vor meinem Büro ging plötzlich ein großes Gelächter los. Offenbar überbrachte Magda den anderen die traurige Neuigkeit.

»Geh nur schon mit deiner Mutter, Pauline. Ich will ihn einwickeln und dann rausbringen.«

»Wo begräbst du ihn denn?«

»Irgendwo unten am Fluß. Wo er einen hübschen Blick hat.«

»Ist es legal, ihn da unten zu begraben?«

»Wenn ich mich dabei erwische, werde ich mich verhaften.«

Das beendete ihre Trance, und sie verschwand.

Noch im Tod sah der alte Knabe erledigt aus. Was immer er für ein Leben geführt haben mochte, er war auf allen vieren (oder dreien) über die Ziellinie gekrochen und hatte nichts mehr übrig gehabt. Alles aufgebraucht. Das war klar, wenn man nur einen Blick auf ihn warf. Sein Kopf war eingezogen, und die dicken rosaroten Narben oben auf dem Schädel sahen bösartig aus. Wo zum Teufel hatte er sie bloß her?

Ich bückte mich, schob behutsam das Ende einer billigen Wolldecke unter seinen Körper und rollte ihn langsam hinein. Er war schwer und entspannt. Die gesunde Vorderpfote guckte heraus. Ich wollte sie in die Decke schieben, aber dann hielt ich inne und schüttelte sie. »Mein Name ist Frannie. Ich bin heute Ihr Pfotengräber.«

Ich hob das Bündel hoch und ging zur Tür. Plötzlich flog sie auf, und Streifenpolizist Big Bill Pegg stand da und gab sich große Mühe, nicht zu lächeln. »Brauchst du Hilfe, Chief?«

»Nein, geht schon. Halt mir nur die Tür auf.« Ein paar Leute standen draußen und applaudierten.

»Sehr komisch.«

»Ich würde keine Tierhandlung aufmachen, wenn ich du wäre, Fran.«

»Was hast'n da? Schweinchen im Schlafrock?«

»Ein feiner Gast – du lädst ihn ein, und er fällt tot um.«

»Ihr seid doch bloß neidisch, weil er nicht in *euerm* Büro gestorben ist.« Ich blieb nicht stehen. Ihr Gelächter und die Witze folgten mir zur Tür hinaus. Old Vertue war kein Leichtgewicht. Ihn zum Wagen zu schleppen, war nicht das Kinderspiel des Tages. Ich legte ihn auf den Kofferraumdeckel und fischte den Wagenschlüssel aus der Tasche, schob ihn ins Schloß und drehte, aber außer dem Klicken passierte nichts. Der Leichnam hielt den Deckel unten. Ich nahm ihn auf die Schulter und drehte den Schlüssel noch einmal. Der Deckel schnappte auf. Bevor ich irgend etwas tun konnte, dröhnte eine laute Stimme knapp drei Handbreit neben meinem linken Ohr: »Wieso legst du diesen Hund in deinen Kofferraum, Frannie?«

»Weil er tot ist, Johnny. Ich werde ihn begraben.«

Johnny Petangles, der Idiot unserer Stadt, stellte sich auf die Zehenspitzen und schaute mir über die Schulter. »Kann ich mitkommen und zugucken?«

»Nein, John.« Ich versuchte, Vertue an die Rückwand zu schieben, damit er beim Fahren nicht herumrutschte, aber jemand war mir im Weg. »John, mach Platz! Hast du nichts zu tun?«

»Nein. Wo willst du ihn denn begraben, Frannie? Auf dem Friedhof?«

»Da kommen nur Menschen hin. Ich hab's mir noch nicht überlegt. Würdest du bitte zur Seite gehen, damit ich ihn ordentlich hinlegen kann?«

»Warum willst du ihn ordentlich hinlegen, wenn er tot ist?«

Ich erstarrte und schloß die Augen. »John, möchtest du einen Hamburger?«

»Das wäre schon nett.«

»Gut.« Ich holte fünf Dollar aus der Tasche und reichte sie ihm. »Iß einen Hamburger, und wenn du fertig bist, gehst du zu mir nach Hause und hilfst Magda, das Brennholz hereinzutragen, okay?«

»Okay.« Er hielt das Geld fest und rührte sich nicht. »Ich bin ganz leise, wenn ich mitkommen darf.«

»Johnny, muß ich dich erschießen?«

»Das sagst du immer.« Er schaute auf die Arnold-Schwarzenegger-Armbanduhr, die ich ihm ein paar Jahre zuvor geschenkt hatte, als er eine *Terminator*-Phase durchmachte. »Wieviel Zeit habe ich, bis ich zu deinem Haus gehen muß? Ich will nicht zu schnell essen. Da kriege ich Blähungen.«

»Laß dir Zeit.« Ich tätschelte ihm die Schulter und wollte in den Wagen steigen.

»Ich wußte gar nicht, daß du einen Hund als Freund hast, Frannie.«

»Hunde wissen, wie man jemanden liebt, John. Sie haben's erfunden.«

Im Wegfahren warf ich einen Blick in den Rückspiegel. Er winkte mir nach wie ein Kind – seine Hand flatterte auf und ab.

Magda ist davon überzeugt, daß man die Persönlichkeit eines Menschen an dem erkennen kann, was in seinem Auto herumliegt. Als ich an der Ampel in der April Avenue hielt, schaute ich auf den Beifahrersitz und sah folgendes: drei ungeöffnete Schachteln Marlboro, ein billiges Handy, ganz ramponiert, weil es zu oft herunterfallen war, eine Taschenbuch-Anthologie mit Kurzgeschichten von John O'Hara und einen ungeöffneten Brief vom städtischen Krankenhaus mit dem Befund eines Barium-Einlaufs. Im Handschuhfach waren eine Dose Altoids-Pfefferminz, eine Videokassette von *In achtzig Tagen um die Welt* und CDs mit Discomusik aus den siebziger Jahren, die kein Mensch außer mir hören wollte. Das einzig Interessante im Wagen waren die Beretta-Pistole unter meiner Achsel und der tote Hund im Kofferraum. Ein deprimierender Inhalt. Wenn wir nun am Fuße des Vesuvs gewohnt hätten und der in diesem Augenblick ausgebrochen wäre? Lava und Asche würden mich töten und in meinem Zwei-Tonnen-Ford-Sarg unversehrt erhalten. Jahrtausende später würden Archäologen mich ausgraben, und dann würden sie erraten, wer ich war – anhand dessen, was mich umgab: Zigaretten, KC and the Sunshine Band, der Befund einer Arschloch-untersuchung und ein Hundekadaver. *Heiteres Beruferaten.*

Wo wollte ich Old Vertue begraben, und womit? Ich hatte kein Werkzeug im Auto. Ich mußte zuerst nach Hause fahren und mir eine Schaufel aus der Garage holen. Also bog ich schnell links ab und fuhr den Broadway hinunter.

An seinem achtzigsten Geburtstag schwor mein Vater, daß er nie wieder eine Bedienungsanleitung lesen werde. Er starb einen Monat später. Ich sage das jetzt, weil ich ihn mit derselben Schaufel begraben hatte. Die Leute hielten mich für verrückt. Auf dem Friedhof gibt es Bagger für diesen Zweck, aber ich fand, es hätte etwas Altehrwürdiges und Gutes an sich, wenn ich meinem Vater eigenhändig die letzte Ruhestätte bereitete. Das Kaddisch konnte ich nicht sagen, aber ich konnte ihm mit eigenen Händen ein Loch graben. An einem heißen Sommertag grub ich lächelnd sein Grab. Johnny Petangles saß daneben auf der Erde und leistete mir Gesellschaft. Er fragte mich, wo wir hingingen, wenn wir sterben. Nach Bangladesh, wenn wir böse waren, sagte ich. Als er das nicht verstand, fragte ich, was er denn dächte, wohin wir gingen. Ins Meer. Wir verwandeln uns in Steine, und Gott wirft uns ins Meer. War mein Vater jetzt dort und diente ein paar griechischen Calamari als Versteck? Während ich so fuhr, fragte ich mich, was Johnny wohl gesagt hätte, wohin die toten Tiere gehen.

Das Funkgerät knisterte. »Chief?«

»McCabe hier.«

»Chief, da werden Familienstreitigkeiten oben in der Helen Street gemeldet.«

»Schiavo?«

»Genau.«

»Okay, ich bin in der Nähe. Ich kümmere mich drum.«

»Besser du als ich.« Der Officer gluckste und schaltete ab.

Ich schüttelte den Kopf. Donald Schiavo und Geraldine, geborene Fortuso, waren auf der Crane's View High School meine Klassenkameraden gewesen. Sie hatten gleich nach dem Examen geheiratet und führten seitdem Krieg gegeneinander. Manchmal schlug sie ihm einen Topf auf den Kopf. Manchmal schlug er ihr einen Stuhl auf den Kopf. Was immer gerade griffbereit war. Seit Jahren flehten die Leute sie an, sich scheiden zu lassen, aber diese beiden Turteltauben hatten nichts als ihren Haß, und warum sollten sie den aufgeben? Ungefähr einmal im Monat kam das gemeinsame Sieden zum Kochen, und der eine oder andere kriegte was ab.

Ein paar Teenager aus der Nachbarschaft standen vor dem Haus der Schiavos und lachten.

»Was ist los, Leute?«

»Scheiße, da drinnen läuft *Star Wars*, Mr. McCabe. Sie hätten hören sollen, wie sie vorhin gekreischt hat. Aber seit 'ner Weile ist es ruhig.«

»Das ist die Pause zwischen den Runden.« Ich ging zur Tür und drehte den Knauf. Die Tür war offen. »Jemand zu Hause?« Als niemand antwortete, fragte ich noch einmal.

Stille. Ich ging hinein und schloß die Tür. Als erstes fiel mir auf, wie sauber es im Haus war und wie gut es roch. Geri Schiavo war eine schlampige, faule Frau, die es nicht störte, wenn das Haus stank. Ihr Ehemann dito. Eins der Ärgernisse, wenn man sie Monat für Monat auseinanderpfriemeln mußte, war, daß man ihr Haus betreten mußte, wo es unweigerlich nach Achselschweiß roch, nach Zimmern, in denen die Fenster zu lange geschlossen geblieben waren, und nach altem Essen, das man nie im Leben kosten möchte.

Diesmal nicht. Kürzlich hatte in der Stadt ein neuer Laden aufgemacht, wo es ein umfangreiches Sortiment von exotischen Teesorten zu kaufen gab. Ich trinke keinen Tee, aber so oft ich konnte, ging ich unter irgendeinem Vorwand hinein, um den Duft zu genießen. Nachdem der erste Schock angesichts von Ordnung und Glanz im Hause Schiavo vergangen war, erkannte ich, daß es hier duftete wie in dem Teeladen. Ein starkes, wundervolles Aroma, das der Nase allerlei köstliche Ideen eingab.

Und die Überraschungen waren damit noch nicht zu Ende, denn das Haus war leer. Ich ging von Zimmer zu Zimmer und suchte nach Donald und Geri. Seit meinem letzten Besuch hatte sich nichts verändert. Dieselbe billige Couch und der prähistorische Liegesessel standen nebeneinander im Wohnzimmer wie zwei rastende Penner. Die Familienfotos auf dem Kaminsims, ein dürrer, pißgelber Kanarienvogel, der in seinem Käfig herumhüpfte – alles war noch genauso. Aber da war diese Ordentlichkeit, dieser Glanz auf allem, und so etwas hatte ich in diesem Haus noch nie gesehen. Es war, als habe das Ehepaar alles für eine Party oder einen wichtigen Besucher vorbereitet. Aber sowie alles fertig war, waren die Hauseigentümer gegangen.

Ich ging in den Keller und befürchtete halb, dort eine unangenehme Lösung des Geheimnisses zu finden: beide Schiavos, wie sie einander gegenüber am Balken hingen, oder wie der eine vor dem Leichnam des anderen stand, Frohlocken im Gesicht, eine Pistole in der Hand. War aber nicht so. Der Keller war voller ordentlich gestapelter Zeitschriften, alter Möbel und Gerümpel. Und selbst das war säuberlich in einer Ecke geordnet. Auch hier unten roch es gut. Es war nicht zu fassen. Was zum Teufel war los?

Ihr Garten war so groß wie eine Bushaltestelle, aber der Rasen war gemäht. Bisher war das Gras nie weniger als zwölf Zentimeter hoch gewesen. Einmal hatte ich Donald sogar angeboten, ihm meinen Rasenmäher zu leihen, was er aber mürrisch zurückgewiesen hatte.

Ich ging wieder ins Haus und setzte mich in den Sessel, um die Sache zu überdenken. Und wäre beinahe geradewegs auf den Arsch gefallen, als das Ding auf einer nicht existierenden Federung ganz nach hinten kippte. Ein paar Sekunden lang hing ich in der Schwebe, ehe es mir gelang, den Sessel wieder hochzuwuchten. Und da sah ich die Feder.

Auf der anderen Seite des Zimmers befand sich ein verschlossener Kamin. Während ich mit der Schwerkraft kämpfte, um den blöden Sessel wieder auf den Boden zu bringen, sah ich etwas unglaublich Buntes auf dem Boden vor dem Kamin strahlen. Mit vom Kampf wackligen Knien ging ich hinüber und hob die Feder auf. Sie war ungefähr fünfundzwanzig Zentimeter lang, ein Gemisch der strahlendsten Farben, die man sich nur denken kann: Violett, Grün, Schwarz, Orange und noch mehr. Ich konnte mir nichts vorstellen, was noch weniger in das Haus dieses Schmuddelpaars gepaßt hätte, aber da lag sie. Ich starrte sie an, während ich auf dem Revier anrief und Bill Pegg berichtete.

»Das ist mal was Neues. Vielleicht sind sie zum Mutterschiff raufgebeamt worden.«

»So was würde Captain Picard auf der *Enterprise* nicht haben wollen. Hast du keine Meldungen bekommen, Bill? Keinen Autounfall, nichts?«

»Nichts. Aber wäre es nicht prima, wenn sie tot wären? Dann brauchte man nicht mehr hinzufahren. Hier ist nichts gekommen.«

»Ruf Michael Zakrides im Krankenhaus an und erkundige dich. Ich fahre nach Hause, um etwas zu holen, und dann hinunter zum Fluß. Ruf mich auf dem Handy an, wenn du etwas hörst.«

»Okay. Was hast du mit dem toten Hund gemacht, Chief? Laß ihn doch für die Schiavos da, wenn sie nach Hause kommen. Leg ihn in den Backofen! Das würde Geri für fünf Minuten die Sprache verschlagen.«

Ich schnippte die Feder zwischen Daumen und Zeigefinger hin und her. »Wir sprechen uns später. Hey, Bill, noch etwas ...«

»Yeah?«

»Hast du Ahnung von Vögeln?«

»Von Vögeln? Gott, ich weiß nicht. Wieso denn? Was ist mit denen?«

»Was für ein Vogel hat ungefähr fünfundzwanzig Zentimeter lange Federn und ist unglaublich bunt?«

»Ein Pfau?«

»Hab ich auch schon gedacht, aber das glaube ich nicht. Ich weiß, wie eine Pfauenfeder aussieht. Das hier ist keine. Pfauenfedern sind symmetrischer gezeichnet. Und da ist so ein großes Auge drauf. Die hier sieht anders aus.«

»*Was* sieht anders aus? Wovon redest du?«

Ich fuhr hoch und merkte, daß ich laut gedacht hatte, während ich die Feder anstarrte. »Nichts weiter. Ich melde mich später.«

»Frannie?«

»Ja?«

»Steck den Hund in den Backofen.«

Ich legte auf.

Wie konnten so viele Farben auf einer schmalen Feder existieren? Ich konnte nicht aufhören, das verdammte Ding anzuschauen, aber ich wußte, daß ich los mußte. Draußen standen noch zwei der Kids von vorhin, wahrscheinlich in der Hoffnung auf ein weiteres Schiavo-Feuerwerk. Ich fragte, ob jemand das Haus verlassen hätte, bevor ich gekommen war. Sie verneinten. Als ich sagte, daß niemand da war, konnten sie es nicht glauben.

»Da muß jemand drin sein, Mr. McCabe. Sie hätten mal hören sollen, wie die geschrien haben!«

Ich holte eine Packung Zigaretten hervor und reichte sie herum. »Was haben sie denn gesagt?«

Der eine ließ sich von mir Feuer geben und blies eine Rauchfahne von sich. »Nichts Besonderes. Sie nannte ihn Arschloch und Widerling. Aber laut. Mann, *laut.* Das hat man bestimmt bis in die Stadt gehört.«

»Und er? Hat Donald auch was gesagt?«

Der andere senkte seine Stimme um vier Oktaven und kriegte ein Gesicht, als wolle er jetzt ein bißchen Stimmung in die Party bringen. »Miststück! *Fuck you,* blöde *fica*! Ich mach, was ich will, verdammte Scheiße!«

»*Fic?*«

»*Fica.* Das bedeutet, na ja, Muschi auf Italienisch.«

»Was würde ich nur ohne euch anfangen? Paßt auf. Wenn ihr einen von den beiden zurückkommen seht, ruft ihr mich unter dieser Nummer an.« Ich gab dem einen meine Karte.

»Was ist das?« Er zeigte auf die Feder.

»Schön, nicht? Hab ich drinnen auf dem Boden gefunden.« Ich hielt sie hoch, und wir bewunderten sie alle drei.

»Vielleicht haben sie da drin was mit Federn gemacht. Irgendwie was Perverses.« Der Junge strahlte.

»Weißt du, als ich klein war, da war das Perverseste, was ich je gehört hatte, daß Leute in Lederanzügen sich gegenseitig auspeitschten. Ich hätte fast einen Herzanfall gekriegt. Aber ihr Jungs wißt heute besser Bescheid als Ruth Westheimer.«

»Wer ist das?«

Im Wagen schob ich die Feder vorsichtig unter die Sonnenblende auf der Fahrerseite. Wieso war die Haustür nicht abgeschlossen? Und die Hintertür auch nicht? Niemand läßt mehr seine Türen offen, nicht mal in Crane's View.

Donald Schiavo arbeitete als Autoschlosser bei Birmfion Motors. Ich rief dort an und sprach mit einer Sekretärin, die mir sagte, er sei vor vier Stunden in die Mittagspause gegangen und seitdem nicht zurückgekommen. Der Chef sei wütend, weil Donald noch einen Allradwagen auf der Bühne stehen habe und der Kunde warte.

Ich zuckte die Achseln. Die Schiavos würden schon irgendwo sein. Sie würden wieder auftauchen. Auf der

Heimfahrt versuchte ich mich zu erinnern, wo in der Garage die Schaufel lag.

Eine Stunde später stieß ich wieder auf eine Baumwurzel und flippte aus. Ich warf die Schaufel weg, steckte eine dreckige Hand in den Mund und biß zu. So frustriert war ich seit ungefähr zehn Wochen nicht gewesen. Dabei war mein Plan so einfach: Zum Fluß runterfahren, eine hübsche Stelle suchen, ein Loch für Old Vertue graben, ihn reinwerfen: träume süß – und zurück ins Büro. Aber ich hatte vergessen, daß am Fluß Rohrleitungen verlegt wurden, und bei all den Männern und Maschinen da unten war kein Platz für einen toten Hund und mich.

Also fuhr ich in den großen dunklen Wäldern weit hinter dem Tyndalls-Haus herum und suchte, bis ich eine erstklassige Stelle gefunden hatte. Das Sonnenlicht tanzte durch die Blätter. Es war ganz still, abgesehen vom Rascheln des Windes im Laub und dem Gesang der Vögel. Die Luft roch nach Sommer und Erde.

Ich war so guter Laune, daß ich anfing zu singen wie die Sieben Zwerge bei Walt Disney: »*Hi-ho, hi-ho, it's off to work we go*«, als ich mit der Schaufel in den weichen Boden stach. Fünf Minuten später traf ich auf die erste Wurzel, und wie sich herausstellte, war sie so dick wie das unterirdische Monster in *Land der Raketenwürmer*. Unerschrocken (»*Hi-ho, hi-ho*«) zuckte ich die Achseln und fing an, woanders zu graben. Aber ist es zu glauben? Dieser alte Wald war *voll* von Baumwurzeln. Und während Old Vertue im Kofferraum steif wurde, versteifte mein Ärger sich zu einem dreißig Zentimeter langen Wutständer.

Als ich genug auf meiner Hand herumgekaut und drei Zigaretten geraucht hatte, dachte ich sehr langsam und mit erzwungener Ruhe: Ich werde es noch einmal versuchen. Und wenn es *dann* nicht klappt … Und das ist jetzt das Interessante: So wütend und frustriert ich auch war, weil die Erde sich weigerte, mein Loch zu akzeptieren, kam ich doch nicht einen Augenblick lang auf die Idee, den Hundekadaver ins Tierheim zu bringen und verbrennen zu lassen. Old Vertue *mußte* begraben werden. Behutsam und fürsorglich mußte er in die Erde gebettet werden. Ich weiß nicht, wieso das so fest in meinem Gehirn verankert war, aber das war es. Ich schuldete ihm nichts. Er war mir nicht jahrelang ein treuer Kamerad gewesen, ein großartiger Freund, wann immer ich allein und niedergeschlagen gewesen war, und sommertags hatte ich ihm nicht im Garten Stöckchen geworfen. Des Menschen bester Freund? Ich kannte ihn nicht mal. Er war bloß ein alter, abgefuckter Hund, der zufällig in meinem Büro auf dem Fußboden krepiert war. Klar, zum Teil hatte es etwas mit dem zu tun, was Magda gesagt hatte: Ich hab was übrig für Loser. Die meiste Zeit bin ich auf ihrer Seite. Versager, Lügner, Hohlköpfe, Säufer, Straftäter – sie sollen nur reinkommen, ich spendiere ihnen einen Drink. Old Vertue war anscheinend alles zusammen gewesen. Wenn er ein Mensch gewesen wäre, hätte er eine Stimme wie eine Kaffeemühle gehabt, und sein Gehirn wäre vom ungesunden Leben ganz braun gewesen. Aber daß er in mein Leben getreten war, hatte noch mehr zu bedeuten. Wenn man mich fragt, was, müßte ich lügen. Nur eins war mir klar: Ich mußte für seine Beerdigung sorgen, und ich war entschlossen, das auch zu tun. Also stopfte ich meine Wut zurück in ihren Kasten und hob die Schaufel wieder auf. Diesmal klappte es.

Ein tiefes Loch zu graben, ist anstrengender, als Sie denken. Dazu kommt, daß es mit Ihren Händen üble Sachen macht. Aber ein paar Schritte weiter fand ich eine Stelle, die mich so tief graben ließ, wie ich wollte, ohne mir Hindernisse in den Weg zu legen. Als ich fertig war, hatte ich ein Loch, das ungefähr einen Meter tief und breit genug war. Da würde er gut aufgehoben sein.

Das Interessanteste war, was mit der letzten Schaufelvoll nach oben kam. Auf der schwarzen Erde lag etwas sehr viel Helleres, beinahe Weißes. Der Kontrast war so lebhaft, daß niemand es hätte übersehen können. Ich legte die Schaufel hin und griff nach dem Ding. Erst hielt ich es für ein Stück Holz, aus dem alle Farbe herausgebleicht war. Es war ungefähr fünfundzwanzig Zentimeter lang, silbrig grau und an einem Ende scharfzackig, als hätte es zu etwas Größerem gehört und wäre abgebrochen. Aus der Nähe betrachtet, wurde das Silber zu einer Art sahnigem Weiß. Es war kein Holz, sondern ein Knochen.

Nichts Besonderes. Die Wälder sind voll von Tierknochen. Ich mußte sogar lächeln, als ich dachte, daß ich das Grab eines Tieres aufgebuddelt hätte, um einem andern eins zu graben. Wirklich der Gipfel – nicht mal ein Eichhörnchen kann heutzutage mehr in Frieden ruhen. Alarmiert den Tierschutzverein! Grausamkeit gegen tote Tiere!

Pauline interessierte sich für Zoologie. Ich dachte, sie würde sich den Knochen vielleicht gern anschauen; also steckte ich ihn ein und ging zum Wagen zurück, um Old Vertue zu holen.

Als der Kofferraumdeckel aufsprang und ich hineinschaute, durchfuhr mich ein Schreck. Das Auge des Hundes war aufgegangen, und er starrte mich an. Es ist egal, wie gut man alles im Griff hat oder wie sehr man an den Umgang mit Leichen gewöhnt ist: Von den Toten angeblickt zu werden ist nie gemütlich. Es ist immer noch genug Leben in diesen Augen, daß man sich die Lippen lecken und abwenden will und hofft, daß sie sich irgendwie geschlossen haben, wenn man wieder hinguckt.

»Ich will dich nur ins Bett bringen, Vertue. Es ist hübsch hier. Ein hübsches Fleckchen zum Bleiben.« Ich schob die Hände unter seinen Leib und hob ihn aus dem Kofferraum. Er fühlte sich schwerer an als vorher, aber ich vermutete, das kam daher, daß ich vom Graben ermüdet war. Meine Arme zitterten ein bißchen, als ich ihn trug. Das Sonnenlicht, das zwischen den Bäumen hindurchschien, huschte über meine Schuhe. Vorsichtig stieg ich in das Loch und legte ihn hin, so sanft ich konnte. Sein Körper war ein bißchen verdreht, und ich rückte ihn zurecht. Die Augen waren immer noch offen, und die Zungenspitze guckte seitlich aus der Schnauze. Der arme alte Knabe. Ich stieg aus der Grube und hob die Schaufel auf, um ihn mit Erde zu bedecken. Aber irgend etwas schien mir noch nicht zu stimmen. Dann hatte ich eine Idee. Zurück zum Wagen, wo ich die lange Feder unter der Sonnenblende hervorzog.

Ich schob sie ihm unter das Halsband. Wie ein ägyptischer König, der umgeben von seinen weltlichen Besitztümern ins Jenseits hinüberging, hatte Old Vertue jetzt eine schöne Feder, die er mitnehmen konnte. Es wurde spät, und ich hatte noch etwas anderes zu tun. Rasch schüttete ich das Grab zu, klopfte die Erde fest, so gut es ging, und hoffte, daß kein anderes Tier davon Witterung bekam und es aufscharrte.

Beim Essen an diesem Abend fragte Magda mich, wo ich ihn hingebracht hätte. Als ich ihr mein Abenteuer im Wald geschildert hatte, fragte sie zu meiner Überraschung: »Hättest du gern einen Hund, Frannie?«

»Nein, nicht so richtig.«

»Aber du warst so nett zu ihm. Ich hätte nichts dagegen. Manche sind irgendwie *niedlich.*«

»Du *haßt* Hunde, Magda.«

»Das stimmt, aber ich liebe *dich.*«

Pauline verdrehte die Augen, nahm ihren Teller und machte einen dramatischen Abgang in die Küche. Als sie außer Hörweite war, sagte ich: »Gegen eine Katze hätte ich nichts.«

Meine Frau klapperte mit den Lidern und runzelte die Stirn. »Aber du *hast* schon eine Katze.«

»Na, dann eben eine kleine Muschi.«

In dieser Nacht, nach einem Besuch von meiner liebsten Muschi auf Erden, träumte ich von Federn, Knochen und Johnny Petangles.

Am nächsten Morgen war so schönes Wetter, daß ich beschloß, mit dem Motorrad statt mit dem Wagen zum Dienst zu fahren. Das Ende des Sommers lag auf der Stadt. Es war meine liebste Jahreszeit. Alles Sommerliche hat desto mehr Fülle und Intensität, weil man weiß, daß bald alles vorbei sein wird. Magdas Mutter sagte immer, eine Blume duftet dann am süßesten, wenn sie gerade anfängt zu welken. Ein paar Kastanien hatten schon begonnen, ihre stachligen gelben Früchte abzuwerfen. Sie fielen knackend auf den Asphalt oder mit dumpfem Plopp auf die Autos. Wenn Wind aufkam, war er schwer vom Geruch nach reifen Pflanzen und Staub. Der Tau hielt sich morgens länger, weil die Hitze des Tages erst Stunden später einsetzte.

Ich habe ein großes Motorrad – eine Ducati Monster –, und der böse Klang der 900-Kubik-Maschine, die sagt: »Verflucht, ich bin ein Gott!«, ist schon allein die Unterhaltskosten wert. Und nichts ist angenehmer, als an einem solchen Morgen damit durch Crane's View, New York, zu fahren. Der Tag hat noch nicht angefangen, hat das OPEN-Schild in seinem Ladenfenster noch nicht umgedreht. Nur ganz Hartgesottene sind schon unterwegs. Eine lächelnde Frau fegt mit einem roten Besen die Stufen vor ihrer Haustür. Ein junger Weimaraner wedelt wie verrückt mit seinem Stummelschwanz und schnuppert an den Mülltonnen am Randstein. Ein alter Mann mit weißer Baseballmütze und Trainingsanzug joggt entweder sehr langsam, oder er geht, so schnell er kann.

Der Anblick eines Menschen beim Sport inspirierte mich augenblicklich zu Blätterteighörnchen mit Zuckerguß und Kaffee mit viel Sahne. Ich würde also haltmachen und mir beides besorgen, aber vorher hatte ich noch etwas zu tun.

Ich bog ein paarmal gemächlich nach links und rechts ab und hielt dann vor dem Haus der Schiavos, um zu sehen, ob sich etwas verändert hatte. Weder in der Einfahrt noch in der Nähe des Hauses parkte ein Auto. Ich wußte, daß sie einen blauen Mercury hatten, aber nirgends war ein blaues Auto zu sehen. Ich ging zur Haustür. Sie war immer noch unverschlossen. Das mußten wir ändern. Ging ja nicht an, daß da ein Dieb hineinspazierte und ihr Öl-auf-Samt-Gemälde von der Bucht von Neapel stahl. Ich würde noch am selben Tag jemanden hinüberschicken, der provisorische Schlösser anbringen und für Donald und Geri, die beiden Unsichtbaren, eine Nachricht hinterlassen sollte. Nicht, daß mir irgend etwas an ihnen oder ihrer Habe lag. Mit den Händen in den Hosentaschen stand ich da und schaute mich um; der Morgen war zu schön, um über ein komisches kleines Geheimnis wie das hier nachzudenken, besonders wenn es mit den beiden Idioten zu tun hatte. Aber mich darum zu kümmern, war mein Beruf; also würde ich es tun.

Mein Handy klingelte. Es war Magda. Unser Auto sprang nicht an. Sie war die Königin aller Technikhasser und stolz darauf. Diese Frau wollte nicht wissen, wie man einen Computer bediente, einen Taschenrechner, irgendein Dings, das piep-piep machte. Sie führte ihr Haushaltsbuch, indem sie Divisionen und Multiplikationen mit dem Bleistift vollzog, benutzte die Mikrowelle nur mit äußerstem Mißtrauen, und ein Auto, das nicht sofort ansprang, wenn sie den Zündschlüssel umdrehte, war ihr Feind. Die Ironie an der Sache war, daß ihre Tochter ein Computerfreak war und sich gerade bei anspruchsvollen Colleges bewarb, die auf diesem Gebiet spezialisiert waren. Amüsiert betrachtete Magda Paulines Begabungen und zuckte die Achseln.

»Ich bin doch gestern den ganzen Tag mit diesem Auto gefahren.«

»Das weiß ich, mein Pudel, aber es springt trotzdem nicht an.«

»Du hast nicht etwa den Motor absaufen lassen? Weißt du noch, wie du …«

Sie hob die Stimme. »Frannie, fang nicht damit an. Soll ich die Werkstatt anrufen, oder willst du es reparieren?«

»Ruf die Werkstatt an. Bist du sicher, daß du nicht …«

»Ich bin sicher. Und weißt du noch was? In unserer Garage riecht es wunderbar. Hast du Luftreiniger versprüht? Was hast du gemacht?«

»Nichts. Das Auto, das gestern noch in Ordnung war, springt nicht an, und in unserer Garage riecht es wunderbar?«

»Ganz recht.«

Ein Herzschlag. Zwei. »Mag, ich muß mir jetzt fast die Zunge abbeißen. Es gibt etwas, das ich dir gern sagen möchte, aber ich halte mich zurück …«

»Gut! Weiterhalten. Ich rufe die Werkstatt an. Bis später.« Klick. Wenn sie noch schneller aufgelegt hätte, dann hätte ich ihr ein Ticket wegen Geschwindigkeitsüberschreitung ausstellen müssen. Ich war sicher, daß sie etwas angestellt und den Vergaser hatte absaufen lassen. *Wieder* mal. Aber man trifft seine Vereinbarungen mit der Ehepartnerin; sie kriegt die Längen- und du kriegst die Breitengrade. Und wenn ihr Glück habt, schafft ihr auf diese Weise die Landkarte einer gemeinsamen Welt, die ihr beide erkennt und behaglich bewohnt.

Im Dienst gab es an diesem Vormittag wie üblich nichts Besonderes. Die Bürgermeisterin kam vorbei, um über die Aufstellung einer Verkehrsampel an einer Kreuzung zu sprechen, an der in den letzten paar Jahren allzu viele Unfälle passiert waren. Die Bürgermeisterin heißt Susan Ginnety. Auf der High School waren wir ein Liebespaar, und das hat Susan mir nie verziehen. Vor dreißig Jahren war ich der böseste Junge in unserer Stadt. Noch immer kursieren Geschichten darüber, was für ein schlimmer Finger ich war, und die meisten stimmen. Wenn ich ein Fotoalbum aus der Zeit hätte, würde man mich auf allen Bildern entweder frontal oder im Profil sehen, mit einer erkennungsdienstlichen Nummer in der Hand.

Im Gegensatz zu mir Übeltäter war Susan damals ein braves Mädchen, das sich einbildete, den Ruf der Wildnis zu hören, und beschloß, die Schlechtigkeit anzuprobieren wie eine Jeansjacke. Also fing sie an, sich mit mir und den Jungs herumzutreiben. Ein Fehler, der bald in die Katastrophe führte. Am Ende verließ sie taumelnd die rauchenden Trümmer ihrer Unschuld, ging aufs College und studierte Politik, während ich (unfreiwillig) nach Vietnam ging und tote Menschen studierte.

Nach dem College lebte Susan in Boston, San Diego und Manhattan. Irgendwann kam sie übers Wochenende zu ihrer Familie und stellte fest, daß es nirgends so ist wie zu Hause. Sie heiratete einen dynamischen Anwalt aus der Unterhaltungsindustrie, dem der Gedanke gefiel, in einer Kleinstadt am Hudson zu wohnen. Die beiden kauften sich ein Haus am Villard Hill, und ein Jahr später kandidierte Susan für das Bürgermeisteramt.

Das Interessante war, daß ihr Mann, Frederick Morgan, ein Schwarzer ist. Crane's View ist eine konservative Stadt, und die Bevölkerung besteht überwiegend aus irischen und italienischen Familien der Mittel- und unteren Mittelklasse, die vor nicht allzu vielen Generationen hier eingewandert sind. Von ihren Ahnen haben sie eine besessene Vorliebe für enge Familienbande geerbt, aber auch die Bereitwilligkeit zu harter Arbeit und ein allgemeines Mißtrauen gegen alles und jeden, der anders ist als sie. Bevor die Eheleute Morgan/Ginnety kamen, hatte noch nie ein gemischtes Paar in der Stadt gelebt. Wenn sie zu Anfang der Sechziger gekommen wären, als ich noch ein Bengel war, hätten wir andauernd Nigger gesagt und ihnen Steine ins Fenster geworfen. Aber gottlob ändern sich manche Dinge eben doch. In den achtziger Jahren wurde ein schwarzer Bürgermeister gewählt, der seine Arbeit gut und dem Amt Ehre machte. Von Anfang an war der Stadt klar, daß die Morgans ein nettes Paar waren und daß wir von Glück sagen konnten, sie bei uns zu haben.

Als sie nach Crane's View zogen und Susan erfuhr, daß ich hier Polizeichef war, hat sie anscheinend als erstes die Hände vors Gesicht geschlagen und gestöhnt. Als wir uns zum ersten Mal seit fünfzehn Jahren auf der Straße begegneten, kam sie schnurstracks auf mich zu und sagte vorwurfsvoll: »Du solltest im Gefängnis sitzen! Aber du bist aufs College gegangen, und jetzt bist du *Polizei*chef?«

»Hallo, Susan«, sagte ich zuckersüß. »Du hast dich verändert. Wieso soll ich es nicht auch können?«

»Weil du gräßlich bist, McCabe.«

Nach ihrer Wahl zur Bürgermeisterin sagte sie: »Wir beide werden viel zusammenarbeiten müssen, und ich will deswegen Frieden im Herzen haben. Du warst der *schlimmste* Boyfriend in der Geschichte des Penis. Bist du ein guter Polizist?«

»M-hm. Du kannst dir meine Akte ansehen. Wirst du sicher sowieso tun.«

»Da hast du recht. Sehr genau sogar. Bist du korrupt?«

»Brauche ich nicht zu sein. Ich habe eine Menge Geld aus meiner ersten Ehe.«

»Hast du es ihr gestohlen?«

»Nein. Ich habe ihr die Idee zu einer Fernsehshow geschenkt. Sie war Produzentin.«

Sie machte schmale Augen. »Zu welcher Show?«

»›Mann über Bord‹.«

»Das ist die albernste Show im ganzen Fernsehen …«

»*Und* eine Zeitlang die erfolgreichste.«

»Ja. Und das war deine Idee? Da sollte ich wohl beeindruckt sein, aber ich bin es nicht. Gehen wir an die Arbeit?«

Unsere Ampelbesprechung an jenem Sommervormittag beendeten wir damit, daß ich Susan eine kurze Zusammenfassung von dem gab, was sich während der vergangenen Woche polizeimäßig in der Stadt zugetragen hatte. Wie immer hörte sie mit gesenktem Kopf zu und hielt ein kleines silbernes Diktiergerät in der Hand, für den Fall, daß sie etwas notieren wollte. Es gab aber eigentlich keine interessanten Neuigkeiten. Bill Pegg mußte mich daran erinnern, daß ich ihr vom Verschwinden der Schiavos erzählte.

»Was unternimmst du da?« Sie hob das Diktiergerät vor den Mund, zögerte und ließ es wieder sinken.

»Ich höre mich um, telefoniere ein bißchen, lasse Schlösser an den Türen anbringen. Dies ist ein freies Land, Bürgermeisterin. Sie können weg, wann sie Lust haben.«

»Aber die Art, wie sie weggegangen sind, hört sich ziemlich merkwürdig an.«

Ich überlegte. »Ja, aber ich kenne die Schiavos, und du ebenfalls. Emotional haben beide nicht alle Tassen im Schrank. Ich könnte mir gut vorstellen, daß sie eine heftige und unangenehme Prügelei hatten und dann in entgegengesetzte Richtungen davongestürmt sind. Wahrscheinlich haben beide gedacht: ›Jetzt bleibe ich die ganze Nacht weg und jage ihm beziehungsweise ihr eine Heidenangst ein.‹ Das Problem ist nur, daß keiner daran gedacht hat, die Türen abzuschließen.«

»Jaja, die Liebe«, sagte Bill und wickelte sein Vormittagssandwich aus.

»Hast du mit ihren Eltern gesprochen?«

»Das hab *ich* getan«, antwortete Bill mit vollem Mund. »Aber sie haben alle nichts gehört.«

»Wieviel Zeit vergeht üblicherweise, bevor jemand als vermißt gemeldet wird?«

»Vierundzwanzig Stunden.«

»Frannie, kümmerst du dich darum, wenn es nötig wird?«

Ich nickte. Sie schaute Bill an und fragte mit stockender Stimme, ob er uns für einen Augenblick alleinlassen könne. Überrascht stand er sofort auf und ging. Das hatte Susan noch nie getan. Sie war so freimütig und direkt wie nur irgend jemand. Ich wußte, daß sie Bill mochte, weil er gescheit und offenherzig war, und er mochte sie aus dem gleichen Grund. Wenn sie ihn bat, hinauszugehen, mußte es bedeuten, daß gleich etwas Großes und vermutlich Privates in diesem Zimmer landen würde. Als die Tür zu war, setzte ich mich aufrechter hin und schaute sie an. Plötzlich wollte sie mir nicht mehr in die Augen sehen.

»Was ist denn, Bürgermeisterin?« Ich bemühte mich, unbeschwert und freundlich zu klingen – wie der Milchschaum auf einem Cappuccino, durch den man mit der Zunge zum Kaffee darunter stößt.

Sie atmete laut und tief ein. Ein Atemzug, wie man ihn tut, bevor man etwas sagt, das alles verändern wird. Wenn man weiß, daß die Welt nicht mehr wie früher sein wird, sobald es heraus ist. »Fred und ich werden uns trennen.«

»Ist das gut oder schlecht?«

Sie lachte, bellte eher und strich sich das Haar zurück. »Das ist so *typisch*, Frannie, daß du so etwas sagst. Jeder, dem ich es bis jetzt erzählt habe, sagt entweder ›Oh, Scheiße‹ oder ›Ach, du Arme!‹ oder irgend so was. Aber nicht McCabe.«

Ich drehte beide Handflächen nach oben: Was soll ich sonst sagen? »Er will Chilischoten züchten.«

»*Was?*«

»Das hat meine erste Frau gesagt, als wir uns trennten. In Bolivien gibt's so einen primitiven Stamm. Wenn da jemand stirbt, sagen die andern, er ist fortgegangen, um Chilischoten zu züchten.«

»Fred mag kein Chili. Er mag überhaupt kein scharf gewürztes Essen.« Es war klar, daß sie etwas Ungefährliches und Sinnloses sagen mußte, um wie mit einem Hochsprungstab über das schmerzliche Eingeständnis hinwegzugleiten, das sie soeben gemacht hatte. Mit meiner Bemerkung über Chilischoten hatte ich ihr dabei helfen wollen.

»Und wie geht es dir dabei?«

Sie arbeitete an einem Lächeln, aber es wurde nichts draus. »Als ob ich vom Dach eines Hochhauses gefallen wäre und noch ein paar Stockwerke vor mir hätte, bevor ich aufschlage?«

»Alles andere wäre unnatürlich. Ich habe mir nach der Trennung einen Nasenbären gekauft und dann vergessen, ihn zu füttern. Glaubst du, die Trennung ist endgültig, oder ist es erst mal nur eine Probefahrt?«

»Ziemlich endgültig.«

»Geht es von dir aus oder von ihm?«

Ihr Kopf kam langsam hoch. Sie starrte mich an, Flammen und Dolche im Blick, aber sie sagte nichts.

»Das ist eine Frage, Susan, kein Vorwurf.«

»Als ihr euch getrennt habt, warst du schuld oder deine Frau?«

»Ich, schätze ich. Gloria wurde es langweilig mit mir, und sie fing an, herumzuficken.«

»Dann war es ihre Schuld!«

»Schuldzuweisungen sind immer bequem, weil sie so eindeutig sind: Meine Schuld. Deine Schuld. Aber in einer Ehe herrschen nie so klare Verhältnisse. Er macht hier Scheiß, du machst da Scheiß. Und irgendwann ist die Kloschüssel so voll, daß keiner mehr die Spülung drücken kann.«

Dieses Gespräch führte dazu, daß ich meine Frau vermißte und erkannte, wie dankbar ich für sie war. Es bewirkte, daß ich sie auf der Stelle sehen wollte, und so fuhr ich zum Lunch nach Hause. Aber Magda war nicht da und Pauline auch nicht. So unterschiedlich sie auch waren, die beiden Frauen waren gern zusammen. Jeder wäre wohl gern mit Magda zusammen gewesen. Sie war komisch, tough und äußerst wahrnehmungsfähig. Meistens wußte sie genau, was gut für einen war, selbst wenn man es selber nicht wußte. Sie war halsstarrig, aber nicht unbeugsam. Sie wußte, was ihr gefiel. Und wer ihr gefiel, für den wurde die Welt größer.

Meine erste Frau, die wenig glorreiche Gloria, ließ die Welt schrumpfen wie Lederschuhe im dicken Regen und gab mir das Gefühl, nicht mehr richtig hineinzupassen. Sie war schön, unendlich unehrlich, bulimisch und rammelte, wie ich später herausfand, durch die Gegend wie ein Karnickel. Am Ende unserer Beziehung fand ich einen Zettel, den sie geschrieben und höchstwahrscheinlich für mich hingelegt hatte. Darauf stand: »Ich hasse seinen Geruch, sein Sperma und seinen Speichel.«

Ich aß allein zu Mittag; zufrieden saß ich im Wohnzimmer und lauschte meinen Gedanken und dem Brummen eines Rasenmähers irgendwo in weiter Ferne. Wenn ihre Ehe wirklich am Ende war, beneidete ich Susan nicht um den nächsten Akt ihres Lebens. Im Gegensatz dazu war ich in meinem eigenen an einen Punkt gelangt, an dem ich niemanden um irgend etwas beneidete. Ich mochte meinen Tag, meine Ehefrau, meinen Job, meine Umgebung. Ich arbeitete daran, auch mich selbst zu mögen, aber das war ein heikler, nie vollendeter Prozeß.

Der freundliche Geruch meines Sandwichs mit Speck, Salat und Tomate wurde zunehmend von einem stechenden Duft von etwas anderem verdrängt. Beim Essen kümmerte ich mich nicht weiter darum, aber als ich mir nachher die Zigarette zwischen die Lippen schob, wurde er so durchdringend, daß ich innehielt und lange und ernsthaft schnupperte.

Die Nase ist manchmal wie ein blinder Maulwurf, der ins Sonnenlicht gesetzt wird. Unter der Erde – im Unbewußten – weiß sie genau, was sie tut, und sie wird dich leiten. Das da stinkt – bleib da weg. Das da ist gut – koste mal. Aber hol sie über die Erde und verlange Auskunft: *Was ist das für ein Geruch?* Schon dreht sie den blinden Kopf hierhin und dorthin und ratlos ringsherum im Kreis und verliert jede Orientierung. Ich fragte laut: »Was *ist* das für ein verdammter Geruch?« Aber meine Nase konnte es mir nicht sagen, weil *dieser* Geruch eine unfaßbare Kombination aus Aromen war, die ich mein Leben lang liebte. Das ist ein entscheidender Punkt, aber ich weiß nicht, wie ich es beschreiben soll, damit es einleuchtender klingt.

Eine Hure in Vietnam, zu der ich immer ging, trug stets eine bestimmte Orchideenart im Haar. Sie sprach nur ganz wenig Englisch, und die einzige Übersetzung, die sie für den Namen dieser Blüte liefern konnte, lautete »Vogel-Atem«. Als ich wieder in die Staaten kam und mich erkundigte, hatte natürlich kein Mensch je von einer Orchidee namens »Vogel-Atem« gehört. Und ich hatte ihren Duft nie wieder gerochen – bis zu jenem Nachmittag in meinem Wohnzimmer in Crane's View, New York, neuntausend Meilen von Saigon entfernt. Natürlich hatte mein Gehirn diesen Duft schon längst zu den Akten gelegt und vergessen. Und hier war er wieder. Kennst du mich noch?

Aber es war nur einer in einer wirbelnden, trügerischen Mischung von liebgewordenen Gerüchen. Gemähtes Gras, Holzrauch, heißer Asphalt, der Schweiß auf einer Frau, mit der ich schlafe, das Eau de Cologne »Orange Spice« von Creed, frischgemahlener Kaffee … die Liste meiner Lieblingsgerüche, und es gab noch mehr. Und sie alle waren *gleichzeitig* in der Luft. Als meine Aufmerksamkeit einmal ganz davon in Anspruch genommen war, konnnte es weder mein bewußter noch mein unbewußter Verstand glauben.

Ich mußte aufstehen, mußte feststellen, woher es kam, oder ich würde verrückt werden. Die Spur führte in die Garage. Ich erinnerte mich, daß Magda am Morgen erwähnt hatte, wie gut es in der Garage roch. Was für ein Understatement! Kein Raumspray aus der Dose hätte etwas so Köstliches hervorbringen können. Gewürznelken waren es jetzt, und der warme, gesunde Geruch junger Hunde. Fichten – Regentropfen auf Fichtennadeln.

Das Auto, das dort stand, sah freundlich und kooperativ aus. War der Automechaniker noch nicht gekommen? Und wenn doch, wieso war Magda jetzt nicht damit unterwegs? Der Duft von neuem Leder, ein neues Buch, Flieder, Fleisch auf dem Grill. Im Kofferraum war ein Werkzeugkoffer. Ich hatte noch nicht versucht, den Motor anzulassen, aber da ich nun einmal hier stand, konnte ich für alle Fälle schon mal den Werkzeugkoffer herausholen.

Was registrierte ich zuerst – was ich sah oder was ich roch? Ich öffnete den Kofferraum. Die Intensität des Geruchs verzehnfachte sich. Und im Kofferraum lag der tote Old Vertue. Schon wieder. Unter seinem roten Halsband steckten die Feder aus dem Hause Schiavo und der Knochen aus dem Loch, das ich für ihn gegraben hatte.

AFFE MEINES HERZENS

George Dalemwood ist der sonderbarste Mensch, den ich kenne, und einer meiner besten Freunde. Er ist nicht sonderbar im Sinne von »wohnt in einem Baumhaus und trägt Unterwäsche aus Backenhörnchenfell und einen roten Sturzhelm«. Er ist einfach merkwürdig. Ich würde bestimmt nicht gern in seinem Kopf wohnen, aber was daraus hervorkommt, höre ich gern, solange ich mich in sicherer Entfernung befinde. Und das Paradoxe an all seiner Verschrobenheit ist die Art, wie er seinen Lebensunterhalt verdient: Er schreibt Anweisungen dafür, wie man Dinge zum Laufen bringt. Wie kriegt man die komplizierte neue Kamera in Gang, nachdem man sie aus dem Karton geholt hat? Lesen Sie die Bedienungsanleitung, die George Dalemwood geschrieben hat. Sie ist stets klar, zuversichtlich und präzise. Sie laden ein Computerprogramm, und es stürzt dauernd ab? Lesen Sie George, und Sie werden es im Handumdrehen schaukeln.

Und das Wichtigste war: Als Freund verurteilte er mich nicht und war in keinerlei Hinsicht voreingenommen. Weil ich mit dem, was jetzt passiert war, nicht zurechtkam, stieg ich ins Auto, ohne weiter nachzudenken – mit dem toten Hund als Fahrgast und allem Drum und Dran. Ja, der Wagen sprang sofort an, aber ich war zu verdattert, um einen Gedanken darauf zu verwenden. Ich wollte nur mit George reden.

Er wohnt ein paar Straßen entfernt. An seinem Haus ist nichts Besonderes: eingeschossig, mit vier Zimmern und einer Veranda, die vor zwanzig Jahren hätte instandgesetzt werden müssen. Als ich ankam, saß sein junger Dackel Chuck auf der Verandatreppe und leckte sich die Eier. Ich stieg über ihn hinweg und läutete. Niemand kam. Ver-

dammt! Was jetzt? Dann fiel mir ein, daß der Motor in meinem Auto angeblich nicht ansprang. Der tote Hund, der längst begraben sein sollte, lag im Kofferraum des Autos, dessen Batterie angeblich leer war. Verdammt!

Ich schaute zum Himmel und hoffte auf einen göttlichen Hinweis oder etwas Ähnliches, aber da sah ich George, der auf dem Dach saß und zu mir herunterstarrte.

»Was machst du da oben? Hast du nicht gesehen, daß ich geläutet habe?«

»Doch.«

»Na, dann komm herunter, Mann. Ich brauche Hilfe!«

Mit tonloser Stimme sagte er: »Ich möchte lieber nicht.« Worüber ich trotz allem, was hier im Gange war, lächeln mußte. Denn seit zwei Monaten las George *Bartleby*, immer wieder, und er sagte, er würde es weiterlesen, bis er es verstanden hätte. Vor *Bartleby* hatte er immer wieder *Mount Analogue* gelesen und zu ergründen versucht, und davor alle Doktor-Doolittle-Bücher. Jedes gottverdammte Doktor-Doolittle-Buch. George hoffte, wenn er sterben und in den Himmel kommen sollte, dann möge der Himmel Puddle-by-on-the-Marsh sein – Doktor Doolittles Heimatstadt. Allen Ernstes.

»Möchtest du ein Mars?« George nahm nur drei Dinge zu sich, wirklich nur diese drei: gekochtes Rindfleisch, Mars-Riegel und griechischen Bergtee.

»Nein. Paß auf, ich bitte dich als Freund, komm herunter und hör mir zu.«

»Ich kann dir gut von hier oben zuhören, Frannie.«

»Was machst du überhaupt da oben?«

»Ich überlege mir, wie man am besten das Anbringen einer Satellitenschüssel beschreibt.«

»Und du mußt da oben sitzen, damit du es siehst?«

»So ähnlich.«

»Mein Gott! Also schön, wenn du dich so aufführen willst …« Ich ging zum Wagen, startete und fuhr rückwärts auf seinen makellos gepflegten Rasen, bis ich so dicht vor dem Haus stand, wie es nur möglich war. Ich öffnete den Kofferraum und deutete vorwurfsvoll auf den Kadaver.

George rutschte auf dem Arsch ein Stück das Dach herunter, um besser sehen zu können.

Er war nicht beeindruckt. »Hast 'n toten Hund da drin. Und?«

Die Hände in die Hüften gestemmt, geblendet vom Licht der Nachmittagssonne, berichtete ich ihm, was in den letzten zwei Tagen mit Old Vertue geschehen war. Als ich fertig war, fragte er nur nach der Feder und dem Knochen. Er wollte sie sehen. Ich reichte sie hinauf. Er beugte sich über die Dachkante, um sie in Empfang zu nehmen, und wäre beinahe heruntergefallen.

»Verdammt, George. Wieso machst du das Leben so schwierig? Wieso kommst du nicht einfach für zehn Minuten herunter? Dann kannst du wieder hinaufklettern und den Rest des Tages als Antenne verbringen.«

Er schüttelte den Kopf. Nachdem er sich bequem zurechtgesetzt hatte, berührte er mit dem Knochen seine Zunge. Hätte ich ihn nicht gekannt, dann hätte ich wahrscheinlich Einspruch erhoben, aber mein Freund hatte seine eigenen Methoden. Wenn man mit ihm verkehren wollte, mußte man das akzeptieren. Nachdem er ein paarmal daran geleckt hatte, biß er vorsichtig mit den Schneidezähnen hinein, aber nicht fest genug, um etwas abzubrechen. Von unten hörte ich das helle Klicken seiner Zähne an dem Knochen. Es klang wie Kastagnetten. Mir lief ein Frösteln über den Rücken bei der Vorstellung, das scheußliche Ding in den Mund zu stecken.

»Wie schmeckt das?«

»Ich weiß nicht, ob das wirklich ein Knochen ist, Frannie. Es ist sehr *süß*.«

»Es hat *in der Erde gelegen*, George! Ist wahrscheinlich vollgesogen mit ...« Ich brach ab, als ich sah, daß er nicht zuhörte. Was immer man sagt, wenn George sich nicht dafür interessiert, hört er nicht mehr zu. Das Ganze war eine niemals endende Lektion in Demut und sorgfältiger Wortwahl.

Als nächstes kam die Feder an die Reihe. Lange Zeit schnupperte er an diesem Beweisstück herum, bestrich es aber nur flüchtig mit der Zunge. Es war irgendwie ekelhafter als das mit dem Knochen, und ich schaute weg. Ich sah, daß Chuck aufgehört hatte, sich seine Installationen zu lecken; er stand jetzt neben mir und schaute gleichfalls zu seinem Herrchen hinauf.

»Du leckst dir die Nüsse, und George leckt an Federn. Kein Wunder, daß ihr beide zusammenwohnt.« Ich hob ihn hoch und drückte ihm einen Kuß auf den Schädel, während ich den Laborbefund vom Dach erwartete.

George deutete mit der Feder auf mich. »Dies hat sehr viel mit dem zu tun, worüber ich nachgedacht habe, bevor du gekommen bist.«

»Und was war das, wenn ich fragen darf?«

»Verschwörungstheorien.«

»Du sitzt auf dem Dach, spielst Antenne und denkst über Verschwörungstheorien nach?«

Er beachtete mich nicht. »Im Internet gibt es mehr als zehntausend Websites über die verschiedenen Verschwörungen, die angeblich zum Tod von Lady Diana geführt

haben. Die wesentliche Motivation hinter allen Verschwörungstheorien ist Ichbezogenheit: Man sagt mir nicht die Wahrheit. Das gleiche gilt auch hier, Frannie. Du bist Polizist, du bist an logisches Denken gewöhnt. Aber hier gibt es keine Logik, zumindest bisher nicht. Man sagt dir nicht die Wahrheit. Was regt dich mehr auf, das Wiedererscheinen des Hundes oder die schlichte Tatsache, daß er in deinem Kofferraum auftaucht und nicht in dem eines andern?«

»Darüber hab ich noch nicht nachgedacht.«

»Es gibt zwei Möglichkeiten, den Fall zu betrachten: als Posse oder als Metaphysik. Die erste ist einfach. Jemand hat gesehen, wie du den Hund begraben hast, und wollte dir einen Streich spielen. Als du den Wald verlassen hattest, hat er den Kadaver ausgebuddelt und dann irgendeine Möglichkeit gefunden, ihn in deinen Kofferraum zu legen, ohne daß du und deine Familie etwas davon gemerkt habt.«

»Und der Knochen? Den hatte ich in der Jackentasche. Wie sind sie daran gekommen?«

Er hob den Zeigefinger. »Warte. Das ist ja vorläufig nur eine Theorie. Sie haben den Kadaver benutzt, um dir einen makabren, cleveren Streich zu spielen. Was geklappt hat; sieh nur, wie aufgebracht du bist.

Die *andere* Möglichkeit ist die, daß es ein Zeichen von einer höheren Macht ist. Es ist geschehen, weil du aus irgendeinem Grund auserwählt worden bist. Der Hund erscheint wieder, Feder und Knochen sind zusammen, und dein Auto springt an, wenn es doch kaputt sein müßte. Ich nehme an, wenn das der Fall ist, dann ist es bei Magda nicht angesprungen, weil da der Hund schon im Kofferraum lag und darauf wartete, daß du ihn findest. All das sind nur Annahmen; es wird hier keine verständliche Logik geben, weil unsere Logik in solchen Dingen keine Gültigkeit hat. Warte.« Er ging zum anderen Ende des Daches und kletterte eine alte Holzleiter herunter, die am Haus lehnte.

Er kam zu uns herüber und kitzelte die Nase seines Hundes mit der Feder. Chuck versuchte halbherzig, danach zu beißen. »Ich will dir etwas zeigen, im Haus. Aber vorher möchte ich eine Idee ausprobieren. Was würdest du dazu sagen, wenn du Old Vertue noch einmal begräbst, diesmal in meinem Garten?«

»Warum?«

»Weil ich neugierig bin, was dann passiert. Wenn er wieder zurückkehrt, brauche ich nicht zu warten, bis ich es von dir erfahre.« Er nahm mir Chuck ab, und der kleine Hund fing an, ihm wie ein Verrückter das Gesicht zu lecken.

»Was glaubst du, welche Möglichkeit stimmt?«

»Wahrscheinlich die mit dem Streich, aber ich hoffe, es ist die andere.«

»Ich lege keinen Wert darauf, daß Gott mir tote Hunde in den Kofferraum legt, George.«

»Vielleicht ist es ja nicht Gott. Vielleicht ist es was anderes.«

»Solcher Stuß liegt außerhalb meiner Richterskala, mein Lieber. Das Leben mit einem Teenager macht mir Trouble genug. Weißt du noch, wie ich mal angeschossen wurde?

Zwei Stunden lang stand es auf Messers Schneide. Magda sagt, sie dachten daran, einen Priester zu rufen, damit er mir die Letzte Ölung spendete. Aber hab ich meinen Körper verlassen und bin dem hellen Licht entgegengefahren? Nein. Hab ich Gott gesehen? Nein.« Ich rieb mir das Gesicht. »Was ist mit dem Geruch?«

Er schaute zu Boden. »Ich rieche nichts.«

»*Was?* Du riechst das nicht? Noch jetzt haut es mich um!«

»Nichts, Frannie. Ich rieche überhaupt nichts.«

Im Gegensatz zu George ist sein Haus ganz normal. Alles ist in Ordnung, alles so uninteressant wie nur möglich. Magda und ich waren mal zum Abendessen drüben – gekochtes Rindfleisch und zum Nachtisch Mars. Nachher sagte sie: »Sein Haus ist so alltäglich, daß man immer wieder denkt, vielleicht ist es pervers, aber das ist es nicht – es ist einfach wirklich langweilig.« Das einzig Auffällige waren alle möglichen nagelneuen Apparate, die herumlagen und darauf warteten, daß Mr. Dalemwood sie ihren ratlosen künftigen Benutzern erklärte.

»Was ist das?« Ich nahm einen Gegenstand in die Hand, der aussah wie eine Kreuzung aus CD-Spieler und kleinem Frisbee.

»Nicht anfassen, Frannie. Das ist sehr empfindlich.« Er durchsuchte ein Regal voll großformatiger Kunstbücher. »Setz dich nur. Ich bin gleich bei dir.«

»Wie kommt es, daß du jedesmal, wenn ich hier bin, aus irgendeinem Grund meckerst?«

»Hier ist es.« Er zog ein Buch hervor, so groß wie eine Tür. Er warf einen Blick auf seine Hand, verzog das Gesicht und wischte sie an der Hose ab. Dann schlug er das Buch auf und fing an, darin zu blättern. »Wäre es dir nicht lieber, du würdest gerufen statt veralbert?«

»Wie meinst du das?« Ich nahm das CD-Frisbee noch einmal in die Hand und legte es wieder hin.

»Würdest du nicht lieber ein metaphysisches Abenteuer erleben, als irgendeinen Bengel aufzustöbern, der bloß versucht, dich lächerlich zu machen?«

»Nein. Meine Familie erlaubt mir nicht, mit ihnen zusammen *Akte X* oder *Outer Limits* anzugucken, weil ich immer lache, wenn die seltsamen Dinge passieren.«

Nach seinem Gesichtsausdruck zu schließen, hatte George mich ausgeblendet, nachdem ich »Nein« gesagt hatte. Aber dann hörte er jäh auf zu blättern, und ein Lächeln stieg langsam auf seinem Gesicht empor wie ein startender Heißluftballon. Und nicht nur das. Es war das zweite Mal an diesem Tag, daß ich in jemandes Gesicht einen Ausdruck gesehen hatte, der mir ankündigte, daß etwas Großes bevorstand und ich besser meinen Sicherheitsgurt anlegte – was immer mich jetzt erwartete. Das erste Mal war es passiert, unmittelbar bevor Susan mir von ihrer Trennung erzählte. Aber Georges Gesichtsausdruck war noch merkwürdiger, denn er neigte nicht zu emotionalem Überschwang. Wer den Burschen nicht kannte, konnte ihn leicht für einen Autisten halten. Seine Reaktionen wurden selten von einer Extraportion Ausrufungszeichen begleitet.

»›Fürchte nur zwei: Gott und den Menschen, der Gott nicht fürchtet.‹ Das ist aus dem Koran, Frannie.«

Was immer *das* nun wieder heißen sollte – er kam herüber und hielt das aufgeschlagene Buch in beiden Händen. Er legte es mir in den Schoß und trat einen Schritt zurück. Ich schaute ihn an und wartete auf irgendein Zeichen, aber er deutete nur auf die Seite, und das bizarre Lächeln war immer noch fest an seinem Platz.

Ich senkte den Blick. Meine Augen wurden groß wie Planeten. »Nie im Leben, verdammt!« Ich hob den Kopf nicht. Mein Blick sauste auf dem Bild hin und her. »Nie … im … Leben!«

»Siehst du den Titel?«

»*Ja, George, ich sehe den Titel!* Was soll ich jetzt damit anfangen? Hä? Sehe ich den Titel? Bin ich blöd? Ich kann lesen, weißt du …«

»Immer mit der Ruhe, Frannie.« Aber er lächelte. Der Mistkerl lächelte immer noch.

Auf der Seite in dem Buch auf meinem Schoß war die

Reproduktion eines Gemäldes von einem unbekannten Künstler, ca. 1750. Vergessen Sie das nicht: siebzehnhundertfünfzig. Es war das Porträt eines Hundes. Eines dreibeinigen, einäugigen, marmorkuchenfarbenen Pitbulls, der uns gegenübersitzt und friedlich nach rechts schaut. Ein weißer Vogel – eine Taube? – mit ausgebreiteten Flügeln schwebt über dem Kopf des Hundes. Hinter ihnen im Tal liegt eine Burg. Dahinter sieht man eine idyllische Landschaft mit sanften Hügeln, einem mäandernden Fluß und Bauern bei der Arbeit im Weinberg. Leicht hätte man den Hund durch einen Edelmann oder einen reichen Grundbesitzer ersetzen können, der auf einer Anhöhe steht und auf alles hinabblickt, das ihm gehört, auf alles, was er im Leben erreicht hat, auf seinen Himmel auf Erden, den wir hier neidvoll erblicken. Aber er ist *kein* Edelmann und überhaupt kein Mensch: Er ist ein Pitbull. Und einer, der sehr vertraut aussieht.

Das Gemälde hieß »Old Vertue«.

»Woher wußtest du davon, George?«

 »Ich habe mich an das Bild erinnert.«

Ich klappte das Buch zu und las den Titel: »Große Tierporträts«. »Steht etwas über das Bild in der Einleitung?«

»Nein.«

»Warum hast du mir nicht gleich davon erzählt, als du den Kadaver gesehen hast und ich dir seinen Namen gesagt habe?«

»Weil ich erst wissen wollte, was du darüber denkst.«

Ich war so wütend, daß ich ihm das Buch am liebsten über den Schädel geschlagen hätte, und so erschüttert, daß ich mich am liebsten in dem zweiten Loch, das ich für den toten Hund graben wollte, verkrochen hätte. Ich ließ das Buch zu Boden fallen. George wollte es aufheben, aber als ich mich straffte, erstarrte er.

»Und was soll ich jetzt *tun*?«

Er ging in die Hocke wie ein Fänger beim Baseball und legte eine Hand auf die Armlehne meines Sessels, um nicht das Gleichgewicht zu verlieren. Wir schwiegen beide. Chuck rollte sich auf den Rücken und fing an, das zu tun, was Hunde tun, wenn sie glücklich oder übermütig sind: Er drehte sich hin und her – flip flop.

»George, was würdest du an meiner Stelle tun?«

»Den Hund noch mal begraben. Und dann warten, was passiert.«

»Viele andere Möglichkeiten gibt's wohl auch nicht.«

»Du könntest ihn im Tierheim verbrennen lassen, aber ich glaube nicht, daß das Problem damit erledigt wäre.«

»Er wird zurückkommen, nicht wahr?«

»Ich nehme es an. Ja, er wird zurückkommen.«

»Gutes tut man nicht ungestraft. Das habe ich davon, daß ich zu einem toten Hund nett bin: Der Scheißer kommt zurück und spukt. Das ist doch absurd. Warum rede ich so?«

»Weil das Wundersame dich beim Wickel hat, Frannie. Weil du keinen Einfluß darauf hast. Irgend etwas anderes bestimmt jetzt die Regeln.«

Mir kam ein seltsamer, verstörender Gedanke. Unwillkürlich fragte ich: »Bist du das, George? Hast du das alles getan? Bin ich *deshalb* heute hergekommen – weil du es arrangiert hast? Du bist komisch. Aber vielleicht bist du komischer, als ich dachte.«

»Danke, sehr schmeichelhaft. Aber du suchst immer noch nach logischen Antworten. Selbst wenn ich es arrangiert *hätte*, wie erklärst du dir dann das Gemälde in dem Buch?«

»Du hast einen Hund gefunden, der aussah wie der auf dem Bild. Du hast ihn auf den Parkplatz gelegt, wo du wußtest, daß ihn jemanden finden wird … Das ist lächerlich. Es gäbe zu viele Zufälle, und alles Mögliche hätte schiefgehen können.«

»Genau. Du willst klare Antworten, wo es keine gibt. Was du hinkriegen mußt, ist eine echte Frage, und du mußt sie ehrlich in deinem Herzen stellen. Und dann eine klare Antwort suchen. Ich bin nicht daran beteiligt, aber ich bin sehr froh, daß du heute hergekommen bist. Es ist das einzige Mal, daß ich je ein Wunder aus erster Hand gesehen habe. Und ich glaube, es ist eins.«

Ein großer, schöner Apfelbaum stand in Georges Garten; er hatte ihn vor Jahren gepflanzt, als er in sein Haus gezogen war, und er war ungeheuer stolz darauf. Das ganze Jahr über besprühte, bewässerte und pflegte er ihn. Beim geringsten Verdacht wurde ein Baumchirurg gerufen. Die Äpfel aß George zwar nie, aber im Herbst verbrachte er viele Stunden damit, sie sorgfältig zu pflücken und in große Weidenkörbe zu legen, die er eigens zu diesem Zweck gekauft hatte. Dann spendete er die Ernte dem städtischen Krankenhaus. Ich hatte schon Äpfel von seinem Baum gegessen, und sie waren abscheulich, aber das mußte man ihm ja nicht sagen.

Jetzt saß er unter diesem Baum und sah zu, wie ich die Erde aus dem Loch schaufelte. Er hatte mir seine Hilfe angeboten, aber ich bestand darauf, die Arbeit allein zu tun. Wenn Old Vertue meinetwegen gekommen war, war es wohl auch meine Pflicht, für ihn zu graben.

»Wie alt bist du, Frannie?«

»Siebenundvierzig.«

»Hast du schon mal gemerkt, wie die Bedeutung von Wörtern sich ändert, wenn wir älter werden? Als ich jung war, dachte ich, alt ist fünfzig. Jetzt bin ich fast fünfzig, und alt ist achtzig. Mit zwanzig dachte ich, das Wort Liebe bedeutet eine sexy Frau und eine gute Ehe. Heute liebe ich nur noch meine Arbeit, Chuck und diesen Baum. Trotzdem genügt das.«

Ich stieß den Spaten in den Boden und grub. »Willst du damit nicht einfach sagen, alles ist relativ?«

»Nein, es ist etwas völlig anderes. Im Laufe des Lebens verändert sich unsere Definition der Dinge radikal, aber weil es so allmählich geschieht, sind wir blind dafür. Die Jahre vergehen, und unsere Namen für die Dinge passen nicht mehr, aber wir benutzen sie trotzdem weiter.«

»Weil es bequem ist und wir faul sind.« Hoch mit der Schaufel.

»Weißt du, daß es in Farsi über fünfzig verschiedene Ausdrücke für das Wort Liebe gibt?«

»Warum führen wir dieses Gespräch, George? Oha! Da geht's wieder los.«

»Was?«

»Hier ist was drin. In diesem Loch. Genau wie beim letzen Mal mit dem Knochen.«

»Was ist es denn?«

Ich bückte mich und hob den bunten Gegenstand auf, den die Schaufel ans Licht gebracht hatte. »*O mein Gott!*«

»Was denn, Frannie? Was?«

»Es ist … es ist …«

»*Was?*« George klang hektisch.

»Es ist Mickey Mouse!« Ich warf die Gummifigur, die ich ausgegraben hatte, zu ihm hinauf. »Die muß zehntausend Jahre in der Erde gelegen haben.«

Sogar er lachte, als er mit dem Quietschspielzeug in der Hand wackelte. »Mindestens. Vor zwanzig Jahren hat ein Kind einen ganzen Nachmittag lang Herzeleid gelitten, weil es das Ding verloren hatte.«

Als ich fertig gegraben und weiter keine archäologischen Schätze zutage gefördert hatte, legte ich Old Vertue in seine neue Ruhestätte und schaufelte Erde auf ihn. Chuck taufte das neue Grab, indem er darauf pißte, sowie ich fertig war, und das war nur passend. Asche zu Asche, Hund zu Hund. George und ich blieben kurz stehen und schauten uns die Stelle an.

»Was mache ich jetzt?«

»Nichts. Abwarten.«

»Vielleicht liegt er schon wieder im Kofferraum.«

»Das bezweifle ich, Frannie.«

»Aber du glaubst, daß er zurückkommt? Daß nicht bloß irgendein Hohlkopf mir einen Streich spielt?«

»Nein. Und ich finde es aufregend.«

»Ich kannte mal einen, dessen Frau wurde schwanger, als sie beide schon über vierzig waren. Ich fragte ihn, wie er das fand, und er sagte: ›Es ist okay, aber um die Wahrheit zu sagen, ich bin zu alt für Kinderbaseball.‹ Irgendwie geht's mir hier genauso: Ich glaube, ich bin zu alt für Wunder.«

»Pauline hat sich tätowieren lassen.« Magdas Stimme traf mich wie ein Flammenwerfer, als ich an diesem Abend zur Tür hereinkam. Aber die Neuigkeit war sensationell. Bei der Vorstellung, daß Fade etwas so Selbstbewußtes und Untypisches gemacht haben sollte, hätte ich am liebsten applaudiert. Aber wenn ihre Mutter das wüßte, würde sie mich schlagen.

Ich bemühte mich ... nachdenklich zu klingen. »Nun ja, es ist *ihr* Körper ...«

Sie funkelte mich an. »Es ist nicht ihr Körper, wenn sie etwas derart Dummes damit tut. Was kommt als nächstes? Ein Piercing? Branding soll heutzutage in sein, höre ich. Sie ist ein Teenager, der plötzlich trendy sein will. Gestatten, ich bin heute abend Ihr persönliches Klischee. Wag es ja nicht, dich auf ihre Seite zu stellen, Frannie, sonst tätowiere ich dir den Schädel.«

»Ist es groß oder klein?«

»Was?«

»Das Tattoo.«

»Das weiß ich nicht. Sie will es mir nicht zeigen! Sie hat nur bekanntgegeben, daß sie es hat machen lassen, und dann hat sie mich stehenlassen, mit der Kinnlade auf den Zehen. Meine Tochter hat ein Tattoo. Ich schäme mich so.«

»Ich dachte, ihr beide wart heute zusammen.«

»Waren wir auch! Wir waren zusammen in der Mall in Amerling. Nach dem Lunch haben wir uns für zwei Stunden getrennt. Danach erzählte sie mir, was sie getan hat. Sie ist ein so ruhiges Kind, Frannie. Warum um alles in der Welt tut sie etwas so Verrücktes?«

»Vielleicht möchte sie nicht mehr ruhig sein.«

Magda verschränkte die Arme und tappte mit dem Fuß auf den Boden. »Und?«

»Und was?«

»Und was gedenkst du zu unternehmen?«

»Ich denke, wir müssen erst mal sehen, was es ist, Honey. Wenn es eine Kleinigkeit ist, ein Käfer oder so was ...«

»Ein *Käfer?* Wer läßt sich denn Käfer auf den Körper tätowieren?«

»Du würdest dich wundern. Unten im County-Gefängnis kannst du Tattoos sehen ...«

»Wechsle nicht das Thema. Du bist ihr Stiefvater, und du bist Polizist ...«

»Soll ich sie verhaften?«

Sie kam heran und schlang zu meiner Überraschung ihre dünnen Arme um mich. Ihr Mund war zwei Fingerbreit von meinem Ohr entfernt, und sie grollte in ihrem tödlichsten Tonfall: »*Du sollst mit ihr reden.*«

Das Abendessen war keine vergnügliche Veranstaltung. Zum Glück war ich mit Kochen an der Reihe, und so brauchte ich die lunare Stille nicht zu ertragen, die aus dem Wohnzimmer drang. Normalerweise war das Abendessen bei uns angenehm. Wir drei versammelten uns in der Küche und erzählten vom Tag. Im Radio lief immer ein Oldie-Sender, und wenn etwas besonders Gutes kam, unterbrachen wir, was immer wir gerade taten, und tanzten zusammen zu den Dixie Cups oder Wayne Fontana and the Mindbenders.

An diesem Abend saßen die beiden Frauen aus irgendeinem Grund drei Schritt voneinander entfernt im Wohnzimmer und taten, als ob sie läsen. Ich glaube, Magda war da, um den Anschein zu erwecken, als störe es sie kein bißchen, daß ihre Tochter sich hatte tätowieren lassen. Das alltägliche Leben. Das Problem war nur, daß man sah, wie sie die Lippen bewegte, während sie sich eine ätzende Bemerkung nach der andern ausdachte, die sie ihrem vom rechten Wege abgewichenen Kind entgegenschleudern wollte. Pauline war vermutlich da, um zu sehen, woher der Wind wehte, oder um wortlos zu verkünden, daß sie jetzt tun würde, was ihr gefiel, und daß wir das einfach akzeptieren mußten.

Solange es nichts Dummes oder Obszönes war, hatte ich kein Problem mit einem Tattoo. Ich war nur neugierig zu sehen, was diese merkwürdige junge Frau unauslöschlich in einen bis jetzt unbekannten Teil ihres Körpers eingraviert haben wollte. Während ich in meiner Mulligatawny rührte, überlegte ich laut: »Einen Drachen? Nie. Ein Herz?« und so weiter. Aber ich wußte, wenn ich Magda nicht beschwichtigen könnte, würde mir die würzige Suppe, die da vor mir auf dem Herd blubberte, nicht helfen können.

Ich hatte eine Idee. Teile und herrsche. Ich öffnete die Küchentür und bat Pauline, für einen Augenblick hereinzukommen. Sie warf einen kurzen Blick zu ihrer Mutter hinüber, um zu sehen, ob dieser Schachzug zwischen uns abgesprochen war. Aber Magda schaute nicht einmal auf.

Niemand war sturer als sie, wenn es nötig war. Die Königin der Kalten Schulter, der Versiegelten Lippen, des Schweigens im Walde: Paulines Mutter konnte einen schneller aussperren als eine zugeschlagene Tür.

Pauline warf den Kopf in den Nacken und marschierte quer durch das Zimmer in die Küche. »Was?« fragte sie mit herrischer Stimme, die nicht ihre war.

Ich lächelte sie an.

»*Was?*«

»Deine Ma setzt uns beide auf ihre Schwarze Liste, wenn du mir nicht wenigstens sagst, wo und was es ist.«

Sie verschränkte die Arme und machte schmale Lippen, genau wie Magda. »Es ist mein Körper. Ich mache damit, was ich will.«

»Einverstanden. Aber wir müssen eine Möglichkeit finden, die Wogen zu glätten, bevor sie die Atombombe zündet. Und Sturheit ist keine Lösung.«

»Was willst du von mir?«

»Wo ist es?«

Sie musterte mich und schob die Unterlippe vor. »Das sage ich dir nicht. Du versuchst mich zu manipulieren. Das kann ich nicht ausstehen.«

»*Was* ist es für ein Tattoo? Das kannst du mir wenigstens sagen. Komm uns entgegen, Pauline; gib mir irgend etwas, das ich Magda anbieten kann, um sie zu beruhigen. Sei von mir aus ein Individuum, aber vergiß nicht, du bist auch eine Tochter. Deine Mutter macht sich Sorgen um dich. Sei nicht unvernünftig. Wir stehen auf deiner Seite.«

»Schlag's dir aus dem Kopf, Frannie. Ich brauche nicht zu rechtfertigen, was ich tue. Ich wollte ein Tattoo haben, und jetzt hab ich eins. Und wenn ich mir die Zunge piercen will, lasse ich mir die Zunge piercen.«

Ich schaute zum Himmel und verschränkte die Hände wie ein betender Italiener. »Pauline, sag so was ja nicht zu deiner Mutter! Im Umkreis von zwei Meilen darfst du nicht mal das *Wort* piercen benutzen. Allmächtiger!«

»Ich will mich ja nicht piercen lassen, aber wenn ich Lust dazu habe, mach ich's!«

Ich habe schon erwähnt, daß ich als Junge ein übler Bursche war. Die meiste Zeit habe ich diesen Teil meiner selbst verschwinden lassen. Aber ab und zu kommt dieser kleine Scheißkerl aus früheren Jahren plötzlich wieder zum Vorschein, und meistens im falschen Moment. Pauline klang so grob und selbstgerecht, daß der junge Fran mir aus dem Mund sprang und ihr geradewegs an die Gurgel fuhr. Im aufreizendsten und unangenehmsten Tonfall, der mir zur Verfügung stand, äffte ich nach, was sie gesagt hatte. Um die Kränkung zu vergrößern, wackelte ich beim Sprechen mit dem Kopf hin und her wie eine schwachsinnige Kasperpuppe: » … ich mach's, wenn ich Lust dazu habe.«

Zu ihrer Ehre muß man sagen, daß meine Stieftochter darauf gar nicht antwortete, sondern mich nur mit einem langen, angewiderten Blick bedachte. Mit intakter Würde wandte sie sich ab und verließ die Küche. Ich hörte ihre Mutter besorgt rufen: »Wo gehst du hin?« Dann fiel die Haustür ins Schloß.

Zwanzig Sekunden später war Magda in der Küche. »Was hast du zu ihr gesagt? Was hast du getan?«

»Hab's verpatzt. Ich hab mich über sie lustig gemacht.«

Sie schlug sich mit der flachen Hand an die Stirn. »Das ist doch lächerlich! Ich klinge genau so wie meine Mutter bei meiner Schwester!«

Magdas ältere Schwester war ein Teenager gewesen, als sie vor dreißig Jahren ermordet wurde. Sie war ein wildes Mädchen und in Crane's View dafür berüchtigt, daß sie tat, was ihr Spaß machte. Magda sagte, die meisten ihrer Kindheitserinnerungen drehten sich darum, wie ihre Mutter und ihre Schwester einander anschrien.

Die Türglocke läutete. Wir schauten uns an. Pauline? Wieso klingelte sie an ihrer eigenen Haustür? Vielleicht hatte sie ihren Schlüssel vergessen. Ich legte die Suppenkelle hin und ging, um aufzumachen.

Es war niemand da. Ich trat aus dem Lichtkreis der Verandabeleuchtung, um mich umzusehen. Nichts. Kinder, die beim Polizeichef klingelten und dann wegliefen? Ich wollte wieder ins Haus gehen, aber etwas ließ mich stehenbleiben: meine Nase. Zwar viel unbestimmter, aber der wunderbare Duft lag wieder in der Luft. Als ich ihn das letzte Mal hier gerochen hatte, war es in der Garage gewesen, als Old Vertue wieder aufgetaucht war. Ob das seine Visitenkarte war? Ich hatte nicht vor, lange zu fackeln, um es herauszufinden.

Ich ließ die Suppe und ging quer über den Rasen zu unserer Garage und schaute hinein. Jemand saß auf dem Beifahrersitz unseres Wagens. Ich trat näher heran und erkannte Pauline. Aber bevor ich mich um sie kümmerte, mußte ich etwas anderes überprüfen. Ich hatte den Schlüssel schon in der Hand und öffnete den Kofferraum. Ich weiß nicht, was ich erwartet hatte. Aber da war nichts. Ich atmete tief und erleichtert aus. Wenn der tote Hund wieder da gewesen wäre, mit Pauline im Auto, dann hätte ich … ich weiß nicht, was ich getan hätte. Aber der Geruch war in der Garage stärker, kein Zweifel.

»Pauline?«

»Ich will ein Leben zur Hauptsendezeit.« Sie rührte sich nicht. Blickte einfach starr geradeaus und sprach mit der Garagenwand.

»Nichts dagegen. Die Hauptsendezeit ist die beste.«

»Wir haben letztes Jahr in der Schule eine Zeile gelesen, die mir solche Angst eingejagt hat, daß ich dauernd daran denken muß. ›Wie kannst du dich verstecken vor dem, was niemals weggeht?‹ Deshalb hab ich mich tätowieren lassen. Mom glaubt, es ist, weil ich sein möchte wie alle andern, aber genau das Gegenteil stimmt. Ich will, daß die Leute in der Schule davon hören und sagen: ›*Die?* Pauline Ostrova? Dieser dumme kleine Bücherwurm hat ein *Tattoo*?‹ Wenn ich älter bin, will ich nicht der gleiche Mensch sein, der ich jetzt bin, Frannie. Ich hab vorhin an der Tür geläutet. Ich wollte nicht allein sein hier draußen. Ich hatte gehofft, daß du mich findest.«

»Schon okay. Aber ich wünschte, du würdest jetzt wieder ins Haus kommen. Die Suppe ist fertig. Und noch etwas darfst du nicht vergessen: Was dir angst macht, läßt dich meistens auch mehr arbeiten. Vor Gespenstern rennst du schneller weg als vor einer Mathearbeit.«

Sie rührte sich nicht. »Es tut mir nicht leid. Das Tattoo, meine ich.«

»Es braucht dir nicht leid zu tun. Was ist es eigentlich?«

»Geht dich nichts an.«

Das Leben ging weiter. Wir aßen unsere Suppe, gingen zu Bett, standen am nächsten Morgen auf und betraten die Zukunft, um die Pauline sich solche Sorgen machte. Old Vertue tauchte nicht wieder auf, und die Schiavos auch nicht. Die Luft roch wieder wie immer, und unser Auto sprang an. Johnny Petangles fiel in einen der Gräben, die sie am Fluß ausgehoben hatten, und verstauchte sich den Knöchel. Susan Ginnety fuhr auf eine Tagung für Kleinstadtbürgermeister. Als sie zurückkam, war ihr Mann Frederick ausgezogen. Und was für die Bürgermeisterin noch schlimmer war, er hatte sich vier Straßen weiter ein Haus gemietet. Als ich ihm auf dem Markt über den Weg lief, sagte er, sie könne ihn aus ihrem Leben hinauswerfen, aber er werde die Stadt nicht verlassen, die ihm sehr ans Herz gewachsen sei.

Ich war überrascht. Um die Wahrheit zu sagen: Crane's View ist keine besonders großartige Stadt. Die meisten Leute kommen zufällig hierher oder wenn sie auf der Suche nach anderen, malerischeren Städtchen im Hudson Valley sind. Manchmal machen sie halt, um in Scrappy's Diner oder Charlie's Pizza etwas zu essen. Manchmal bleiben sie danach noch lange genug für einen Spaziergang um den einen Häuserblock der Stadtmitte, während sie ihr cholesterinhaltiges Essen verdauen.

Ich wohne hier gern, weil mir Vertrautes gut gefällt. Ich

stelle meine Schuhe immer an denselben Platz, bevor ich ins Bett gehe, und zum Frühstück esse ich fast immer das gleiche. Als ich jünger war, habe ich genug von der Welt gesehen, um zu wissen, daß ich nicht dazu geschaffen bin, in Ländern zu leben, auf deren Briefmarken Elefanten, Pinguine oder Schlangen namens *coluber de rusi* abgebildet sind. Nein danke. Wie andere meiner Generation, die in Vietnam waren und von diesem Erlebnis traumatisiert sind, bin ich viel gereist, bevor ich wieder nach Hause kam. Ich kann darauf verzichten, morgens aufzuwachen, weil ein hustendes Kamel den Kopf in mein Schlafzimmerfenster steckt (Kabul), oder frische Mangos auf dem Freiluftmarkt von Port Louis, Mauritius, zu essen. Crane's View ist ein Peanutbutter-Sandwich: sehr sättigend, sehr amerikanisch, süß, nicht besonders interessant. Gott segne es.

Ein paar Nächte später weckte mich der hektische kleine Mann, der sich in meiner Blase eingemietet hat, als ich die Vierzig überschritten hatte, und wollte zur Toilette – sofort!

Willkommen in dem Abschnitt des Lebens, in dem man lernt, daß der Körper nicht die Summe seiner Teile ist, sondern daß manche dieser Teile funktionieren und andere die Arbeit einstellen.

Magda war auf liebe, vertraute Weise um mich geschlungen. Sie brummelte sexy, als ich mich ihr entflocht. Meine erste Frau hat so weit weg von mir geschlafen, daß ich immer ein Ferngespräch führen mußte, wenn ich mehr von der Decke haben wollte. Jetzt kam mir, selbst wenn ich mitten in der Nacht wach wurde, als erstes in den Sinn, wie sehr ich die Frau liebte, die da neben mir lag. Ich küßte ihre warme Wange und stand auf. Der Holzboden war kalt unter meinen bloßen Füßen – eins der kleinen, sicheren Anzeichen des nahenden Herbstes.

Mitten in der Nacht ist das eigene Heim immer ein bißchen geheimnisvoller. Nachmitternächtliche Geräusche verbergen sich hinter dem Rest des Tages. Das heikle Knarren der Dielen. Das glatte Schmirgelpapiergeräusch von nackten Füßen, die irgendwo hingehen. Die dicke Fliege, die bewegungslos auf der Fensterscheibe sitzt, schwarz vor dem silberblauen Licht der Straße. Man riecht die Kälte und den Staub.

Ich ging den Flur hinunter zum Bad. Zu meiner Überraschung brannte dort Licht. Musik spielte leise. Als ich näherkam, erkannte ich Bob Marley, der um zwei Uhr morgens »No Woman, No Cry« sang. Die Tür stand eine Handbreit offen. Ich beugte mich vor und spähte hinein.

Pauline stand mit dem Rücken zu mir und betrachtete sich im Spiegel. Sie trug genug schwarze Augenschminke, um als Krähe durchzugehen. Außerdem war sie splitternackt. Meine erste Reaktion war ein instinktives Hoppla! und ein hastiges Zurückzucken. Aber etwas steckte in meinem Gehirn wie ein Wurfpfeil. Ich hatte da drin etwas gesehen – und zwar nicht bloß zum ersten Mal meine Stieftochter nackt. Ich wollte Pauline nicht nackt sehen – nicht einmal, nicht zweimal, überhaupt nicht –, aber ich mußte noch einmal einen Blick hineinwerfen. Zum Glück hypnotisierte sie sich noch immer im Spiegel und bemerkte nicht den Spanner Fran an der Tür.

Da war es! Mitten auf ihrem Rückgrat, gleich oberhalb des Arsches, war das berüchtigte Tattoo. Wegen seiner Position würden wenige Menschen außer Pauline und ihren Lovern dieses Ding je zu sehen bekommen. Es wäre ein hübsches, geheimes Geschenk für sie gewesen, wenn es nicht das gewesen wäre, was es war. Das Tattoo war eine ungefähr zwanzig Zentimeter lange Feder. *Die* Feder, die ich im Hause Schiavo gefunden und – zweimal – zusammen mit Old Vertue begraben hatte. Die gleichen wilden Farben und das unverwechselbare Muster, wunderschön gezeichnet über dem hübschen Hintern des Mädchens.

Ich trat zurück und ging. Der Schrecken beim Anblick dieses Bildes an *dieser* Stelle war dem inzwischen ernsthaften Pißbedürfnis ebenbürtig. Ich würde unten auf die Toilette gehen. Ich war froh, daß ich einen Plan hatte, denn ich war so verdattert, daß ich womöglich starr dagestanden und mich eine Stunde lang nicht von der Stelle gerührt hätte, wenn ich nicht hätte gehen müssen. Das Haus um mich herum war nicht mehr kalt, meine Hand nicht mehr taub vom glücklichen Tiefschlaf. Etwas Großes und offenbar Unausweichliches trat mir immer wieder in den Weg, wohin ich mich jetzt auch wandte. Und es verfügte über eine endlose Vielfalt von Möglichkeiten, immer wieder zu sagen: *Ju-huu, da bin ich wieder!*

Ich stellte mir vor, wie Pauline in das höchst exklusive »Body Art Studio« in der Mall in Amerling ging und die Alben mit den vielen hundert Tattoo-Beispielen durchblätterte. Hatte sie das vierte Buch aufgeklappt, das achtzigste Bild gesehen und gedacht: »Oh, das ist hübsch – eine Feder. Das nehme ich«? Oder hatte Magie sie gezwungen, dieses Bild auszuwählen? War überhaupt irgend etwas davon ihre Entscheidung gewesen, oder hatte dieses Ding jetzt das Kommando über unser aller Leben?

Smith, der Kater, begrüßte mich unten. Er ist ein braver Kerl, der für sich bleibt, die meiste Zeit des Tages irgendwohin verschwindet und nachts durch das Haus streift. Er begleitete mich zur Toilette, und sein Schwanz zuckte hin und her. Bevor ich Magda heiratete und wieder jemand Wichtiges hatte, mit dem ich nach dem Dienst sprechen konnte, hatte Smith (der einzige Überlebende meiner ersten Ehe) sich viele meiner Geschichten angehört. Dafür war ich stets dankbar, und das ließ ich ihn wissen.

Während ich mich erleichterte, dachte ich an die Frauen dort oben. Pauline, wie sie nackt vor dem Spiegel um zwei Uhr morgens eine schwarzäugige Identität ausprobierte. Schwarzumrandete Augen und ein Tattoo auf der Wirbelsäule: Rollen, die zu ihr paßten wie Männerclogs Größe 45. Und ihre Mutter, die nebenan schlief, ohne das geringste von Hunden zu ahnen, die aus dem Grab auferstanden, oder von der Tatsache, daß ihre Tochter beschlossen hatte, einen Spaziergang durch die dunklen Wälder der Außenbezirke ihres Lebens zu unternehmen.

Um zehn Pfund Flüssigkeit leichter, wusch ich mir die Hände. Als ich sie mir mit einem pinkfarbenen Handtuch abtrocknete, dachte ich amüsiert und voller Liebe daran, daß ich mit Pink lebe. Ich *hasse* Pink. Nie hätte ich mir träumen lassen, daß diese widerliche Farbe einmal Teil meines Alltags werden würde. Aber Magda liebte sie, und deshalb lebte Pink überall in unserem Haus, und es brach mir das Herz. Ich knipste das Licht aus und ging wieder zur Treppe.

»Seit wann wäschst du dir nach dem Pissen die Hände?«

Das Licht von der Straße flutete über Teile des Wohnzimmerbodens und beleuchtete ihn mit dem silbrigen Blau von Chrom und Geistern. Rechts vom Fenster saß jemand in meinem Lieblingssessel. Er hatte die Beine ins Licht gestreckt. Ich sah den Schwanz des Katers, der hin und her peitschte: Smith stand auf dem Schoß desjenigen, der da saß.

»Wer sind Sie? Was suchen Sie in meinem Haus?« Ich trat ins Zimmer und blieb an der Wand stehen, wo der Lichtschalter war. Aber ich schaltete das Licht nicht ein. Ich wollte mehr hören, bevor ich etwas sehen mußte.

»Schau dir deinen Kater an. Sagt dir das nichts?« Klang seine Stimme vertraut? Ja. Nein. Hätte ich sie erkennen müssen? War das möglich?

Ich schaute den Kater an, der dem Kerl auf dem Schoß stand. Und das ganz zufrieden, wie man daran sehen konnte, daß er unbewegt dastand und langsam den Schwanz bewegte. Smith ließ sich nicht gern festhalten. Smith ließ sich nicht gern anfassen. Smith bestimmte die Spielregeln. Wenn jemand ihn aufhob und streicheln wollte, sprang er runter oder, wenn man ihn festhielt, duckte er sich und fauchte. Ich war die einzige Ausnahme. Weil er wußte, daß ich ihn und seine Gewohnheiten respektierte, ließ der Kater sich von mir hochnehmen. Meistens blieb er ein Weilchen – und vielleicht schnurrte er sogar dann und wann.

Aber mehr als der Kater waren es die Schuhe, die den Ausschlag gaben. Bevor ich den Blick auf die Schuhe richtete, konnte – oder vielleicht wollte – ich nicht sämtliche Puzzleteile zusammensetzen und erkennen, wer da mit meinem Kater auf dem Schoß in meinem Sessel saß. Aber die Schuhe in diesem sexy Lichtschein sagten mir, was ich wahrscheinlich schon wußte.

Als ich klein war, trugen die Kids in unserer Stadt nur eine Sorte Schuhe: hohe Turnschuhe. In Schwarz. Die

Marke war entweder Converse Chuck Taylors oder PF Flyers, aber nichts anderes. Wer nicht mit diesem Strom schwamm, war ein Niemand. Kids halten sich gern für Individualisten, aber niemand außerhalb des Militärs hält sich so strikt an einen Dresscode wie Teenager.

Als mein Vater von einer Geschäftsreise nach Dallas zurückkam und mir ein Paar orangefarbene Cowboystiefel mitbrachte – *orange* –, mußte ich mich daher schwer beherrschen, um nicht loszulachen. Cowboystiefel? Wofür hielt er mich – für den gottverdammten Lone Ranger? Ich liebte meinen Alten, sogar in meiner üblen Zeit, aber manchmal hatte er wirklich keine Ahnung. Ich trug die Stiefel in mein Zimmer und feuerte sie in das Schwarze Loch meines Wandschranks. *Adios, Partner.*

Aber am nächsten Morgen wollte ich ein Hemd aus dem Schrank nehmen, und da standen sie, ganz leuchtend und blank und immer noch orange. Ich schaute sie an. Dann schaute ich meine unrettbar vergammelten schwarzen Turnschuhe auf dem Boden an. Dann lächelte ich, zog die Stiefel an und ging hinaus in einen neuen Tag. Ich war der schlimmste Bengel in der Stadt. Der übelste. Die wenigen Leute in Crane's View, die mich nicht haßten, hätten es eigentlich tun müssen. Wenn ich Lust hatte, als Roy Rogers in Pferdestiefeln herumzulaufen, würde keiner meiner Altersgenossen, solange er alle Tassen im Schrank hatte, mich deswegen zur Rede stellen oder sich in meiner Gegenwart über mich lustig machen, denn sie wußten, daß ich sie bei lebendigem Leibe auffressen würde. Ich trug diese Cowboystiefel, bis sie auseinanderfielen, und als ich sie wegwerfen mußte, war ich traurig.

Das nächtliche Licht vom Fenster fiel in einem breiten Streifen über orangegelbe Cowboystiefel. Von da, wo ich stand, sahen sie neu aus. Mein Blick wanderte an den Stiefeln hinauf zum Bein, zum Körper, und nach einer Pause, in der mein Verstand zu Atem kommen konnte, schaute ich ihm schließlich ins Gesicht. »Du Hurensohn!«

»Nein, du Affe meines Herzens!«

Das war ich, mit siebzehn Jahren.

»Ich bin tot, stimmt's? Ich bin gestorben, aber ich hab's nicht gemerkt. All dieses komische Zeug ist passiert, weil ich tot bin, stimmt's?«

»Nein.« Behutsam hob er Smith von seinem Schoß und setzte ihn auf den Boden. Als er sich nach vorn beugte, berührte das Licht sein Hemd. Mein Herz tat einen Satz, denn ich erinnerte mich an dieses Hemd! Es hatte große, blau-schwarze Karos, und ich hatte es in einem Geschäft in der 45th Street in der City geklaut; ich hatte es in der Kabine angezogen, alle Ladenetiketten abgemacht und mein altes Hemd auf dem Bügel hängenlassen, als ich hinausspazierte.

»Nein, du bist nicht tot. Du bist nicht tot, und ich bin nicht tot. Ich weiß nicht, wo zum Teufel ich gewesen bin, aber scheiß drauf – der Junge ist wieder da! Freust du dich nicht, den alten Affen wiederzusehen?«

Affe meines Herzens. Diese Worte hatte ich seit Jahren nicht gehört. Einmal kam mein Vater aufs Polizeirevier, um mich abzuholen. Als wir auf der Straße waren, packte er mich im Genick und schüttelte mich. Er war klein und nicht sehr kräftig, aber wenn er wütend war, jagte er mir eine Scheißangst ein. Vielleicht, weil ich ihn so sehr liebte, aber nicht aufhören konnte, ihn zu enttäuschen. Ein Teil meiner selbst wünschte sich verzweifelt, er möge stolz auf mich sein, aber der größere Teil hielt ihm den Arsch hin und gab ihm durch mein andauerndes schlechtes Benehmen zu verstehen, er könne beide Backen küssen. Daß er nicht aufhörte, mich zu lieben, war ein Wunder.

»*Fuck you*, Frannie, du bist ein *Affe*. Du bist der gottverdammte Affe meines Herzens. *Fuck you.*«

Der Ausdruck schockierte mich mehr alles andere. Mein Vater fluchte selten, und *dieses* Wort benutzte er nie. Er war geistreich; er hatte eine Vorliebe für Metaphern und Wortspiele – »Zu dir durchzudringen, mein Sohn, das ist, als wollte man einen Penny vom Boden aufheben«. Seine Hobbys waren Kreuzworträtsel und Palindrome. Er lernte Gedichte auswendig; Theodore Roethke war sein Idol. *Fuck* war vom Alltagsvokabular meines Vaters so weit entfernt wie Bhutan. Aber jetzt hatte er es innerhalb von fünf Sekunden zweimal zu mir – und über mich – gesagt.

»Tut mir leid, Dad. Tut mir wirklich leid.«

Er hielt mich immer noch beim Genick und riß mich dicht vor sein sehr rotes Gesicht. Ich spürte die Hitze seiner Wut. »Es tut dir überhaupt nicht leid, du *Affe*. Wenn es dir leid täte, hätte ich noch Hoffnung. Du bist jung und gescheit, aber ein Totalverlust. Ich hätte nie gedacht, daß ich das einmal sagen würde, Frannie. Aber ich schäme mich deinetwegen.«

Diese Konfrontation veränderte nicht mein Leben, aber sie durchbohrte mich wie ein Messer, und die Wunde blutete lange. Bis dahin war ich in meinem kugelsicheren Panzer sicher gewesen, sogar vor meinem Alten, aber damit war es vorbei. Diese Worte, dachte ich nachher, markierten den Zeitpunkt, an dem etwas in meinem Leben zu Ende war.

»Und?«

»Und was?«

»Da bin ich wieder, nach all den Jahren. Ein gottverdammtes Wunder passiert vor deinen Augen, aber du stehst da mit dem Daumen im Arsch und sagst *äh...*«

»Was soll ich denn tun?«

»Mich küssen.« Er holte eine Packung Marlboro aus der Brusttasche, diese geliebte, rot-weiße Packung des Todes. Ich hatte sie mein Leben lang geraucht und jede Zigarette genossen. Magda wollte, daß ich damit aufhörte, aber ich sagte, auf keinen Fall.

»Willst du eine?«

Ich nickte und ging quer durchs Zimmer, um sie zu holen. Er schüttelte die Schachtel, und zwei rutschten heraus. Er reichte mir ein verbeultes Zippo-Feuerzeug. Ich erkannte es sofort und lächelte. Auf der Seite war eine Gravur: FRANNIE UND SUSAN – EWIGE LIEBE. Susan Ginnety, heute Bürgermeisterin von Crane's View, damals Liebessklavin meiner Wenigkeit.

»Dieses Feuerzeug hatte ich vergessen. Weißt du, was aus Susan geworden ist?«

Er zündete seine Zigarette an und nahm einen Jumbozug. »Nein, und du brauchst es mir auch nicht zu erzählen. Paß auf, wir müssen uns über das alles unterhalten. Willst du es hier tun oder draußen? Mir egal.« Er redete wie Joe Cool, aber es war klar, daß er lieber nach draußen gehen wollte. Ich trug einen Jogginganzug. Ich brauchte Schuhe und einen Mantel.

Als ich so weit war, öffnete ich die Hintertür, so leise ich konnte, und winkte ihn vor mir hinaus.

»Du brauchst keine Angst zu haben, daß uns jemand hört. Solange ich da bin, wird dich kein Mensch vermissen.«

»Wie funktioniert das?«

Er führte die beiden Zeigefinger zusammen, sodaß die Fingerspitzen sich berührten. »Wenn wir beide zusammen sind, bleibt alles andere stehen, kapierst du? Menschen, Sachen, der ganze Laden.«

Ich schaute nach unten und sah, daß der Kater mitging. »Alles außer Smith.«

»Yeah, na ja, den werden wir brauchen.«

Ich sah mein junges Ich an und dann wieder Smith. »Wieso beunruhigt mich das so wenig?«

»Weil du es schon seit langem hast kommen sehen.«

»Weil ich *was* habe kommen sehen? Du lächelst.«

»Ich lache mich kaputt. Jetzt komm schon.«

BAUCHGELÜST

Ein dicker weißer Fladen Spucke landete mit lautem Klatschen eine Handbreit vor meinem Fuß. Ich starrte hin und drehte mich dann langsam zu ihm um. Ich wußte genau, was er da tat und warum. »Wenn ich dich k.o. schlage, werde ich das spüren?«

Seine rechte Hand mit der Zigarette erstarrte auf halbem Wege zum Mund. »Probier's nur, *motherfucker*. Probier's.« Seine Stimme klang hart und bedrohlich. Zu einem bestimmten Zeitpunkt in meiner Vergangenheit hatte diese Stimme dem halben County Angst eingejagt. In dieser Nacht, als ich so dastand und sie hörte, wollte ich ihm nur den Kopf tätscheln und sagen: Langsam, langsam, alles in Ordnung, mein Kleiner. Du brauchst mich nicht anzuspucken, um dich verständlich zu machen.

»Vergiß nicht, Junior, daß ich hier im Vorteil bin, denn ich kenne dich *und* mich. Du kennst nur dich – und nicht das, was du in dreißig Jahren sein wirst.«

Er schnippte seine Zigarette weg. Sie hüpfte weit draußen über die Straße und ließ einen Schwarm von roten und goldenen Funken aufsprühen. Als er sprach, war der Zorn aus seinem Ton gewichen, und geblieben war Bekümmerung. »Wie konntest du so enden? Ich hab in diesem Haus gesessen und gedacht: ›Das ist es?‹ So wird es für mich ausgehen? Gelbe Sessel mit Blumen drauf, und das *Time Magazine* von letzter Woche? Bill Gates. Wer zum Teufel ist Bill Gates? Was ist mit dir *passiert?* Was ist mit *mir* passiert?«

»Du bist erwachsen geworden. Die Dinge haben sich geändert. Was dachtest du denn, wie das Leben sein würde, wenn du älter wirst?«

Er deutete mit dem Kopf zum Haus. »So jedenfalls nicht!

Nicht so, wie du es hier hast. Nicht *Vater ist der Beste* oder die *Andy Griffith Show*. Alles, aber nicht das.«

»Was denn dann?«

Seine Stimme kam wieder zur Erde zurück und wurde träumerisch. »Ich weiß nicht – ein nettes Apartment in New York vielleicht. Oder draußen in L.A. Flokati, weiße Ledersessel, coole Stereoanlage. Und Weiber – jede Menge Weiber. Aber du bist verheiratet! Du hast Magda Ostrova geheiratet, Herrgottnochmal! Die dürre kleine Magda aus der zehnten Klasse.«

»Findest du sie nicht hübsch?«

»Sie ist ... okay. Sie ist eine Frau. Ich meine, sie ist doch wahrscheinlich vierzig!«

»Das bin ich auch, Bruder. Älter sogar.«

»Ich weiß. Ich bin immer noch dabei, mir das in meinen Schädel zu hämmern.« Er schaute zu Boden und nickte. »Hey, versteh mich nicht falsch ...«

»Schon gut.«

Ich spazierte meine Straße entlang und versuchte, meine Welt mit seinen Augen zu sehen. Wie sehr hatte sie
sich in dreißig Jahren verändert? Was hatte sich verändert? Wenn ich an Crane's View dachte, fand ich es immer tröstlich, daß sich hier kaum etwas änderte, abgesehen von ein paar Läden in der Stadt und ein oder zwei neuen Häusern. Aber aus seiner Perspektive war es sicher eine ganz andere Welt.

Zu Hause ist man da, wo man sich am wohlsten fühlt. Aber ein Teenager fühlt sich auf eine andere Weise wohl als ein Erwachsener. Für mich als Jungen war Crane's View das Sprungbrett, das mich ins große Becken befördern würde. Ich hüpfte darauf herum, prüfte, wie es federte, und überlegte mir, was für einen Sprung ich machen wollte. Und als ich so weit war, lief ich darauf entlang und sprang mit allem, was ich an Mut und blindem Vertrauen aufbringen konnte, in die Luft. Als ich jung war, fühlte ich mich wohl in der Stadt, weil ich wußte, daß ich eines Tages fortgehen und große Dinge vollbringen würde. Ganz ohne Zweifel. Trotz der Tatsache, daß ich in der Schule miserabel und bei der Polizei aktenkundig war und keinen Respekt vor irgendwelchen Regeln hatte, war ich doch sicher, daß das Wasser, in das ich da springen würde, freundlich und warm war.

»Wo ist Dad?«

»Vor vier Jahren gestorben. Er ist oben auf dem Friedhof, wenn du ihn besuchen möchtest.«

»Hat *ihm* gefallen, was aus dir geworden ist?«

»Ja, er war ziemlich zufrieden mit mir.«

»Mich hielt er für eine Niete.« Es sollte amüsiert klingen, aber dahinter lag tiefes Bedauern.

»Du *warst* eine Niete. Vergiß nicht, ich war dabei. Ich war du.«

Wir gingen schweigend weiter. Es war eine kalte Nacht. Ich spürte den kalten Stein des Gehwegs durch meine dünnen Schuhsohlen.

»Wie ist denn das Mädchen? Magdas Tochter.«

»Pauline? Sehr gescheit, und gut in der Schule. Bleibt viel für sich.«

»Und wieso posiert sie mitten in der Nacht nackt vor dem Spiegel?«

»Probiert verschiedene Identitäten aus, nehme ich an.«

»Sie sieht nicht übel aus. Vor allem, wenn ihr noch Titten wachsen.«

Etwas Großes zuckte in mir. Es paßte mir nicht, daß jemand so über meine Stieftochter redete, zumal nachdem ich sie zu meiner Verlegenheit eben erst selbst nackt gesehen hatte. Einen Augenblick später mußte ich grinsen, denn mir wurde klar, daß ich ja selbst so redete. Mein siebzehn Jahre altes Ich. Und was er dann sagte, lenkte meine Gedanken in eine andere Richtung.

»Du wirst mir viel helfen müssen, weil ich nichts weiß.«

»Was meinst du damit?«

Er blieb stehen und berührte meinen Arm. Es war eine kurze Berührung – so, als wolle er sie nicht, könne sie aber nicht vermeiden. »Ich weiß ein paar Sachen, aber nicht so viel, wie du wahrscheinlich glaubst. Nichts über das, was hier passiert ist, seit ich weggegangen bin. Ich weiß, was vorher war, als ich älter wurde und so. Aber was danach war, weiß ich nicht.«

»Wieso bist du dann hier?«

»Schau dir deinen Kater an. Der sagt's dir.«

Smith war immer noch bei uns, aber er ging seine eigenen Wege; er schlängelte sich zwischen unseren vier Beinen hin und her, während wir dahinspazierten – als wolle er uns mit einem unsichtbaren Faden zusammennähen. Nicht so einfach, aber wie die meisten Katzen ließ er es ganz mühelos aussehen.

»Ich bin hier, weil du mich brauchst. Du brauchst meine Hilfe. Bieg hier nach links ab. Wir müssen zum Haus der Schiavos.«

»Du hast gerade gesagt, du weiß nichts über das, was jetzt hier los ist. Wieso weißt du dann von den Schiavos?«

»Hör zu, ich bin nicht hier, um dich auszutricksen. Ich werde dir erzählen, was ich weiß. Wenn du meinst, ich mache dir was vor, ist das dein Problem. Über die Schiavos weiß ich folgendes: Sie sind verheiratet, und sie sind vor kurzem verschwunden. Wir müssen jetzt zu ihrem Haus, weil du etwas sehen mußt.«

»Warum?«

»Weiß ich nicht.«

»Wer hat dich geschickt?«

Er schüttelte den Kopf. »Weiß ich nicht.«

»Woher kommst du?«

»Weiß ich nicht. Aus dir. Ich komme irgendwo aus dir.«

»Du bist so hilfreich wie ein Tumor.«

Er drehte sich um, ging rückwärts weiter und sah mich dabei an. »Was ist eigentlich aus Vince Ettrich geworden?«

»Geschäftsmann. Wohnt in Seattle.«

»Sugar Glider?«

»Sie hat Edwin Loos geheiratet. Die beiden leben in Tuckahoe.«

»Mann, die haben tatsächlich geheiratet! Erstaunlich. Und Al Salvato?«

»Ist tot. Er und seine ganze Familie. Ein Autounfall. Gleich vor der Stadt.«

»Wie alt bist du heute?«

»Siebenundvierzig. Weißt du das nicht? Haben sie dir das nicht gesagt?«

Er schob die Unterlippe vor und pustete. »Einen Scheißdreck haben sie mir erzählt. Gott hat nicht mit dem Finger auf mich gezeigt und gesagt: *Gehe hin!* Es sind nicht die *Zehn Gebote*. Der beschissene Charlton Heston, der mit seinem Stab das Wasser teilt. Ich war einfach gerade noch irgendwo, und jetzt bin ich hier.«

»Sehr erhellend.« Ich wollte noch mehr sagen, aber dann hörte ich Gehämmer. Um drei Uhr morgens. »Hörst du das?«

Er nickte. »Kommt von da vorn.« Ein Ausdruck in seinem Blick – ein Zucken, ein Huschen von links nach rechts und zurück zu mir – verriet, daß der Junge mehr wußte, als er sagte.

»Du weißt, was es ist?«

»Laß uns einfach hingehen, ja? Warte, bis wir da sind.« Er ging weiter rückwärts, schaute mich aber nicht mehr an. Es war klar, daß er nichts mehr sagen würde; also ließ ich das Thema und versuchte es mit etwas anderem. »Ich kapiere immer noch nicht, wo du warst. Du warst da, und jetzt bist du hier. Wo ist *da?*«

»Wo gehst du hin, wenn du ein Nickerchen machst? Oder wenn du nachts schläfst? An so 'nem Ort halt. Ich weiß es wirklich nicht. Irgendwo, nicht genau hier, aber auch nicht sehr weit weg. Alles, was wir sind und waren, ist immer da. Bloß nicht mehr im selben Zimmer. Im selben Haus, aber nicht im selben Zimmer.«

Bevor ich Gelegenheit hatte, darüber nachzudenken, waren wir bis auf einen Block an das Haus der Schiavos herangekommen. Selbst aus der Entfernung sah ich, daß dort seltsame Dinge im Gange waren.

Inmitten der Dunkelheit war das Haus von allen Seiten hell erleuchtet. Ein Ring von Flutlichtlampen umgab es, und alle waren auf das Gebäude gerichtet. Mein erster Gedanke war ein Bergwerksunglück. Sie wissen, was ich meine – die Bilder von Bergwerken irgendwo in der Welt, die man andauernd im Fernsehen oder in Illustrierten sieht, in England oder in Russia, West Virginia. Meilentief unter der Erde ist irgendwas schiefgegangen, und es hat einen Einbruch oder eine Explosion gegeben. Rettungsmannschaften graben seit dreißig Stunden ununterbrochen, um an die Überlebenden heranzukommen. Am Schauplatz ist es nachts genauso hell wie tagsüber. Man hat Millionen von Watt aufgefahren, um alles für die Arbeiter zu beleuchten.

So sah das Haus der Schiavos aus – so seltsam und surreal vor dem Hintergrund der tiefschwarzen Nacht, daß es, egal was sie da tun mochten, verdächtig wirkte.

Und wer waren *sie?* Arbeiter. Als wir näherkamen, versuchte ich festzustellen, ob ich einen davon schon mal gesehen hatte, aber niemand kam mir bekannt vor. Sie trugen keine spezielle Kleidung oder Uniform; es waren Burschen mit gelben und orangefarbenen Schutzhelmen, die ein Gerüst aufbauten. Flink errichteten sie rings um das Haus ein kompliziertes System von ineinander verschachtelten Rohren, Streben und Verbindungsstücken. Wenn sie damit fertig wären, würde das Haus völlig eingerüstet sein, gefangen wie ein Insekt in einer Art riesigem Spinnennetz aus Stahl. Wir blieben auf dem Gehweg vor dem Haus stehen und schauten ihnen bei der Arbeit zu. Man brauchte nur fünf Minuten hinzuschauen und sah, daß diese Leute wußten, was sie taten. Keine überflüssige Bewegung, kein Geflachse, keine Grüppchen von Drückebergern, die Doughnuts verschlangen und der Arbeit aus dem Weg gingen. Diese Truppe war ernsthaft bei der Arbeit; sie war hier, um einen Auftrag auszuführen und wieder zu verschwinden.

Wirklich außergewöhnlich war, daß sie so wenig Lärm machten. Zu dieser seltsamen Szene hätte es besser gepaßt, wenn sie vollkommen lautlos gearbeitet hätten, aber das war nicht der Fall. Sie machten wohl Geräusche; Metall schlug an Metall, und man hörte das Knarren und Ächzen von Dingen, die zusammengefügt, verschraubt und aufgerichtet wurden. Bei all der Geschäftigkeit und den vielen Arbeitern *hätte* es nur sehr viel lauter sein müssen. Aber das war es nicht. Man hörte etwas, sicher, doch nicht genug, um glauben zu können, daß es Wirklichkeit war – wie konnte das alles so leise vonstatten gehen?

»Sie machen keinen Lärm.«

Der Junge rieb sich die Nase. »Hab ich auch gedacht. Die ganze Szene hat einen Schalldämpfer auf.«

»Was machen die mit dem Haus? Was soll das Gerüst? Und warum machen sie es mitten in der Nacht?«

»Keine Ahnung, Chief. Mein Job war es nur, dich hierher zu bringen.«

»Blödsinn.« Ich glaubte ihm kein bißchen, aber es hatte keinen Sinn zu diskutieren. Er würde mir nur das sagen, was er sagen wollte, und den Rest mußte ich selbst herausfinden.

Ich ging zum Haus und fragte einen der Männer nach dem Vorarbeiter. Er deutete auf einen großen, dunklen, indisch aussehenden Mann in der Nähe. Mit ein paar schnellen Schritten hatte ich ihn eingeholt. »Entschuldigung, könnte ich kurz mit Ihnen reden?«

Er musterte mich von oben bis unten, als wäre ich eine Aubergine oder eine Hure, die er vielleicht kaufen würde.

»Mein Name ist McCabe. Ich bin der Polizeichef von Crane's View.«

Unbeeindruckt verschränkte er die Arme und schwieg.

»Warum sind Sie hier? Haben Sie die erforderlichen Genehmigungen? Was machen Sie mit dem Haus? Und wo sind die Schiavos?«

Er blieb stumm, aber dann zuckte doch ein kleines Lächeln an seinen Mundwinkeln, als hätte ich etwas Komisches gesagt. Ich ließ das Band in meinem Kopf zurückspulen, aber nichts von dem, was darauf war, klang in meinen Ohren komisch. »Ich habe Sie etwas gefragt.«

»Das heißt nicht, daß ich die Antwort weiß.« Er sprach tatsächlich mit einem starken indischen Akzent, bei dem die Zunge im Mund sich nicht bewegt, als wäre sie eine Kuh, die mitten auf die Straße liegt, sodaß die Worte um sie herumfahren müssen, wenn sie aus dem Mund kommen wollen.

»Wollen Sie das bitte erklären?« Der Junge trat so dicht an den Vorarbeiter heran, daß sie sich fast berührten. Sein Tonfall war einhundert Prozent unangenehm – ein verbaler Stoß vor die Brust.

»Ich erkläre nichts. Ich arbeite! Sehen Sie nicht, daß ich beschäftigt bin?«

»Du wirst nicht mehr beschäftigt sein, wenn ich dir in den Arsch getreten habe, Gunga Din.«

Die Augen des Inders weiteten sich ungläubig und wütend. »Du kleiner Scheißer ...«

Wamm! Der Junge trat ihm so schnell und so hart in die Eier, daß das Geräusch die Luft erfüllte. Nach Atem ringend, fiel der Mann vornüber und hielt sich den Sack. Kaum lag er am Boden, trat der Junge ihm ins Gesicht – wamm bamm bamm –, als wollte er eine Tür eintreten. Weil er beide Hände zwischen die Beine preßte, hatte der Vorarbeiter keine Chance, sein Gesicht zu decken, ehe die Tritte auf ihn einprasselten.

Der Junge lächelte und breitete die Arme aus wie Flügel, als würde er einen griechischen Sirtaki tanzen. Alexis Sorbas tanzt dir auf dem Kopf herum, bamm bamm, bamm. Die bösartige Schnelligkeit seines Angriffs war brutal. Der Kleine kam in einer Sekunde von Null auf Hundert, von Spaß auf Blut. Und dieser Kleine war ich.

Als ich ihn angreifen sah, rief ein Teil von mir: *Ja!*

Wir verlieren es, es verschwindet, verdunstet. Die Schärfe, der Mut, die schwarze Wut und Hemmungslosigkeit der Jugend. Das gleißende Gefühl, zu einhundert Prozent in dieser Minute zu leben. Es geht weg, es rinnt aus uns hinaus, wie Wasser durch Risse versickert. Risse, die vom Älterwerden kommen. Die ersten kommen, wenn man Lebensversicherungen und Hypothekenverträge abschließt, oder wenn man vom Arzt die nicht so guten Befunde einer Routineuntersuchung erhält. Sie kommen, wenn man ein warmes Bad braucht und nicht einfach Lust darauf hat. Wenn Sicherheit vor Spontaneität geht, Behaglichkeit vor Aufruhr. Ein Teil meiner selbst fand es abscheulich. Nicht das Älterwerden – aber zahm zu werden, aufrecht, berechenbar, halbherzig, skeptisch gegen allzu vieles. Eine ordentliche Portion meiner selbst liebte diesen ausgeflippten Bengel, der hier einen Mann niedertrampelte, nur weil der sich beschissen benommen und einen abschätzigen Blick gehabt hatte. Und dieser Teil meiner selbst wollte sich an der Prügelei beteiligen. Und schäme ich mich, wenn ich das zugebe? Keineswegs.

Ich packte den Jungen und zog ihn von dem Inder weg. Sein Körper fühlte sich an wie stromdurchpulster Stahl; er bestand aus Hochspannung und elastischer Kraft. Ich bin *sehr* stark, aber ich wußte nicht, ob ich mit ihm fertigwerden würde.

»Stop! Okay, stop. Er ist fertig, du hast gewonnen.«

»Laß mich los, du Arschloch!« Er wollte noch einen Fußtritt landen, war aber außer Reichweite.

»Das reicht!«

»Sag du mir nicht …« Er drehte sich um und wollte mir die Faust ins Gesicht schlagen. Ich blockte den Schlag, packte in derselben Bewegung seinen Arm und drehte ihn auf den Rücken. Dann schlang ich ihm meinen anderen Arm um den Hals und nahm ihn in den Schwitzkasten.

Nützte aber nichts. Mit dem Absatz seines Cowboystiefels trat er mir hart auf den rechten Fuß. Der Schmerz war wie Feuer. Ich ließ ihn los. Er sprang zurück und tanzte mit erhobenen Händen herum wie ein Boxer, schlug kurze Gerade in die Luft, duckte sich, wich aus. Gegen wen kämpfte er? Gegen mich, den Inder, die Welt, das Leben.

»Für wen hältst du dich, du Arschloch, he? Glaubst du, du kriegst mich klein? Glaubst du, du wirst mit mir fertig? Komm schon, versuch's doch.«

Ich stand wie ein Flamingo auf einem Bein, hielt meinen pochenden Fuß fest und sah zu, wie er mich verhöhnte. Der Inder lag auf dem Bauch, beide Hände unter sich, und stöhnte. Ich als Teenager tanzte immer weiter herum und spielte Muhammed Ali. Ein paar Arbeiter hatte sich versammelt, um unser Fest zu verfolgen. Während ich mir noch den Fuß hielt, trat einer aus der Gruppe hervor und hieb dem Jungen ein Brett über den Schädel. Dann stand der Kerl einfach da, hielt seine Dachlatte in der Hand und machte ein dummes Gesicht wie einer, der darauf wartete, daß jemand ihm sagte, was er jetzt tun sollte.

Der Junge war plötzlich auf allen vieren am Boden und ließ den Kopf hängen. Jemand half dem Inder auf die Beine. Ich setzte prüfend den Fuß auf, um zu sehen, ob er noch funktionierte. Es tat weh, aber ich würde es überleben. »Okay, das reicht, Schluß jetzt. Wer hat hier das Kommando, wie heißt die Baufirma, wo sind Ihre Genehmigungen? Ich will alles sehen, und zwar *sofort.*«

»Frannie?« Eine vertraute Stimme sagte meinen Namen. Der Junge, der immer noch am Boden kauerte, blickte langsam hoch, denn es war auch sein Name. Vor uns stand Johnny Petangles mit einer großen Flasche Club Soda. Er starrte mich mit gleichmütigem Blick an. »Was machst du da, Frannie?«

Mein Blick wanderte von ihm zum Haus, zu den Arbeitern, zu dem kleinen Fran am Boden. Mir war, als starrte jeder hier mich an, aber niemand gab einen Laut von sich.
Und da kam die Idee. Ich deutete auf das Haus. »Was siehst du, Johnny? Was siehst du da drüben?«

Er setzte die Flasche an und trank in tiefen Zügen. Dann ließ er sie wieder sinken, rülpste und wischte sich ungelenk mit dem Handrücken über den Mund. »Nichts. Ich sehe ein Haus, Frannie. Willst du was von meinem Club Soda?«

Ich humpelte durch die Gruppe der Arbeiter zum Haus. Die Luft roch nach frisch gesägtem Holz, verbranntem Metall und Benzin. Sie roch nach gehämmerten Nägeln und eben abgeschalteten Elektrowerkzeugen, nach Schweiß in einem Flanellhemd, nach Kaffeepfützen auf Stein. Sie roch nach vielen Männern, die harte körperliche Arbeit taten. Ich packte eine der langen Stahlstangen des Gerüsts und rüttelte daran, bis alles klapperte. »Was ist das, Johnny? Siehst du das?«

»Ich sage doch, es ist ein Haus.«

»Du siehst das Baugerüst nicht?«

»Was ist das?«

»Stahlstangen rund um das Haus? Was man aufstellt, wenn man es repariert? Bei Bauarbeiten?«

»Nein. Kein Bauchgelüst. Nur ein Haus.« Er sprach die drei Worte, als singe er – da di daa –, und schenkte mir eins seiner raren Lächeln.

Ich deutete auf den Jungen am Boden. »Siehst du den?«

»Wen?«

»Johnny kann mich nicht sehen; ich hab's doch gesagt. Niemand kann hier irgend was sehen – außer dir.«

»Warum nicht?«

Der Junge fing an zu flackern – war da, dann weg, dann wieder da, wie eine Sendestörung im Fernsehen. Dann begann er zu verblassen. Die Bauarbeiter auch, und das metallene Spinnennetz um das Haus. Alles begann zu verblassen, wurde trüber, war erst fest, dann durchsichtig, dann weg.

»Wieso nur ich?«

»Finde den Hund, Frannie. Finde ihn, und wir können uns wieder unterhalten.«

Ich wollte einen Schritt auf den Jungen zugehen, aber ich benutzte den schlimmen Fuß. Der Schmerz, der heraufzuckte, hätte mich beinahe einknicken lassen. »Welchen Hund? Den wir begraben haben? Old Vertue?«

»Mit wem sprichst du, Frannie?« Johnny hielt den Mund über den Flaschenhals. Er blies hinein und tutete dunkel und traurig wie ein Schiff, das den Hafen verläßt.

Alles war verschwunden. Das Haus der Schiavos war nicht mehr in ein Stahlnetz eingesponnen. Es war keine Spur von einem Bauplatz, von Arbeitern, von irgend etwas Ungewöhnlichem. Keine krummen Nägel auf dem Boden, keine Holzspäne, Werkzeuge, Elektrokabel, leere Coladosen. Nur ein leeres Haus auf einem gepflegten Grundstück in einer stillen Straße um drei Uhr früh.

Petangles blies noch einmal in seine Flasche. »Wieso bist du heute nacht hier draußen, Frannie? Ich sehe dich sonst nie, wenn ich spazieren gehe.« Er tutete wieder.

»Gib mir die blöde Flasche!« Ich riß sie ihm aus der Hand und schleuderte sie mit aller Kraft weg. Aber auch sie verschwand, denn wo sie aufschlug, gab es kein Geräusch. Ich machte mich auf den Heimweg. Johnny folgte mir.

»Johnny, geh nach Hause. Geh ins Bett. Lauf mir nicht nach. Komm nicht mit. Ich hab dich gern, aber geh mir heute nacht nicht auf die Nerven. Okay? *Nicht heute nacht.*«

Bill Pegg fuhr auf den Schulparkplatz, und ich schaute aus dem Wagenfenster. Als wir angehalten hatten, langte ich nach unten und schaltete Sirene und Blinklicht aus. Der Motor erstarb, und wir blieben einen Moment lang sitzen und sammelten unsere Kräfte für das, was uns bevorstand.

»Wer ist die Kleine?«

»Ein fünfzehnjähriges Mädchen namens Antonya Corando – eine neue Schülerin in diesem Jahr. Elfte Klasse.«

»Mit fünfzehn in der Elften? Sie muß intelligent sein.«

»*So* intelligent wohl auch wieder nicht.«

Bill griff kopfschüttelnd nach seinem Clipboard. Ich stieg aus und klopfte meine Taschen ab, um mich zu vergewissern, daß ich alles bei mir hatte, was ich brauchte: Notizbuch, Stift, Depressionen. Zehn Minuten nach meiner Ankunft auf dem Revier hatten wir an diesem Morgen einen Anruf vom Direktor der Crane's View High School bekommen: Fran hatte eine Leiche auf der Mädchentoilette gefunden. Sie saß auf dem Klo, und man hatte sie entdeckt, weil die Spritze, die sie benutzt hatte, draußen vor der Kabine lag. Ein Mädchen hatte das Ding gesehen, unter der Tür durchgeguckt und Hilfe geholt.

Wir betraten die High School, und wie immer schauderte mich. Dies war sechs Jahre meines Lebens der schlimmste Ort der Welt gewesen. Jetzt, ein Menschenleben später – weit jenseits des Himalayas der Jugend, mitten in der Ebene der mittleren Jahre –, kriegte ich immer noch Gänsehaut, wenn ich das Gebäude betrat.

Der Direktor, Redmond Mills, erwartete uns am Eingang. Ich mochte Redmond und wünschte, es hätte einen Direktor wie ihn gegeben, als ich hier zur Schule ging. Der Höhepunkt seines Lebens war das Festival in Woodstock gewesen. Seine Sechziger-Jahre-Sensibilität umgab ihn wie eine Wolke von allzu viel Patschuli, aber das war besser als die alten Faschisten, die zu meiner Zeit in der Schule das Sagen hatten. Redmond lag eine Menge an den Schülern, an den Lehrern und an Crane's View. Ich traf ihn oft gegen zehn Uhr abends im Imbiß gegenüber der Schule, weil er dann gerade Feierabend gemacht hatte und noch eine Kleinigkeit aß, bevor er nach Hause ging. Heute sah er betroffen aus.

»Schlechte Neuigkeiten, hm, Redmond?«

»Schrecklich! Schrecklich! Ist das erste Mal, daß so etwas hier passiert, Frannie. Es hat sich schon in der ganzen Schule herumgesprochen. Die Kids reden von nichts anderem.«

»Darauf wette ich.«

»Kannten Sie sie?« fragte Bill so behutsam, als sei das tote Mädchen die Tochter des Direktors gewesen.

Redmond warf einen Blick nach links und nach rechts, als habe er gefährliche Informationen weiterzugeben und wolle nicht belauscht werden. »Sie war ein Nebbich, Bill! Hausaufgaben war ihr zweiter Vorname. Ihre Aufsätze waren immer zehn Seiten zu lang, und angeblich kriegte sie Starrkrämpfe, wenn sie nicht auf der Jahrgangsbestenliste stand. Verstehen Sie? Deswegen begreife ich das nicht. Sie trug ihre Bücher vor der Brust wie in einer Fernsehserie aus den fünfziger Jahren, und sie war so schüchtern, daß sie immer zu Boden schaute, wenn ein Lehrer mit ihr sprach.«

Er sah mich an, und sein Gesicht bekam einen zynischen Ausdruck. Mit lauter, aufgebrachter Stimme sagte er: »Ich habe Kids auf dieser Schule, die Teufelsanbeter sind, Frannie. Sie haben Hakenkreuze in den Nacken tätowiert, und ihre Freundinnen haben das letzte Mal ein Bad gesehen, als sie geboren wurden. Bei *denen* kann ich mir vorstellen, daß sie sich umbringen. Aber nicht bei diesem Mädchen. Nicht bei Antonya.«

Was mir sofort in den Sinn kam, war Pauline im Bad in der Nacht zuvor, bekleidet mit nichts außer Schminke und einer Attitüde. Wer weiß, was Antonya Corando hinter verschlossenen Türen tat, wenn alle Welt dachte, sie sei mit ihren Algebra-Hausaufgaben beschäftigt? Wer weiß, was sie träumte, was sie verbarg, was sie behauptete zu sein? Was hoffte sie auf dieser Welt damit zu gewinnen, daß sie sich auf einer Toilette sitzend eine Nadel voll Heroin in den Arm stach?

»Du hast sie nicht bewegt?«

»Sie bewegt? Warum sollte ich das tun, Frannie? Sie ist tot. Wo soll ich sie denn hintun? In mein Büro?«

Ich klopfte ihm auf die Schulter. »Ist schon gut. Reg dich nicht auf, Redmond.« Sein Blick bekam allmählich etwas Irres, aber er war ein sanfter Mann; warum sollte es anders sein, nach dem, was er an diesem Morgen gesehen hatte?

Wir gingen durch leere, stille Korridore. Durch die kleinen Fenster in den Klassentüren sah ich überall das helle, summende Leben der Schule. Lehrer schrieben an Tafeln, Kids in weißen Kitteln und mit Plastikschutzbrillen arbeiteten an Bunsenbrennern. Im Sprachlabor alberten zwei Jungen herum, bis sie uns sahen und schleunigst verschwanden. In einem anderen Raum stand ein schönes, schwarzgekleidetes Mädchen vor einer Klasse und las aus einem großen roten Buch vor. Als sie das Haar nach hinten warf, dachte ich: Junge, der Frannie von gestern nacht wäre verrückt nach ihr. Ich schaute in ein anderes Zimmer und erkannte meinen alten Englischlehrer. Der alte Scheißkerl hatte mich mal gezwungen, ein Gedicht von Christina Rosetti auswendig zu lernen, das ich bis auf den heutigen Tag nicht vergessen habe:

Wenn ich tot bin, mein Liebster,
Sing keine traurigen Lieder für mich …

Passend für das, was wir jetzt sehen sollten. Redmond blieb an einer Tür stehen und holte einen Schlüssel aus der Tasche. »Ich wußte nicht, was ich sonst tun sollte. Also habe ich abgeschlossen.«

»Gute Idee. Schauen wir mal rein.«

Er stieß die Tür auf und hielt sie fest, sodaß wir vor ihm hineingehen konnten. Das Licht, das falsche, grelle, schreckliche Licht einer öffentlichen Toilette, machte alles noch düsterer. Nichts konnte sich hier verstecken – kein Platz für Schatten, alles gut sichtbar. Es gab sechs Toilettenkabinen, aber nur eine der Türen stand offen.

Für ihren letzten Tag auf Erden hatte Antonya Corando ein graues, kurzärmeliges »Skidmore College«-Sweatshirt angezogen, einen schwarzen Rock und ein Paar Doc-Martens-Schuhe. Bei dem Anblick verzog ich schmerzlich das Gesicht, denn diese Marke trugen Kids, die hip waren. Pauline meinte abschätzig, wer Doc Martens trug, versuchte bloß, cool zu sein. Die arme, spießige Antonya, die immer ihre Hausaufgaben machte – wahrscheinlich war der Kauf dieser Schuhe eine große Geste für sie gewesen. Und es mußte sie Mut gekostet haben, sie zu tragen, denn sie hatte gewußt, wie aufmerksam Kids die Kleidung der andern begutachten. Vielleicht hatte sie sie zuerst heimlich in ihrem Zimmer angezogen und war hin und her gegangen und hatte sich im Spiegel betrachtet, um zu sehen, wie es aussah, wie sie damit ging, wie sie als Doc-Martens-Girl rüberkam.

Aber das Schlimmste waren ihre Socken. Sie waren rot wie ein Feuerwehrauto und übersät von kleinen weißen Herzen. Die Haut über den Socken war von anderem Weiß und so durchscheinend, daß man Schwärme von feinen blauen Äderchen unter der Oberfläche sehen konnte.

Ich bin nur ein Kleinstadtpolizist. Aber im Laufe der Jahre habe ich genug Gewalt und Tod gesehen, hier wie auch in Vietnam, wo ich Sanitäter war, sodaß ich eins garantieren kann: Meistens sind es die kleinen, unbedeutenden Dinge, die einem das Grauen ins Herz brennen. Die Toten sind nur das: erledigt. Aber was sie danach umgibt, oder was sie zu ihrer letzten Minute mitgebracht haben, das überlebt. Ein Teenager stirbt an einer Überdosis Heroin, aber was dich umhaut, sind ihre Söckchen mit den weißen Herzen. Ein Mann faltet sein silbernes Auto um einen Baum und bringt sich und seine ganze Familie um, aber was die Sache unvergeßlich macht, ist dein Lieblingssong »Sally Go Round the Roses«, der immer noch im Radio des Wracks spielt, als du hinkommst. Eine blaue »New York Mets«-Baseballkappe mit

Blutflecken auf dem Boden eines Wohnzimmers, die verkohlte Katze der Familie im Garten des niedergebrannten Hauses, die Bibel mit dem Hohelied Salomons, das der Selbstmörder aufgeschlagen neben sich auf dem Bett hat liegenlassen. Das sind die Dinge, an die du dich erinnerst, denn es sind die letzten Fetzen ihres letzten Tages, ihres letzten Augenblicks mit schlagendem Herzen. Und diese Dinge bleiben zurück, wenn sie fort sind, die letzten Schnappschüsse in ihrem Album. Antonya war an diesem Morgen an ihre Schublade gegangen und hatte eigens diese roten Söckchen mit den weißen Herzen ausgesucht. Wie konnte einen diese Vorstellung nicht zermalmen, wenn man wußte, wo sie drei Stunden später enden würde?

Redmond fing an zu weinen. Bill und ich schauten uns an. Ich gab ihm ein Zeichen, damit er den Schulleiter hinausführte. Er hatte keinen Grund mehr, hierzubleiben.

»Tut mir leid. Ich kann es einfach nicht glauben.«

Mein Assistent Bill Pegg ist ein guter Mann. Vor ein paar Jahren hat er seine Tochter durch eine zystische Fibrose verloren, und diese Heimsuchung hat ihn zu einem anderen Menschen gemacht. Er hat jetzt eine ganz besondere Art, mit Leuten umzugehen, die unter Schock oder Trauer stehen: Er hält sie aufrecht in den ersten, unerträglichen Minuten, wenn das wahre Grauen in ihr Leben getreten ist. Wenn sie versuchen, die neue Sprache der Trauer zu verstehen und gleichzeitig mit dem Verlust der Schwerkraft zurechtzukommen, mit jener Schwerelosigkeit, die zusammen mit Verzweiflung oder großem Leid eintritt. Als ich Bill fragte, wie er das anstellte, sagte er: »Ich gehe einfach mit ihnen und sage ihnen, was ich darüber weiß. Mehr kann man nicht tun.«

Als sie gegangen waren und die Tür sich zischend geschlossen hatte, ging ich zu Antonya hinüber. Ich kniete mich vor sie; wenn jemand hereingekommen wäre, hätte es sehr albern ausgesehen – als ob ich einem schlafenden Mädchen, das auf dem Klo saß, eine Liebeserklärung machte.

Der eine Arm hing senkrecht zur Seite herunter, der andere lag quer über ihrem Bein. Ich nahm an, daß sie

Rechtshänderin gewesen war; also suchte ich ihren linken Arm nach der Einstichstelle ab. Ihr Kopf lehnte an der weißgekachelten Wand; die Augen waren geschlossen. Der Nadelstich war eine kleine rote Schwellung, dicht unter den Falten in der linken Ellenbeuge. Ohne nachzudenken, fühlte ich nach ihrem Puls. Natürlich hatte sie keinen. Dann hob ich die Hand und berührte das Stichmal.

»Hier bist du gestorben, du dummes Kind.« Ich hielt ihren Ellenbogen in der Hand, strich mit dem Daumen zärtlich über das Mal und flüsterte: »Genau hier.«

»Ich bin nicht dumm.«

Mit leerem Kopf und voller Unglauben blickte ich automatisch von ihrem Arm auf, als ich die leise, schwerzüngige Stimme hörte.

Antonyas Kopf rollte langsam von links nach rechts, bis ihr Gesicht mir zugewandt war. Sie öffnete die Augen und sprach mit der gleichen, nicht ganz anwesenden Stimme. »Ich sollte nicht sterben.«

»Du lebst!«

»Nein. Aber ich kann immer noch Ihre Hand fühlen. Ich fühle Ihre Wärme.« Ihre Stimme war ein stockendes Wispern, ein Rinnsal. Der Hahn war zugedreht, aber in der Leitung war noch ein bißchen Wasser, ein Tröpfeln. »Sagen Sie meiner Mutter, daß ich das nicht getan habe. Sagen Sie ihr, daß die mir das angetan haben.«

»Wer hat es dir angetan? Wer sind *die?*«

»Suchen Sie den Hund.« Ihre Augen blieben offen, aber sie leerten sich. Jede Spur von Leben rann heraus, in die Luft, ins Leben zurück. Ich sah es gehen. Es passierte nichts Besonderes, aber ich wußte genau, was hier vor sich ging. Das Leben verließ sie, und dann war sie wirklich fort.

Immer noch auf einem Knie, starrte ich sie an und versuchte sie mit meiner Willenskraft zurückzuholen; sie sollte zurückkommen und mir helfen zu verstehen.

»Frannie?« Bill stand in der Tür und hielt sie mit einem Arm offen. »Der Krankenwagen ist da, und ich hab die Mutter des Mädchens angerufen. Ich gehe jetzt zu ihr rüber. Ist das okay?«

»Ja.«

»Fran, alles okay?«

»Ja. Hör mal, sag Redmond, ich will ihren Spind sehen. Und wenn sie in der Turnhalle auch einen hatte, will ich den ebenfalls sehen.«

Ich wartete, während sie den Leichnam für den Transport vorbereiteten. Sie ließen sich Zeit. Ich machte mir Notizen, als einer der Sanitäter sagte: »Hey! Guckt euch das an!«

Als ich aufblickte, sah ich, daß er eine Feder in der Hand hielt – *die* Feder, die ich schon allzu oft gesehen hatte. Ich nahm sie ihm aus der Hand und schaute genauer hin, um mich zu vergewissern. »Wo kommt die her?«

Er gluckste dreckig und zog die Brauen hoch. »Ist unter ihrem Rock rausgefallen! Ist das zu fassen? Was macht sie denn mit 'ner Feder unterm Kleid?« fragte er geil.

»Ich werde sie behalten.« Ich legte die Feder zwischen die Seiten meines Notizbuchs und klappte es zu.

Nach seinem Gesichtsausdruck zu urteilen, nahm der Kerl an, daß ich Spaß machte. »Ach, kommen Sie, Chief«, winselte er. »Ich will sie haben.«

»Macht voran, und hört auf mit dem *Scheiß!*«

Das Grinsen verschwand von ihren Gesichtern, und fünf Minuten später waren sie fertig.

Ich folgte der Bahre, als sie sie den Korridor hinunterschoben. Der Unterricht war noch im Gange; deshalb brauchten wir zum Glück nicht an Scharen von glotzenden Kids vorbeizugehen.

Vor dem Büro des Direktors blieb ich stehen und ging hinein. Seine Sekretärin gab mir sofort einen Zettel mit Antonyas Spindnummer und einer Ziffernkombination. Die Kids bekämen jetzt keine permanenten Turnhallenspinde mehr, sagte die Frau; die Schule sei überfüllt, und es gebe nicht genug.

Am oberen Rand des Zettels – es war ein leuchtend rosa Post-it – stand die Zahl 622. Im nächsten Augenblick durchzuckte es mich, als hätte ich mir den Zeh gestoßen: Dieselbe Spindnummer hatte ich in meinem letzten Jahr auf der Crane's View High School gehabt. Die Zahl, die darunter stand, die Kombination für das Schloß, war ebenfalls die gleiche wie vor dreißig Jahren.

»Stimmt das? Ist das korrekt?« Meine Stimme füllte den Raum.

Verwirrt nickte sie. »Ja. Ich hab's erst vor zehn Minuten aus ihrer Akte abgeschrieben.«

»Verdammt!« Ich hatte Redmond noch ein paar Fragen stellen wollen, aber jetzt nicht mehr. Ich mußte in diesen Spind schauen, und zwar *sofort.* Ich war nicht länger verwirrt, nicht mehr ratlos. Meine Frau sagt, hüte dich vor Frannie, wenn er weiß, wer der Feind ist. Antonya hatte gesagt, sie sei ermordet worden. Als ich jetzt aus dem Büro stürmte, kam mir der schreckliche Gedanke, daß sie vielleicht nur deshalb ermordet worden war, weil sie denselben Spind hatte wie ich früher. Old Vertue, ich als Teenager, das Haus der Schiavos, Antonya. Wer steckte hinter all dem, und was wollten sie von mir?

Die Schulglocke klingelte zum Ende des Unterrichts. Mit lautem *Baff! Bamm! Baff!* flogen überall die Türen auf und prallten gegen Wände. Kids fluteten in die Flure mit der manischen Energie eines Gefängnisausbruchs, die daher kommt, daß man fünfundvierzig Minuten lang im Algebraunterricht gefangengehalten wurde. Cliquen versammelten sich wie Metallspäne an einem Magneten, Körper prallten und krachten gegeneinander auf dem Weg nach Irgendwo. Schreie, Pfiffe, verrücktes Gelächter hallten von überallher. Drei Minuten Freiheit. Verliebte trafen sich zu intensivem Geschnäbel, bevor die nächste Stunde sie wie eine Grundströmung auseinanderzog und für weitere fünfundvierzig Minuten nach Gähn-City beförderte.

Das alles kannte ich noch. Wie könnte man je vergessen, daß man sechzehn war und zu gleichen Teilen erfüllt von Hoffnung und Blödsinn?

»Hey, Chief!«

»Hey, Mr. McCabe!«

Ich erkannte einige der Schüler. Ein paar böse Jungs schauten beim ersten Blickkontakt weg. Anderen Kids zwinkerte ich zu, zweimal ein kurzes »Hallo« – weiter nichts. Diejenigen, die mich grüßten, wollten weiter nichts. Ich wußte, wie das war: ordentliche High-School-Etikette. Ganz gleich, wie gut wir uns außerhalb des Gebäudes kannten: Das hier war ihr Revier, und hier galten ihre Regeln. Ich war ein Erwachsener *und* ein Cop. Mit anderen Worten: ein Außenseiter.

Ich bremste ein bißchen, als mir klar wurde, daß ich diesen komischen Hochgeschwindigkeitsgang eingelegt hatte, wie man ihn bei der Sommerolympiade sehen kann – das heißt, bevor man weiterzappt zu etwas Interessanterem als einem Haufen erwachsener Menschen, die gehen wie Enten in Nikes. Es hatte keinen Sinn, schnell zu Antonyas Spind zu kommen, denn ich konnte ihn ja erst öffnen, wenn die Kids wieder weg waren. Es war nicht abzusehen, was drin war, und ich wollte nicht, daß andere dabei waren, wenn es noch weitere häßliche Überraschungen gab.

Ungefähr fünf Schritt vor mir entdeckte ich Pauline. Sie stand im Gang und sprach mit ein paar Mädchen, und sie bemerkte mich erst, als ich schon fast vorbei war.

»Frannie! Stimmt das mit Antonya Corando?«

Ich blieb stehen und nickte ihren Freundinnen zu, die mich mit einer Mischung aus Interesse und Mißtrauen musterten. »Was hast du denn gehört?«

»Daß sie tot ist.«

»Das stimmt.«

Die Mädchen schauten einander ein. Eine legte die Hand auf den Mund und preßte die Augen zu.

»Hast du sie gekannt, Pauline?«

»Ein bißchen. Gewissermaßen. Manchmal waren wir zusammen im Computerraum. Dann haben wir uns unterhalten.«

»Wie war sie denn so?«

»Angespannt. Ich habe gehört, daß sie gut in Kunst war, daß sie wirklich gut zeichnen konnte. Aber ich hab sie fast nie gesehen. Sie hat immer nur gelernt.«

Eins der anderen Mädchen sagte vorwurfsvoll: »Kommt mir bekannt vor«, als habe Pauline sich desselben Verbrechens schuldig gemacht. Es läutete wieder. Als sie weggingen, sagte eins der Mädchen viel zu laut: »Dein Stiefvater ist ja niiiedlich!«

»Sei nicht pervers!« Pauline klang empört.

Ich blieb stehen und schaute aus dem Fenster, bis die Flure wieder leer und still waren. Unten auf dem Parkplatz sah ich den Krankenwagen, der eben auf die Straße hinausfuhr. Ich stellte mir den Leichnam des Mädchens auf der Trage vor. Die Füße in den Doc Martens ein offenes V, die Arme auf der Brust gekreuzt. Da war diese kleine rote Schwellung an der Innenseite ihres linken Arms. *Sagen Sie meiner Mutter, daß ich das nicht getan habe. Sagen Sie ihr, die haben es mir angetan.*

Vor Jahren, nachdem Magda und ich ein Liebespaar geworden waren, verbrachten wir einmal einen besonders wilden Nachmittag im Bett. Als wir fertig waren, naß glänzend – gesättigt, erledigt, *erfüllt* –, da schaute sie mir, das Gesicht eine Handbreit von meinem entfernt, zehn Meilen tief in die Augen und sagte: »*Behalte mich so im Gedächtnis,* Frannie. Ganz gleich, was passiert und wie lange das hier zwischen uns dauert, ich will, daß du mich so im Gedächtnis behältst – so, wie ich jetzt aussehe.«

Antonya? Ich würde ihren Kopf vor der weißen Fliesenwand im Gedächtnis behalten, die toten Augen, die sich langsam öffneten, als sie mir ihre letzte Wahrheit mitteilte: *Ich habe das nicht getan.*

Spind 622. Einmal hatte ich zwei Wochen lang eine geladene Pistole darin verwahrt. Eine Pistole, dann eine tödliche braune Einsiedlerspinne in einem Erdnußbutterglas und einen selbstgemachten Molotow-Cocktail, den ich im Werkunterricht zusammengemixt hatte und später durch das Fenster eines Lehrerautos geworfen habe. Dann versteckte ich den geklauten Kalender meines Geschichtslehrers in diesem Spind, und dann eine signierte Erstausgabe von Isak Dinesens *Seven Gothic Tales*, die unser Englischlehrer in die Schule mitgebracht hatte, um sie uns zu zeigen. Als Teenager habe ich alles geklaut, weil ich fand, daß alles, was ich haben wollte, mir gehören sollte.

Instinktiv legte ich den Daumen auf das Schloß und die anderen vier Finger dahinter. Ich drehte das Rädchen hin und her und gab die Kombination ein. Nach der letzten Ziffer klickte das Schloß leise. Ich schob den Griff hoch und ließ die Tür aufschwingen.

Der Schulspind eines Mädchens ist ihr innerstes Heiligtum. Darin errichtet sie einen Schrein für ihre Träume, ihren Alltag, für das Wunschbild ihrer selbst. Antonya Corandos Spind war da keine Ausnahme. Mit Klebstreifen in der Tür befestigt war eine schwarzweiße Calvin-Klein-Anzeige, die sie aus einer Zeitschrift herausgerissen hatte. Darauf war ein hübscher Kerl in extrem weißer Unterhose abgebildet, der zum Horizont starrte. Vielleicht suchte er den Rest seiner Kleider. An den Innenwänden hingen zahlreiche andere Bilder – kleine Hunde, Models, schlechte Polaroid-Schnappschüsse von Verwandten und Freunden, die zufriedene oder alberne Gesichter machten. Nichts Besonderes, aber traurig angesichts dessen, was geschehen war. Wer würde diese Bilder abnehmen? Ihre Mutter? Ich stellte mir die arme kleine Frau vor, wie sie die Tür öffnet, diese süße kleine Welt erblickt und zum hundertsten Mal, seit sie vom Tod ihrer Tochter erfahren hat, ins Taumeln gerät. Würde ihre Mom wissen, warum jedes dieser Bilder ihrer Tochter etwas bedeutet hatte? Würde sie sie aufheben, oder würde sie sie wegwerfen, weil sie von ihrer Antonya verstrahlt waren?

Das gleiche war Magdas Mutter dreißig Jahre zuvor widerfahren, nachdem *ihre* Tochter ermordet worden war. Die Frau hatte alles aufgehoben. Erst nach ihrem Tod konnte ich Magda überreden, die Sachen ihrer Schwester in Kisten zu verstauen und weit weg von unserem Haus und unserem Leben zu lagern.

Ein Geometriebuch, eine Weltgeschichte, ein knallig blauer Taschenrechner, ein Comicheft namens *Sandman*, Sportkleidung (nichts Schrilles oder Teures), beinahe zu viele Stifte und Filzschreiber. Zwei CDs: Willy DeVille und Randy Newman – ein interessanter Musikgeschmack.

»Was ist das?« Ganz hinten im Spind lag ein großes

schwarzes Ringbuch. Ich zog es heraus und nahm an, es enthalte Antonyas Unterrichtsnotizen. Aber hätte sie das nicht bei sich getragen? Warum war das Buch hier? Ich schlug es auf, und die ersten paar Seiten enthielten wirklich nichts weiter – Notizen. In sorgfältiger, kursiver Handschrift sah ich ausführliche Notizen (die wichtigsten Passagen gelb hervorgehoben) über Plato, Sophokles, das griechische Imperium, bla bla bla. Ich hätte fast nicht weiter geblättert, denn für mich sah das alles wie Griechisch aus, und wen interessierte das?

Am Fuße der nächsten Seite erblickte ich die Zeichnung. Wie ein nachträglicher Einfall, eine Strichfigur, ein zweiminütiges Abschweifen während des Unterrichts: eine absolut umwerfende Bleistiftskizze von Old Vertue. Und mehr noch, er saß in derselben Pose da wie auf dem Gemälde, das George Dalemwood mir in seinem Haus gezeigt hatte. Und mehr noch: Auf dem Boden vor dem Hund lag *die* Feder.

Ich blätterte um.

DER STOSS DES HENKERS

»Sie sind absolut erstaunlich.«

»George, es freut mich, daß sie dir gefallen. Aber was zum Henker haben sie zu *bedeuten*?«

Wie immer ignorierte mich mein guter Freund, ja, er schaute nicht einmal von Antonyas Notizbuch auf, als ich sprach. Er trug seine viereckige Clark-Kent-Lesebrille – mit einem so dicken, schwarzen Gestell, daß sie aussah wie zwei kleine Fernsehapparate, die über der Nase miteinander verbunden waren.

»Und sie hat gesagt, *die* hätten sie umgebracht?« Er starrte auf eine detaillierte Buntstiftzeichnung, auf der Frannie Junior und ich das Haus der Schiavos in seinem stählernen Spinnennetz-Gerüst betrachteten. Alles aus dieser Nacht war auf der Zeichnung zu sehen, sogar Smith, der Kater, zu unseren Füßen.

Antonya Corandos Ringbuch enthielt sechs Seiten mit säuberlichen Notizen über den Aufstieg des griechischen Imperiums. Zwanzig weitere Seiten waren voller Zeichnungen, die alles abbildeten, was sich in letzter Zeit in meinem Leben zugetragen hatte. Später verbrachte ich viel Zeit damit herauszufinden, ob sie mehr solche Zeichnungen gemacht hatte. Ich suchte überall, aber anscheinend waren es die einzigen.

Bis heute kann ich nicht sagen, ob die Bilder etwas taugten. George fand, sie seien das Werk eines Wunderkindes, ebenbürtig den Arbeiten anderer großer naiver »Outsider«-Künstler wie Henry Darger oder A.G. Rizzoli. Keine Ahnung. Mir erschienen sie eher wie Explosionen auf Papier. Wenn man sie anschaute, wußte man gleich, daß die, die sie gemalt hatte, ernsthafte Probleme hatte und vielleicht wahnsinnig war.

Old Vertue war der Torwächter vor Antonyas verquerem

Königreich. Auf der ersten Illustration, am Fuße einer Seite mit Notizen über Griechenland, saß der Hund in der vertrauten Pose mit der Feder vor sich. Verblüfft murmelte ich: »Was machst du denn hier?« und blätterte um.

Auf der zweiten Zeichnung lag er auf dem Parkplatz des Grand Union Market. Ich brauchte einen Augenblick, um mich daran zu erinnern, daß er hier gefunden worden war, bevor ich ihm das erste Mal begegnet war. Was Antonyas Bilder auszeichnete, war die Tatsache, daß im Mittelpunkt eines jeden die sorgfältige Darstellung von etwas Realem und leicht Erkennbaren zu sehen war: Vertue auf dem Parkplatz, Frannie Junior und ich, wie wir uns das Haus der Schiavos anschauten. Aber alles *andere* auf den Bildern stammte aus Antonya Corandos Außenbezirken.

Ihr »Vertue auf dem Parkplatz« war ein vorzügliches Beispiel dafür. Am Rand des Blattes – wie ein von Hieronymus Bosch und Robert Crumb gemeinsam entworfener Bilderrahmen – tanzende Rasierklingen, Hand in Hand mit Popcorn, das Eidechsen mit Menschenköpfen ausschiß. Unmittelbar innerhalb dieses Rahmens war ein zweiter: Tief begraben in Kohlköpfen mit Smiley-Gesichtern stecken Beile und Messer, von denen leuchtend rotes Blut troff. Androgyne Engel flogen darüber und pißten auf sie herab. Riesige Wörter waren mit schwarzem Stift quer über alle Zeichnungen geschrieben, Wörter wie »Smegma«, »Abszeß« und »Hallo, Mom!«, aber auch obskure Wendungen wie »Jesus Suppe« oder »manus maleficiens«. George erklärte mir, das sei Latein und bedeute »die Hand, die nichts Gutes tun kann«.

Er schob seine Brille über die Nase herunter und weiter, bis sie halsbrecherisch an seinem rechten Ohr hing. »Wann hat das alles angefangen, Frannie?«

»An dem Tag, als ich Old Vertue begraben habe.«

Er nickte und blätterte weiter, bis er zu der Zeichnung kam, auf der ich den Hund in die Erde bettete. »Hast du das hier bemerkt?« Er deutete auf ein kleines Detail in der Zeichnung. Ich konnte es nicht deutlich erkennen und beugte mich deshalb vor.

»Was?«

»Die schwarze Schaufel. Es gibt drei Dinge, die auf jeder ihrer Zeichnungen erscheinen: diese Schaufel, die Eidechsen ...«

»... und ich.«

»Und du. Genau.«

»Was soll ich damit anfangen, George? Schaufeln, Eidechsen und ich? Nein, Moment mal – ich habe auch meinen Vater mit dieser Schaufel begraben. Glaubst du, das hat etwas damit zu tun?«

»Nehmen wir es mal an. Und was ist mit den Eidechsen?«

»Was soll damit sein?«

»Magst du Eidechsen? Sind sie dir wichtig?«

»Bist du verrückt?« Ich stieß mir mit dem Zeigefinger an die Stirn, um meiner Antwort Nachdruck zu geben. »George, vergiß die Eidechsen, ja? Ich bin so schon durcheinander genug.«

»Okay. Dann schauen wir jetzt am besten mal nach, ob der Hund noch im Garten begraben ist.«

»Dachte ich auch. Hast du mal nachgesehen, nachdem wir ihn eingebuddelt haben?«

»Ja. Da hatte sich nichts verändert.«

»Das hat nichts zu sagen. Es würde mich nicht wundern, wenn er wiederauferstanden ist und auf meiner Treppe hockt.«

George ließ Antonyas Ringbuch sinken und legte langsam seine Brille darauf. Er schwieg, seufzte und fuhr sich durch das schüttere Haar. »Es macht mich ein bißchen nervös, Frannie. Ich glaube, ich habe Angst, nachzusehen.«

»Angsthaben ist nichts Schlimmes.«

Er senkte den Blick in den Schoß. »Hast du manchmal Angst?«

Ich wollte etwas antworten, hielt dann aber inne. George kannte mich zu gut. Es hatte keinen Sinn, zu lügen. »Nein, nicht sehr oft.«

Er nickte, als habe er es die ganze Zeit gewußt. »Du hast noch nie Angst gehabt. Solange ich dich kenne, habe ich noch nie gesehen, daß du Angst hattest.«

Ich steckte die Hand in die Tasche und zog mein Messer heraus. »Angst ist wie dieses Messer, George. Das Messer dient einem Zweck: Es kann in Dinge schneiden. Behältst du es zusammengeklappt in der Tasche, kann es dir nichts tun.«

»Und wie macht man das?«

»Du schaffst deine Angst selbst. Sie ist nicht irgendwo da draußen wie eine ansteckende Krankheit. Meistens kommt sie aus der Liebe. Wenn du etwas so sehr liebst, daß du nicht ertragen könntest, es zu verlieren, dann ist die Angst immer in der Nähe. Ich habe nie etwas genug geliebt, um Angst davor zu haben, es zu verlieren. Das ist meine Macke. Magda sagt, es ist das Jämmerlichste an mir. Wahrscheinlich hat sie recht.«

»Du liebst deine *Frau* nicht genug, um Angst zu haben, du könntest sie verlieren?«

Ich schüttelte den Kopf.

»Meinst du das ernst, Frannie?«

Ich konnte ihn nicht anschauen. »Ja. Laß uns gehen.«

Chuck, der Dackel, ging voraus. Er ist ein alberner kleiner Kerl, der glaubt, er ist der König der Welt. Wir traten aus dem Haus, und im selben Moment war er verschwunden. Es war so unvermittelt und lächerlich, daß wir erstarrten. Er lief zwei Schritte vor uns her in seinem zuversichtlichen Wackelgang, den Dackel haben, und von einem Augenblick zum nächsten war er weg – zapp!

George trat einen Schritt vor und sagte unsicher: »Chuck?«

Der Garten war klein und gut gepflegt. Es gab nichts, wohin er hätte laufen können, ohne daß wir ihn gesehen hätten. George lief aber trotzdem in die hintere Ecke, bückte sich tief und suchte den Boden ab.

Mein Handy klingelte. Instinktiv wußte ich, daß noch etwas im Busch war.

»Chief?« Bill Peggs tiefe Stimme kam durch das Telefon; er schien unter Hochspannung zu stehen.

»Ja?«

»Das Haus der Schiavos steht in Flammen. Sieht aus

wie ’ne Kernschmelze. Jemand muß es angezündet haben. Brennt wie Benzin.«

»Ich komme.«

George wieselte umher, auf sinnloser Suche nach seinem Hund. Ich stellte das Telefon ab und rief. »Vergiß es. Wer immer ihn hat verschwinden lassen, spielt ein Spielchen mit uns. Du wirst ihn jetzt nicht finden.«

Er funkelte mich an. »Sag das nicht!«

»Er ist weg. Komm mit. Jemand hat das Haus der Schiavos angesteckt. Irgendwie hängt alles zusammen, George. Vielleicht ist er sogar da drüben.«

Mit geschlossenen Augen schüttelte er den Kopf. »Nein, ich muß hierbleiben. Vielleicht ist er hier irgendwo.«

Ich ging zu ihm und faßte seinen Arm. »Kaum wollen wir Old Vertue ausgraben, da höre ich, das Haus der *Schiavos* brennt. Ist das Zufall? Du glaubst nicht, daß da jemand in unseren Köpfen herumfuhrwerkt? Wir *sollen* das jetzt nicht tun.«

»Vielleicht doch. Vielleicht ist es genau das, was du jetzt tun sollst, Frannie! Vielleicht sollst du auf der Stelle deinen Hund ausgraben.«

Ich blieb stehen und begriff, daß er vielleicht recht hatte. Aber was sollte ich machen? Der Polizeichef muß da sein, wo es Ärger gibt. Und in diesem Augenblick bestand der Ärger aus einem brennenden Haus fünf Straßen weiter. »Hör zu, ich muß da hin. Ich komme zurück, sobald ich kann.«

Er schaute sich panisch um. »Was geht hier vor, Frannie? Was ist los?«

»Das werde ich herausfinden.«

»Oooh, Baby, Baby, diesmal hast du Scheiß gebaut!« Der Junge stand auf der brennenden Veranda … besser gesagt, dieser vertraute Junge stand vor dem brennenden Haus der Schiavos, mit dem Rücken zum Feuer, die Hände in den Taschen. Neben ihm stand ein Schwarzer unbestimmbaren Alters. Keiner achtete auf das lodernde Feuer. Sie beobachteten konzentriert, wie ich herankam.

»Was tust du hier?« fragte ich.

Hinter ihm arbeitete die Freiwillige Feuerwehr von Crane's View angestrengt daran, den Brand unter Kontrolle zu bringen. Die Kerle wußten, was sie taten, aber das Feuer tobte, und die Arbeit erforderte ihre ganze Kraft.

Der Schwarze trat lächelnd vor und streckte die Hand aus. »Ich bin gekommen, um Sie zu sehen, Mr. McCabe. Mein Name ist Astopel.«

Mißtrauisch schüttelte ich ihm die Hand. Der Junge stand mit verschränkten Armen da, und auf seinem Gesicht lag ein seltsam banger Ausdruck. Was bedeutete das?

»Sie sind nur wenige Zoll weit vom Stoß des Henkers entfernt, Mr. McCabe. Das hat diesen Besuch erforderlich gemacht.«

Als ginge es um den dramatischen Effekt, wählte das Dach des Hauses diesen Augenblick, um in einer Explosion von Lärm, sprühenden Funken und Trümmern einzustürzen.

»Ist das Ihre Visitenkarte?« Ich deutete auf das Haus und bemühte mich, cool zu klingen.

Junior zog den Kopf ein und formte stumm das Wort: »Nicht!«

»Haben Sie in letzter Zeit nicht genug Wunder gesehen, um zu begreifen, daß das Leben sich geändert hat?« Der Mann hustete kurz und bellend und versuchte sich mehrmals zu räuspern. »Nein, das ist nicht meine Visitenkarte, aber wenn Sie möchten, kann ich Sie in eine Bohrassel verwandeln. Oder vielleicht in einen Mauersegler, den schnellsten Vogel auf Erden. Oder möchten Sie lieber fünf Minuten lang an einer scheußlichen, seltenen Krankkeit leiden? Am Lesch-Nyham-Syndrom? An der Opitzschen Krankheit? Wie wär's mit dem Alienhand-Syndrom?«

»Ich wollte immer gern Elvis sein …«

Little Frannie hob entnervt die Hände. »Du bist ein Spasti! Weißt du, wer das ist?«

»Apostel.«

»*Astopel*, Mr. McCabe. Astopel. Mein Name ist kein Anagramm. Ich bin kein Apostel.« Zum ersten Mal änderte sich sein Gesichtsausdruck. Seine Bemerkung schien ihn zu amüsieren. »Der Brand ist übrigens nicht mein Werk. Tatsächlich ist es Ihre Schuld. Wenn Sie ein bißchen weniger begriffsstutzig wären, hätte dieses Haus gerettet werden können.«

Ich wartete. Er wartete. Little Fran schaute zwischen uns beiden hin und her, als verfolge er ein Tennismatch. Oder zwei Gunfighter, die im Begriff standen, den Revolver zu ziehen.

Schließlich hatte ich genug von diesem fruchtlosen Hin und Her. »Hören Sie, ich bin bloß vom Planeten Erde, okay? Ich habe keine Ahnung, wie ein Fernsehapparat funktioniert, ganz zu schweigern vom gottverdammten Universum. Lassen wir also das Alienhand-Syndrom beiseite und kommen wir zur Sache. Offenbar ist mir hier etwas entgangen. Sagen wir, ich bin zu dumm, und bringen wir's hinter uns. Sagen Sie mir, was ich tun soll. Sie brauchen mir keine toten Mädchen, Hunde und mitternächtliche Baukolonnen zu zeigen … Brennen Sie das Haus hier ab – das ist mir scheißegal. Sagen Sie einfach, was Sie von mir wollen!«

Er nickte. »Das werde ich tun. Sie können sogar zwischen zwei Möglichkeiten wählen. Vorwärts oder rückwärts. Ich werde beides akzeptieren.«

»Erklären Sie's mir.«

»Vorwärts bedeutet, Sie können weiterhin nach den Antworten suchen, wie Sie es bisher getan haben. Das hat offensichtlich nicht funktioniert, aber das heißt nicht, daß es nicht mit der Zeit doch gehen wird. Das einzige Problem ist, daß Sie keine Zeit haben. Eine Woche, genau genommen. Sie haben noch eine Woche Zeit, um herauszufinden, was in Crane's View vor sich geht, Mr. McCabe, und was Sie damit zu tun haben.

Die andere Möglichkeit ist, Sie finden es rückwärts heraus. Ich schicke Sie in die letzte Woche Ihres Lebens, und Sie verfügen nur über das Wissen, das Sie jetzt haben. Von dieser Warte aus werden Sie sich rückwärts arbeiten müssen, um wiederum zu entziffern, was mit Ihrer Stadt passiert.«

»Woher weiß ich, wann diese letzte Woche sein wird?«

»Das wissen Sie nicht. Sie könnten nächste Woche sterben, aber auch in vierzig Jahren. Was Sie entdecken, könnte beruhigend oder deprimierend sein. Ihr Risiko.«

»Wenn Sie sagen, ich habe noch eine Woche – heißt das, eine Woche zu leben, oder eine Woche, um es herauszufinden? Denn wenn ich morgen sowieso sterbe …«

Er sah auf die Uhr. Ich tat es auch und fuhr zusammen, denn die Uhr war eine weißgoldene IWC Da Vinci. Das weiß ich, weil sie selten ist, ein Vermögen kostet, und weil es genau die gleiche Uhr war, die ich auch trug. Instinktiv blickte ich auf mein eigenes Handgelenk. Meine Uhr war weg. Ich trug meine Uhr immer. Jetzt trug er sie. Ich war augenblicklich so sicher, daß ich nicht zu fragen brauchte, ob sich ein langer feiner Kratzer über die Rückseite zog.

»Das ist meine Uhr.«

»Und eine sehr schöne.« Er hob das Handgelenk und drehte es langsam hin und her.

Fran Junior sah es kommen, bevor ich wußte, daß es in mir steckte. Er schrie: »Nicht!« Aber es war zu spät. Nichts hält meine Wut auf, wenn sie einmal kommt. Nichts.

»Nicht! Nicht! Nicht!«

Aber meine Faust war schon unterwegs, als Astopel noch meine Uhr bewunderte. Sie kam von hoch oben, und ich zog sie gerade so weit herunter, daß ich ihn mit voller Wucht an der Schläfe traf. Mitten auf die Zwölf. Er ging geradewegs zu Boden.

Little Fran erstarrte. Er kniff die Augen zu und preßte sich beide Hände an die Ohren, als rechne er damit, daß jetzt ein mächtiger Donnerschlag folgen werde. Weil ich ihn beobachtete, sah ich nicht, was mit Astopel geschah. Ich hatte angenommen, daß er ein Weilchen bewußtlos bleiben würde. Irrtum. Als ich auf ihn hinunterblickte, schaute er mich mit demselben freundlichen Lächeln an, mit dem wir begonnen hatten.

»Geben Sie mir meine Uhr zurück.«

»Ausgezeichnete Entscheidung!« Er löste sie vom Handgelenk und reichte sie mir herauf, aber dabei schaute er Little Fran an, nicht mich. Ich nahm die Uhr, drehte sie um und sah die Rückseite an. Der Kratzer war da, aber auch ein Datum, eingraviert mit dicken goldenen Ziffern, das früher nicht dagewesen war.

»Was ist das?«

»Eine Erinnerung, Mr. McCabe. Sie haben eine Woche Zeit. Eine Woche von dem Datum auf der Uhr an. Übrigens hatte ich durchaus vor, sie Ihnen zurückzugeben. Aber Ihre Reaktion macht die Sache so viel einfacher. Eine kurze Frage: Wie gut ist Ihr Deutsch?«

Ich konnte mich nicht erinnern, welcher Tag es war, und so schaute ich noch einmal auf die Uhr. Ich sah das Datum – und im nächsten Augenblick meine Hand. Leberflecken. Meine Hand war übersät von melonenfarbenen Leberflekken. Und an der Rechten fehlte die Hälfte des kleinen Fingers. Die Haut war sehr faltig und viel zu groß für die Knochen, die sie umhüllte. Kinderknochen in einer Erwachsenenhand. Schockiert hob ich die andere und sah das gleiche: eine Altmännerhand.

Und die Schmerzen! Beide Hände fühlten sich an, als wären die Finger aus Feuer. Ich konnte die Uhr kaum noch halten.

»Weißt du, Frannie, da hab ich den Zahnarzt gefragt, wieso ich Geld für eine teure Krone ausgeben soll, wenn ich meine Zähne heutzutage nur noch benutze, um Hamburger zu essen und Suppe zu nuckeln.«

Ein alter Mann stand neben mir. Er trug eine gräßliche Golfmütze, die aussah, als sei sie in eine Fabrik für Karostoffe gefallen und habe nicht entkommen können. Sein restliches Outfit machte die Sache noch schlimmer: ein glänzendes, grünes kurzärmeliges Hemd, ungefähr zwei Nummern zu groß, und – Hilfe! – eine karierte Hose, die nicht nur nicht zu seiner Mütze paßte, sondern regelrecht Krieg gegen sie führte. Eine riesige Goldrandbrille vergrößerte seine Augen zu Golfbällen, und sein Lächeln war so voll von gelben Zähnen, daß es aussah wie ein Bambuswald.

Ich musterte ihn einmal kurz und widmete mich dann

wieder der Betrachtung meiner Hände. Ich sah, daß noch etwas nicht stimmte. Mein Blick wanderte zu meinem Hemd und meiner Hose, und beides war – rot. Ich trug rote Kleidung? Aber *wirklich* rot: Clownsnasen-, Coca-Cola-Schild-Rot: ein ausgebeultes, rotes Hemd und eine ebensolche Hose über braunen Wildleder-Hush-Puppies. Hatte ich mich in einen alten Golfer verwandelt? Runzlige Hände, Hush Puppies und rote Hose? Ach du Scheiße! Als wäre es nicht schlimm genug, daß einem Haare aus Ohren und Nase wuchsen, wenn man alt wurde, anscheinend entwickelte man auch noch einen ernstlich schlechten Geschmack.

»Was meinst du, Fran? Soll ich Porzellan oder Gold nehmen?«

Als ich schließlich aufhören konnte, meine Hände, meine Hose und diesen alten Windbeutel mit seiner Golfkappe anzuglotzen, schaute ich mich langsam um. Wir standen mitten in einer breiten Fußgängerzone. Alle Schilder waren deutsch. Ich erinnerte mich an Astopels letzte Frage: »Wie gut ist Ihr Deutsch?« Jetzt wußte ich, warum er gefragt hatte.

Es war eine schöne Straße, aber schon beim ersten Blick sah man, daß es nicht Amerika war, und schon gar nicht das gute alte Crane's View.

»Wie heißen Sie?« fragte ich Mr. Karo. Meine Stimme brachte den nächsten Schock: Sie klang viel höher, als ich sie kannte, und die Worte klangen wie ein Winseln.

Er bedachte mich mit einem seltsamen Blick. Ich mußte die Realität irgendwie in den Griff kriegen, bevor ich ausflippte. Fast ohne daß es mir klar wurde, fing mein ganzer Körper an, sich mir vorzustellen. Ich bekam einen wütenden Drang zum Pissen. Überall meldeten sich kleine Wehwehchen. Meine Knie knackten, wenn ich mich bewegte, mein Rücken sang »Autsch!«, wenn ich mich umdrehte. Ich stellte fest, daß ich mich nicht sehr schnell umdrehen konnte, selbst wenn ich es gewollt hätte. Obwohl mein Körper sich leichter anfühlte, fehlte mir die Energie, ihn zu bewegen.

»Was ist los, Fran? Hast du gestern abend im Restaurant zu viel Schnaps getrunken?«

»Wo sind wir? Wo ist das hier?« Ich wollte den Kopf drehen, um unsere Umgebung in mich aufzunehmen, aber in meinem Nacken knackte es bösartig, und ich war für einen Augenblick gelähmt.

»Ja, ich schätze, du hattest wirklich zu viel! Wien, Buddy – kannst du dir das vorstellen? Die alte blaue Donau ist gleich da unten. Erinnerst du dich, daß wir gestern abend durch diese Straße zum Boot gegangen sind?«

»Zu was für einem Boot?«

Er lächelte, als hielte er meine Frage für einen Witz. »Zu dem Boot, das um die Stadt fährt. Weißt du noch, daß du gesagt hast, es war so laut? Aber du hast die meiste Zeit mit Susan an der Bar gesessen, und deshalb dachte ich, daß du nicht allzu aufmerksam bist.« Er gab ein Lachen von sich, das klang wie das Schreien eines Esels. I-ah, I-ah.

»Was für eine Susan?«

»Was für eine Susan, fragt der Mann. Na, wie wär's mit Susan, deiner Frau?«

»Oha. Schon wieder am Arsch.« Ich schaute mich wieder um, und erst jetzt sickerte langsam durch die Ritzen, was hier passiert war. Astopel hatte mich vorwärts geschickt, in die letzte Woche meines Lebens. Die weit weg von Zuhause stattfand. Das Wort Wien ging mir durch den Kopf. Das hatte Mr. Karo gesagt. Wo zum Teufel war Wien?

Ich schaute ihn wieder an und wollte fragen, aber sein Gesichtsausdruck ließ mich verstummen. Der Kerl war wütend.

»Was ist los?«

»Ich hab dir gesagt, was ich von dieser Ausdrucksweise halte, Fran. Ich bin kein Mann, der diese Flucherei von irgend jemandem hören will. Wir haben uns darüber schon unterhalten …«

Ich trat dicht an ihn heran und packte ihn mit einer schmerzenden rechten Hand bei der Gurgel. »Quatsch mich nicht voll, Droopy. Wer bist du, wo sind wir – und bitte beantworte mir *jede* Frage, die ich dir jetzt stelle.

Sonst hau ich dir die Zähne so tief in den Schlund, daß du dir die Zahnbürste in den Arsch stecken kannst, um sie zu putzen!«

Droopy packte meine Hand und vollführte eine Art Karatedrehung. Unversehens hatte er mir den Arm auf den Rücken gedreht und atmete mir seinen Altmänneratem über die Schulter. »Sei kein Blödmann, Fran.« Er drückte meinen Arm hart auf dem Rücken hoch, und ein noch stärkerer Schmerz durchzuckte mich. Ich glaubte, ich würde in Ohnmacht fallen.

»Bitte lassen Sie ihn los, Mister! Er wird manchmal senil, und dann weiß er nicht, was er tut.«

Ich erkannte die Stimme, konnte mich aber nicht genügend bewegen, um zu sehen, ob es wirklich der war, für den ich ihn hielt.

Hinter mir sagte Droopy: »Du kennst ihn, junger Mann?«

»Ja, Sir, das ist mein Großvater. Grandpa McCabe.«

Mein Arm wurde losgelassen, aber er blieb, wo er war.

Einen Augenblick lang fühlte es sich an, als würde ich nie wieder imstande sein, das verdammte Ding geradezurenken. Er lag einfach auf meinem Rücken wie ein geknickter Hühnerflügel.

»Dann sag deinem Granddad mal lieber, er soll sich benehmen, denn sonst kriegt er mit solchen Reden noch großen Ärger.«

»Jawohl, Sir. Ich werde ihn im Auge behalten. *Danke*, Sir.« Frannie Junior klang wie ein schleimiger, unterwürfiger, speichelleckerischer Arschkriecher von der übelsten Sorte. Er trat hinter mir hervor und faßte mich behutsam beim anderen Arm.

Ich riß mich los. »Was zum Teufel machst *du* denn hier?«

Er schaute Droopy an und verdrehte entnervt die Augen. »Erinnerst du dich nicht mehr, Gramps? Ich bin heute morgen gekommen, um dich zu überraschen.«

»Ach ja? Eine tolle Überraschung.« Ich wollte davonmarschieren, aber meine Beine fühlten sich an wie heiße Gummibänder. »Ich bin alt! Wieso zum Teufel bin ich alt?«

»Du solltest froh sein. Jetzt weißt du, daß du lange leben wirst. Das hast du davon, daß du Astopel geschlagen hast.«

»Der Typ hat meine Uhr geklaut!«

»Ja, aber du hast sie dir auch nicht gerade auf diplomatische Weise zurückgeholt.«

Ich schütelte den Kopf. »Du hättest es genauso gemacht! Was ist denn mit dem Kerl beim Haus der Schiavos, den du zusammengeschlagen hast?«

»Das war was anderes.« Er verschränkte die Arme, um anzudeuten, daß die Diskussion beendet war.

»Mein Enkel! Wenn ich so einen Enkel hätte, würde ich nach Sumatra ziehen.«

»Wenn du mein Großvater wärst, würde ich dir das Tikket kaufen.«

»Na, erzählt ihr Jungs euch das Neueste aus der Familie?« Droopy kam näher und lächelte wieder auf das strahlendste.

»Wie heißen Sie?« Ich mußte irgendwo anfangen, und wenn ich erst wüßte, wer er war, würde das vielleicht irgendwo hinführen.

»August Gould. Gus für meine Freunde. Freut mich, deine Bekanntschaft zu machen – noch einmal. Willst du mir jetzt die Hand geben, damit die Sache offiziell ist?«

»Gus Gould.«

»Ganz recht, Sir.« Er grinste wie ein Halloween-Kürbis.

»Gut, mein Gedächtnis ist heute das reinste Sieb. Erzähl mir genau, wo wir sind und was wir hier machen.«

»Wir sind in Wien, in Österreich, Fran. Dies ist eine zweiwöchige Europa-Reise, und wir haben noch eine Woche. Von hier aus fahren wir weiter nach Venedig, Florenz, Rom, Athen und dann nach Hause.«

»Wo ist Zuhause?« Ich wagte fast nicht zu fragen, weil ich fürchtete, er könnte sagen: Yanbu, Saudiarabien oder so was Ähnliches.

»Für dich New York, für mich St. Louis.«

»Crane's View, New York?«

»Nein, die Stadt. Manhattan.«

Der Junge schaute mich an. »Cool. Ich hätte nichts dagegen, in New York zu wohnen. Aber was ist denn aus Crane's View geworden?«

Ich zuckte die Achseln und wandte mich wieder an Gus. »Und du sagst, meine Frau heißt Susan? Nicht Magda?«

»Komm schon, Fran, jetzt willst du mich auf den Arm nehmen! Es kann doch nicht sein, daß du nicht weißt, wer deine Frau ist, Herrgott. Wenn dein Gedächtnis *so* schlecht wäre, müßte sie dich ja an der Leine herumführen.« Er seufzte, als ob ihm mein Spielchen jetzt zu lange dauerte. »Susan Ginnety. Das ist ihr Name, soweit ich weiß. Obwohl ich wahrscheinlich nicht so glücklich wäre, wenn ich eine Frau hätte, die meinen Nachnamen nicht wollte, als wir geheiratet haben.«

Der Kleine und ich schnappten ungläubig nach Luft, als wir ihren vollen Namen hörten. Susan Ginnety? Ich hatte Susan Ginnety geheiratet? Der Junge war von der Neuigkeit so überwältigt, daß er einen Satz machte, sich an den Kopf faßte und an Ort und Stelle einen Schmerzenstanz aufführte.

 »Susan Ginnety? Uah! Du hast diese Schnalle geheiratet? Erst Magda Ostrova aus der Zehnten, und dann Susan Ginnety? Was ist mit deinem Gehirn passiert? Nein, was ist mit *meinem* Gehirn passiert? Du hast es umgebracht!«

»Hör schon auf! Ich weiß darüber genauso viel wie du. Susan ist doch schon verheiratet. Sie ist … oha.« Plötzlich fiel mir ein, daß sie sich von ihrem Mann getrennt hatte, unmittelbar bevor all das passiert war. »Wir müssen sie finden. Wir müssen mit ihr reden. Gus, wo ist sie? Weißt du, wo Susan jetzt ist?«

Er schaute auf die Uhr. Es war ein seltsames Ding. Sah aus wie ein schwarzes Gummiarmband und nicht wie eine Uhr. Und soweit ich es erkennen konnte, ergaben die Ziffern darauf keinen Sinn, uhrenmäßig. Er hielt sie dicht an den Mund und sagte: »Ruf Susan Ginnety an.«

Der Junge stieß einen leisen Pfiff aus. »Das ist ein *Telefon*?«

Gus zog die Augenbrauen hoch, sagte aber nichts; er wartete offensichtlich auf irgendeine Reaktion von seinem

Telefon. Plötzlich fing er an zu sprechen. »Susan? Hallo. Gus Gould. Ja, ich habe ein Auge auf ihn und deinen Enkel. Was? Ja, deinen Enkel. Nein, halt, halt. Ich habe Frannie hier. Er sagt, er will mit dir über irgendwas sprechen.« Er lächelte mich an. Ich runzelte die Stirn. »Na, Fran, los doch, sprich mit ihr.«

»Wie meinst du das?«

Er deutete auf mein Handgelenk, und jetzt erst erkannte ich, daß ich auch so ein Armband trug, genau wie der Kleine. Zögernd hob ich es vor mein Gesicht, aber ich wußte nicht, wie weit ich es weghalten mußte, um hineinzusprechen. Von weitem mußte es aussehen, als hätte ich Angst, das Armband könnte mich beißen. »Susan?«

»Hallo, Frannie. Was gibt's?«

Ihre Stimme war kristallklar, aber wie zum Teufel hörte ich sie? Ich betastete meine Ohren innen und außen, aber da war nichts. »Wie höre ich das? Wie funktioniert das?«

»Lineare Matrixröhren«, verkündete Gus mit der Autorität des Fachmanns.

»Was?«

»Lineare Matrixröhren. Eine planmäßig angelegte fiberoptische Leitung, durch eine ekistische Open-End-Zufuhr gebleicht …«

»Schon gut. Susan, wo bist du? Wir müssen sofort miteinander reden.«

»Im Kaffeehaus, Frannie. Erinnerst du dich nicht? Du und Gus, ihr wolltet …«

»Ja, ja, schon gut. Wir beide müssen *sofort* miteinander reden.«

Sie schwieg zu lange, und dann seufzte sie wie eine Märtyrerin, die den Geist aufgibt. »Ich hoffe, du willst dich nicht schon wieder über diese Reise beklagen. Ich will wirklich nicht noch so eine Tirade hören …«

»Ich will keine Tirade halten, Susan, und was ich zu sagen habe, dreht sich nicht um diese Reise. Ich habe nur ein paar Fragen.« Ich hörte, daß meine Stimme allmählich irr und verzweifelt klang. Wenn sie noch schriller würde, müßte ich mich bald wie ein pfeifender Teekessel anhören.

»Wir sind im Kaffeehaus. Aber das weißt du.«

»Nein, Suze, das weiß ich nicht. Bis vor fünf Minuten wußte ich nicht mal, wo ich war, aber darauf will ich jetzt nicht weiter eingehen. In welchem Kaffeehaus?«

»Im Sperl.«

»Im Squirrel? Du bist in einem Café, das Eichhörnchen heißt?«

»*Sperl*, Frannie. Café Sperl. Dreh dein Hörgerät auf, mein Lieber.«

»Okay, ich werd's finden. Wie siehst du jetzt aus?«

Das Glucksen, das ich hörte, war ihr Markenzeichen. Ich hatte es bei unseren allwöchentlichen Meetings, bei denen wir die Vorgänge in Crane's View erörtert hatten, oft genug gehört. »Wie ich jetzt aussehe? Na ja, wie heute morgen, falls du es vergessen hast. *Byyye!*«

Gus Gould fand das umwerfend komisch, und wieder brach das nervtötende Eselsgeblöke aus dem Pferch hervor. Ich hatte vergessen, daß er beide Seiten unseres Gesprächs hören konnte. »Ich werde sie dir zeigen, Fran.«

»Ja, prima, danke. Wo ist dieses Café Sperl, Squirrel, was auch immer?«

»Gleich neben unserem Hotel.« Gus winkte uns, ihm zu folgen, und marschierte davon.

Ich schaute den Jungen an. »*Unser* Hotel? Was für ein Hotel? Ich habe keine Ahnung, was zum Teufel hier vorgeht. Was stimmt an diesem Bild nicht?« Ich ging los.

»Es hätte ja nicht so sein müssen. Du bist selbst schuld! Wenn du nicht so blöd gewesen wärst, Astopel zu schlagen …«

»Leg mal 'ne andere Platte auf, ja, Kleiner? Das hast du jetzt schon neunzehn Mal gesagt. Falls du eine Entschuldigung erwartest – die kriegst du nicht. Überhaupt, du hast mir immer noch nicht gesagt, was *du* hier eigentlich suchst.«

»Ich weiß es nicht. Gerade führe ich noch mein eigenes Leben und kümmere mich um meinen eigenen Scheißdreck, und dann – *bautz* sitze ich in deinem, und jetzt bin ich hier.«

»Ich glaub's einfach nicht. Außerdem, wenn wir so weit in der Zukunft sind, wieso sieht dann nicht alles ganz anders aus?«

Das stimmte. Wenn ich jetzt irgendwas zwischen siebzig und achtzig war, dann waren mindestens drei Jahrzehnte vergangen. Aber nach dem wenigen zu urteilen, was ich bis jetzt von der Umgebung gesehen hatte, war die Welt kaum verändert. Geschäfte waren Geschäfte, und die Autos rollten durch die Straßen und flogen nicht durch die Luft wie in »Zurück in die Zukunft«. Die meisten sahen schnittiger und aerodynamischer aus, aber es waren immer noch Autos.

Junior unterbrach meine Gedankengänge. »Für mich war es genauso. Als ich in deine Zeit kam, dachte ich: Was ist hier so anders? Die gleiche Kleidung, und Fernsehen ist immer noch Fernsehen ...«

»Wer hat dich in meine Zeit heraufgeschickt?«

Er warf mir einen kurzen, verschlagenen Blick zu und schaute dann ganz schnell wieder weg. Dann ging er mit schrecklich *flottem* Schritt davon. Der kleine Scheißer wollte sich schleunigst verdrücken. Ich humpelte ihm nach und konnte ihn einholen. Ich berührte seine Schulter, aber er schüttelte mich ab.

»Astopel! Es war Astopel, nicht wahr?« Offenbar hatte ich das Zauberwort ausgesprochen, denn er sauste so schnell davon, daß er, wäre er ein Auto gewesen, einen zehn Meter langen Gummistreifen auf die Straße radiert hätte. Als ich ihn und Gus verschwinden sah, dämmerte mir plötzlich die Wahrheit. »Weil du ihn auch gehauen hast! Du hast Astopel auch gehauen, *stimmt's?*«

Der Junge antwortete nicht, aber ich wußte, ich hatte den Nagel auf den Kopf getroffen. Deshalb war der Junge so besorgt gewesen, wie ich auf den Schwarzen reagieren würde. Und deshalb hatte er mit seinem Geschrei angefangen, als ich Astopel niedergeschlagen hatte. Weil er gewußt hatte, was passieren würde! Weil er *genau das gleiche* getan hatte und dafür in seine Zukunft geschossen worden war, genau wie ich.

»Warum hast du mir das nicht gesagt?«

Er ging weiter.

»Hey, Arschloch, warum hast du mir nicht gesagt, was passiert, wenn ich ihn prügle?« Die Leute in der Nähe blieben stehen und starrten den verrückten alten Knacker in Rot an, wie er die Straße entlang hinter einem Jungen herbrüllte, der offensichtlich bemüht war, ihn zu ignorieren.

»Ich rede mit dir!«

Gus schaute uns jetzt auch zu, genau wie jeder zweite Passant – aber nicht Junior. Hätten meine Beine noch etwas getaugt, wäre ich hinübergesprintet und – aber er blieb stehen, stemmte die Hände in die Hüften und drehte sich langsam um. Sein Gesicht zeigte nur noch Abscheu. »Kapierst du immer noch nicht? Ich kann nichts für dich tun! Glaubst du, ich hätte es dir nicht gesagt, wenn ich könnte? Glaubst du, ich möchte hier sein? Bist du wirklich so dämlich?«

»Wieso *hast* du es mir dann nicht gesagt?«

»Weil – ich – es – nicht – kann!«

Wir schrien einander über die Distanz hinweg an. Früher oder später würde ein Cop aufkreuzen – und er tat es früher. Die Polizisten in Wien tragen grüne Uniformen mit weißen Mützen, und sie sehen eher wie Schülerlotsen aus denn wie Polizisten. Dieser Typ war vierschrötig, hatte einen entsprechend vierschrötigen Schnauzbart und eine Geisteshaltung, die man in fünf verschiedenen Sprachen riechen konnte. Er entschied sich dafür, mich ins Verhör zu nehmen. Dieser Pinsel – kujonierte einen schwachen alten Mann. In Rot.

»Na, was ist?«

»Was ist das Problem, Officer?« Weil ich auf Englisch antwortete und nicht zögerte, ihm in die Augen zu schauen, schaltete sein Gesichtsausdruck auf »störrisch und verwirrt« herunter – eine schlechte Kombination, wenn man es mit einem Bullen zu tun hat.

Er antwortete in stockendem Schulbuchenglisch. »Warum schreien Sie? Es ist nicht erlaubt, in Wien zu schreien.«

»Ich schreie nicht. Ich rufe meinen Enkel.« Ich deutete

auf Junior und hoffte, daß der Cop die Familienähnlichkeit erkennen würde. Der Junge zuckte die Achseln. Der Cop schürzte die Lippen, und die Schnurrbarthaare bohrten sich in seine Nase. Aus dem Augenwinkel sah ich, daß Gus Gould zu uns herübergeflitzt kam. Offenbar hielt er mich jetzt für völlig durchgeknallt.

Auf dem Namensschild des Polizisten stand »Lumplekker«. Ich brauchte einen Augenblick, um das zu verdauen und nicht laut loszulachen. »Officer Lumplecker?«

»Ja?«

»Welches Jahr haben wir?«

»Bitte?«

»Das Jahr. Dieses Jahr. Jetzt. Welches Datum haben wir?«

Lumplecker warf mir einen Lumpenblick zu, als ob ich ihn auf den Arm nehmen wollte. »Ich verstehe Sie nicht. Mein Englisch ist schlecht. Hier ist Ihr Freund. Den können Sie fragen.«

»Komm, Frannie, wir müssen zum Kaffeehaus.« Gus gab mir einen Stoß mit der Hüfte und lächelte mit seinen vielen alten, gelben Zähnen Officer Lumpi an. Jemand in einer kurzen Lederhose und mit grünen Kniestrümpfen, der in der Nähe stand, fragte: »Was ist mit ihm?« Der Cop richtete seine gereizte Aufmerksamkeit auf den Ahnungslosen und fing an, auf Deutsch loszubrüllen wie eine Maschinenpistole. Gus und ich verdrückten uns, ohne auch nur »Auf Wiedersehen« zu sagen.

»Was ist denn heute morgen los mit dir, Frannie? Hast du Drogen genommen? Oder sonst was?«

Mein Vater stellte mir diese Frage, als ich jung und ständig in Schwierigkeiten war. »Bist du auf irgend was drauf?« – wie er es formulierte. Er hoffte es immer, denn dann hätte er eine triftige Entschuldigung für mein abscheuliches Benehmen gehabt. Und wenn er mich irgendwie davon »runter« bringen könnte, würde ich wieder normal werden. Welch ein Irrtum. Damals war ich selbst die einzige Droge, auf der ich war.

»Moment mal! Wieso kannst du ihn sehen?« Ich deutete auf Junior, der drei Schritt entfernt stand.

Gus wickelte einen Kaugummi aus und steckte ihn in den Mund. »Wieso ich ihn *sehen* kann? Wieso nicht?«

Ich ging zu dem Jungen. »Wieso kann er dich jetzt sehen? Zu Hause in Crane's View hast du gesagt, niemand kann dich sehen, nur ich und der Kater.«

»Weil wir jetzt beide auf der falschen Zeitschiene sind. Keiner von uns gehört hierher.«

Es war Frühling. Mädchen in fruchteisfarbenen Sommerkleidern gingen vorbei, und ihr Parfüm betörte unseren Geruchssinn. Ich mochte höllisch alt sein, aber meine Nase funktionierte noch. Paare spazierten langsam von hier nach nirgendwo und genossen das warme Wetter. Straßenmusikanten spielten alles von klassischer Gitarre bis zur Singenden Säge.

Wien. Österreich. Mozart. Freud. Wienerwald. Sachertorte. Selbst als ich noch Reisefieber hatte, war ich nicht hingefahren, weil ich nicht im geringsten neugierig auf diese Stadt gewesen war. In London hatte ich einige Zeit verbracht. In Paris. In Madrid. Auch an anderen exotischen

Orten, aber Wien bedeutete Oper, und die war mir ein Greuel. Lippizaner, die auf ihren Hinterbeinen herumhoppelten, deprimierten mich, und außerdem war dies die Stadt, in der Hitler angefangen hatte, Hitler zu sein. Wer brauchte so was? Dazu kam, daß George Dalemwood hier gewesen war und nachher erzählt hatte, daß die Wiener, allgemein gesprochen, die unfreundlichsten, unangenehmsten Leute seien, die er je gesehen habe. Was zum Teufel suchte ich hier in meinem hohen Alter? Noch dazu verheiratet mit Susan Ginnety.

»Da ist die Oper. Ich dachte, sie wäre größer. Auf den Bildern sieht sie jedenfalls größer aus.«

Als wir näherkamen, sah ich das berühmte Gebäude, aber ich empfand nichts dabei. Natürlich soll das Herz beben, wenn man bestimmte Sehenswürdigkeiten erblickt – den Grand Canyon, Big Ben, das Wiener Opernhaus. Aber mein Herz schaltet bei solchen Gelegenheiten zumeist den Rückwärtsgang ein; es läßt sich einfach nicht gern vorschreiben, was es tun soll.

»Vergiß nicht, Frannie, daß wir das Gebäude heute nachmittag besichtigen sollen.«

»Aha. Und wie weit ist es noch bis zu diesem Café?«

»Ungefähr zehn Minuten.«

»O Gott, so weit?« Mein Körper fühlte sich an wie aus Blei, aus Teig, aus Stein, aus Holz, in doppelter Schwerkraft – fühlte sich an wie Scheiße. So war es also, wenn man alt war? Vergiß es! Am liebsten hätte ich mich gegen ein neues Modell eingetauscht. Auf der Stelle. Wie fanden sich alte Leute damit ab? Wie hoben sie ihre starren, hundert Pfund schweren Beine und setzten einen Fuß vor den anderen, Tag für Tag? Meine Hände waren von der Arthritis heiß wie Lava, und meine Beine waren kalt – keine Ahnung, wovon. Es kam mir so vor, als ob alle Leute wie auf Rollschuhen an uns vorbeisausten, dabei waren es nur Beine an jüngeren, gesunden Körpern, und die hielten sie für selbstverständlich. Ich wollte mich schneller bewegen, wollte stehenbleiben, wollte frustriert weinen, alles zur gleichen Zeit. »Hey, ihr beide – wartet einen Moment. Langsam. Ich muß mich ausruhen.«

Gus und der Kleine wechselten einen Blick, aber sie blieben stehen. Am liebsten hätte ich beide umgebracht. Wie konnten sie weiterlaufen, wenn ich mich fühlte, als ob ich einen Felsblock auf dem Schädel trüge?

»Alles okay, Frannie?«

»Nein, es ist *nicht* alles okay! Wartet einen Augenblick, ja?«

»Kein Problem, Partner.«

»Ist das ein Hotdog-Stand da vorn?« Der Junge deutete auf einen kleinen Kiosk in der Nähe. An den Fenstern klebten verschiedene Bilder von Hot Dogs. »Ich hab Hunger. Ich hol mir eins.«

Keuchend fragte ich, ob er Geld hätte.

»Nein. Du?«

Ohne eine Spur von Überraschung glitt meine Hand über ein Bündel Karten in meiner Tasche. Ich zog sie heraus, um zu sehen, was für welche es waren.

Gus sagte: »Nimm deine Visakarte.«

»Die nehmen Kreditkarten am Hotdog-Stand?«

Er zog ein Gesicht, das mir sagte, *so* dämlich könne ich doch wirklich nicht sein. »Willst du mit einem Fünf-Dollar-Schein bezahlen? Wann hast du denn das letzte Mal Papiergeld gesehen?«

»Ich hab auch eine Karte. So eine. Hatte sie die ganze Zeit.« Junior wedelte mit einer blanken rosaroten Karte und ging auf den Würstchenstand zu.

Ich kam nicht wieder zu Atem. Mein ganzer Körper war empört, weil er so schnell so weit hatte gehen müssen. Dennoch wußte ich, daß wir gar nicht so weit gekommen waren. Abgesehen von all den anderen Schocks, die um mich herum wirbelten wie ein multipler Wirbelsturm, konnte ich nicht glauben, daß so etwas in mir steckte: ein schmerzgeplagter, weinerlicher, mürrischer, erschöpfter, alter ... Knallkopf.

»Erzähl mir doch mal von deinem Enkel, Frannie. Ein gutaussehender Junge.«

Wir schauten zu, wie der gutaussehende Junge seinen Hot Dog kaufte. Es erforderte mancherlei Gezeige und Genicke, bis der Würstchenverkäufer verstanden hatte, was er wollte. Es war so lange her, daß ich an einem Ort gewesen war, wo ich die Sprache nicht verstand. Jetzt war ich plötzlich an zweien zugleich: in Österreich und im Alter.

Während ich noch irgendwelchen Unfug über meinen »Enkel« zusammenphantasierte, den ich Gus Gould erzählen konnte, hörte ich ein gewaltiges, schrilles Geräusch. Instinktiv wußte ich, was es war, denn ich hatte dieses Geräusch selbst schon oft mit meiner Ducati gemacht – das helle, trommelfellzerreißende Geräusch eines herunterschaltenden Motorrads. Ich wandte mich von Gus ab und der Straße zu und sah das Letzte, was ich jemals sehen würde: Ein wunderschönes, silbernes, schnittiges Motorrad segelte durch die Luft geradewegs auf mich zu.

Ende.

LÖCHER IM REGEN

Ehe ich mich versah, starrte ich auf meine Hände. Sie hielten einen Erdbeer-Milkshake in einem altmodisch geriffelten Glas. Es waren wieder »meine« Hände – keine Leberflecken, keine Haut wie ein Brotteig, der in müden Schichten herabhing, und keine Knöchel, so groß wie Walnußschalen, die sich darunter wölbten. Die Haut hatte eine gesunde Farbe und war keine Flickendecke aus kränklichen Tönen und Flecken wie in Wien.

Langsam ballte ich eine Hand zur Faust und war entzückt wie ein Kind, als kein Schmerz sich hindurchschlängelte. Aber bevor ich allzu sehr aus dem Häuschen geriet, streckte ich die Hand ebenso langsam wieder, um zu sehen, ob es auch anders herum funktionierte. Erfolg. War ich wieder da? War ich wieder ich? Ich legte die Hand flach auf die rote Kunststofftheke und fühlte das kühle Plastik unter meiner wiedergeborenen Handfläche. Ich strich hin und her über den glatten Untergrund. Dann hob ich die Hand ein Stückchen und ließ die Finger zur Feier unserer Rückkehr einen kleinen Tanz vollführen.

»Wirst du diesen Milkshake trinken, oder versuchst du ihn zu hypnotisieren?«

Ich wußte, es war zu schön, um wahr zu sein. Ich kannte die Stimme und wollte das Gesicht nicht sehen, aus dem sie kam. Aber gegen den Rat eines jeden Atoms in meinem Körper wandte ich mich auf dem Drehhocker zur Seite und schaute hin.

Ich war in Scrappy's Diner in Crane's View. Scrappy's ist niemals leer, von dem Augenblick an, wenn es morgens um sechs öffnet, bis Mitternacht, wenn es wieder schließt. Aber jetzt war der Laden leer. Das heißt, bis auf mich und den guten alten Astopel, der ganz hinten am anderen Ende der

Bar saß. Er beobachtete mich und lächelte wie ein Schweinehund.

»Kann ich nicht mal dreißig Sekunden allein glücklich sein, bevor ich Sie wiedersehe? Gibt es kein Gesetz dagegen, daß man allzu viel von Ihnen in einem Menschenleben abkriegt?«

»Sie können so viel Zeit bekommen, wie Sie wollen, Mr. McCabe. Aber Ihre Uhr tickt.«

Meine Kehle war staubtrocken; also nahm ich einen Schluck von meinem Milkshake, und er war in diesem Augenblick so gut wie Sex. Ja, ich konnte nicht aufhören zu trinken, und das Trinken wurde zum Gluckern, bis das Glas leer war. Sogar meine Kehle fühlte sich jünger an, so glücklich und eifrig war sie dabei, das Zeug herunterzustürzen.

Ich wischte mir mit dem Handrücken über den Mund. »Okay, *welche* Uhr tickt?«

»Wie hat Ihnen Ihr Tod gefallen? Er ist ja immerhin dramatisch.«

»Werde ich wirklich so sterben?«

»Ja. Durch ein Motorrad am Kopf.«

»Ich bekomme ein Motorrad auf den Kopf, in Wien, wenn ich hundert Jahre alt bin und so verschlissen und zänkisch, daß ich schon Jahre zuvor hätte sterben sollen. Das ist ja wirklich was, worauf ich mich freuen kann.«

»Nicht ganz hundert, fürchte ich.«

»Sondern?«

»Ich kann es Ihnen nicht sagen. Sie müssen das alles selbst herausfinden. Aber bei Ihrem Tempo werden Sie nicht einmal das herausfinden, bevor Ihre Zeit um ist.«

»Erklären Sie mir das.«

Er rutschte von seinem Hocker und ging hinter die Theke. Er kam zu mir, nahm mein Glas und schenkte mir aus einem metallenen Shaker nach. Dann stellte er es mir wieder hin. »Erdbeere, richtig? Ist das Ihre bevorzugte Geschmacksrichtung?«

»Haben Sie das gemacht? Es ist gut.«

»Danke. ›Bedenke das Letzte von allem, und dann wirst du den Traum davon verlassen.‹ Kennen Sie diese Zeile? Sie ist aus dem Koran.« Er zapfte ein Glas Coke aus der Maschine und stellte es zu meiner Überraschung in die Mikrowelle. Dann schaltete er die höchste Temperatur ein und wartete ein paar Sekunden, bis die Glocke ertönte. Er nahm das Glas heraus, trank einen Schluck von dem, was eine sechshundert Grad heiße Coca-Cola sein mußte, und schmatzte genüßlich.

»Astopel, sagen Sie mir, daß Sie das nicht getan haben. Ist Ihre Zunge aus Asbest? Oder sind Sie der Teufel? Steckt das dahinter?«

»Sie suchen immer weiter nach einfachen Antworten, Mr. McCabe. Unglücklicherweise gibt es aber keine. Vielleicht sollten Sie sich eine bessere Art des Suchens einfallen lassen.«

»Ach ja? Nun, noch vor wenigen Augenblicken war ich vollkommen damit beschäftigt, als alter Mann traumatisiert zu sein und ein Motorrad als Hut zu tragen.«

»Jammerschade. Denn Sie haben nur noch vier Gelegenheiten, in Ihre Zukunft zurückzukehren, ehe die Woche um ist. *Wann* Sie zurückkehren, liegt bei Ihnen, aber Sie haben nur noch diese sechs Tage …«

»Was soll das heißen, sechs? Sie haben gesagt, sieben. Sie haben gesagt, ich habe eine Woche.«

»Schauen Sie nach draußen.«

Es war stockfinster draußen. »Heute ist schon vorbei?«

»Heute ist vorbei.«

»Heute ist Dienstag.«

»War Dienstag.«

»Ich habe Zeit bis nächsten Dienstag, hier oder in meiner Zukunft, um es herauszufinden?«

»Richtig.«

Ich klopfte auf den Rand meines Glases auf der Theke. »Sonst?«

»Nun, erinnern Sie sich an das, was Antonya Corando Ihnen gesagt hat.«

»Sie hat gesagt, sie hat sich nicht umgebracht. Sie hat gesagt, jemand anders hätte ihr das angetan.«

Astopel nickte. »Und nicht nur Ihr eigenes Wohlergehen

steht jetzt auf dem Spiel. Auch das sehr vieler anderer. Sie haben sieben Tage, weil Sie sieben Tage haben. Sie können in der restlichen Zeit versuchen zu verstehen, warum, aber ich glaube, das wäre Verschwendung.

Vielleicht tröstet es Sie, zu wissen, daß andere in diesem Augenblick in der gleichen Lage sind wie Sie, Mr. McCabe.«

»Die das gleiche tun müssen wie ich?«

»Ja.«

»In Crane's View?«

»Nein, überall auf der Welt.«

Ich trank den Rest von meinem Erdbeer-Shake. Jetzt schmeckte er nicht mehr so gut.

»Zwei Dinge müssen Sie noch wissen, Mr. McCabe. Sie können in dieser Woche in Ihre Zukunft zurückkehren, wann immer Sie wollen. Sagen Sie den Satz ›Löcher im Regen‹, und Sie sind dort. Dann liegt allerdings die Rückkehr in die Gegenwart nicht in Ihrer Hand – sie wird einfach geschehen.

Das zweite, was Sie wissen müssen, wenn Sie Ihre Zukunft besuchen, ist dies: Es wird immer der Tag vor demjenigen sein, den Sie zuletzt erlebt haben. Ihr nächster Besuch wird also am Tag vor Ihrem Tod stattfinden.«

»Das ist doch völlig verrückt.«

»Hoffen wir, daß es irgendwann einen Sinn für Sie ergibt.« Er trank sein Glas leer und kam um die Theke herum. Ohne sich umzusehen, ging er zur Tür.

»Warten Sie! Noch etwas: Warum habe ich Susan Ginnety geheiratet? Ist mit Magda etwas passiert? *Wird* ihr was passieren?«

Er hob den Kopf und schaute zur Decke. »Jedem passiert irgendwas, Mr. McCabe.« Und damit ging er.

Die Straßen von Crane's View waren leer und still, als ich vom Imbiß nach Hause stapfte. Die Nacht behält ihre eigenen Geräusche für sich, denn die meisten kommen von der anderen Seite der Stille. Weil es nach Mitternach so wenige Geräusche gibt, spitzen sich die Ohren aufmerksam, um alles in ihrer Umgebung zu hören. Sie sind so sehr daran gewöhnt, vom weißen Rauschen des Alltags überflutet zu werden, daß sie sich nicht entspannen können. Ohren sind nicht glücklich über die Stille; sie ist nicht ihr Reich. Also drehen sie die Lautstärke eines einmotorigen Flugzeugs hoch oben am Himmel weiter auf oder das einsame Auto, das fünf Straßen weiter durch die Nacht rollt. Und wenn dazu noch das Kreischen einer Katze kommt, die zu dieser stillen Stunde besprungen wird, dann ist dieses Geräusch wie eine Schere, die einem ins Ohr gebohrt wird. Aber alle diese Geräusche kamen von hier und jetzt, aus diesem Augenblick, nicht aus der Zukunft – jetzt. Ich hieß sie willkommen und wünschte mir noch mehr, um mich zu vergewissern, daß ich wieder in der Zeit war, in der ich sein wollte.

Wie so oft, wenn ich durcheinander bin, fing ich an, mit mir selbst zu reden. Das ist eine hilfreiche Gewohnheit, die ich in Vietnam entwickelt habe, wo ich alles ausprobierte, um in dieser Hölle nicht den Verstand zu verlieren.

Mit äußerster Anteilnahme fragte ich mich: »Ist alles in Ordnung mit dir?«

Pause. Stirnrunzeln. »In Ordnung? Ich lebe. Stimmt. Ich lebe, und ich weiß verdammt nicht, was ich machen soll. Was zum Teufel von mir *erwartet* wird. Ich weiß Nullkommanichts, aber trotzdem soll ich das ganze Zeug hier in einer Woche durchschaut haben. Andernfalls … Viel Glück, Daddy-o.«

Als ich mich in der stillen, vertrauten Umgebung umschaute, wurde mir von der Kombination aus Groll und Verwirrung über das, was mit mir und der Liebe in meinem Herzen zu Crane's View geschehen war, beinahe schwindlig. »Das ist alles – mir wird schwindlig!«

Ich brauchte eine Menge Crane's View, um in dieser Nacht mein Gleichgewicht wiederzufinden, und so nahm ich trotz der späten Stunde einen Umweg nach Hause. Ich ging absichtlich am Haus der Schiavos vorbei, um zu sehen, ob dort noch irgend etwas passiert war. Was von der ausgebrannten Ruine übrig war, lag still und dunkel da. Ein paar

Minuten später stand ich vor George Dalemwoods Haus. Wie üblich war im Erdgeschoß Licht, denn George mag die Nacht nicht. Er sagt, Glühbirnen leisten ihm Gesellschaft. Gern hätte ich an seine Tür geklopft und wäre hineingegangen, um ausführlich über alles zu sprechen, aber ich tat es nicht. Ich wußte, bevor ich mit ihm noch einmal über irgendwas von all dem redete, mußte ich erst gründlich nachdenken. Ich war sicher, daß ich irgendwann in Zukunft seine Hilfe brauchen würde, und deshalb war es von entscheidender Bedeutung, daß ich ihm die Einzelheiten klar und ruhig darlegte. George ist ein geduldiger und aufgeschlossener Mann, aber wenn er hörte, was mir in dieser Nacht widerfahren war – vor allem, wenn ich es auf die falsche Weise erzählte –, würde selbst mein guter Freund womöglich nach dem Schmetterlingsnetz greifen.

Seufzend sagte ich: »Geh nach Hause, Fran. Geh nach Hause zu deiner Familie.«

Smith saß wie eine Statue auf der obersten Verandastufe vor unserem Haus und sah aus, als ob er auf meine Rückkehr gewartet hätte. Ich war so müde, daß ich nicht mal hallo sagte. Ich bückte mich nur, streichelte ihm ein paarmal über den Kopf und öffnete die Haustür.

Zuhause, du süßer Duft. Die Holländer haben ein Sprichwort, daß das Ticken der Uhr zu Hause immer am schönsten klingt. Noch besser ist der Geruch. Man schnuppert einmal, und die Seele weiß, wo man ist, bevor der Verstand es begriffen hat. Ich blieb im Flur stehen, schloß die Augen und atmete eine Zeitlang einfach den Duft meines Zuhause. Nach allem, was ich durchgemacht hatte, war es ein Parfüm Gottes. Mein Leben war in dieser Luft. Die Menschen, mit denen ich lebte, die Dinge, die wir besaßen, der Kater, das Popcorn, das jemand kürzlich gemacht hatte, Paulines »CK One«-Eau de Cologne – sogar der Staub roch vertraut.

Oben würden die beiden Frauen schlafen – Magda in Jogginghose und einem meiner »Macalester College«-T-Shirts, alle viere so weit wie möglich über das Bett ausgestreckt. Pauline im Nachthemd, an die Bettkante gekuschelt, als habe sie Angst, allzu viel Platz einzunehmen.

Anders als ihre Mutter hatte sie einen leichten Schlaf, und sie träumte schlecht; ihre Lider flatterten immer.

Ich war erschöpft und leer wie der Briefkasten eines Toten. Die Vorstellung, zu meiner Frau ins warme Bett zu schlüpfen, war fast so befriedigend wie die Handlung selbst. Aber kaum war das Wort »meine Frau« durch meinen Kopf getrottet, folgte ihm das Bild von Susan Ginnety, die – x Jahre in der Zukunft – Mrs. F. McCabe sein würde. Bei dem Gedanken an diese irrsinnige Verbindung klappten meine Augen weit auf.

Der Kater strich mir schnurrend um die Füße. Unvermittelt raste er quer durch das Zimmer, sprang in die Luft und warf sich mit voller Wucht gegen ein Fenster. Ein quiekendes Krächzen, und draußen sprang ein Vogel vom Sims und flatterte davon. Ich sah es und dachte: Federn. Und nachdem ich jetzt Federn im Sinn hatte, erschien das Bild von einer, die auf Paulines Wirbelsäule tätowiert war, und dann der, die ich gefunden und mit Old Vertue zusammen begraben hatte, und ... Als ob eine Bombe in meinem Gehirn explodierte, erinnerte ich mich an etwas aus meiner
Zukunft. Ich geriet in solche Aufregung, daß ich, ohne weiter nachzudenken, sagte: »Löcher im Regen!« Denn ich mußte zurück, mußte eine andere Feder finden, die ich da oben gesehen hatte und die vielleicht die Antwort auf alles geben könnte.

Ich war nackt. Ich war nackt und im Bett. Ich war nackt und im Bett mit einer Frau. Die nackt war. Und alt. Und nicht meine Frau Magda. Und sie hatte ihre Hand an mir und war offensichtlich bemüht, mit ihren geschäftigen Fingern den alten Stachel aus seiner Gleichgültigkeit zu wecken.

Ich fuhr hoch und bedeckte mich, nicht ohne vorher noch zu bemerken, daß ihre Bemühungen halb erfolgreich gewesen waren.

Eine alte Susan Ginnety lächelte mich mit triumphierender Lüsternheit an. »Ich hab doch gesagt, ich bringe dich hoch, Frannie. Komm wieder her und sei nicht albern.«

Sechzig Jahre zuvor hatten diese Frau und ich es in sämtlichen Positionen, die unsere Teenagerkörper zustandebrachten, miteinander getrieben, gar nicht davon zu reden, daß wir uns jeder Ritze und Falte bedient hatten, um die größtmögliche Wirkung zu erzielen. Aber als ich jetzt auf wackligen Altmännerbeinen dastand, fühlte ich mich so keusch wie eine Nonne im Umkleideraum für Jungen.

»Hör schon auf, Susan! Bist du verrückt geworden?«

Das brachte sie auf die Füße. Sie stand neben dem Bett, stemmte die Hände in die knochigen Hüften und zeigte mir einen nackten Körper, den ich nicht sehen wollte. »Ich habe bis jetzt Geduld gehabt, Frannie. Aber ich bin eine Frau. Ich habe *Bedürfnisse!*«

Wenn ich jetzt etwas falsch machte, würde ich niemals irgendwelche Antworten von ihr bekommen. »Sieh mich an, Susan. Du willst mit *diesem* Körper schlafen? Ich sehe aus wie eine Qumran-Rolle!«

Sie blieb ungerührt. »Warum hast du mich geheiratet, wenn du wußtest, daß das passieren würde?«

Bevor ich es verhindern konnte, platzte ich heraus: »Das ist eine gute Frage.«

Sie boxte mich aufs Knie. Gottlob stand ich auf einem Bett, denn ich kippte seitwärts, und mein Kopf hüpfte wie ein Pingpongball auf der Matratze.

»Du Mistkerl! Du hast mir einen Heiratsantrag gemacht! Warum hab ich nur ja gesagt? Warum hab ich nur geglaubt, daß es klappen könnte?«

Die Schlacht am Wounded Knee nahm meine ganze Aufmerksamkeit gefangen, während sie zeterte. Auch als der Schmerz unter die Gefahrenzone sank, wälzte ich mich hin und her und stöhnte. Als hätte die Mafia mir die Kniescheibe zertrümmert, nicht, als hätte eine alte Frau mich geknufft.

Es klopfte zweimal hart an die Tür, und wir erstarrten. Wir schauten einander an, als wären wir bei etwas Verbotenem ertappt worden. Nach kurzer Pause klopfte es noch dreimal. Ich zog mir die Decke bis ans Kinn. Ohne Hast hüllte Susan sich in einen grünen Frotteebademantel, der über einem Stuhl gelegen hatte.

Zum ersten Mal, seit ich hier »erwacht« war, schaute ich mich um. Es war eins der schönsten Hotelzimmer, die ich je gesehen hatte. Es hätte von einem Staatspräsidenten bewohnt sein müssen oder zumindest von jemandem, dessen Privatjet aufgetankt am Flughafen wartete, aber keinesfalls vom Polizeichef von Crane's View. Meine erste Frau (Meine erste? Jetzt war ich anscheinend schon bei der dritten!) hatte das Kaviarleben geliebt, und deshalb war ich schon in vielen luxuriösen Hotelzimmern gewesen. Aber verglichen mit diesem Palast waren das Bahnhofswartesäle in Obervolta gewesen. Wie zum Teufel war ich mit meiner geriatrischen Nymphomanin hier gelandet? Und was noch wichtiger war: Wer bezahlte das alles?

»Hallo, Gus«, sagte sie mißmutig.

Es war nicht der Gus, den ich am Tag zuvor gesehen hatte. Dieser Gentleman sah aus wie der Staatspräsident, der in dieses schicke Zimmer gehörte. Er trug einen dunklen Anzug, der in so perfektem Understatement geschnitten war, daß man nur einen Blick darauf werfen mußte, um zu wissen, daß er von einem Schneider kam, der vier Anproben veranstaltete, bevor sein Werk vollendet war. Ein schneeweißes Hemd, Manschettenknöpfe und eine schmale schwarze Krawatte aus matt glänzender Seide. Ich stemmte mich auf dem Ellenbogen hoch, um einen Blick auf die Schuhe zu werfen. Sie ruinierten das Gesamtbild auf der Stelle. Auch wenn sie hübsch waren, es waren doch immer noch Cowboystiefel aus schwarzem Schlangenleder.

»Wieso liegt ihr Kids denn immer noch im Bett rum? Wir haben einen langen Tag vor uns und viel zu tun!«

»Mein *Gatte* und ich haben noch geplaudert.« Susan warf mir einen Blick zu, der die Schlangen auf dem Haupt der Medusa gegrillt hätte.

»Na, dann steht jetzt aber lieber auf. Ihr wißt, daß Floon es nicht gern hat, wenn man beim Essen fehlt.«

»Wer ist Floon?«

»Sie nicht albern, Frannie.« Susan stolzierte ins Bad und schloß viel zu laut die Tür hinter sich.

»Sie ist eine gutaussehende Frau, Frannie. Du bist ein Glückspilz.«

»Ja. Ich tausche sie gegen ein paar Antworten.«

»Was soll das heißen?«

»Nichts.«

Gus ging zu einem der großen Wandschränke und öffnete die Tür. Er griff hinein und holte einen Anzug heraus, der genauso aussah wie seiner – dunkel, schwer, schön. Ein Vermögen in Tuch. »Hier, ich helfe dir beim Anziehen. Wir müssen los. Hast du Hemd und Stiefel irgendwo?«

»Tragen wir die gleichen Sachen?«

Er schaute den Anzug an, strich flott über die Vorderseite und deutete dann darauf. »Frannie, ich hätte mir nie träumen lassen, daß ein Männeranzug zehntausend Dollar kosten kann. Das heißt, bis zu dieser Reise, als er uns den hier gegeben hat.« Er hob einen Fuß. »Und John Wayne hat solche Lucchese-Stiefel getragen. Wenn Floon will, daß ich heute diese Sachen trage, dann werde ich es tun. Er hat sie bezahlt, aber wir können sie behalten, wenn die Reise vorbei ist.«

110 Ich stieg nackt aus dem Bett. Was sollte ich auch tun – mir ein Kopfkissen vors Gemächt halten? »Gus, mein Kopf ist heute ein bißchen unzuverlässig. Sieh es mir also nach, wenn ich ein paar dumme Fragen stelle.«

»Gemacht. Hier ist deine Unterwäsche.« Er hielt mir eine braune Schachtel entgegen.

Ich öffnete sie, zog das wunderschöne limonenfarbene Seidenpapier auseinander und starrte hinein. »Ich trage keine Boxershorts.«

»Heute doch, Buddy. So arbeitet Floon – alles bis ins letzte Detail geklärt. Diese Unterhosen kosten wahrscheinlich mehr als mein erstes Auto.«

Unglücklich streifte ich sie über. Als nächstes kamen das weiße Hemd, schwarze Kaschmirsocken und *der* Anzug. Luciano Barbera. Ich hatte mir immer einen von seinen Anzügen gewünscht. Ja, ich war ein alter Mann, aber die Qualität des Stoffes, der da über meine Haut glitt, konnte ich immer noch fühlen. »Dieser Anzug kostet wirklich zehntausend Mäuse?«

»Ja, und Floon hat zwölf Stück gekauft, für die Männer. Ich möchte nicht mal raten, was er für die Kleider der Frauen bezahlt hat. Weißt du, was er mir erzählt hat? Er hat alles in Ngultrums bezahlt.«

»Was ist das denn?«

»Die Währung von Bhutan.« Er ging zurück zum Schrank und holte meine Cowboy-Stiefel heraus. Das letzte Paar, das ich gesehen hatte, waren die orangefarbenen gewesen, die ich als Teenager getragen hatte. Die hier waren wenigstens schwarz. Ich drehte den einen in der Hand und mußte zugeben: Wenn man schon schwarze Schlangenlederstiefel tragen mußte, dann waren das hier die richtigen.

Als ich angezogen war, betrachtete ich mich in einem großen Spiegel. »Wir sehen aus wie reiche Texas Rangers.«

»Ich weiß nicht, was Caz für heute geplant hat, aber du kannst wetten, daß es interessant wird.«

»Caz? Caz Floon? Was ist das denn für ein Name?«

»Caz *de* Floon. Er ist Holländer. Frannie, wenn du dich nicht an diesen Namen erinnerst, dann hast du wirklich Gedächtnisprobleme. Susan, bist du fertig da drin?«

»In einer Minute!«

Aus der Minute wurden etliche, aber als sie schließlich herauskam, sah meine dritte Frau großartig aus. Sie trug ein ärmelloses blaues Sommerkleid, das sie um Jahre jünger und für eine alte Frau irgendwie sexy aussehen ließ.

»Was hast du denn da an, Susan?« Gus' Stimme klang nicht freundlich.

»Sei nicht langweilig, Gus. Das Kleid, das Floon geschickt hat, gefällt mir nicht. Ich sehe darin aus wie eine Handleserin auf einem billigen Jahrmarkt. Madame ZuZu. Aber die Handtasche nehme ich. Die ist sehr hübsch.«

Sein Mund wurde schmal, und er atmete tief durch, bevor er sprach. »Bitte tu das nicht, Susan. Du weißt, was sonst passiert.«

Ihre Blicke verschränkten sich ineinander. Keiner von beiden wich zurück oder schaute weg. Man konnte fast hören, wie hier zwei Willen frontal zusammenkrachten.

»Vergiß es. Mir gefällt *dieses* Kleid. Caz de Floon ist auf einem unangenehmen Powertrip. Er muß alles bestimmen. Er lädt seine sogenannten Freunde ein, mit ihm eine kleine Reise zu machen, aber dann zieht er ihnen Kleider an, die er ausgesucht hat, und führt sie umher wie Barbie- und Ken-Puppen. Mir gefällt das nicht. Erst fand ich es okay, aber das ist es nicht. Es ist pervers. Er ist pervers.«

»Ja, aber du weißt, was Floon tut, wenn er sieht, daß du nicht anziehst, was er will. Warum willst du Wirbel machen? Es ist doch keine große Sache.«

»Für dich nicht, für mich schon. Ich bin keine Marionette. Ich habe seine Launen und Szenen und Wutanfälle satt. Immer muß alles nach seiner Nase gehen. Wenn nicht, schmollt er wie ein Zwölfjähriger. Gott, man sollte doch meinen, wenn einer zu den mächtigsten Männern der Welt gehört, macht ihn das ein bißchen reifer. Ich wäre nie mit auf diese Reise gekommen, wenn ich gewußt hätte, wie er sich aufführt.«

»Aber Susan, Floon bezahlt hier alles. Er hat euch Frauen allen das gleiche Kleid geschenkt, weil er nicht wollte,

daß eine neidisch auf die andere ist. Das leuchtet doch ein, oder nicht? Kommt noch dazu, daß wir auf dieser Reise leben wie die Götter.«

»Wie kleine Götter.« Sie zupfte die Schulter ihres Kleides zurecht. »Floons kleine Götter, die er herumkommandiert wie Zeus. Auf diese Reise zu gehen, das war, als hätten wir unsere Seele an den Teufel verkauft. Sicher, man sieht alles, und man ißt gut, aber man muß auch genau das tun, was er will, sonst wird Floon wütend. Ich kann nicht glauben, daß seine ›Freunde‹ diese Verrücktheiten mitmachen. Scheiß auf seinen Powertrip – ich spiele nicht mehr mit. Frannie hatte recht – wir hätten gar nicht mitkommen sollen. Ich hab ihn gezwungen, aber jetzt weiß ich, daß es nicht richtig war.«

Was ich von meinem letzten Aufenthalt in der Zukunft in Erinnerung hatte, war, daß Susan mir am Telefon befahl, mit dem Genörgel über diese Reise aufzuhören. Heute wünschte sie, sie wäre nicht mitgekommen. Morgen würde sie sagen, ich solle aufhören zu meckern. Was passierte zwischen heute und morgen, daß sie es sich anders überlegt hatte? Und wichtiger noch: Was passierte heute? – Punkt.

Wer war Caz de Floon, außer daß er zu den mächtigsten Männern der Welt gehörte? Wie paßte er in meine Gleichung? Und wo war die Feder, die ich so gut kannte? Ich wußte, ich hatte sie hier oben gesehen. Dessen war ich sicher.

Unten im Foyer hatte sich Floons heitere Gesellschaft versammelt. Die Welt ist voll von Leuten, die herumstehen. Wir tun es alle, und wir sind gewohnt, es zu sehen. Aber hin und wieder sieht man jemanden herumstehen, der so verdammt merkwürdig aussieht, daß das Gehirn auf die Bremse latscht und auf die Hupe drückt, so laut es kann.

Unten im Foyer war Floons heitere Gesellschaft nicht nur identisch gekleidet; weil sie in verschiedenen Formen und Größen versammelt waren, präsentierte der erste Blick darauf, wie sie beieinander standen, ein Bild, das mir im Gedächtnis bleiben wird, bis mir das Motorrad den Kopf abreißt.

Natürlich war ein Lilliputaner dabei. Oder vielleicht ein
Zwerg. Auf jeden Fall eine kleinwüchsige Person, oder wie immer die sich heute nennen. Der Anzug paßte ihm wie angegossen, aber die Cowboy-Stiefel machten seinen sowieso komischen Gang noch komischer. Als er mich aus dem Aufzug kommen sah, winkte er ausladend, als wären wir beide die besten Kumpel.

Das Wahrsagerinnenkleid, über das Susan sich beschwert hatte, war überall im Foyer zu sehen. Die meisten der Frauen, die es anhatten, waren alt. Bei einem zwanzigjährigen Mädchen mit makelloser Haut und Figur und Schlafzimmeraugen, die einem die Unterhose schmelzen ließen, hätte dieses Kleid vielleicht funktioniert. Aber an diesen fetten und dürren, weißhaarigen Vögeln wirkte es im besten Fall geschmacklos und im schlimmsten wie ein grausamer Witz. Nachher sagte ich zu Susan, die Frauen hätten ausgesehen wie der Chor einer *Carmen*-Aufführung im Altersheim – Gott behüte.

»Wie geht's heute morgen, Frannie?«

Ich lenkte meinen Blick von den Zigeunerfossilien zu einem Mann, der zwei Schritt weit von mir entfernt stand und ebenfalls den Anzug des Tages trug. »Sind *Sie* Floon?«

Das gefiel ihm. Er öffnete den Mund und lachte – nehme ich an. Es sah aus wie Lachen, aber er machte kein Geräusch dabei. »Nein, ich bin Jerry Jutts. Wir haben uns gestern abend unterhalten, erinnern Sie sich? Jerry Jutts, von Jutts Desserts? Caz ist da drüben und schwatzt mit der großen Blondine.«

Die Frau, auf die er zeigte, sah aus wie ein Sumo-Ringer. Sie wog locker runde zweihundert Pfund, die »Grand Ole Opry«-Frisur nicht eingerechnet, die sich auf ihrem Kopf erhob wie ein gefrorener gelber Wirbelsturm.

Ich stieß einen langgezogenen, leisen Pfiff aus. »Mann, um die umzuschmeißen, braucht man ja 'ne Abrißbirne! Ist das Floons Bodyguard? Sieht aus wie ein weiblicher Odd Job.«

»Das ist meine Frau«, zischte Jerry Jutts und marschierte davon.

Ich wollte mir Floon ansehen, bevor ich hinüberging. Aber Astopel hatte gesagt, daß ich es nicht in der Hand hatte, wann ich in meine eigene Zeit zurückkehrte. Das bedeutete, ich durfte nicht eine Minute damit vergeuden, den Kerl zu beobachten, denn ich wußte, ich konnte wie der Blitz wieder nach Hause zurückkehren, ehe ich Gelegenheit hätte, mit ihm zu sprechen.

Er sah ganz normal aus. Ungefähr sechzig, und in jeder Hinsicht Mittelmaß – an Größe wie an Gewicht und mit einem Gesicht, bei dem man das Gefühl hatte, man hätte es schon mal gesehen, sich aber nicht sicher war. Mein erster Eindruck von Caz de Floon war der eines Geschäftsmanns, äußerst gepflegt und mit Händen, die beim Sprechen ständig gestikulierten. Sie hoben sich, kreisten und stießen wieder herab; die aufwärtsgerichteten Fingerspitzen zusammengedrückt, fielen sie senkrecht nach unten wie die eines Italieners, der irgend etwas erklärte.

Jerry war zu seiner gigantischen Frau getreten. Die beiden lauschten hingerissen auf das, was Floon zu sagen hatte.

Der Umstand, der mir über ihn die Augen öffnete, war geringfügig, und ich hätte ihn leicht übersehen können, wenn ich nicht so aufmerksam hingeschaut hätte. Weder Mr. noch Mrs. Jutts machten den Mund auf, während Floon sprach. Seine Hände bewegten sich dauernd, und sein Gesicht war äußerst lebhaft. Er lächelte oft – ein nettes, offenes Lächeln, das viele Zähne sehen ließ. Aber es verging immer genauso schnell, wie es kam. Nichts davon sah nach wirklicher Wärme aus. Sein Publikum beugte sich vor, damit ihm auch ja keins seiner Worte entging.

Als er schließlich fertig war, entspannten sich seine Schultern, und er sackte ein bißchen in sich zusammen. Ein paar Sekunden verstrichen, ohne daß einer etwas sagte. Dann sprach Mrs. Jutts, und ihr Gesicht strahlte in der Erwartung, die man bei jemandem sieht, der im Begriff ist, etwas zu sagen, was er für besonders gescheit oder witzig hält. Beide Männer lauschten voller Aufmerksamkeit. Sie konnte nicht mehr als drei Sätze gesagt haben – es dauerte kaum ein paar Sekunden. Als sie geendet hatte, sah man ihr an, daß sie überzeugt war, sie habe es genau richtig gesagt.
Jerrys Lächeln sagte das gleiche. Er war stolz auf seine Missus.

Ich kann nicht lippenlesen, aber ich sah doch, was Floon sagte. »Das war sehr töricht.« Sein Mund formte die Worte langsam, und er zog das »sehr« in die Länge, sodaß ein »seeehrrr« daraus wurde. Mrs. Jutts' Gesicht fiel in sich zusammen wie ein Zelt, aus dem man die Mittelstange herausgezogen hat. Ihr Mann schaute sofort weg. Floon sagte nichts weiter, und auch sein Gesicht blieb ausdruckslos. Er trieb den letzten Nagel in den Sarg ihrer Selbstachtung, indem er ihr die Schulter tätschelte und davonging. Verzweifelt sah das Ehepaar ihm nach, als er das Foyer durchquerte – als sei es ihre Schuld, daß er weggegangen war.

»Was für ein Pisser.«

Ich wollte ihm nachgehen, als ein Mann in meinem Anzug auf mich zukam und mir eine Mappe reichte. »Hier sind die Pläne für heute.«

Ich nahm die Mappe, ließ ein kurzes Dankeslächeln aufstrahlen, ignorierte das Ding und hielt Ausschau nach Floon. Ausgezeichnet – er stand allein neben einem Pflanzenkübel und betrachtete die Menge. Einen Augenblick lang dachte ich an Jay Gatsby, wie er oben an der Treppe seiner Villa in Long Island stand und seine Partygäste beobachtete. Aber diese Leute kleideten sich, wie sie wollten, wenn sie zu Gatsby kamen, und hinter seiner sorgfältig erschaffenen Fassade war er ein netter Mann. Nachdem ich gesehen hatte, wie Caz de Floon soeben mit Mrs. Jutts umgegangen war, wußte ich instinktiv, daß er kein netter Mann war, was immer die Leute über ihn sagen mochten.

Er schien ganz zufrieden damit, allein dazustehen und zuzuschauen. Ab und an lächelte er jemandem zu oder hob eine Hand, um zu winken, aber die Aura, die ihn umgab, befahl jedermann, sich fernzuhalten. Niemand versuchte, sich ihm zu nähern. Ich schaute in die Runde, wollte sehen, wie seine Gäste aus der Ferne auf ihn reagierten. Es war leicht, uns von den übrigen Leuten in der Hotelhalle zu unterscheiden, weil wir alle die gleiche Kleidung trugen.

Die Albernheit dieser Idee mit den Uniformen wurde dunkel und pervers, wenn ich daran dachte, wie er die fette Frau gedemütigt hatte. Die meisten Leute warfen verstohlene Blicke zu ihm hinüber. Manche wirkten eifrig, andere nur neugierig, wo er war. Wenn er jemanden grüßte, leuchtete dessen Gesicht auf, als sei er gesegnet worden. Wenn sein Blick über jemanden hinwegging und sie es merkten, dann war es wie ein Schlag, eine kleine Niederlage. Er sollte wissen, daß sie da waren; das wünschten sie sich. Ein kleines Winken von ihnen gab ihnen Statur, und wenn sie eins empfingen, leuchteten sie auf wie Fackeln.

Es war nur eine Frage der Zeit, wann unsere Blicke sich träfen. Als es geschah, spürte ich, wie mein Herz sich zusammenzog. Ich kannte den Mann nicht, und trotzdem durchzuckte es mich bei seinem Blick. Ich schob mir ein Lächeln ins Gesicht und hob grüßend die Mappe in meiner Hand. Aus dem Augenwinkel sah ich die Vorderseite. Krampf Nummer zwei schlug zu. In den glänzend weißen Hintergrund geprägt sah ich zweierlei: den Namen

FLOON in großen schwarzen Lettern. Und darunter eine Zeichnung der Feder.

Mein Gehirn schnippte mit den Fingern, und plötzlich wußte ich wieder, wo ich das Bild in dieser Zeit schon einmal gesehen hatte: Als ich mit Gus zu dem Café gegangen war, um Susan zu treffen, da hatte ich an einer Wand ein großes Plakat gesehen. Darauf hatte FLOON gestanden, und darunter war die Feder gewesen. Das war alles – kein Slogan wie »Where do you want to go today?» oder »The real thing …« Nur dieser seltsame Nachname und die regenbogenbunte Feder auf einem ansonsten leeren Plakat. Ich hatte es nur nicht registriert, weil ich einfach zu verdattert von allem andern gewesen war, was sich in diesem Augenblick ereignet hatte.

»*Terrytoon Circus.*« Das war das erste, was Caz de Floon zu mir sagte, als das Blitzlichtgleißen des Wiedererkennens in meinem Kopf verklungen war und ich merkte, daß der Mann jetzt neben mir stand.

»Wie bitte?«

»*Terrytoon Circus.* Wer war der Moderator?« Jetzt war sein Lächeln echt. Ich hatte keine Ahnung, wovon er redete.

»Sorry, Caz, aber Sie müssen da schon einen Kontext für mich herstellen.«

Das Lächeln verflog, und der Mund wurde grimmig und schmal. »Spielen Sie fair, Frannie. Ich gebe zu, daß Sie gestern abend gewonnen haben, mit Cocoa Marsh und Mighty Manfred the Wonder Dog, aber Ehre, wem Ehre gebührt. Ich finde, *Terrytoon Circus* ist großartig. Also sagen Sie mir, wer der Moderator war.« Er sprach mit dem leichten Akzent eines Europäers, der schon lange in Amerika lebt. »Terrytoon« klang bei ihm wie »Terror Ton«.

»Sprechen wir hier von alten Fernsehshows, Caz?«

»Fernsehsendungen, Reklame, alles aus den Fünfzigern und Sechzigern. Sie wissen, daß es eine Leidenschaft von mir ist; also beantworten Sie die Frage.«

Jetzt legte er sich mit dem Falschen an. Als Junge hatte ich alles in allem ungefähr vierhundert Jahre Fernsehprogramm konsumiert. Meine TV-Karriere begann in den Tagen, da es noch kein Farbfernsehen und keine Fernbedienung gab. Eine Kaninchenohren-Antenne stand oben auf dem Gerät. Wenn das Bild schlecht war, fummelte man mit diesen Ohren herum oder schlug mit der Hand seitlich an die Kiste. Es gab nur sieben Kanäle, alle schwarz-weiß. Jeden Tag begann das Programm mit einer Propagandasendung der U.S. Army namens *The Big Picture*, und es endete mit einer religiösen Sendung, die *Lamp Unto My Feet* hieß. Ich weiß es. Ich war dabei.

»Ist das Ihr Ernst, Caz? Sie wollen wirklich in einem Quiz über alte Fernsehsendungen gegen mich antreten? Sie werden verlieren.«

»Sie wollen Zeit schinden. Beantworten Sie die Frage.« Seine Stimme besaß die seltsame Fähigkeit, gleichzeitig niederträchtig und scherzhaft zu klingen.

»Okay. Claude Kirschner.« Jetzt war ich entspannt. Dieses Spiel konnte ich im Schlaf spielen und ihm trotzdem den Arsch aufreißen. »Das ist zu einfach. Wie wär's damit: Wer sang den Titelsong zu *Wyatt Earp*?«

Er warf eine geschäftige Hand in die Luft. »Die Ken Darby Singers. Wie hieß Yancey Derringers Partner?« Die Leute beobachteten uns. Floon produzierte sich für sie.

»Pahoo. Und welcher Schauspieler spielte ihn?«

»X. Brands. Und wer spielte den Partner von *Cisco Kid*?« Ich verschränkte die Arme.

»Leo Carrillo.«

Selbstgefällig. So selbstgefällig. Ich wollte ihm das selbstgefällige Lächeln aus dem Gesicht schlagen. Er brauchte keine Berge zum Klettern – er konnte sich an seinem eigenen Ego abseilen. Auf seinen Vorschlag hin wechselten wir vom Fernsehen zum Sport jener Zeit. Er war verdammt gut darin. Als es in Baseball, Football und Basketball unentschieden zwischen uns stand, beschloß ich, die Latte der Fragen höher zu legen. »Wie wär's mit Profi-Catchen, Caz? Damals, als Ray Morgan in der Uline Arena den Ansager gemacht hat?«

Floon breitete in einer ausladenden, theatralischen Gebärde die Arme aus: Ich sollte nur anfangen.

»Wer waren die Fabulous Kangaroos?«

»Roy Hefferman und Al Costello.«

»Wer war Moose Cholaks Teampartner?«

»Mighty Atlas. Bitte, Frannie, trauen Sie mir ein bißchen mehr zu.«

»Skull Murphys Partner?«

»Brute Bernard.«

»Woher stammte Skull?«

»Aus Irland.«

Fragen und Antworten folgten immer schneller aufeinander, und unsere Stimmen wurden lauter. Ich bin sicher, es war lächerlich, wie wir aussahen und uns anhörten: zwei alte Männer in identischen Zehntausend-Dollar-Anzügen, die sich gegenseitig lauthals Namen an den Kopf warfen. Skull Murphy. Haystacks Calhoun. Fuzzy Cupid. Der Unfug ging immer weiter, bis Floon Corn Bob einführte.

Ich grinste spöttisch über diesen blöden Namen. »*Wer?*«

Mr. de Floon war es nicht gewohnt, daß man sich über ihn lustig machte. Sein Mund vollführte ein straffes kleines Tänzchen. Seine Hände hörten auf zu tanzen. »Corn Bob. Er hatte einen Klammergriff drauf, den er Maiskolben nannte.«

Meistens mag ich Lügner, weil sie ein bißchen Pfiff ins Leben bringen, aber Floon hatte mich schon so sehr gegen den Strich gebürstet, daß er als Schleifpapier hätte durchgehen können. »Sie spinnen doch.«

In unserer Ecke des Universums wurde es plötzlich über alle Maßen still. Floons Lider weiteten sich, aber er sagte nichts. Und mir ging nur noch eins durch den Kopf: Wie soll ich hier irgend etwas herausfinden, wenn ich dauernd bloß die Leute sauer mache?

Er rieb sich die Nase. »Sie glauben nicht, daß es einen Catcher namens Corn Bob gab?«

»Nein.«

Schweigen.

»Wissen Sie, warum ich Sie mag, Frannie?«

»Nein?«

»Weil Sie der einzige sind, der mir widerspricht. Der einzige, der genug Mumm dazu hat.«

Die Spannung wich aus seiner Stimme und aus der Luft. Die Leute, die zugehört hatten, schauten mich teils bewundernd, teils neidisch an.

»Wie hieß Buster Browns Hund in der Schuhreklame?«

Er wollte nicht aufhören, aber ich hatte genug. »Tyge. Hören Sie, ich hab mal eine andere Frage. Woher kommt eigentlich die Feder in Ihrem Logo? Ich sehe sie überall.«

»Ha ha. Und ich soll diese Frage ernsthaft beantworten?«

»Ja. Ich würd's gern wissen.«

»Sie würden gern wissen, woher die Floon-Feder kommt?« Er wartete lange genug, um zu begreifen, daß ich es ernst meinte. »Frannie, Sie machen Witze, oder?«

»Nein.«

Zu meiner Überraschung beantwortete er meine Frage nicht, sondern schnippte ein paar Mal mit den Fingern, um jemandes Aufmerksamkeit zu erregen. Sofort erschien eine sehr hübsche junge Frau in dem Zigeunerkleid. »Nora, ich glaube, Mr. McCabe fühlt sich heute morgen ein bißchen schwummrig. Er hat Erinnerungsschwierigkeiten. Vielleicht können Sie da helfen. Frannie, Sie kennen Nora Putnam? Sie ist die begleitende Ärztin auf unserer Reise.«

»Fühlen Sie sich schwindlig oder benommen, Sir?«

»Floon, beantworten Sie meine Frage. Woher kommt die Feder?«

»Sie *wissen*, woher sie kommt.«

»Helfen Sie mir auf die Sprünge.«

Dr. Putnam wollte mich anfassen, überlegte es sich dann aber und ließ die Hand wieder sinken. »Wir können gleich dort hinübergehen und uns hinsetzen, Mr. McCabe. Heute ist Föhn in Wien, und das hat manchmal eine seltsame Wirkung auf die Leute.«

»Lassen Sie mich in Ruhe. Floon ...«

Sein Blick fiel auf etwas hinter mir, und alles an ihm wurde starr. Es war verblüffend. In zwei Sekunden von liebevoller Fürsorglichkeit zur Ganzkörperraserei. »Was macht sie da?«

Die Ärztin und ich drehten uns um und wollten sehen, was ihn zu solchen Verrenkungen brachte. Wir mußten einfach – seine Wut war unfaßbar. Ich sah immer noch dieselbe Herde von Leuten, die sich plaudernd durch die Hotelhalle bewegten. Was war Floons Problem? Als ich mich wieder umdrehen und ihn fragen wollte, was zum Teufel los sei, fiel mein Blick auf Susan, die in ihrem hübschen blauen Kleid auf uns zukam.

»Wo ist ihr Kostüm? Warum trägt sie es nicht?«

»Sie wollte nicht.«

»Sie *wollte* nicht? Das ist interessant. Susan wollte mein Kleid nicht tragen?« Floon spie Dr. Putnam diese Worte entgegen, und sie zog den Kopf ein und sah aus, als wollte sie am liebsten ganz weit weglaufen. Als nächstes richtete er seinen Röntgenblick auf mich. »Ich schulde Ihnen eine ganze Menge, Frannie. Ohne Sie wäre mein Leben ganz anders verlaufen. Aber Sie sind hier, und Ihre Frau auch. Sie haben meine Einladung angenommen. Ich habe dafür nur um eines gebeten, nämlich daß Sie ein paar Dinge im richtigen Geiste für mich tun. Aber dies ist *nicht* der richtige Geist.«

»Guten Morgen.« Susan kam lächelnd an, und das änderte sich nicht, als sie Floons Flammenblick sah. Sie trug ein hübsches Parfüm, das mich beschwingte.

»Wo ist Ihr Kleid, Susan? Gibt es damit ein Problem?«

»Nein, Caz, es steht mir nur nicht. Ich dachte nicht, daß es Ihnen etwas ausmacht.«

»Es macht mir eine Menge aus.«

»Das tut mir leid.«

»Sie können es ja noch anziehen. Wir haben Zeit.«

»Ich möchte es nicht anziehen, Caz.«

»Aber natürlich. Machen Sie nur. Ich warte mit dem Frühstück auf Sie.«

»Sie will es nicht anziehen, Floon. Warum lassen Sie es nicht einfach gut sein?«

»Danke, Frannie.« Zum ersten Mal lächelte Susan mich an.

»Ich glaube, ich will das hier auch nicht tragen, wenn ich es mir recht überlege.« Ich zog das Jackett aus und warf es auf den Boden. Dann fing ich an, den Knoten der Krawatte zu lockern.

»Was machen Sie da?«

»Ich ziehe meine Sachen aus. Ziehe *Ihre* Sachen aus.« Der Knoten wollte sich nicht lockern lassen. Ich zerrte heftiger. Als das Ding nicht nachgab, sagte ich mir, scheiß drauf, und griff nach der Gürtelschnalle. Der Gedanke, nackt vor Caz und seinen Gästen zu stehen, gefiel mir. Susan in ihrem unerlaubten blauen Kleid, ich in dem faltigen Anzug, in dem ich auf die Welt gekommen war.

Floon brüllte: »Gus!« Aus dem Nichts erschien Mr. Gould.

»Kann ich helfen?«

»Schafft sie hier raus. Aus meinen Augen! Ich erlaube nicht, daß sie etwas verderben. Das ist meine Reise! Ich habe alles zu lange geplant.«

»Aber Caz ...«

Floon schüttelte einmal den Kopf und ging davon. »Bye!« trällerte ich hinter ihm her.

Susan lachte. »Glaubst du, er schreibt einen Brief an meine Eltern?«

Gus fand das alles nicht komisch. »Das ist nicht gut, Susan. Du hast wirklich einen großen Fehler gemacht.«

»Das glaube ich nicht. Komm, mein Gatte. Sieht aus, als hätten wir einen freien Tag in Wien miteinander.«

Ich hob mein Jackett vom Boden auf. »Laß uns einen Spaziergang machen.«

Gus wollte uns aufhalten. »Bitte geht nicht. Vielleicht kann ich mit ihm reden, und wir können die Sache ausbügeln ...«

Susan nahm mich bei der Hand. »Ich will es nicht ausbügeln, Gus. Ich habe mir nichts zuschulden kommen lassen. Abendessen gibt es heute abend auf der Donaukreuzfahrt, nicht wahr? Und wir können anziehen, was wir wollen? Dann sehen wir uns da unten. Ich glaube, Frannie und ich brauchen ein bißchen Urlaub von Floon und dieser ganzen Reise.« Sie bugsierte uns auf die Drehtür zu.

Dr. Putnam fragte: »Aber Mr. McCabe, ich dachte, es geht Ihnen nicht gut?«

»Ich werd's überleben. Sicher ist bloß eins: Ich brauche mir heute keine Sorgen ums Sterben zu machen.«

Wir spazierten lange Zeit schweigend eine schöne, breite, baumgesäumte Straße entlang. Es war ein wunderbarer Tag. Die Bäume standen in voller Blüte, und sogar die vielen Autos, die neben uns vorbeifuhren, wirkten leiser als sonst bei starkem Verkehr. Susan hatte sich bei mir untergehakt. Ich dachte mir, ich bliebe am besten still, solange sie nichts sagte.

Ich beschäftigte mich damit, nach Anzeichen dafür Ausschau zu halten, wie die Welt in dreißig (?) Jahren aussehen würde. Die Kleidung schien mehr oder minder die gleiche zu sein, auch wenn gelegentlich jemand in einem Outfit vorbeikam, das aussah wie die Kostüme der Kids in den futuristischen Musikvideos, die Pauline sich auf MTV anschaute. Die Autos waren schnittig und meistens klein – ich sah nur selten einen großen Brummer, etwa einen Mercedes oder einen BMW. Als genug Autos vorbeigekommen waren, begriff ich, weshalb sie so leise waren: Es kam kein Qualm aus dem Auspuffrohren. Sie hatten gar keinen Auspuff. Ohne nachzudenken, sagte ich bei mir: »Elektrisch.«

»Hm?«

»Nichts.«

»Frannie, was hat die Frau gemeint, als sie dich fragte, ob du krank bist?«

Ein Mann mit einem schwarzen Plastikhelm kam vorbei, der den ganzen Kopf umschloß. Vorn war nichts zu erkennen, wo er herausschauen konnte. Trotzdem ging er immer geradeaus, ohne irgendwo anzustoßen.

»Was ist mit dem Typen?«

Susan warf ihm nur einen ganz kurzen Blick zu. »Der studiert.«

»Er *studiert?* Mit 'ner Bowlingkugel auf dem Kopf?«

»Wechsle nicht das Thema, Frannie. Fühlst du dich wohl?«

Ding-dong! Ein Licht ging mir auf, und ich hatte die Lösung. Ich wußte genau, wie ich herausfinden würde, was ich wissen mußte. »Können wir uns einen Moment hinsetzen?«

Parkbänke standen günstig plaziert am Weg. Wir gingen

zur nächstbesten, und ich setzte mich langsam und schwerfällig hin, und um der zusätzlichen Wirkung willen gab ich ein mittelgroßes Achzen von mir. Nach ein paar Herzschlägen nahm ich ihre Hand. »Susan, ich muß dir etwas sagen. Es ist der wahre Grund für das, was heute morgen passiert ist …«

»Du meinst, im Bett?«

»Ja, zum Teil. Ich wollte es dir nicht sagen, weil – na ja, weil es mir angst macht und ich dir nicht auch noch angst machen wollte. Zumindest solange wir auf dieser Reise sind.«

»Was denn, Frannie? Was ist denn?«

»Ich kann mich an nichts mehr erinnern. Wichtige Dinge, Kleinigkeiten – es ist alles dasselbe. Mein ganzer Kopf ist leer. Ich glaube, ich habe vielleicht die Alzheimersche Krankheit. Ich hab eine Scheißangst.«

»Und?« Ihre Stimme war ruhig, und ihr Gesicht sagte: Na und?

»*Und?* Sonst hast du dazu nichts zu sagen? Mein

Gedächtnis sickert aus mir heraus wie die Luft aus einem Ballon, und du sagst: Und?«

»Wir gehen in einen Drugstore und holen dir Tapsodil. Wo liegt das Problem?«

»Was ist Tapsodil?«

»Ein Mittel gegen Alzheimer. Du nimmst es drei Tage, und dann bist du geheilt.«

»Scheiße.« Ich machte ein säuerliches Gesicht.

»Was?«

»Heutzutage kann man Alzheimer *heilen*?«

»Natürlich. Ich hatte es vor zwei Jahren. Keine große Sache, Frannie. Du brauchst nicht mal ein Rezept.«

»Aber …«

»Aber was? Ist das alles, weshalb du dir Sorgen machst?«

Mir fiel nichts mehr ein. Mein glänzender Plan, wie ich all die Informationen, die ich brauchte, aus Susan herauslocken wollte, war gekommen und gegangen wie ein Lüftchen. Ratlos schaute ich zu, wie noch jemand mit einem Integralhelm vorbeikam, nur daß dieser jetzt gelb war. »Verflucht, was ist denn das? Die Invasion der Bodysnatcher? Hör mal, Susan, bis ich dieses Espadrille bekomme …«

»Tapsodil.«

»Tapsodil. Ja, von mir aus. Du mußt mir helfen. Es gefällt mir nicht, in meinem eigenen Leben herumzustolpern und gegen die Wände zu laufen, weil ich den Lageplan nicht mehr kenne. Also beantworte mir einstweilen ein paar Fragen. Okay?«

»Okay.«

»Wer ist Floon? Und was ist das für eine Feder in seinem Logo?«

»Er besitzt das größte Pharmaunternehmen der Welt. Sie stellen Tapsodil her, und daneben Hunderte von anderen Medikamenten. Die Feder ist das Markenzeichen der Firma. Das weißt du wirklich nicht mehr?«

»Nein. Aber warum diese Feder?«

»Du hast sie ihm geschenkt. Du und George.«

»George Dalemwood?«

»Ja.«

»Und wo ist *er?*«

»Mein Gott, Frannie, das weißt du auch nicht mehr?«

»Ich weiß gar nichts. Wo ist George?«

Sie schaute auf ihre Hände im Schoß. »Er ist vor dreißig Jahren verschwunden.«

»Wie meinst du das?«

»Einfach so. Er verschwand aus Crane's View, und niemand weiß, was aus ihm geworden ist. Du hast jahrelang versucht, ihn zu finden, aber du hattest kein Glück.«

»Verschwunden? *George?*«

»Ja.«

Ich hatte Floon die Feder von Old Vertue geschenkt? Und George – der zuverlässige, seßhafte George Dalemwood war auf Nimmerwiedersehen verschwunden? Das war meine Zukunft? Während ich mich noch bemühte, im Geiste diese beiden Brocken zu schlucken, hörte ich jemanden singen: Aretha Franklins »Respect«. Zwei Stimmen waren es, die da sangen, und die eine klang entschieden sonderbar. Das lag daran, daß sie einem Hund gehörte.

Ein Mann in verblichenen Jeans und einem grünen T-Shirt mit der Aufschrift »DROPKICK MURPHYS« ging neben einem Rottweiler her. Der Mann bewegte sich schnell, und der Hund lief neben ihm und schaute gelegentlich zu seinem Herrchen auf, als warte er auf einen Keks. Aber die beiden sangen tatsächlich »Respect«, und das nicht mal schlecht. Die Stimme des Hundes klang knirschend und rauh, irgendwie dunkel und irgendwie auch nicht. Ich weiß gar nicht, was ich da sage – wie zum Teufel beschreibt man die Singstimme eines Hundes?

Ich fuhr zu Susan herum und sah, daß sie in die andere Richtung schaute. Ich stieß ihr den Ellenbogen so hart in die Rippen, daß sie aufschrie. »Susan! Susan!«

»Was denn? Warum tust du das? Es tut weh!«

»Guck doch! Guck!«

»Na und? Warum schlägst du mich?«

Die Sänger gingen an uns vorbei und sangen *R-E-S-P-E-C-T …*

»Der Hund singt!«

»Ja und?«

»Wann hat man denn den Hunden das Singen beigebracht?«

Sie rieb sich den Arm. »Schon vor Jahren. Ich weiß nicht, wann. Frag Floon. Die haben das Zeug erfunden.«

»Welches Zeug? Mit dem man Hunden das Sprechen beibringt?«

Anscheinend fiel ihr ein, daß ich Alzheimer hatte, denn sie machte plötzlich kein erbostes Gesicht mehr. »Nein. Aber man kann ihnen Zeug geben, das ihnen hilft, Dinge zu lernen. Zu singen zum Beispiel, oder bestimmte Sätze zu sagen.«

»Mein Gott! Wozu denn?«

»Zum Spaß. Weiß ich doch nicht. Ich kann Hunde nicht ausstehen.«

Als Kind aß ich immer so schnell, wie ich konnte. Langsam, langsam, sagten meine Eltern, sonst wird dir schlecht. Aber es gab immer etwas Wichtiges, wo ich hingehen, oder jemanden, mit dem ich mich treffen mußte, und das Essen war nur der Treibstoff, der mich hinbrachte. Infolgedessen aß ich oft so schnell, daß ich Magenschmerzen bekam, die stundenlang anhielten. Als ich jetzt mit Susan auf dieser Bank in Wien saß, in einer Welt, wo Rottweiler Aretha-Franklin-Songs sangen und Leute mit Bowlingkugeln auf dem Kopf vorbeikamen, da hatte ich das gleiche Gefühl – nur war der Schmerz in meinem Kopf und nicht in meinem Bauch.

»Ich will nach Hause.«

Susan nickte und seufzte. Was ahnte sie, welches Zuhause ich meinte.

»Wann haben wir beide geheiratet?«

Falsche Frage. Sie antwortete nicht, und erst, als ich mich umdrehte, sah ich, daß sie weinte.

Als sie schließlich sprach, klang ihre Stimme bitter. »Ich dachte, jetzt würde endlich alles klappen. Ich bin dumm, nicht? Dumm bin ich. Ist dir klar, daß ich dich mein ganzes Leben lang geliebt habe? Mein ganzes verdammtes Leben lang steckst du in mir wie eine Fleischfaser zwischen den Zähnen, die man nicht rauskriegt. Aber ich dachte, endlich, *endlich* wären wir angekommen. Ich habe mein ganzes Leben lang auf dich gewartet. Ich habe gekämpft, ich habe Geduld gehabt, ich habe die Hoffnung nie aufgegeben, weil ich wußte, eines Tages würde ich gewinnen. Ich glaube ehrlich, daß das Leben einen Sinn hat, wenn man geduldig ist. Und das war ich, Frannie! All die Jahre habe ich auf dich gewartet wie ein Mauerblümchen, das darauf wartet, daß man es zum Tanz auffordert. Und als du mich gefragt hast, ob ich dich heiraten will …«

»Das habe ich getan?«

»Ja, das hast du getan, verdammt! Bitte sag nicht, daß du das auch vergessen hast. Ich glaube, ich hatte für einen Vormittag Demütigungen genug. Als du mich gefragt hast, habe ich gedacht: Fünfzig Jahre zu spät, aber zum Teufel – warum nicht? Ich habe den Idioten die ganze Zeit geliebt, warum also soll ich die Party jetzt nicht mit ihm zusammen beenden? Ein letztes großes Hurra, bevor …

Ich gehe zurück ins Hotel und lege mich hin. Geh in

einen Drugstore, oder wie immer sie es hier nennen, und frag nach Tapsodil. Ich bin sicher, sie haben es.« Sie stand auf und rieb sich noch einmal den Arm.

»Geh nicht weg, Susan. Laß uns diesen Tag zusammen verbringen und glücklich sein. Das alles ist meine Schuld, und es tut mir leid. Wir schauen uns die Stadt an.« Ich wollte aufstehen, aber prompt erinnerte meine untere Körperhälfte mich daran, daß ich ein alter Knacker war. Meine Beine wollten nicht kooperieren. Leise fluchend, wiegte ich mich zweimal vor und zurück, um Schwung zu holen, und erst dann konnte ich mich erheben. »Ich bin nicht gut im Altsein.«

»Für mich siehst du immer noch ziemlich niedlich aus, mein Gatte. Und ich will Dir ein Geheimnis verraten. Weißt du, weshalb ich dich am allermeisten geliebt habe? Ich hatte immer etwas für dich übrig, klar, aber wodurch es mich wirklich erwischt hat?«

»Sag's mir.«

»Es war die wunderbare Art, wie du für Magda gesorgt hast, als sie starb. Diese Seite hatte ich an dir nie gesehen, Frannie. Ich hätte nie gedacht, daß du dazu fähig bist.«

Diese schrecklichen Worte zu hören, zu hören, daß meine Magda gestorben war, das war so schlimm, als wäre es gerade erst passiert. Was mir sofort in den Sinn kam, war mein Gespräch mit George, als ich ihm gesagt hatte, ich hätte niemanden je so sehr geliebt, daß ich Angst davor hätte, ihn zu verlieren. Jetzt aber, in dieser seltsamen Zeit im Niemandsland, war mir klar, daß ich mich im ganzen Leben niemals so sehr geirrt hatte. Zu wissen, daß Magda vor mir sterben würde, war unerträglich.

»Wann, Susan? Wann ist sie gestorben?«

Sie machte ein sorgenvolles Gesicht und wandte sich zum Gehen. »Wir müssen dir diese Tabletten besorgen.«

Ich vertrat ihr den Weg. »*Wann?*«

»An meinem achtundvierzigsten Geburtstag. Ich werde es nie vergessen.«

Magda würde in weniger als zwei Jahren tot sein.

Was als nächstes geschah, hätte mir und dem Rest meines Lebens beinahe eine Menge Ärger erspart. Beinahe. Wir fanden eine Apotheke, und Susan kaufte eine Packung des Alzheimer-Medikaments für mich. Ich verfolgte die Transaktion nicht, weil ich allzu sehr damit beschäftigt war, mich in dem Laden umzuschauen und zu versuchen, mich mit einer Welt vertraut zu machen, die dreißig Jahre älter war als ich. Die Apotheke sah ziemlich normal aus, abgesehen von ein paar futuristischen Apparaturen in der Auslage, von denen nur der Himmel wußte, was sie vollbrachten, um das menschliche Leben zu reparieren und zu verbessern. Hätte man dort Englisch gesprochen, hätte ich danach gefragt, aber mein deutsches Vokabular bestand nur aus »Ja« und »Nein«. Als wir herauskamen, wären wir fast mit einem weiteren Bodysnatcher zusammengeprallt, diesmal in Weiß.

»Also, was zum *Teufel* lernt er denn mit diesem Ding auf dem Kopf?«

»Die weißen sind für die Erinnerungsfunktion. Damit kannst du dich in allen Einzelheiten an jeden beliebigen Teil deines Lebens erinnern. Sie werden hauptsächlich von Psychologen zu Therapiezwecken benutzt, aber auch für polizeiliche Ermittlungen.«

Mein Kopf schrie *Hurra!* Ich hatte den Stein der Weisen gefunden, ins Schwarze getroffen, den Ausweg gefunden, ganz ohne Frage. Ich konnte die Aufregung in meiner Stimme kaum dämpfen. »Du setzt dieses Ding auf und erinnerst dich an dein Leben? An das ganze? An alles, was geschehen ist?«

»Ja. Aber ich würde es nicht tun wollen.«

»Ich schon! Sofort! Wo kriege ich so ein Ding?«

»Frannie, wenn du die Tabletten nimmst, bist du in ein paar Tagen wieder gesund. Deine Erinnerung kommt zurück, das verspreche ich dir.«

»Ich will nicht die Erinnerung eines alten Mannes, ich will mein ganzes Leben! Wo kriege ich so was?« Ich konnte nicht glauben, daß ich solches Glück hatte. Ich brauchte nichts weiter zu tun, als mir diese dämlich aussehende Kugel auf den Kopf zu schnallen, und ich würde alle Antworten bekommen, die ich brauchte. Wenn ich dann in meine Zeit zurückgeschickt würde, wüßte ich genau, was los war und was ich zu tun hatte.

»Die weißen verkaufen sie in den Giorgio-Armani-Geschäften.«

»*Armani?* Der Modedesigner?«

»Ja.«

»Sie verkaufen im Modegeschäft einen Apparat, der dir deine Erinnerungen zurückbringt? Warum da?«

Susan überlegte und zuckte die Achseln. »Ich weiß es nicht.«

»Das ist eine verrückte Zeit! Vielleicht gilt die Erinnerung als modisches Accessoire. Aber wen kümmert's – laß uns gehen.«

Nach unzähligen Fragen, Achselzucken und Gebärden hatten wir schließlich jemanden gefunden, der Englisch sprach und den Weg kannte. Man wies uns in eine kleine Seitengasse abseits der Hauptstraßen. Dort hinter einer Tür, bewacht von zwei Männern, die anscheinend kugelsichere Westen trugen, war das Armani-Geschäft.

»Sind diese Typen Polizisten oder private Sicherheitsleute? Wieso tragen sie Schutzwesten?«

»Es gibt so viele Überfälle und Bombenanschläge, Frannie. Ich dachte nicht, daß es hier so schlimm wäre wie in Amerika. Man setzt sein Leben aufs Spiel, wenn man einkaufen geht. In ein Einkaufszentrum zu gehen kannst du vergessen. Das sind Kriegsgebiete. Erinnerst du dich, was in Crane's View passiert ist?«

Die Wachen wurden aufmerksam, als wir herankamen. Susan breitete die Arme aus wie Flügel und bedeutete mir, das gleiche zu tun. Einer der beiden strich mit einem Zauberstab an unseren Körpern herum wie die Sicherheitsleute am Flughafen, wenn das Kleingeld in der Tasche den Alarm auslöst. Ich konnte es nicht fassen. Alles das, weil wir einkaufen wollten? Als die elektronische Leibesvisitation vorbei war, zog Susan etwas aus der Tasche, das aussah wie eine Kreditkarte, und gab es einem Wachmann, der es in einen kleinen schwarzen Kasten an seinem Gürtel schob. Sogleich ertönte ein leises Piepen. Er trat beiseite und ließ uns hineingehen.

Von drinnen starrte ich immer wieder durch das Fenster zu den beiden hinaus. Es waren keine typischen Rent-a-Cop-Gorillas. Beide sahen fit genug aus, um mit einem Alligator zu ringen und zu gewinnen. Ich wollte Susan mit weiteren Fragen bombardieren, aber da kam eine Verkäuferin auf uns zu. Sie sprach perfekt Englisch und verbeugte sich tatsächlich leicht, als sie gefragt wurde, ob sie einen »Bic weiß« habe.

Ich wartete, bis sie weg war, bevor ich fragte: »Bic weiß? So heißen sie?«

»Rot, weiß – man verlangt die Farbe.«

»Aber ist das tatsächlich Bic – die Firma, die diese billigen Kulis macht? Die Wegwerf-Rasierer?«

»Ja, das ist dieselbe Firma.«

»Wirft man die Dinger auch weg?«

»Nein. Sie kosten ungefähr hundert Dollar.« Susan spazierte davon, um sich die Kleider anzuschauen. Ich beobachtete die Wachmänner durch das Fenster. Schöne Neue Welt. Schöne billige Welt. Hier konnte man ein ganzes Leben an Erinnerungen wiederauferstehen lassen und bezahlte dafür ungefähr so viel wie in meiner Zeit für einen ordentlichen Ventilator. Während ich noch darüber grübelte, stieß etwas gegen meinen Fuß. Ich trat es erst weg und schaute dann hin, was es war. Eine kleine braune Maschine, die aussah wie ein rundes Betkissen, bewegte sich lautlos davon. Ich mußte ihr eine Weile hinterherstarren, bis ich begriff, daß es ein Staubsauger-Roboter war. Das verdammte Ding war toll. Ich wünschte, es gäbe eine Möglichkeit, Magda so etwas mitzubringen, denn das Putzen war ihr zuwider. Dieser Gedanke erinnerte mich an das, was mit ihr geschehen würde. Mich schauderte. Konnte ich das irgendwie verhindern? Sie ins Krankenhaus bringen, sowie ich zurück wäre, und jede denkbare Untersuchung machen lassen …

Aber mit diesem Gedankenapparat würde ich gleich alle meine Erinnerungen zurückbekommen. Ich könnte erfahren, was mit meiner Frau passiert war. Wenn ich über die Einzelheiten Bescheid wüßte, würde ich vielleicht auch wissen, was zu tun war.

Darüber dachte ich nach und schaute dem Staubsauger zu, wie er umhersauste, als die Verkäuferin sagte: »Haben Sie je schon einmal einen Bic benutzt, Sir?«

»Was? Oh, nein, hab ich nicht.«

»Es ist nicht schwierig, aber Sie müssen ihn aufprobieren. Das hier ist ein großer. Vielleicht setzen Sie sich am besten?«

Nachdem ich mich auf einen nahen Stuhl gesetzt hatte, reichte sie mir den Helm. Er war merkwürdig leicht. »Was muß ich machen?«

»Sie stülpen ihn über den Kopf und sagen ›Gesichtsfokus‹. Der Computer übernimmt die Einstellungen, falls welche nötig sind.«

»Da ist ein Computer drin?«

»Ja, Sir. Setzen Sie ihn einfach ...«

»Ich hab's ja gehört, Schätzchen.« Der Augenblick der Wahrheit war gekommen, und natürlich erschauerte meine Seele leise. Was würde in den nächsten Minuten mit mir passieren? Anders als beim Ertrinken würde das Leben, das

noch *vor* mir lag, in Sekundenschnelle vor meinen Augen vorüberziehen. Aber ich zögerte nicht, denn es stand zu viel auf dem Spiel.

Ich schob mir den Helm auf den Kopf, und es war ein angenehmes Gefühl, als etwas wie sehr weiches Leder über meine Wangen glitt. Ich konnte nicht das geringste sehen. Alles war pechschwarz. Es war, als hätte ich den Kopf in einen Lederhandschuh gesteckt. Wie konnte man damit sehen? Wie konnte man über die Straße laufen, ohne überall anzustoßen? Vielleicht, wenn das Ding sich einschaltete ...

»Und jetzt?« fragte ich.

»Sagen Sie ›Gesichtsfokus‹ ...« Ihre Stimme drang glockenklar zu mir durch, und das war beruhigend.

»Ach ja, richtig. Okay. Gesichtsfokus!« Ich spürte, wie mein heißer Atem zurückkam und sich auf meinem Gesicht ausbreitete, als ich sprach.

Der Helm schaltete sich mit einem kurzen Klick-klick ein. Als nächstes hörte ich ein Sirren. Es hörte wieder auf.

Pause. Dann ein großer grüner Blitz, und in dem Helm explodierte etwas und warf mich vom Stuhl und zu Boden. Besser gesagt, auf den Staubsauger, der gleich mit mir davonfahren wollte. Aber so tapfer der kleine Bursche auch war, ich war doch hundertfünfzig Pfund schwerer als er, und so konnte er nur unter mir zappeln und verzweifelte Geräusche von sich geben. Ich drosch auf meinen Kopf und versuchte, den Helm herunterzubekommen, zu Tode erschrocken von einem ekligen Geruch nach brennendem Metall.

»Hilfe!«

»Sir, Sir, bitte warten Sie, Sir!«

»Nehmt es weg!«

Jemand drehte mich herum, öffnete den Helm und riß ihn mit einem verflucht harten Ruck herunter. Das erste, was ich sah, war der Staubsauger, der neben mir auf der Seite lag. Einer der Wachmänner hielt den Helm in der Hand und schaute mich an, ein strahlendes Lächeln in den Augen, aber nicht um den Mund. Die Verkäuferin stand händeringend neben ihm.

»So etwas ist noch nie passiert! Noch nie!«

»Hab ich ein Glück. Was zum Teufel *ist* denn passiert?«

»Ich weiß es nicht, Sir.«

»Sie wissen es nicht. Sie verkaufen ein Produkt, das meinen Kopf wie eine Mikrowelle grillt, und dann sagen Sie, Sie wissen nicht, warum? Gesichtsfokus, Scheiße!«

»Frannie, ist alles in Ordnung?«

Bevor ich antworten konnte, piepte ihre Armbanduhr. Sie biß sich auf die Lippe. »Das ist der Notruf. Ich muß mich melden – irgend etwas muß passiert sein.«

»Ja, mit meinem Kopf!«

Sie hob das Handgelenk zum Mund und murmelte etwas. Währenddessen fragte die Verkäuferin betreten, ob ich es noch einmal mit einem anderen Bic versuchen wolle. Ich funkelte sie an. Später wurde mir klar, daß die ganze Katastrophe meine eigene Schuld gewesen war. Der Helm war explodiert, weil mein Gehirn die Schaltkreise des Computers kurzgeschlossen hatte. Wie konnte der Bic die Erinnerungen an ein Leben wiederherstellen, das ich noch nicht gelebt hatte?

»Frannie, das ist Gus Gould. Er sagt, Floon ist fuchsteufelswild, weil wir weggegangen sind. Anscheinend hatte er eine große Überraschung, die er dir beim Frühstück präsentieren wollte, aber dann sind wir verschwunden.«

Während sie sprach, befühlte ich vorsichtig meine Augenbrauen und stellte fest, daß sie beide übel versengt waren. »Wir sind verschwunden, weil er ein Arschloch ist. Ich will keine Überraschungen mehr.«

»Aber es ist George. Caz hat George Dalemwood gefunden und hergebracht. Er ist im Hotel und wartet auf dich.«

Ich betrachtete meine Fingerspitzen. Sie waren rußschwarz und von winzigen Fasern meiner Brauen bedeckt. Aber – hey, morgen würde mich ein Motorrad umbringen. Wer brauchte da Augenbrauen?

»Wie alt bin ich, Susan?«

»Vierundsiebzig.« In ihrem Gesicht sah ich nur Liebe und Fürsorge.

»Wie ist Magda gestorben?«

»An einem Gehirntumor.«

»Grundgütiger Gott!«

»Frannie, Floon hat mich ausdrücklich gebeten, dir zu sagen, daß er Vertue gefunden hat. Er hat ihn bei sich – was immer das bedeutet.«

»Ich weiß, was es bedeutet. Gehen wir.«

Ich konnte es nicht erwarten, zum Hotel zurückzukommen, aber es war kein Taxi in der Nähe, und meine fossilen Beine waren bald überfordert. Dreißig Jahre nach seinem mysteriösen Verschwinden tauchte mein bester Freund in Wien auf, und zwar mit einem mehrere hundert Jahre alten wiederauferstandenen Hund? Verdammt richtig: Ich konnte es nicht erwarten, zurückzukommen. Und wie er sich ausgedrückt hatte – er habe Vertue gefunden –, ließ mich annehmen, daß mehr dahintersteckte als nur ein Mann mit einem alten Hund.

Beim Anblick des Hotels hoben sich meine Lebensgeister. Das war es. Ich mußte nur Floon irgendwie loswerden und George allein in eine Ecke kriegen. Er würde mir meine Fragen schon beantworten. Ich würde ihm vielleicht sogar genau erzählen, was passiert und wie ich hergekommen war, denn George würde das verstehen. Wo war er dreißig Jahre lang gewesen? Was hatte er getan? Wieso hatte er Crane's View verlassen und war für elftausend Tage verschwunden? Und hatte er den Hund wirklich gefunden?

Diese und viele andere Fragen starteten und landeten in meinem Kopf wie auf einem verkehrsreichen Flughafen. Ich wußte nicht, was ich als erstes fragen sollte. Ich wollte alles auf einmal wissen. Da war das Hotel. Geh schneller, alter Mann. Irgendwo da drin war George Dalemwood mit den Antworten. Jetzt dauerte es nicht mehr lange!

Auf der Straße herrschte großes Gedränge, und deshalb war es nicht überraschend, daß ich ihn nicht kommen sah. Susan hatte mich bereits zweimal gebeten, langsamer zu gehen, aber ich kümmerte mich nicht darum. George hatte vielleicht sogar eine Idee, wie ich Magda retten könnte …

»Tut mir leid, Mr. McCabe, aber Sie können nicht zurück zum Hotel.«

»Astopel! Wieso sind Sie denn hier?« Ich schaute mich um, ob Frannie Junior ihn begleitete, aber er war allein, und ohne Vorwarnung war ich es plötzlich auch: allein mit ihm. Ohne Vorwarnung waren wir plötzlich die einzigen belebten Gegenstände in einer Welt, die zum Foto erstarrt war. Irgendwie hatte Astopel alles ringsum einfrieren lassen, auch Susan. Sie schaute mich besorgt an und streckte eine Hand nach mir aus.

»Sie dürfen George nicht treffen.«

»*Warum nicht?*«

»Weil Sie die Antworten selbst finden müssen. Das habe ich Ihnen schon mal gesagt. Sie können nicht einfach jemand anderem Fragen stellen. Sie müssen es allein schaffen, Mr. McCabe.«

»Sie lassen zu, daß ich mir ohne jeden Grund in diesem gottverdammten Helm das Gehirn verschmore, und jetzt darf ich meinem Freund nicht mal ein paar Fragen stellen?«

»Nein, das dürfen Sie nicht.«

»Und wenn ich trotzdem hingehe?«

»Dann werden Sie das hier vorfinden.« Er deutete auf die erstarrte Welt um uns herum.

»Astopel, wenn ich noch einmal die Geduld mit Ihnen verliere, dann werde ich sie nie wiederfinden! Alles, was ich hier sehe, sind Sackgassen. Sie sagen, gehen Sie und suchen Sie die Antworten in der Zukunft. Jetzt glaube ich, daß ich sie gefunden habe, und Sie versperren mir den Weg. Was soll ich denn tun? Ich hab doch nur eine Woche!«

»Fünf Tage.«

»Fünf Tage, schön. Ich habe fünf Tage. Sagen Sie mir, was ich tun soll.«

»Vielleicht wäre es besser, wenn Sie in Ihre eigene Zeit zurückkehren können. Vielleicht finden Sie da etwas.«

»Tun Sie mir einen Gefallen. Diesen einen Gefallen müssen Sie mir tun. Ich weiß nicht, was zum Teufel ich sonst noch machen kann.«

»Welchen?«

»Lassen Sie mich George jetzt sehen. Sehen, wie er körperlich aussieht. Ich weiß, das wird mir helfen. Darf ich? Lassen Sie mich?«

»Ja.«

Obwohl es mich überraschte, wie schnell er meiner Bitte nachgekommen war, ballte ich die Faust und stieß sie triumphierend in die Höhe. »Ja! Also los.« Ich wandte mich wieder dem Hotel zu.

»Wir brauchen nicht reinzugehen, Mr. McCabe – es sei denn, Sie möchten es gern.«

»Soll das ein Witz sein? Je weniger ich diese jämmerlichen Beine benutzen muß, desto besser.«

»Gut.« Er schaute zum Himmel. Ich tat es auch. Unvermittelt sah ich nicht länger den blauen Wiener Himmel, sondern einen weißen Lüster an einer Decke. Mein Blick schoß herab, um George in diesem Raum zu suchen, wo immer der Raum sein mochte. Ich war sicher, wenn ich ihn nur einmal sähe …

Auf einem großen Bett mit einer golden-weißen Tagesdecke lag Old Vertue, lebendig. Keine Frage. Wie alles andere war der Hund erstarrt – im Sitzen. Aber seine Augen waren offen und blickten wach. Unwillkürlich mußte ich ihn anlächeln, den alten Hundesohn. Er war mir noch mehr ans Herz gewachsen, nach allem, was wir zusammen durchgemacht hatten. Jetzt war er schon wieder hier, diesmal zurückgebracht von meinem alten Freund. Wo war er all die Jahre gewesen? Wo hatte George ihn gefunden? Ich verspürte einen mächtigen Drang, hinzugehen und seinen nichttoten Kopf zu tätscheln, aber eins nach dem andern: Wo war George?

Der Raum war groß und elegant, ähnlich wie der, den Susan und ich bewohnten, nur daß dieser hier in jeder Hinsicht noch viel großartiger war. Ich ging umher und suchte nach einem Lebenszeichen – nach einem Buch auf dem Nachttisch, einem offenen Koffer, einer Brieftasche oder einem Paß auf der Kommode. Aber da war nichts, keine Spur, schon gar nicht von George Dalemwood. Abgesehen von Old Vertue, der auf dem Bett hockte, erweckte das Zimmer den Eindruck, als sei es lange leer gewesen. Es hatte den Geruch von alten Koffern und frischgewaschenen Laken, und Luftreiniger war auch irgendwo mit dabei.

Ich ging ins Bad, aber dort kam es mir noch leerer vor. Keine Kulturtasche stand neben der Badewanne. Die Wassergläser waren allesamt unbenutzt und standen umgedreht auf dem Regal über dem Waschbecken. Keine Zahnbürste, keine Zahnpasta, kein Rasierzeug säuberlich aufgereiht. Einer Eingebung folgend befühlte ich die Handtücher. Keins war feucht. Alle waren ordentlich gefaltet und hingen gleichmäßig verteilt auf den stahlglänzenden Trockenstangen.

Ich klappte den Toilettendeckel herunter und setzte mich darauf. Ich stützte die Ellenbogen auf die Knie und das Kinn auf die Handflächen. Aus einem unerklärlichen Grund begann mein Zahnfleisch wehzutun, und wieder fühlte ich mich daran erinnert, wie alt und widerspenstig mein Körper war. Ich schaute zu dem Hund auf dem Bett und versuchte mir einen Reim auf die ganze Sache zu machen. Als mir klar war, daß das Zimmer leer war, hatte ich zunächst angenommen, George müsse wohl bei Floon sein. Beide warteten irgendwo auf unsere Rückkehr. Aber warum brachte Astopel mich dann hierher? Was hatte es für einen Sinn, wenn George nicht da war? Mein Blick ins Schlafzimmer erfaßte auch Astopels Fuß, der auf dem Teppich neben der Tür hin und her rutschte. Astopel war stumm geblieben, seit wir uns hier materialisiert hatten, aber das fiel mir erst jetzt auf. Ich fing an, wieder meine versengten Augenbrauen zu betasten.

Sein Fuß hielt inne. »Sind Sie so weit?«

Meine Hand hielt inne. »Wie meinen Sie das?«

»Gibt es noch etwas, das Sie hier tun möchten?«

»Ja – *George sehen.*« Meine winselnde Stimme hallte von den Wänden wider.

Die Pause, die jetzt folgte, war lang. »Könnten Sie einen Moment hereinkommen, Mr. McCabe?« Astopels Stimme klang geduldig und ernst, als wäre er ein Vater, der seine Lektion langsam halten muß, damit sein kleines Kind auch alles versteht.

»O mein Gott!« sagte ich zu mir selbst, zu den Wänden, zum Waschbecken und in die Stille des leeren Zimmers. Der Boden des Badezimmers bestand aus schimmernden Reihen schwarzer und weißer Keramikfliesen. Sie spielten den Augen Streiche, wenn man zu lange hinschaute. Ich schloß die Augen und ballte die Fäuste fest im Schoß.

Mir war jählings klargeworden, was hier vorging, und jetzt wollte ich Zeit schinden. Ich ballte die Fäuste, bis beide Arme zitterten. Wenn ich in das andere Zimmer käme, würde ich bestätigt finden, was ich schon wußte. Und sowie das geschähe, würde meine Welt ein völlig anderer Ort. Magdas Mutter sagte immer, das Leben ist kurz, aber sehr breit. Für mich war es gerade ungefähr so breit geworden, wie *mein* Menschenverstand es ertrug. Aber ich ertrug es – ich stand auf und ging hinaus, weil ich es mit eigenen Augen sehen mußte.

Astopel hatte mir den Rücken zugewandt, hielt einen goldenen Vorhang beiseite und schaute zum Fenster hinaus. Über seiner Schulter sah ich blendendes Sonnenlicht, das sich in der Glasfassade eines Gebäudes auf der anderen Straßenseite widerspiegelte. Das grelle Licht ließ mich wegschauen. Ich sah den Hund an. Mißtrauen überkam mich, und mir war, als lächelte Old Vertue. Weshalb? Weil er froh war, mich zu sehen? Weil alles so gekommen war, wie es gekommen war? Weil ich endlich kapiert hatte?

»Haben Sie das getan?« fragte ich Astopels Rückseite. Stumm versuchte ich, ihn mit der Kraft meines Willens dazu zu bringen, daß er sich umdrehte und mich zur Kenntnis nahm. Er tat es nicht.

»Nein, Mr. McCabe. Ich bin nur hier, um Ihnen Dinge zu zeigen, nicht, um mich einzumischen.«

»Das da ist George, nicht? Der Hund ist George.«

»Ganz recht.«

»Können Sie mir sagen, warum?«

»Er und Mr. Floon haben kürzlich bei einem Experiment mit einem neuen Medikament zusammengearbeitet, das in einem von Floons Laboratorien entwickelt wurde. Das Resultat sehen Sie.« Er ließ den Vorhang fallen, drehte sich aber nicht um. »Macht das die Sache klarer?«

DAS HÖLZERNE MEER

Als ich aufwachte, lag ich mit Magda im Bett. Die Sonne schien zum Fenster herein; es war also früh am Morgen. Unser Schlafzimmer lag nach Osten, und Magda, ein ziemlicher Morgenmensch, sagte gern, das Sonnenlicht sei in diesem Haus der Wecker. Sie lag auf meinem ausgestreckten Arm, das Gesicht mir zugewandt. Sie lächelte. Meine Frau lächelte oft im Schlaf. Sie gab mir auch Küsse im Schlaf, aber wenn sie aufwachte, sagte sie, sie könne sich nicht daran erinnern. Ich war zu Hause. Ich war bei meiner Frau, die lebte und lächelte. Wieder war ein Tag vergangen. Ich hatte noch fünf.

Meine letzte Erinnerung an den anderen Ort (wie ich es inzwischen nannte) bestand darin, daß ich die Hand ausgestreckt hatte, um Old Vertue/George Dalemwoods festgefrorenen Kopf zu berühren. Aber im letzten Augenblick zögerte ich, weil ich Angst hatte. Ja, ich, Mr. Mutig, hatte Angst, einen Hund zu streicheln. Ich fragte Astopel, ob es in Ordnung war. Er machte sich nicht einmal die Mühe, sich vom Fenster abzuwenden, und sagte nur: »Warum nicht?« Aber sein Ton klang eher wie »Wenn kümmert's?«

Ich streckte die Hand aus, um den Hund zu streicheln, hielt aber inne. Dann fühlte ich etwas Schweres auf meinem Arm. Dann war ich wieder in meinem Bett mit meiner Frau und meinem Leben und dieser ganzen verwirrenden Plakkerei.

Normalerweise lag ich gern morgens halb wach im Bett und ließ mein verschlafenes Gehirn vor sich hin köcheln. Ich lag gern neben Magda McCabe, sah sie im Schlaf lächeln und roch sie. Kein Mensch hat je süßer geduftet. Ich konnte nie genug bekommen von ihrem Geruch. Selbst erhitzt und verschwitzt nach zehn Meilen auf dem Fahrrad mitten im August duftete diese Frau noch köstlich. Was ist wohltuender, als morgens neben deiner Frau im Bett zu liegen, wenn die Gedanken gerade erst anfangen, Gestalt anzunehmen, wenn das scharfkantige erste Licht zum Fenster hereinfällt und einen Fleck auf dem Boden erwärmt, wo vom Abend zuvor noch deine Schuhe liegen, zusammengewürfelt mit ihren? Was ist erfüllender, als neben einem Menschen, der dir kostbar ist, in deinem eigenen, zufriedenstellenden Leben aufzuwachen? Was können wir mehr verlangen, ohne uns zu schämen?

Aber an diesem Morgen schoß ich wie vom Katapult geschleudert aus dem Bett. Ich hatte so viel zu tun und keine Ahnung, wie ich anfangen sollte. Oder wo. Und ich hatte einen rasenden Hunger. Einen atomaren, einen flutwellenhaften Hunger. Noch nie im Leben hatte mein Magen sich so leer angefühlt. Kam das von dem, was mit mir passierte? Verbrauchte man bei Zeitreisen mehr Kalorien als an einem Tag mit normaler Uhrzeit?

Ich ging, nur in Boxershorts, in die Küche; ich nahm an, daß meine Stieftochter erst in ein paar Stunden aufstehen würde, wie es ihre Gewohnheit war. Ich dachte an Rührei und viele Streifen Speck, an kalten, herben Orangensaft, der auf der Zunge brannte, und an genug heißen Kaffee, um meine Augäpfel damit zu fluten. Ich dachte an heiße Zimtbrötchen – als es an der Tür läutete. Ich schaute auf die Uhr und sah, daß ich keine trug. Sie hatten an alles gedacht, wer immer sie waren. Ich nahm die Uhr immer ab, bevor ich schlafen ging. Wenn ich jetzt ins Schlafzimmer ginge und auf dem Nachttisch nachschaute, würde sie sicher da liegen. Die Uhr, die Astopel mir weggenommen hatte. Die Uhr, die absolut nichts mehr bedeutete, weil die Zeit keine Straße mehr war, die von A nach B führte, sondern ein Vergnügungspark mit allzu vielen schwindelerregenden Achterbahnen.

Es läutete noch einmal. Ich schätzte, daß es ungefähr sechs Uhr morgens war. Selbst unter normalen Umständen hätte ich jeden enthauptet, der um diese Zeit an der Tür klingelte. Ohne darüber nachzudenken, wie es wirkte, wenn ich in der Unterhose an der Tür erschien, erschien ich in der Unterhose an der Tür und öffnete. Und stöhnte.

»Nein, nicht schon wieder du! Bitte, ich habe genug fur ein Menschenleben!«

»Geh zur Seite!« sagte Frannie Junior in einer perfekten Imitation von Moe Howard aus den *Three Stooges*, schob mich mit dem Ellenbogen aus dem Weg und betrat wieder einmal ungebeten mein Haus in seinen orangegelben Cowboystiefeln. Im Flur blieb er stehen und schaute überall hin, nur nicht zu mir. Es sah aus, als ob er etwas suchte, oder als ob er sich die Umgebung genau einprägen wollte.

»Was willst du? Verschwinde und laß mich in Ruhe frühstücken.«

»Du gehst noch früh genug in Stücke, das sag ich dir. Na, wie auch immer, hier scheint alles okay zu sein. Und ich sage dir, mein Alter, darüber bin ich verdammt erleichtert!«

»Hör mal, kann ich nicht frühstücken, bevor wir noch tiefer ins Kaninchenloch hineingeraten? Ich habe nichts

mehr gegessen, seit ich siebzig war.«

»Frühstücken klingt gut. Ich hab auch Hunger.« Er grinste wie der böse Wolf im Comic: scharfzahnig und bedrohlich. Ich hatte nicht genug Energie, um ihm zu buchstabieren, daß ich ihn nicht eingeladen hatte mitzuessen.

»Wieso machst du nicht ein bißchen Rührei mit Worcestersauce und Currypulver?« Seine Frage verblüffte mich, denn genau das hatte ich vorgehabt.

»Wieso setzt du dich nicht einfach hin und hältst die Klappe? Du ißt, was ich mache.«

»Leck mich.«

Ich öffnete Schranktüren. »Ich will mich doch nicht vergiften. Setz dich hin und sei still.«

Er setzte sich hin, dachte aber nicht daran, still zu sein. »Wo bist du gewesen?«

»Rate mal.« Ich holte meine Lieblingspfanne herunter.

»Oben in der Zukunft?«

Ich nickte, während ich aus dem Kühlschrank nahm, was ich für unser Frühstück brauchte.

»Also weißt du es noch nicht?«

Ich schlug Eier in eine Schüssel. »Was weiß ich nicht?«

»Ich glaube, wir sollten erst essen, und dann kannst du dir in die Hose scheißen.«

»Noch mehr Überraschungen?«

»Das Wort Überraschung gehört nicht zu diesem Vokabular, Mann. Das alles ist bloß ein einziger, langer Alptraum. Warte nur, bis du rausgehst und siehst, was heute passiert. Hey, übrigens, wer ist denn Mary J. Blige? Ich hab vorhin dieses MTV gesehen, und das ist ja vielleicht ein steiler Zahn!«

Ich wollte einen Kommentar zu diesem verstaubten Kompliment abgeben, aber dann fiel mir ein, woher er kam: aus den Jahren, als Frank Sinatra und sein Rat Pack die coolsten Typen waren, die es gab, als es okay war, Zigaretten und Roastbeef zu sich zu nehmen, und als James Bond noch Sean Connery war. In jenen Tagen war »steiler Zahn« ein gewaltiges Lob.

»Tu nicht zuviel Curry dran. Du tust immer zuviel ...«

»Halt die Klappe.«

»Wie wär's mit 'nem Kaffee, während wir warten?«

»Wie wär's, wenn ich gerade zu tun habe? Vielleicht wär's nett, wenn du deinen Arsch hochheben und selbst welchen kochen könntest?«

»Von mir aus. Wo ist die Kanne?«

»Wir benutzen keine Kaffeekanne. Die Maschine steht da drüben.«

»Was für eine Maschine?«

»Die silberne da auf der Theke. Die Espressomaschine – da auf der Theke, mit dem langen Griff. Wo vorne ›Gaggia‹ draufsteht?«

Er schob die Hände in die Jeanstaschen und schnalzte mit dem absoluten Abscheu des Teenagers, der über alles Bescheid weiß. »Espresso? Ich trinke keinen italienischen Tuntenkaffee. Das Zeug schmeckt wie verbrannte Autoreifen. Wo ist deine Kaffeekanne und der Maxwell? Das ist gut genug für mich.«

»Es gibt keine Kaffeekanne. Das ist alles, was ich habe –

Tuntenkaffee oder gar nichts. Du kannst ja Wasser trinken, wenn es dir nicht paßt.«

Er verschränkte die Arme und sagte kein Wort mehr, bis ich ihm einen vollen Teller vorsetzte. Ich konnte mir eine letzte Stichelei nicht verkneifen. »Ich hab ein bißchen Funtagigi auf deins getan.«

Seine Schultern erstarrten. »Funta... was?«

»Funtagigi. Ein Gewürz aus Marokko. Es ist sehr ... hmmm ...« Ich stemmte tuntig eine Hand in die Hüfte, legte zwei Finger an den Mund und sagte: »*Robust.*« Ich zog das *s* so lang, wie es ging, und endete mit einem harten *t.*

Er schob den Teller weg und wischte sich tatsächlich die Hände an der Hose ab. »Das reicht. Das esse ich nicht. Funtagigi. Heilige Scheiße.«

»Jetzt iß das verdammte Zeug schon, ja? Das war ein Witz. Ich habe Spaß gemacht. Das sind Eier mit Speck, wie ich sie immer mache.«

Ohne mir zu glauben, nahm er die Gabel und stach immer wieder langsam und mißtrauisch in sein Essen, als suche er nach Landminen. Erst als er sich darübergebeugt und alles beschnuppert hatte, gab er nach. Er aß schweigend, und kein Funtachichi konnte dem Jungen den Krokodilsappetit verderben. Den Kopf senkte er dabei tief über den Teller, damit er schneller mehr hereinschaufeln konnte. Ich wollte etwas dazu sagen, aber dann fiel mir ein, daß er ich war und daß ich, Gott behüte, in seinem Alter so gegessen hatte.

»Hallo, Frannie. Wer ist das?« Pauline stand in der Küchentür, in einem dünnen grünen Nachthemd, das nicht viel bedeckte. Sie mußte draußen gewesen sein, um die Morgenzeitung zu holen, denn sie hielt sie in der Hand. Jetzt starrte sie Junior mit ernstem Interesse an.

Statt ihre Frage zu beantworten, packte ich ihn beim Ellenbogen und zog ihn zu mir heran. »Sie kann dich sehen? Du hast gesagt, nur ich kann dich hier sehen.«

»Laß meinen Arm los, Mann. Siehst du nicht, daß ich esse? Ich hab dir doch gesagt, heute ist alles versaut. Warte, bis du einen Blick nach draußen geworfen hast. Deswegen bin ich jetzt wieder hergekommen. Du wirst jemanden brauchen, der dir den Arsch absichert.«

»Das ist Wahnsinn! Wie soll ich wissen, was ich tun soll, wenn die Regeln sich dauernd ändern?«

»Es gibt keine Regeln, Mann. Gewöhn dich dran. Wieso, glaubst du, bin ich hier und esse deine Eier?«

»Frannie?« Paulines Stimme, sonst eher schüchtern, klang scharf und fordernd, und sie starrte ihn weiter an.

»Ach ja. Pauline, das ist der Sohn meines Cousins zweiten Grades, äh, Gee-Gee. Eigentlich heißt er Gary, äh, Graham, aber wir haben ihn immer Gee-Gee genannt.« Ich war schockiert darüber, daß sie ihn jetzt sehen konnte, und deshalb fiel mir nichts anderes ein als dieses alberne Funta… gigi. Also wurde er jetzt auch dazu. Er schaute mich an, als hätte ich ihm soeben auf den Kopf gepißt.

»Hallo, Gee-Gee. Ich bin Pauline.«

Er schenkte ihr das patentierte McCabesche Eine-Million-Dollar-Lächeln, das ich nur zu gut kannte. Als er sie damit so weit überwältigt hatte, daß sie wegschaute, zischelte er gerade so laut, daß ich es hören konnte: »Gee-Gee?«

»Frannie hat uns nie von dir erzählt. Ich wußte nicht mal, daß er einen Cousin zweiten Grades hat.«

Der neue Gee-Gee ließ nonchalant die Gabel einmal rund durch seine Finger wandern, ein sehr cooles kleines Kunststück, das mein Freund Sam Bayer mir beigebracht hatte, als wir dreizehn waren. »Yeah, na ja, du kennst ja Onkel Frannie.«

»Onkel? So nennst du ihn? Wo kommst du her?«

»L.A. Kalifornien.«

»Ich weiß, wo L.A. ist.« An ihrem mißbilligenden Ton war ein kokettes Lächeln befestigt, das die Waage zu seinen Gunsten neigte. Man darf nicht vergessen, daß dies das Mädchen war, das ich heimlich »Ausblende« nannte, weil sie nach allem, was ich sehen konnte, den größten Teil ihres Lebens versuchte, sich auszublenden. Aber jetzt sprach sie mit Gee-Gee in einem Ton, den ich bei ihr noch nie gehört hatte. Ich hätte nie gedacht, daß Pauline zu einer solchen Stimme überhaupt fähig war: Sie klang kokett und sexy.

Und mehr noch: Sie klang überaus wissend, und das war das tollste daran. Pauline? Dieser allzu schüchterne Computerfreak flirtete plötzlich wie eine unartige blonde Schauspielerin in einer Fernseh-Sitcom. Mal gar nicht davon zu reden, mit *wem* sie da flirtete. Einen Augenblick lang fragte ich mich, ob ich dieses Mädchen gemocht hätte, als ich in seinem Alter war. Nein, hätte ich nicht.

Aber Gee-Gee schien sie zu mögen. Er klopfte ermutigend mit der flachen Hand auf den Stuhl neben ihm. »Willst du dich nicht setzen und mit uns frühstücken, Pauline?«

»Ich frühstücke nicht, aber ein Kaffee wäre nicht schlecht.«

»Wieso bist du so früh auf den Beinen, Pauline? Du stehst sonst nie so früh auf.«

»Ich weiß, aber ich habe hier unten Stimmen gehört, und da bin ich gekommen. Außerdem hat mir mein Tattoo wehgetan, und ich glaube, davon bin ich aufgewacht.«

Gee-Gee war gründlich beeindruckt und stieß einen langgezogenen, leisen Pfiff aus. »Wow, du hast ein Tattoo? Ich glaube, ich hab noch nie ein Mädchen gekannt, das sich so was hat machen lassen.«

Ich korrigierte ihn. »Pia Hammer hatte ein Tattoo.«

Er schüttelte den Kopf. »Yeah, aber Pia ist eine gottverdammte Irre. Sie zählt auch ihre Atemzüge. Ich rede von weiblichen Menschen mit Verstand.«

Paulines Blick wanderte langsam und verführerisch zwischen mir und Gee-Gee hin und her. Ihre Darbietung war nicht zu fassen. Sie wartete haargenau so lange, bis der richtige Augenblick gekommen war, um die volle Wirkung zu erzielen, ehe sie das entscheidende Detail auf ihn abfeuerte. Dabei sagte ihr blasierter Ton, daß es keine große Sache sei. »Ich hab's mir auf den Arsch tätowieren lassen. Genauer gesagt, knapp über den Arsch. Auf die Wirbelsäule, weißt du?« Sie verstummte und schaute nach, wie ich diese Tatsache aufnahm. Zum Glück hatte ich ihr Hinterteil schon gesehen und konnte deshalb meine ausdruckslose Miene behalten. Als sie sah, daß ich nicht vom Stuhl aufsprang, um ihr den Hintern zu versohlen, fuhr sie fort. »Manchmal tut's noch weh. Okay, jetzt gehe ich mich anziehen, aber dann komme ich zurück. Würdest du mir einen Espresso machen, Gee-Gee?«

»Na klar.« Er stand sofort auf und ging zu der Maschine. »Hey, ihr habt eine Gaggia. Das sind die besten Espressomaschinen, die es gibt.«

Pauline zeigte auf mich und verdrehte die Augen. »Die gehört Frannie. Er ist der größte Koffein-Snob der Welt. Ich bin total zufrieden mit normalem Kaffee, aber bei ihm ist es so 'ne Art Besessenheit.«

»Yeah, aber wenn man einmal guten Espresso probiert hat, ist es schon schwer, wieder zu dem Instant-Scheiß zurückzukehren«, sagte Gee-Gee, während er an der Maschine herumfummelte und so tat, als wüßte er, was er zu machen hatte. Ich mußte mein Lachen herunterschlukken, als ich sah, wie er sich abrackerte, um meine Stieftochter zu beeindrucken, die sonst so scheu war wie ein Reh.

»Kann sein«, sagte Pauline und ging hinaus – nicht ohne Dreimal-dürfen-Sie-raten-wen mit einem langen Blick zu bedenken.

Als sie weg war, verschränkte ich die Hände im Nacken, schlug die Beine übereinander und gurrte: »Schaut euch Gee-Gee an der Gag-gia an!«

»Scheiß Gee-Gee! Was ist das für ein Name?«

»Abkürzung von Funtagigi.«

Jetzt mußte er selbst lachen. »Das war geistesgegenwärtig. Aber es klingt nach diesem französischen Film *Gigi* mit Maurice Chevalier.«

»Ich glaube nicht, daß dich jemand mit Leslie Caron verwechseln wird. Soll ich dir zeigen, wie das Ding funktioniert?«

»Das wirst du müssen. Pauline soll ja nicht denken, daß ich schwachsinnig bin oder so was.«

Ich konnte mir nicht verkneifen, in einem allzu zweifelnden Ton zu fragen: »Gefällt sie dir *wirklich?*« Und dann war ich verlegen und ging rasch zum Schrank, um Kaffeebohnen und Kaffeemühle herauszuholen. Ich öffnete den Kaffeebeutel und sog den Duft lange und tief in die Nase. Ekstase.

»Ja, sie gefällt mir. Hat sie wirklich ein Tattoo auf dem Arsch? Wow, das würde ich nie machen. Was ist denn, wenn man es sich in ein paar Jahren anders überlegt? Oder wenn sich der Bildergeschmack ändert? Aber sie muß Mumm haben, wenn sie's macht. Und gut sieht sie aus. Oder findest du nicht?«

Ich empfand Unbehagen und Verlegenheit. Wie konnte ich mir als Teenager sagen, daß ich Pauline äußerst reizlos fand und mich nie für sie interessiert hätte, mit oder ohne Tattoo. Aber wer war ich und umgekehrt – warum also konnte ich nicht verstehen, daß er sie anziehend fand?

»Zeig mir jetzt, wie man mit diesem Ding Kaffee macht. Beeil dich – sie kann jeden Augenblick zurückkommen.«

Ungläubig, aber ich glaube, insgeheim auch beeindruckt sah er, wie viel Vorbereitung für eine einzige Tasse schwarzen Kaffee nötig war. Bis zur endgültigen Fertigstellung führten wir drei Diskussionen. Warum kaufte ich keinen gemahlenen Kaffee und sparte mir die Mühe? Warum kaufte ich eine Maschine, die immer nur eine Tasse auf einmal machte? Und als ich ihm absichtsvoll erzählte, wieviel sie gekostet hatte, kriegte er beinahe Krämpfe. Man darf nicht vergessen, daß er an die Preise der sechziger Jahre gewöhnt war. Die letzte Runde unserer Schlacht begann, als er wissen wollte, weshalb ich in einer so (beschissen) trivialen Angelegenheit ein solcher Perfektionist sei. Anfangs beantwortete ich seine Fragen in Ruhe, weil ich dachte, er sei interessiert. Aber er hörte mir gar nicht zu – er wollte nur seine eigene Meinung über die Albernheit dessen, was ich tat, bestätigt sehen. Als ich nicht seiner Meinung war, wurde er ungeduldig und streitsüchtig. Er war ein Rowdy, voller Jähzorn und mit einem unangenehmen Mundwerk. Ich konnte mich nur zu gut erinnern, was er über die Jahre hinweg mit beidem angestellt hatte. Wie hatten meine Eltern es mit mir ausgehalten? »Affe meines Herzens« hatte mein Vater mich genannt. »Gangrän« war mein Name für diesen rüpelhaften Idioten.

Als ich fertig war und der heilige Duft von frischem Kaffee aus der kleinen weißen Tasse wölkte, nahm Gee-Gee ein Schlückchen. »Ist gut, aber macht zu viele Umstände. Laß mich die nächste machen.«

Ich ging ins Bad, während er noch mehr Kaffee mahlte. Ein hübscher Moment ergab sich, als ich im Hinausgehen einen kurzen Blick auf ihn warf. Er hielt sich eine Handvoll Kaffeebohnen unter die Nase, seine Augen waren geschlossen, und er lächelte. Ich erinnerte mich! Ich erinnerte mich, daß ich es in seinem Alter nie zugegeben hatte, wenn mir etwas gefiel, denn starke Emotionen in Großbuchstaben auszudrücken war uncool. Damals lautete das alles bestimmende Erste Männergebot: Du sollst stets deine Coolness bewahren. Beifall zeige nur mit einem Achselzucken oder bestenfalls mit einem Zwei-Zoll-Lächeln. Du sollst nichts preisgeben, schon gar nicht deine Gefühle. Mögen die Mädchen nur ihre Liebe zeigen: Du sollst stets so tun, als sei es den Aufwand nicht wert. Wenn du je etwas Nettes für ein Mädchen tust, so sollst du es entweder leugnen oder als Kleinigkeit abtun. Und das zweite
Gebot lautete: Laß niemals jemanden wissen, daß dir zu viel an etwas liegt.

Aber der Anblick des heimlichen Lächelns auf Gee-Gees Gesicht, als er sich unbeobachtet glaubte, war der Hinweis auf das, was ihn später retten sollte – besser gesagt, was *mich* rettete. Jahrelang hielt er es für sein Lebensziel, cool zu sein. Eines sehr wichtigen Tages begriff er, daß es viel besser war, neugierig zu sein.

Das dachte ich gerade, als ich um die Ecke bog und im Badezimmerspiegel schon wieder Paulines nackten Hintern sah. Genauer gesagt, ich sah ein Stück davon, denn sie hielt mit einer Hand ihr Nachthemd hoch und hatte sich mit der andern den Slip ein kleines Stück heruntergezogen. Unbeholfen auf den Zehenspitzen balancierend, bog sie sich zurück, um über die Schulter ihren Hintern im Spiegel zu betrachten.

Sie sah mich im Spiegel. »Frannie, komm her! Komm mal her!«

Ich schaute auf meine Füße. »Pauline, zieh dein Nachthemd herunter.«

»Nein, du mußt gucken. Das mußt du sehen. Du mußt mir sagen, daß du es auch siehst und daß ich nicht verrückt bin.«

Ich trat einen Schritt näher, schaute aber immer noch nicht hin. »Was muß ich sehen?«

»Mein Tattoo. Es ist weg. Alles ist weg, sogar das Pflaster. Wie kann das sein? Ich hab nichts angerührt; ich hab nur das Pflaster ein bißchen abgezogen, um nachzugucken, aber dann hab ich's ganz vorsichtig wieder angeklebt. Und jetzt ist alles weg. Alles.«

»Laß sehen.«

Es stimmte. In der Nacht, als ich sie nackt gesehen hatte, war diese Feder dagewesen, leuchtend, geschwollen, bunt eintätowiert am Ansatz der Wirbelsäule. Jetzt war da nichts – nichts als makellose Teenagerhaut.

»Genau hier war es.« Sie legte den Finger auf die Stelle und drückte ein Grübchen in die Haut. »Genau hier, aber

jetzt ist es weg. Wie kann das sein, Frannie?«

Ich berührte die Stelle, um zu fühlen, ob es einen spürbaren Beweis oder sonst einen Hinweis für das gab, was hier geschehen war. Ich strich mit dem Finger über ihre Haut und hoffte auf eine Abschürfung, einen Schnitt, irgend etwas Rauhes, das erklärt hätte, wie eine große Menge bunter Tusche, die man diesem Mädchen weniger als drei Tage zuvor unter die Haut injiziert hatte, einfach verschwinden konnte.

Nichts. Statt dazubleiben und Pauline etwas zu erklären, das ich ihr nicht erklären konnte, schob ich sie aus dem Bad, erledigte meine Geschäfte dort und ging wieder in die Küche. Gee-Gee hatte gesagt, draußen sei es heute anders als sonst. Jetzt dämmerte mir, was er damit gemeint hatte. Ich brauchte Antworten, und er war der einzige, der vielleicht welche hatte.

Als ich in die Küche kam, zeigte Pauline durch ihr Nachthemd auf die Stelle an ihrem Rücken, wo das Tattoo gewesen war. Mit unschuldsvoller Stimme sagte Gee-Gee eben: »Na, dann zeig's mir.«

Ich gab ihm einen Schlag auf den Hinterkopf. »Schluß jetzt. Komm mit, Blödmann. Pauline, wir sind in fünf Minuten wieder da.«

Beim Hinausgehen berührte er ihre Schulter und sagte: »Nicht weggehen, du. Ich bin gleich wieder da, und dann will ich sehen, wo diese Tätowierung war.«

»Okay, Gee-Gee«, trällerte sie.

»Wenn du Pauline auch nur anrührst ...«

»Reg dich nicht auf! Was bist du, meine Anstandsdame? Und wieso schlägst du mich vor ihren Augen? Ich hab nichts getan!«

»Nein, aber du hattest es vor. ›Ich will sehen, wo deine Tätowierung war ...‹ Ha, was für eine entsetzliche Anmache. Offenbar hast du dein Examen an der Fred-Feuerstein-Fachschule für Verführungskunst abgelegt, Gee-Gee. Raffiniert. Äußerst raffiniert.«

Er gab mir einen Schubs. »Wo gehen wir hin?«

»Du hast gesagt, heute ist alles anders. Was hast du damit gemeint?«

»Mach die Tür auf und guck selber nach, Spatzenhirn.«

Der Mann, der auf der anderen Straßenseite wohnt, fährt einen weißen Saturn. Er parkt ihn immer direkt vor seinem Haus und wird stinksauer, wenn jemand anders ihm den Platz wegnimmt. Als ich jetzt die Tür öffnete, sah ich einen glänzend schwarzen Jaguar Mark VII auf dem Platz des Saturn parken. Es war schon ein seltenes und teures Auto, als es in den sechziger Jahren gebaut wurde. Heute ist es ein *sehr* seltenes Auto. Ich weiß das, weil mein Vater einen hatte. Seine einzige große Schwäche. Dad kaufte sich einen gebrauchten Jaguar, und er liebte ihn, obwohl es unbestreitbar ein Stück Scheiße war, eine klassische Zitrone. Von dem Tag an, als er damit nach Hause kam, bis zu dem Augenblick, als er ihn mit Riesenverlust verkaufte, hatte der Wagen praktisch eine Panne nach der andern, kostete ihn Unsummen und zahllose Fahrten in eine kostspielige Werkstatt für »ausländische Fabrikate« in einer Nachbarstadt. In unserer Familie konnte niemand außer Dad dieses Auto leiden. Aber er ließ sich nie davon überzeugen, daß der vorige Besitzer ihn betrogen hatte.

Wie dem auch sei, an diesem Morgen parkte auf der anderen Straßenseite ein schwarzer Jaguar, identisch mit dem meines Vaters. Ein Erdrutsch von Erinnerungen donnerte durch meinen Kopf, als ich ihn anstarrte. Aber wir hatten zu tun. Also deutete ich nur hinüber und sagte zu Gee-Gee: »Sieht genauso aus wie Dads Jag, nicht?«

»Das *ist* Dads Jag, Alter. Ich hab ihn aussteigen sehen.«

Bevor ich antworten konnte, fuhr langsam ein waldgrüner Studebaker Avanti vorbei. Eine Frau saß am Steuer. Es war zwar dunkel im Wagen, aber was ich von der Fahrerin erkennen konnte, kam mir bekannt vor. Einen Avanti hatte ich seit zwanzig Jahren nicht mehr gesehen, und der hier sah aus, als käme er frisch aus dem Laden.

Zwei Kids kamen uns auf dem Gehweg entgegengeschlurft. Sie waren ungefähr sechzehn und hatten schulterlange Haare, und ihre gammeligen Kleider waren gebatikt. Hippies, dreißig Jahre zu spät. Vor dem Haus grüßten sie uns beide mit dem Peace-Zeichen. »Hey, McCabe!«

Gee-Gee und ich sagten: »Hey!« Dann schauten wir einander an. Dann schauten die Hippies einander an, aber sie latschten weiter wie bekiffte Figuren in einem Crumb-Comic. Beglückt über den Anblick dieser lebenden Anachronismen, brauchte ich noch einen Augenblick, bis mir klar wurde, wer sie gewesen waren. »Waren das Eldritch und Benson?«

»Ganz recht, du Specht.«

»Wie ist das möglich?«

Gee-Gees Stimme troff von Sarkasmus. »Na, denken wir doch mal einen Augenblick darüber nach. Da drüben steht Dads Jaguar. Eben sind Eldritch und Benson vorbeigekommen. Andrea Schnitzler ist mit ihrem Avanti vorbeigefahren …«

»Das war Andrea?«

»Ganz recht, du Specht.«

Mein Vater war tot. Andy Eldritch war vor dreißig Jahren in Vietnam gefallen. Andrea Schnitzler war nach dem ersten Highschool-Jahr aus Crane's View weggezogen, und man hatte nie wieder von ihr gehört. Ihr Vater hatte einen grünen Avanti gehabt. Wir haben uns immer darüber unterhalten, was wir begehrenswerter fanden, Andrea oder ihr Auto.

»Das sind die Sechziger? Wir sind in den sechziger Jahren?«

»Tja.«

Ich deutete mit dem Daumen zum Haus zurück. »Aber drinnen sind Pauline und Magda ...«

»Exakt. *Drinnen* im Haus. Hier draußen sind's die Sechziger. Willkommen in meiner Welt.« Er sprang hoch und setzte sich auf das Holzgeländer, das die Veranda umgab.

Bevor ich etwas sagen konnte, schlug auf der anderen Straßenseite eine Tür zu. Mein Vater kam den Weg herunter auf seinen Wagen zu. Er war Mitte vierzig und hatte noch ein paar Haare auf dem Kopf. Er trug einen beigefarbenen Sommeranzug, und ich konnte mich erinnern, daß ich dabei gewesen war, als er ihn gekauft hatte. Er trug immer einen Anzug zur Arbeit, immer eine Krawatte. Meistens alles in einer einzigen, soliden Farbe, in Schwarz oder Kastanienbraun. Streifen oder verrückte Muster waren nichts für ihn, niemals. Ich hatte ihm zum Geburtstag einmal eine von Peter Max designte Krawatte geschenkt, mit Elefanten und Raumschiffen in Leuchtfarben. Mir zu Gefallen band er sie pflichtschuldig um, aber es war klar, daß sie ihm entsetzlich peinlich war. Dieser Mann kleidete sich, als ob er nicht gesehen werden wollte, als sollte die Welt möglichst wenig von ihm Notiz nehmen. Als ich in Gee-Gees Alter war, habe ich meinen Dad geliebt, aber ich hatte wenig Respekt vor ihm. Wir wohnten vielleicht im selben Haus, aber nicht auf demselben Planeten.

Das war in den sechziger Jahren. An unseren Jeansjakken trugen wir Buttons mit der (idiotischen) Aufforderung, niemandem über dreißig zu trauen. Genaugenommen niemandem, der einen festen Job hatte, einen Anzug trug, eine Hypothek abzahlte, an das Establishment glaubte ... Ich war nie ein Hippie, denn ich lebte von Gewalt und Eigensucht und Einschüchterung. Pazifismus hätte mir jeden Spaß und jede Chance geraubt. Aber natürlich gefielen mir die Drogen und der freie Sex, zwei wesentliche Bestandteile der Bewegung. Was das Verhältnis zwischen Dad und mir erwartungsgemäß exponential verschlechterte. Erst später, nachdem ich in Vietnam gewesen war und gesehen hatte, wie Andy Eldritch und Leuten wie ihm der Kopf weggeschossen wurde, begriff ich, wie viel von dem, was mein Vater sagte und lebte, richtig war.

Gee-Gee schrie: »Hey, Dad! Hier drüben!«, als der Jaguar vorbeirollte. Aber der Fahrer, ein Mann, den ich mit eigenen Händen begraben hatte, schaute nicht zu uns herüber, obwohl er es unverkennbar war: Dad. Wieder lebendig.

Wir schauten dem Wagen nach, bis er nicht mehr zu sehen war. Dann drehte ich mich zu dem Jungen um und fragte: »Was zum Teufel ist hier los?«

»Ich schätze, jemand hat Scheiß gebaut. Astopel oder einer von den Leuten, zu denen er gehört.«

»Soll heißen?«

Er zog eine Packung Zigaretten hervor und zündete sich eine an. »Soll heißen, jemand braucht Frannie McCabe, damit er etwas für ihn tut. Du hast ein Zeitlimit von einer Woche, um es zu tun. Aber aus irgendeinem Grund können sie dir nicht sagen, was es ist. Also fangen sie damit an, daß sie dir Hinweise geben: Der begrabene Hund, der zurückkommt, die Feder, das leere Haus der Schiavos …«

»Und Paulines Tattoo – das war nämlich ein Bild dieser Feder. Aber jetzt ist auch das verschwunden. Moment mal – sie hatte die Zeitung in der Hand. Sie muß heute morgen draußen gewesen sein, als sich alles änderte.«

Er blies einen Rauchring und nickte. »Das paßt genau in das, was ich denke. Keiner dieser Hinweise hat dich dazu bringen können zu tun, was sie wollen. Ich wette, da sind sie verzweifelt geworden und haben mich hergebracht, damit ich dir helfe. Wenn der erwachsene Frannie es nicht schafft, holen wir Frannie the Kid. Aber auch das hat nicht geklappt, und so haben sie uns beide in die Zukunft geschoben.«

Ich nahm seine Zigarette, zog daran und gab sie ihm zurück. »Wer sind *sie?*«

»Ich hab keine Ahnung. Das ist die Vierundsechzigtausend-Dollar-Frage. Aber es ist auch beinahe egal. Wir wissen, wie mächtig sie sind. Sie können an der Zeit herumfummeln, an Teilen unseres Lebens und an anderem Zeug. Aber bis jetzt haben sie es nicht geschafft, dich dazu zu bringen, daß du tust, was sie wollen. Wie mächtig können sie sein? Wenn sie Gott wären, brauchten sie ja nur zu sagen: ›Tu das!‹ Aber das machen sie nicht, weil sie es nicht können.«

»Vielleicht sind es kleine Götter«, dachte ich laut.

Er drückte die Zigarette am Stiefelabsatz aus und schnippte den Stummel in Magdas Chrysanthemen. »Kleine Götter, genau. Aber sieh dich um, Mann – diesmal haben sie echt Scheiße gebaut. Du warst in der Zukunft und solltest in deine Zeit zurückkommen. Statt dessen bist du in deine *und* meine Zeit gleichzeitig zurückgekomen.«

»Gee-Gee? Wo bist du?« Paulines Stimme wehte aus dem Haus.

Er rutschte vom Geländer herunter und ging auf die Haustür zu. Ich hielt ihn am Arm fest und fragte: »Wie bist du darauf gekommen?«

Er bog meine Finger auf. Zum ersten Mal klang seine Stimme weich und verletzlich. »Was Besseres ist mir nicht eingefallen. Glaubst du, ich habe recht?«

»Ich glaube, du hast wahrscheinlich recht.«

Seine Miene hellte sich auf, und ermutigt beugte er sich zu mir herüber, um mir das Ergebnis seines nächsten Brainstorms mitzuteilen. »Weißt du noch was? Ich glaube, sie haben mich zurückgebracht, weil du es nicht allein tun kannst, was immer sie von dir wollen. Du brauchst mich dabei, weil du es sonst vermasseln wirst.«

»Wieso brauche ich dich?« fragte ich zu laut.

Sofort war der böse Bube wieder da – Stimme, Haltung, alles wieder an seinem Platz. »Weil du gezähmt worden bist, Chief McCabe. Du trocknest dir das Gesicht mit hübschen rosa Handtüchern ab und merkst es nicht mal, weil du dich dran gewöhnt hast. Aber ich? Ich bin immer noch die Höhlenmenschenversion von Frannie McCabe. Ich laß die Fetzen fliegen und pisse aus dem Fenster. Ich schwinge mich an Lianen durch den Urwald. Ich jage mit meiner Keule in der beschissenen *Savanne!*«

Ich mußte es mir ansehen. Ganz gleich, wie wenig Zeit ich noch hatte, ich mußte eine kurze Pause einlegen und Crane's View, um dreißig Jahre zurückgedreht, anschauen. Ich ging ins Haus, um mir Hose und Schuhe anzuziehen. Gee-Gee und Pauline waren in der Küche; sie plauderten und lachten. Den alten Knaben in seinen Boxershorts, der vorbeiging, ignorierten sie. Es war schön, Pauline so glücklich zu sehen, auch wenn das auf Mr. Hot Pants und seine verschlagenen Tricks zurückzuführen war.

In Jeans und T-Shirt ging ich wieder hinaus und die Verandatreppe hinunter. Ich ging in Richtung Stadt, aber dann blieb ich stehen und schaute zur anderen Straßenseite hinüber. Wieso kam mein Vater so früh am Morgen aus

diesem Haus? Ich versuchte mich zu erinnern, wer hier vor dreißig Jahren gewohnt hatte, aber es fiel mir nicht ein. Ich würde nachher Gee-Gee fragen müssen.

Woran ich mich durchaus erinnerte, war Dads mit dem Alter zunehmende Schlaflosigkeit, und wie er zu allen möglichen Tages- und Nachtzeiten spazierenging oder mit dem Auto durch die Gegend fuhr. Meine Mutter und ich gewöhnten uns daran, daß er zu den seltsamsten Zeiten kam oder ging. Einmal sagte Mom sogar, der Jaguar und die Schlaflosigkeit seien die beiden Dinge, durch die er sich von jedem anderen Tom, Dick und Harry unterschied. Mein Vater hieß Tom.

Als ich auf die Stadt zuging, fiel mir eine schreckliche Geschichte ein, die sie mir mal erzählt hatte. Kurz vor ihrer Hochzeit hatten sie sich einmal in New York verabredet, unter der großen Uhr an der Grand Central Station. Mom kam ein paar Minuten zu früh und wartete ungeduldig auf ihren Verlobten. Nach einer Weile sah sie ihn auf sich zukommen, und sie ging ihm entgegen, um ihn zu begrüßen. Sie brauchte viele Schritte (wie sie sich ausdrückte), bis sie schließlich begriff, daß es gar nicht Tom McCabe war, sondern ein Wildfremder. Schockiert über ihren Fehler, aber auch erleichtert, weil sie sich nicht blamiert hatte, schlich sie wieder an ihren Platz unter der Uhr zurück.

Ein paar Minuten später war sie *sicher*, daß sie Tom sah. Wieder ging sie los, um Hallo zu sagen. Und Gott behüte, es passierte wieder – diesmal brauchte sie ein paar Schritte weniger, um zu erkennen, daß dieser zweite Fremde, der ebenfalls so viel Ähnlichkeit mit der Liebe ihres Lebens hatte, nicht Tom war. Sie lachte, wenn sie diese Geschichte erzählte, aber sie erzählte sie nie, wenn Dad dabei war. Wir wußten beide, daß sie komisch, aber auch tierisch traurig war. Denn es war die Wahrheit: Wenn man einen Stock in einen Haufen Pendler warf, die an beliebigen Morgen um sieben an einem beliebigen Bahnhof in Westchester warteten oder sich in der Kaffeepause in einem Bürogebäude in Manhattan aufhielten, traf man sechs Leute, die aussahen wie mein Dad. Deshalb war sie so froh über sein auffälliges Auto und seine Schlaflosigkeit. Sie waren das einzige, was ihn von den anderen unterschied.

Auf meinem Spaziergang freute ich mich an den großartigen alten Autos, die ausgestorbenen Tieren glichen. Ein Corvair und ein MG-A parkten einander gegenüber am Straßenrand. Als ich an Al Salvatos altem Haus vorbeikam, stand da der hundekackebraune Ford Edsel seines Vaters, der Wagen mit den Knöpfen der Schaltautomatik mitten auf dem Lenkrad. Salvatos Vater sah uns Kids gern in dem Edsel sitzen, wenn er in der Zufahrt parkte. Al ermunterte mich immer, mich auf den Fahrersitz zu setzen, aber nur, weil er Angst vor mir hatte. Alle meine Freunde hatten Angst vor mir, und das mit gutem Grund. Es machte mir Spaß, mich zu prügeln und zu klauen, zu lügen und andere zu verletzen. Mein Lieblingssport war es, Leute niederzuschlagen, vorzugsweise mit einer Eisenstange oder sonst etwas Hartem. Ich genoß es, all das zu sein, wovor die Eltern uns warnten. Ich war der Straftäter, der Scheißkerl, der faule Apfel und der Kriminelle, von dem sie alle wußten, daß er eines Tages im Knast oder in der Hölle landen, mit dem es kein gutes Ende nehmen würde. Und diesen Ruf trug ich mit Stolz.

Ich kam an dem kleinen blauen Haus vorbei, wo der stellvertretende Direktor der High School gewohnt hatte. Als er mich vom Unterricht suspendiert hatte, weil ich einem Lehrer ein Buch gestohlen hatte, zündete ich sein Auto an. Ein Stück weiter im selben Block, in einem häßlichen zweistöckigen Haus, hatte der Vorsitzende des Kriegsveteranenvereins von Crane's View gewohnt. Eines Nachts war ich in ihren Versammlungssaal eingebrochen und hatte sämtliche Waffen geklaut, die sie da ausgestellt hatten. Et cetera.

Aber hatte Gee-Gee recht? Hatten Magdas rosa Handtücher und mein glückliches Leben mir die Klauen gestutzt? Und was noch wichtiger war: Kümmerte mich das? War es wichtig, daß ich ihn, *jenen* Frannie, schon vor Jahren hinter mir gelassen hatte? Was sieht man, wenn man alte Fotos von sich selbst anschaut – außer schlechten Frisuren und

geschmacklosen Klamotten, die man schon vor zwanzig Jahren der Heilsarmee gegeben hat? War dieser großmäulige Rotzlöffel in meinem Hause wirklich ich, oder hatten wir nur zu verschiedenen Zeiten im selben Körper gewohnt, wie in einem Apartment?

Ein kleiner Hund trottete vorbei, wichtigtuerisch und voller Pläne. »Jack!« Als er seinen Namen hörte, blieb er stehen und sah mich an. Ich streckte ihm langsam die Hand entgegen; er schnupperte daran, aber es folgte kein Schwanzwedeln. Dieser Hund gehörte meinem Freund Sam Bayer. Ein Köter, den ich gerngehabt hatte, als er noch lebte. Was mich nicht daran gehindert hatte, ihn und Johnny Petangles einmal vor Jahren anzupissen, als er auf Johnnys Schoß saß, aber das ist eine andere Geschichte.

Da ich nichts weiter war als ein Fremder mit leeren Händen, lief Jack weiter. Mir wurde klar, daß er wahrscheinlich zu meinem Haus wollte, denn dort hatte die Familie Bayer gewohnt, als wir klein waren. Mir hatte dieses Haus immer gefallen, und als es vor ein paar Jahren auf den Markt kam, habe ich es gekauft. Was würde der Hund dort vorfinden? Die Familie Bayer um 1965 oder die beiden Teenager Pauline und Gee-Gee, die über ihrem italienischen Kaffee miteinander flirteten? Und wenn es die Familie Bayer war? Wenn ich dem Hund nun nach Hause folgte und feststellte, daß alles, was ich als Erwachsener kannte, in der Zeit vor dreißig Jahren verschwunden war? Was, wenn ich für immer in die Welt zurückgeschickt worden war, die ich als mißmutiger, niederträchtiger, halb psychotischer Teenager bewohnt hatte?

»Halt den Mund und geh weiter«, sagte ich laut, denn wenn ich mich nicht selbst vorantrieb, könnte es leicht passieren, daß ich dort stehenbliebe und darauf wartete, daß Godot oder sonst jemand kam und mir sagte, wie ich aus dieser Klemme herauskommen könnte.

In der Tat errettete mich etwas, und zwar etwas Unerwartetes: mein Magen. Er ließ ein Grummeln los, das sich anhörte wie das Gebrüll eines kleinen Löwen. Ich hatte immer noch nichts gegessen. Der Hunger, den ich spürte, seit ich aufgewacht war, wurde dringlich. Aber das war okay, denn ich war in der Nähe von Scrappy's Diner. Ich würde auf ein Monsterfrühstück hineingehen, und beim Essen könnte ich noch ein bißchen darüber nachdenken, was ich tun sollte. Ein Plan. Ich hatte endlich einen Plan, und das machte den Rest des Weges in die Stadt richtig angenehm.

Als ich die Stufen zum Imbiß hinaufstieg, schaute ich zurück auf die unterste. Ich hatte eines Abends ein großes Stück davon abgebrochen, als ich mit einem Vorschlaghammer nach meiner damaligen Freundin geworfen hatte. Gott sei Dank hatte ich sie um eine Meile verfehlt, aber von der Schieferstufe war ein großer Placken abgesprungen. Scrappy Kicheli war ein solcher Geizkragen, daß er seine Fürze recycelt hätte, wenn er damit Geld verdient hätte, und er ließ die Stufe zwei Jahre lang nicht ersetzen. Zum Glück fand er nie heraus, wer sie kaputtgemacht hatte. Unzählige Gäste stolperten an der Stufe und drohten, ihn zu verklagen. Ich glaube, dem Kerl machte es Spaß zuzusehen, wie sie hinfielen. Am Ende verklagte tatsächlich jemand den knauserigen Halunken, und Scrappy mußte ordentlich löhnen.

Da war sie wieder unter meinem erwachsenen Fuß; es sah aus, als hätte jemand einen gezackten Brocken aus dem Stein gebissen. Sogar dieses Detail hatten sie also hingekriegt, wer immer sie waren. Als ich den Imbiß betrat, fragte ich mich, wie oft ich sie wohl noch als »wer immer sie waren« bezeichnen müßte.

Das erste, was ich drinnen sah, war Scrappy Kicheli, der mit einem Zahnstocher im Mund hinter der Kasse saß und den *National Enquirer* las. Heute sah Scrappy aus wie Mitte vierzig. Er würde auf demselben Platz sitzen und an einem Schlaganfall sterben, kurz nach seinem sechzigsten Geburtstag.

Hinter der Theke, in einem roten Kellnerinnenkleid, das ihren erstaunlichen Körper kaum faßte, stand seine Tochter Alice. Beide schauten mich gleichgültig an. Ich setzte mich auf den neunten Hocker an die Theke, auf denselben Platz wie immer. Darüber mußte ich lächeln. Als ich aufblickte, sah ich, daß Alice mich anstarrte, als wollte sie sagen: »Was haben Sie denn für ein Problem?«

Ich wollte etwas sagen, aber was? Also griff ich nach der Speisekarte. Wie immer steckten drei Stück (türkisfarben, mit dicken Goldlettern) hinter jedem Jukebox-Selector auf der Theke. Sowie ich bestellt hätte, wollte ich sehen, welche heißen Songs Scrappy heute in der Box hatte.

»Wollen Sie Kaffee?« Scrappys Familie lebte in der Bronx, und man hörte es an dem starken Akzent, mit dem sie alle sprachen.

»Ja, bitte. Und ich nehme das Rührei, Bratkartoffeln und Speck dazu.«

Sie nickte, während sie mir eine Tasse dampfenden braunen Kaffee einschüttete. Jawohl, braunen. Er roch auch wie Spülwasser, und ich wußte, daß er genauso schmecken würde, weil der Kaffee hier immer so geschmeckt hatte. Scrappy's Diner war eine Imbißbude für Cops und Lastwagenfahrer und Highschool-Kids, die alles aßen, solange es

Hamburger und Fritten waren. Wer hier nach einem Espresso gefragt hätte, den hätten sie, genau wie Gee-Gee, für einen Softeis-Esser gehalten.

Ich bewunderte gerade Alices Hintern, als ich ihn spürte, und gleich darauf hörte ich seine leise Stimme neben mir.

»Entschuldigen Sie? Tut mir leid, daß ich Sie störe, aber es geht einfach nicht anders. Gestatten Sie?«

Ich drehte mich um, und neben mir stand mein Dad und glotzte mich an. Ich drehte den Hocker so, daß er mir geradewegs ins Gesicht schauen konnte. »Ja?« Aus der Nähe sah ich, daß wir ungefähr gleichaltrig waren. Mein Vater und ich waren heute beide Ende vierzig. Mir liefen so viele Schauer die Wirbelsäule rauf und runter, daß sie mir beinahe abgefallen wäre.

»Ich weiß nicht, wie ich das sagen soll, und es klingt verrückt, aber … Haben Sie etwas dagegen, daß ich mich hinsetze?«

»Bitte – nehmen Sie Platz.« Ich zeigte auf den Hocker neben mir.

Dieser Anzug. Ich erinnerte mich so gut an den marineblauen Anzug, den er da trug.

»Ich bin gerade hereingekommen, und als ich Sie sah, konnte ich es nicht glauben. Ich habe einen Sohn, der ist siebzehn. Und, na ja, Sie sehen genauso aus, wie ich glaube, daß er aussehen wird, wenn er älter ist. Das ist unheimlich.«

Ich schüttete mir Zucker in den Kaffee. »Er muß ein gutaussehender Junge sein.«

Mein Vater war ein sehr verkniffener Typ und unfähig, irgend etwas Komisches zu sagen. Aber er war ein wunderbares, dankbares Publikum. Kaum waren die Worte über meine Lippen gekommen, da lachte er so sehr, daß er anfing zu husten.

»Setzen Sie sich hin, bevor Sie zusammenbrechen.« Fast, *fast*, hätte ich Dad zu ihm gesagt.

Er setzte sich, und ich schob ihm mein Glas Wasser hin. Er trank schlürfend und schüttelte den Kopf. »Sie haben mich kalt erwischt. Ich bin Tom McCabe.«

Als er mir die Hand entgegenstreckte, sagte ich: »Bill Clinton.«

»Nett, Sie kennenzulernen, Bill. Aber ich werde den Gedanken nicht los, daß ich Sie Frannie nennen sollte. So heißt mein Sohn.«

Ich nickte, lächelte, nippte an meinem Kaffee und hätte mich fast verschluckt. »Sorry, aber da kann ich Ihnen nicht helfen, Tom. Ich bin Bill, ich bin verheiratet mit einer Frau namens Hillary, und wir haben eine Tochter namens Chelsea.«

Er trank noch einen Schluck Wasser. »Ja, aber die Ähnlichkeit ist trotzdem erstaunlich. Darf ich fragen, was Sie machen?«

Ich schaute auf die Theke, nickte geheimnisvoll und sagte nach einer Pause: »Politik.«

»*Wirklich?*« Er war beeindruckt. Mein Vater liebte Politik. Oft las er meiner Mutter aus der *New York Times* vor, welcher Blödsinn in Washington vor sich ging. Und unweigerlich hatte er einen Kommentar dazu. »Das ist einfach erstaunlich.« Er gluckste und rieb sich mit beiden Händen kräftig das Gesicht. »Mein Sohn wird von Glück sagen können, wenn er nicht im Gefängnis landet. Frannie ist einfach mißraten.«

Es fühlte sich an, als hätte er mir ins Herz gestochen. Aber warum? Ich *leitete* jetzt das Gefängnis! Jahre später hatte ich Erfolg gehabt, und Tom McCabe war kurz vor seinem Tod sehr stolz auf mich gewesen. Ich war der aufrechte Bürger geworden, auf den er immer gehofft hatte. Warum also kränkte mich seine Bemerkung? Ganz einfach: Egal, wie alt man wird, in der Beziehung zu seinen Eltern ist man immer wie ein Hund, der an einer dieser einrollbaren Leinen spazieren geführt wird. Je älter wir werden, desto weiter spazieren wir davon. Mit den Jahren sind wir so weit weg, daß wir die Leine ganz vergessen, aber es ist absehbar, daß wir irgendwann das Ende erreichen oder daß sie aus irgendeinem Grund den Aufrollknopf drücken, und eine Sekunde später sind wir mit einem üblen Fall von Schleudertrauma wieder neben ihnen und hoffen wie früher auf ihren Beifall. Ganz gleich, wie stark wir sind oder wie weit entfernt, Mom und Dad haben immer diese Macht über uns, und sie verlieren sie nie.

»Vielleicht sind Sie zu hart gegen Ihren Jungen, Tom.« Ich konnte ihn nicht ansehen.

»Das würden Sie nicht sagen, wenn Sie meinen Frannie kennten.«

»Aber als Junge war ich ihm vielleicht ähnlich genug, um zu wissen, was ich sage.«

»Bill ...«

»Bitte sehr.« Alice knallte mir meinen Teller hin. »Möchten Sie sonst noch was?«

Das matte Gelb der Eier kontrastierte mit dem rindenbraunen Speck. Haute cuisine à la Scrappy.

Ich schaute sie an und lächelte. Sie lächelte nicht zurück. »Stimmt was nicht?«

»Ja, ich habe um Bratkartoffeln gebeten.«

»Nein, haben Sie nicht.«

Mein Vater meldete sich sofort zu Wort. »Doch, hat er. Ich habe gehört, wie er Bratkartoffeln bestellt hat.«

Alice runzelte die Stirn und stemmte eine Hand in die Hüfte, machte unmißverständlich klar: »Wollen Sie deshalb Streit anfangen?« Ich erinnerte mich, daß wir als Kids dieses Mädchen, nach dem es uns alle gelüstete, immer »das Biest mit den Titten« nannten. Das heißt, es gab einmal eine Zeit, da die Welt noch nicht politisch korrekt war. Ich erinnerte mich im Zusammenhang mit Alice aber auch noch an etwas anderes, viel Wichtigeres.

Abwinkend verzichtete ich auf die Kartoffeln und sagte: »Ist egal. Die machen nur dick. Aber haben Sie was dagegen, wenn ich Ihnen eine Frage stelle?«

Ihre Hand löste sich nicht von der Hüfte. »Kommt darauf an. Was für 'ne Frage?«

»Kennen Sie den Sohn dieses Mannes? Kennen Sie Frannie McCabe?«

Ihr ganzes Gesicht erhob sich plötzlich zu einem breiten Lächeln. »Klar kenne ich Frannie. Ein netter Junge.«

»Nett? Wieso? Inwiefern?«

»Kennen Sie ihn nicht? Sie sehen ihm irgendwie ähnlich.« Sie warf Dad einen Blick zu, um zu sehen, ob er ihr beipflichtete.

»Wir haben über ihn gesprochen und uns gefragt, was andere Leute, die ihn kennen, von ihm halten.«

»Ich sage doch – Frannie ist nett.« Schon wieder klang ihre Stimme wie ein Ziegelstein. Ich hatte gute Lust, ihr mein Rührei in den Ausschnitt zu werfen, aber das ging nicht, weil sie etwas hatte, das ich in diesem Augenblick brauchte. Wenn ich sie sauer machte, würde ich es nicht bekommen.

»Und das ist alles? Er ist nur nett?«

Die junge Kellnerin spähte durch das Lokal, um zu sehen, was ihr Vater gerade tat. Er hatte die Nase immer noch in sein Schmierblatt vergraben, und damit hatte sie grünes Licht, um mit uns zu reden.

»Wenn Frannie mit seinen Freunden hier reinkommt, tut er ganz abgebrüht und spielt den Macker. Aber wenn er allein ist, ist er süß, und manchmal macht er wirklich nette Sachen.«

Ins Schwarze getroffen! Komm schon, Alice – erzähl Tom die Geschichte.

Es sah aus, als wollte sie es dabei belassen; also lockte ich sie weiter. »Nette Sachen? Was denn zum Beispiel?«

»Zum Beispiel, mein Freund und ich haben Probleme, ja? Sind eben manchmal nicht gerade zwei Turteltauben. Na ja, und einmal hatten wir abends hier drin einen üblen Streit …« Wieder schaute sie nach, was der Boss tat. »Und ich bin wirklich durchgedreht. Zum Glück war es ziemlich leer, und als ich hysterisch losgeheult hab, da hat's eigentlich keiner außer Frannie gerafft. Aber er war so nett. Er war allein, wie gesagt, und wir haben zwei Stunden lang geredet. Das hätte er ja nicht tun müssen. Und er spielte nicht den abgebrühten Burschen oder so, er war einfach nur nett. Und was er sagte, war gescheit. Er sagte allgemein Sachen über Leute, wissen Sie, an die ich später noch oft gedacht habe. Und als er am Tag drauf reinkam? Da brachte er mir'n Band von der Platte mit, die ich gern höre. *Con-*

crete and Clay. Wir hatten beide gesagt, daß wir sie gern hörten. Das hätte er auch nicht tun müssen. Er ist okay, Ihr Frannie.« Als sie das sagte, schaute sie Dad ins Gesicht.

Ich brummte zufrieden. »'ne schöne Geschichte, Alice. Könnte ich jetzt meine Bratkartoffeln kriegen?«

Die Wärme in ihren Augen erlosch; es war, als ob zwei Mausefallen zuschnappten. »Was haben Sie gesagt?«

Ich beugte mich vor und sagte so laut, daß Scrappy mich sogar gehört hätte, wenn er tot gewesen wäre: »Ich habe gesagt, ich möchte die Bratkartoffeln, die Sie mir noch nicht gebracht haben, Schätzchen.«

»Was gibt's für Probleme?« Eine Stimme wie eine Panzerfaustgranate im Anflug dröhnte von der Kasse zu uns herüber, und unsere Kellnerin startete im Laufschritt zu meinen Bratkartoffeln.

Inzwischen machte ich mich schon über das ungesunde Essen vor mir her, und es schmeckte großartig. Ich nahm ein paar Mundvoll, deutete dann mit der Gabel auf meinen Vater und sagte: »Unter einer rauhen Schale findet sich manchmal ein weicher Keks, Tom. Wenn Sie nachts in sein Zimmer schleichen, ertappen Sie ihn wahrscheinlich gelegentlich dabei, daß er mit der Taschenlampe unter der Bettdecke liest.«

Er grinste bei dieser albernen Vorstellung. Staatsfeind Nummer eins las unter der Bettdecke? Aber etwas daran mußte ihn auch schmerzlich berührt haben, denn im nächsten Augenblick sah er aus, als hielte er das, was ich gesagt hatte, beinahe für möglich.

Danach schwiegen wir, aber das war nicht schlimm, denn es genügte mir, wieder mit meinem alten Herrn zusammen zu sein und in Scrappy's Diner dünnen Kaffee zu trinken. Auch wenn es morbid klingt, ich schätzte ihn um so mehr, weil ich wußte, wie das Leben war, wenn er nicht mehr da war. Ganz gleich, wie lange das hier dauerte, dieser Traum oder Alptraum, oder was immer es war – es gab keinen Ort auf der Erde, an dem ich jetzt lieber sein wollte. Ich wollte hier in dieser Bruchbude an der Theke sitzen und meinen skeptischen Vater davon überzeugen, daß sein Sohn einen guten Kern hatte und es am Ende zu etwas bringen würde.

Obwohl immer wieder Leute kamen und gingen, blieb es relativ ruhig im Lokal. Während ich aß, sprachen wir nicht viel. Alice brachte meine Kartoffeln, aber sie ließ sie die Theke entlang zu mir herübersegeln wie ein Frisbee. Dad bestellte bei einer anderen Kellnerin ein Blaubeer-Muffin und ein Glas Orangensaft. Als es kam, aß er sehr schnell. Ich wischte mit einem letzten Stück Toast auf dem leeren Teller herum, um mitzunehmen, was noch an Leckerem übrig war. Als ich fertig war, fiel mein Blick nach links, und ich sah sie auf uns zukommen.

Sie hieß Miss Garretson. Victoria Garretson. Sie unterrichtete Musik an der Grundschule von Crane's View. Immer ein bißchen stämmig und rosenwangig, zeigte sie vierundzwanzig Stunden am Tag und sieben Tage in der Woche eine so unerschütterliche Begeisterung für ihr Fach und ihren Job, daß die meisten ihrer Schüler vor der Wucht ihrer Windmaschine zurückwichen. Drei Jahre lang war sie

meine Musiklehrerin gewesen. Man konnte sie nicht hassen; Kids hassen nur Lehrer, die sie verletzen oder auf irgendeine häßliche Weise klein machen. Wir konnten sie einfach nicht ertragen, Miss Garretsons armschwenkende, wangenaufpustende Fröhlichkeit, mit der sie uns durch Stephen-Foster-Lieder dirigierte, mit Triangeln klingelte und die Maracas schüttelte. Ihr verdanke ich, daß es mir nur recht sein kann, wenn ich im Leben keine Maraca mehr sehen oder hören muß. Wie sie aussah? Wie eine jüngere Frau, die in einem Kaufhaus Bettlaken verkauft und zu lange darüber redet. Wie eine Sekretärin in einer schlechtgehenden Maklerfirma. Wie ein Bild von jemandes Tante.

»Tom! Was um alles in der Welt tust du denn so früh schon hier?«

Tom? Miss Garretson kannte meinen Vater? Kannte ihn so gut, daß sie ihn mit Vornamen anredete?

»Vicki! Hey! Ich sollte dich das gleiche fragen.«

Vicki?

Sie blieb einfach stehen, hielt die Hände vor sich und

schaute mich an. Sie hatte starke Lippen und trug zuviel dunklen Lippenstift. Ich brauchte ein paar Augenblicke, um zu begreifen, daß sie entweder darauf wartete, mit mir bekanntgemacht zu werden, oder darauf, daß wir beide aufstanden und ihr zeigten, daß wir richtige Gentlemen waren. Schließlich stand Dad auf, ich aber nicht.

»Vicki Garretson, das ist Bill Clinton.«

Ich nickte und schenkte ihr ein Mittelstreckenlächeln. Ihre Augen musterten mich unverhohlen. Es war ein Blick, der mich vierzig Jahre weit in eine Zeit zurückbeförderte, als sie mich noch anders gemustert hatte: um zu sehen, ob mein siebenjähriger Reißverschluß offenstand, oder ob ich Frühstücksmarmelade auf meinem Mickey-Mouse-Club-T-Shirt hatte.

»Vicki unterrichtet an unserer Schule.«

»Musiktheorie und Chor«, sagte sie stolz und unaufrichtig. Die einzige Theorie, die dieses Herzchen unterrichtete, hieß: Nimm den Finger aus der Nase, Kind, und guck in deine Noten. Aber mir gefiel es: Miss Garretson log, um mich zu beeindrucken.

»Und was machen Sie, Mr. Clinton?«

»Bill ist in der Politik«, zwitscherte Dad voller Bewunderung.

»Wie interessant. Darf ich mich setzen?«

»Aber natürlich, Vicki.« Er deutete auf einen Hocker, und sie machte sich daran, ihr nicht unbeträchtliches Hinterteil darauf niederzulassen.

Eine Zeitlang plauderten wir über nichts Besonderes. Miss Vicki war langweilig und selbstbezogen. Es war offenkundig, daß sie den Klang ihrer Stimme und die Belanglosigkeiten ihres Lebens liebte. Aber meine Gedanken waren nur halb bei dem, was gesagt wurde, denn ich war wie hypnotisiert von der Körpersprache zwischen den beiden. Ich brauchte nicht lange, um zwischen den Zeilen zu lesen. Dann fing ich an zu grinsen wie ein Irrer, und ich benahm mich sicher auch merkwürdig. Denn es war klar, daß Tom McCabe sein Auto in Vickis Garage parkte. Ihre Unterhaltung war voll von privaten Scherzen, Anspielungen, heimlichen sexy Blicken und einer beiläufigen Chronik von Dingen, die sie zusammen getan hatten. Ganz zu schweigen von der ernsthaften Elektrizität, die zwischen den beiden hin und her funkte. Mein Dad vögelte meine alte Musiklehrerin! Sie sprachen miteinander auf eine unverhohlen intime Art und Weise – denn: wer war ich? Ein Fremder, dem sie in einem Imbißlokal begegnet waren und den sie nie wiedersehen würden. Ein Typ, der im Flugzeug neben einem sitzt oder mit dem man auf dem Bahnsteig eine Unterhaltung anfängt, während man auf einen verspäteten Zug wartet. Das einzige, was mich ein bißchen von anderen abhob, war der Umstand, daß ich aussah wie Toms Sohn, den Vicki vor Jahren als Schüler gehabt hatte.

Als *dieses* Ei in die heiße Pfanne meines Hirns geplumpst war und anfing zu brutzeln, fiel gleich ein zweites hinterher. Warum war Dad an diesem Morgen aus dem Haus auf der anderen Straßenseite gekommen? Hatte er da drüben noch eine Geliebte, die er bei seinen Schlaflosigkeitsrunden besuchte? Das geheime Leben des Thomas McCabe. Mein

Vater – Mr. Bügelfrei, Oxfordschuhe von Florsheim, Robert-Hall-Anzug und einen Whiskey vor dem Abendessen, niemals mehr. Immer pünktlich mit seinen Steuern, seinen Verpflichtungen, seiner Höflichkeit. Meine Mutter konnte ihn in einer Menschenmenge nicht erkennen. Aber jetzt tanzte er hier den Watussi mit meiner Musiklehrerin aus der Grundschule und vielleicht noch mit etlichen anderen. Jiii-hah! Ist das Leben nicht wundervoll? Am liebsten hätte ich ihn in die Arme genommen und eine Polka mit ihm getanzt. Leute sagen, die schlimmste Erfahrung ihres Lebens sei es gewesen, als sie entdeckt hätten, daß ihre Eltern einander betrogen. Aber ich war entzückt. Ich wollte Einzelheiten wissen – jedes Jota, in Cinemascope und Dolby Surround. Crane's View war klein; die Wände hatten Augen und Ohren. Ob sich dieses seltsame Pärchen ins Holiday Inn nach Amering verdrückte, mit einer Flasche billigem Champagner, einer Sammlung mit Liebeslyrik von Rod McKuen und einem Transistorradio, das Ravels Bolero spielte?

Am liebsten hätte ich Dad umarmt. Oder ihm wenigstens auf den Rücken geklopft. Aber unter diesen Umständen kam das nicht in Frage. Ich liebte alles, was ich hier entdeckt hatte, und ich liebte ihn. Und was noch merkwürdiger war: Es ließ mich meine Mutter desto mehr lieben, weil sie sich in ihrem geliebten Ehemann um totale hundertachtzig Grad täuschte. Ma, er ist ein *Jagdhund!*

»Tom, ich muß los. Aber es war ein Vergnügen.« Wir standen auf und gaben uns die Hände. Ich erinnerte mich, daß sein Händedruck nicht sehr kräftig war – und da war er wieder, nach all den Jahren. Die Tränen traten mir in die Augen. Händeschütteln mit dem eigenen Vater. Wenn man ihn liebt, gibt es nichts Größeres. Und ich liebte diesen Mann. Im stillen dankte ich ihm und segnete ihn, weil er so viel liebevolle Geduld aufgebracht hatte. Weil er sich mit einem schrecklichen, frustrierenden Sohn abgegeben hatte, der ihm fast zwanzig Jahre lang Leid und Sorgen gebracht hatte. Gern hätte ich zu Tom McCabe gesagt: Ich bin dein Junge, Frannie, der Dieb, der Taugenichts, den du hättest hassen müssen. Du hast es aber nicht getan, weil du ein guter Mann bist. Jetzt ist alles okay mit mir. Ich habe überlebt, Dad, und mir geht es gut.

Stattdessen lächelte ich Victoria Garretson an (Vicki – nie im Leben hätte ich die Frau mit diesem Namen angeredet) und wandte Thomas McCabe zum letzten Mal den Rücken zu.

»Bill? Entschuldigung, Bill?« Ich war auf dem Weg zur Kasse, als er meinen Namen rief.

»Ja, Tom?«

»Kann ich Ihnen das Frühstück spendieren? Das würde ich wirklich gern tun.«

»Warum?« Schon wieder kamen mir die Tränen. Ich schaute Scrappy an.

»Weil Sie das über meinen Sohn gesagt haben. Weil Sie vielleicht recht haben und ich mir einfach nur zuviel Sorgen mache. Weil – ich weiß nicht, es ist ein schöner Morgen, und die Begegnung mit Ihnen war eine unerwartete Überraschung.«

Ich reichte ihm die Rechnung. »Sie sind ein Prinz, Tom.«

Er machte ein komisches Gesicht. Ich fragte, ob etwas nicht stimme.

»Frannie sagt das manchmal. ›Du bist ein Prinz, Tom.‹ Aber wenn er es sagt, meint er es immer sarkastisch.«

Ich versuchte, cool und beiläufig zu klingen. »Na, Sie haben ja gesagt, wir gleichen uns. Tun Sie eine Minute lang so, als wäre ich er und sagte es im Ernst. Sie *sind* ein Prinz, Tom. Ich wünsche Ihnen ein gutes Leben.«

»Ich Ihnen auch, Bill.«

Ich konnte es mir nicht verkneifen. »Stimmen Sie für mich, wenn ich bei der Präsidentenwahl kandidiere.«

Er lachte und wandte sich wieder seiner Geliebten zu.

Wie kann Unheimliches noch unheimlicher werden? Ich sag's Ihnen. Beglückt und beschwingt von dem, was eben stattgefunden hatte, verließ ich das Lokal lächelnd und voller Seligkeit. Die vielleicht fünf Minuten währte. Zur Tür hinaus und nach links ins Herz der Innenstadt von Crane's

View, die einen kompletten Häuserblock umfaßte. Voller Neugier darauf, was dort sein würde, versuchte ich mich zu erinnern, wie die Main Street damals ausgesehen hatte. Meine Stadt, vor dreißig Jahren. Wieviel hatte im Embassy eine Kinokarte gekostet? Und eine Schachtel Goober's Erdnüsse mit Schokoglasur an ihrer Süßigkeitenbar? Welche verschiedenen Süßigkeiten hatten sie da verkauft? Charleston Chew, Zagnut, Raisinets, Good & Plenty, Fifth Avenue ... Der schwachsinnige Johnny Petangles kannte jede Fernsehwerbung dafür und pflegte sie bis zum Erbrechen herzusagen. Das Kino war vor zwei Jahren abgerissen und durch eine Blockbuster-Videothek ersetzt worden, was ich als ironische Fügung empfand. Man tauscht die große Leinwand gegen den kleinen Bildschirm. Spazieren wir doch McCabes Straße der Erinnerungen hinunter. Damals stand das Embassy Theater neben Dan Pope's Bar and Grill. Dort hatten wir alle unsere ersten legalen Drinks zu uns genommen, an unserem achtzehnten Geburtstag. Im Geiste konnte ich immer noch heraufbeschwören, wie es in dem Lokal gerochen hatte: nach gekochtem Kohl und Zigarettenrauch. Neben Pope's stand …

Ein Mann mit einem Helm, wie er Kebab aus meinem Gehirn gemacht hatte. Mit einem Lernhelm aus meinen letzten Tagen in Wien. Ganz recht – auf der Main Street von Crane's View; New York, im Jahr 1960 plus spazierte ein Mann mit einem schwarzen Integralhelm. Ich schlug mir die Hand vor den Mund und gab einen erstickten Laut von mir, und mir war, als habe mir jemand ein kaltes rohes Ei über die Wirbelsäule gegossen. Und mehr noch: Es waren Leute in der Nähe, aber niemand beachtete ihn. Brian Lipson in seiner College-Jacke stand vor der Bibliothek und plauderte mit Monica Richardson. Die Helmbirne ging an ihnen vorbei; sie schauten beide hin, ohne daß ihr Gesichtsausdruck sich änderte, und unterhielten sich dann weiter. Meine Stadt ist konservativ und verändert sich nicht. Schon immer. Alles Neue wird augenblicklich bemerkt und endlos erörtert. Ob heute oder vor dreißig Jahren – wenn jemand mit einem dieser gottverdammten, bescheuerten Helme die Straße entlangkäme, würden die Leute Notiz davon nehmen. Als ich sah, wie die beiden Kids hinschauten und sich gleichgültig wieder abwandten, wußte ich, daß sie an den Anblick gewöhnt waren. Ich bekam eine böse Gänsehaut. Jetzt war alles möglich – hier herrschte das Chaos. Damals, als Lipson und ich in Geometrie nebeneinander saßen und ich beim Examen von ihm abschrieb, da kamen solche Helme nie vorbei. Hätte ich einen gesehen, ich hätte der ganzen Welt davon erzählt, das steht felsenfest.

Ich beschloß, dem Kerl zu folgen. Mal sehen, was passierte, wenn andere Leute ihm begegneten. Mal sehen, ob …

»Hey, Frannie!« sagte der Teenager Brian Lipson zu meinem siebenundvierzigjährigen Ich.

»Na, hallo, Frannie McCabe«, echote die hinreißende Monica Richardson, aber das mit einem Lächeln, das schmutzig genug war, um jedem Mann die Unterhose schmelzen zu lassen.

Wenn ich eine Zeichentrickfigur gewesen wäre, hätte man in diesem Augenblick um mich herum das Geräusch kreischender Autobremsen gehört, und von meinen Schuhsohlen wären Rauchwolken aufgestiegen.

Ich blieb so abrupt stehen, daß ich tatsächlich einen Augenblick brauchte, um mein Gleichgewicht wiederzufinden. »Ihr kennt mich?«

Die beiden schauten einander an. Lipson kicherte. »Wieso sollten wir nicht, Frannie? Ich meine, wir sitzen schließlich in Geometrie nebeneinander.«

»Ja, aber …«

Am Ende des Blocks sah ich Helmbirne um die Ecke verschwinden. Aber ich ließ ihn laufen, denn jetzt stand ich völlig im Nebel.

»Ihr kennt mich so?«

Monica machte eine niedliche Kopfdrehung – wie ein Hund, der zum ersten Mal eine Harmonika hört. »Wie, so?«

»So, wie ich jetzt bin. So.« Ich deutete auf meine Brust,

mein Gesicht, auf den fast fünfzigjährigen McCabe.

»Na klar, warum denn nicht?«

»Ich muß weiter.«

»Vergiß morgen abend nicht, Frannie. Dionne Warwick«, gurrte Monica wie eine Sirene, die mich auf ihren Felsen locken wollte. Und dann traf mich die Erinnerung wie ein Felsblock. Im vorletzten Highschool-Jahr hatte ich auf alle erdenkliche Art versucht, Monica Richardson dazu zu bringen, die böse Tat mit mir zu tun. Aber sie war cleverer als ich. Immer wenn ich dachte, ich hätte sie, schlüpfte sie mir wieder aus den Pfoten. Endlich beschloß ich, meine Werbung mit Volldampf zu betreiben und richtig Geld für sie auszugeben, das ich sodann im Lauf von drei Wochen aus der Handtasche meiner Mutter zusammenklaute. Der Plan bestand aus einem Dionne-Warwick-Konzert in White Plains, gefolgt von einem Steak-und-Hummer-Essen im Restaurant Dick's Cabin. Alles lief großartig, bis ich sie nach Hause brachte. Ich war noch nie bei Monica zu Hause gewesen. Als sie mich an diesem Abend einlud, mit hineinzukommen, war ich sicher, daß ich gewonnen hatte. Beim Eintreten sagte sie beiläufig: »Meine Eltern sind vielleicht noch wach, aber das ist okay. Die sind cool. Wir sagen hallo und gehen hinauf in mein Zimmer.«

Sie saßen im Wohnzimmer. Mr. Richardson hatte eine Pfeife im Mund und eine Zeitung in der freien Hand. Mrs. Richardson strickte an einem gelben Pullover. Beide waren splitternackt. Ich war so verdattert von diesem Anblick, daß ich zur Tür hinausrannte, zurück in die tröstende Nacht. Wenn ich Monica danach in der Schule sah, wußte ich nicht, was ich tun sollte. Und ich genierte mich so sehr für das, was ich da gesehen hatte, daß ich es nie einer Menschenseele erzählt habe. Deshalb erfuhr ich erst Jahre später, daß ihre Eltern Nudisten waren.

Als ich sie jetzt anschaute und mich an jenen Augenblick in ihrem Haus erinnerte, hörte ich den Wagen nicht, der hinter mir anhielt. Die beiden Kids schauten über meine Schulter, und ihre Lippen wurden schmal.

»McCabe!«

Das Auto war schwarz und hatte ein einzelnes rotes Blinklicht auf dem Dach. Das war alles – keine Batterie von superschnellen Blaulichtern, die wie ein Stroboskop blitzten und im Näherkommen nervös über die Augäpfel hin und her huschten. Kein Stahlgitter zwischen Vorder- und Rücksitzen, um die menschlichen Tiere in Schach zu halten, die man einkassiert hatte. Kein ans Armaturenbrett geschraubter Gewehrhalter, denn in den sechziger Jahren waren die Schußwaffen entweder an der Hüfte des Polizisten oder sicher verstaut im Kofferraum des Wagens. Im Kofferraum eines Chevrolet Biscayne, denn die Polizei von Crane's View fuhr nur Chevrolets. Der Polizeichef war der Schwager des einzigen Chevy-Händlers in der Stadt.

»Pee-Pee!« Ich war so glücklich, ihn zu sehen, daß ich einen Augenblick lang vergaß, wer ich war / wo ich war / wann ich war etc. Ich ging einfach über den Gehweg, um Patrolman Peter Bucci die Hand zu schütteln. Dieser Bursche und ich kannten uns schon sehr, sehr lange. In meiner Jugend bestand die Polizei in Crane's View aus drei Vollzeit-

und zwei Teilzeit-Cops. Pee-Pee kam gleich nach der High School dazu, und in den ersten paar Jahren war er ein fauler Penner, der alle schikanierte. Aber irgendwie schaffte er es, Camille kennenzulernen und zu heiraten, eine großartige Frau, die ihn um hundertachtzig Grad drehte und ihm ein glückliches Leben schenkte. Als ich aus Vietnam zurückkam und hier Cop wurde, waren wir bald gute Freunde. Es war ein schwerer Schlag für die Stadt und für unsere Polizei, als er vor drei Jahren ganz unerwartet an einem Schlaganfall starb. Aber wie ein paar Minuten zuvor mein Vater war auch Pee-Pee wieder da – jung und stark und, was das Beste war, lebendig.

Er packte mein Gesicht mit eiserner Hand und quetschte meine Wangen so fest zusammen, daß ich den Mund öffnen mußte. »Immer der Schlauberger, was, McCabe? Du kriminelles Stück Scheiße! Immer das Maul aufreißen. Aber soll ich dir mal was sagen, Klugscheißer? Du kommst in den Knast. Sag deinen Spielkameraden auf Wiedersehen und steig in den gottverdammten Wagen.«

»Pee-Pee ...«

Er hielt immer noch mein Gesicht fest und drückte jetzt noch fester zu. Im nächsten Augenblick würden meine Zähne die Sterne sehen. »Nenn mich nicht so. Nur meine Freunde nennen mich beim Namen, und du bist nicht mal ein Bekannter. Du bist ein Stück Scheiße unter meiner Schuhsohle, McCabe. Du bist ein grüner Rotzfladen, den ich auf die Straße spucke. In den Wagen mit dir.«

Wie muß das ausgesehen haben: Ein gedrungener, fünfundzwanzig Jahre alter Fettkloß in einer schlecht sitzenden Uniform quetschte das Gesicht eines hochgewachsenen Mannes im mittleren Alter, eines Mannes, der Patrolman Bucci mit einem Schlag in die nächste Woche hätte befördern können, wenn er gewollt hätte.

Aber ich wollte nicht. Wie ein braver, gesetzestreuer Junge, der ich nie gewesen war, setzte ich mich in den Polizeiwagen und blickte starr geradeaus. Er kam zur Fahrerseite herum und stieg ein, und grunzend und rutschend suchte er sich einen bequemen Platz für seinen fetten Arsch.

»Ich rufe deinen Dad an, Frannie!« schrie Brian viel zu laut. Ich war ja nur zwei Schritt weit von ihm entfernt. Ich nickte.

»Aber was ist mit Dionne Warwick, Frannie? Was soll ich machen, wenn du noch im Gefängnis bist?«

»Sag deinem Vater, er soll sich anziehen und mit dir hingehen.«

»Was?«

Wir fuhren los, bevor ich es ihr erklären konnte.

»Jetzt bist du am Arsch, McCabe. Jetzt wanderst du bestimmt in die Erziehungsanstalt. Für dich heißt es: Blechnapfhotel.« Pee-Pee schaute mich an und grinste wie ein Piranha.

Ich sagte nichts. Die Fahrt zum Polizeirevier dauerte fünf Minuten. Wir hätten zu Fuß hingehen können, aber ich glaube, es machte ihm Spaß, die ganze Prozedur der ordnungsgemäßen Einlieferung mit mir zu absolvieren. Als er vor dem Gebäude angehalten hatte, stellte er den Motor ab, machte aber keine Anstalten, auszusteigen. Als ich nach der Türklinke griff, kläffte er: »Ich sag dir, wenn du dich bewegen sollst, McCabe.«

Ich legte die Hand wieder in den Schoß. »Was hab ich getan?«

»Was du *getan* hast?« Er genoß die kleine Frist, bevor er mich hineinbringen mußte. Für ein Weilchen gehörte ich ihm. Er würde diese Gelegenheit bis zur letzten Sekunde auskosten. Das hier war Pee-Pee Bucci vor Camille. Pee-Pee Bucci in seiner schlimmsten Form.

Ich drehte mich langsam zur Seite und sah meinen Freund an. Der in diesem Augenblick nichts lieber getan hätte, als mir aufs Maul zu hauen.

»Ja. Warum bringen Sie mich her?«

Zu meiner Überraschung bekam seine Stimme einen wütenden Klang. »Bin ich dämlich? Findest du, daß ich dämlich aussehe, McCabe?«

Mein junges Ich oder Gee-Gee hätte eine grobe Antwort gegeben und eine Backpfeife kassiert. Aber ich nicht. Ich biß mir auf die Unterlippe und schüttelte den Kopf. »Nein, Sir.«

»Sir, ganz recht, du kleiner Pißkopf. Ich sag dir, was du getan hast. Ich sag's dir mit einem Wort: Dalemwood. Läßt dieser Name in deinem kranken Hirn ein Glöckchen läuten? Schmierereien am Haus der Dalemwoods?«

In meinem vorletzten Jahr an der High School war eine Familie namens Dalemwood nach Crane's View gezogen. Sie hatten zwei Kinder, und beide waren sonderbar. George war im zweiten Jahr auf der High School, seine Schwester im letzten. Sonderbare Kinder fallen auf, ob sie wollen oder nicht. Aber so richtig aufmerksam wurde ich, als ich erfuhr, daß diese Leute Zeugen Jehovas waren. Das genügte mir. Ich wußte absolut nichts über diese Religion; ich hatte bloß irgendwo gehört, daß sie nicht an Ärzte glaubten. Sie ließen ihre Kinder lieber sterben, wenn sie krank wurden, als daß sie sie in medizinische Behandlung gegeben hätten. Und plötzlich hatte ich etwas Neues, das ich hassen konnte. Entschiedenes Handeln war gefordert. Ich holte eine Dose silberne Farbe aus unserer Garage und schrieb in meterhohen Lettern ZEUGEN JEHOVAS KINDERMÖRDER SCHWEINE an die frischgestrichene weiße Wand des Hauses Dalemwood. George sah mich, erzählte es seinen Eltern, und ich wurde von der Polizei festgenommen. Mein Vater holte mich heraus, aber er hatte mittlerweile die Nase dermaßen voll von mir, daß er mit dem Polizeichef eine Abmachung traf. Sie ließen mich über Nacht in der Zelle, damit ich Gelegenheit hätte, über mein bösartiges Benehmen nachzudenken. Es war wirkungslos. Als ich am nächsten Tag herauskam, folgte mein schicksalhaftes Date mit Monica Richardson. Das einzige, was mich erschütterte, war der Anblick ihrer nakkten Eltern.

Aber wenn das jetzt mit mir passieren sollte, war das eine ziemlich schlechte Neuigkeit. Wenn ich die nächsten vierundzwanzig Stunden in einer Gefängniszelle verbringen müßte, wäre wieder einer meiner sieben Tage um.

»Los, Kunstmaler. Zeit für dich, in den Keller zu gehen.«

Dort befanden sich die Zellen des Polizeireviers, und es war ein äußerst trister Teil des Gebäudes, glauben Sie mir. Als ich später Polizeichef wurde, habe ich als erste Amtshandlung einen Architekten und einen Bauunternehmer engagiert und den Bereich sehr viel menschlicher gestalten lassen. Aber vor dreißig Jahren war es ein großer, dunkler Keller mit drei Haftzellen und drei Sechzig-Watt-Birnen, die sie beleuchteten.

Wieso erlebte ich mein Leben mit siebzehn jetzt noch einmal als Siebenundvierzigjähriger? Oder zumindest einen Tag dieses Lebens? Als ich das letzte Mal aus meiner Zukunft in mein Jetzt zurückgekommen war, hatte alles gestimmt. Warum ging es jetzt so schief? Jetzt war das Leben in meinem Haus in Ordnung (von Gee-Gee mal abgesehen), aber ein Schritt auf die Veranda beförderte mich um dreißig Jahre zurück in die Vergangenheit. Warum war ich zu dem Tag zurückgekehrt, als Bucci mich ins Gefängnis sperrte? Über diese Fragen könnte ich lange nachdenken, wenn ich vierundzwanzig Stunden in einer Zelle säße. Aber ich hatte keine Zeit zu verplempern. Ich hatte noch fünf Tage – vielleicht nur noch vier. Es gab nur eine Möglichkeit, und die war mir zuwider.

Ich schloß die Augen und sagte: »Löcher im Regen.« Der Satz, der mich wieder in meine Zukunft bringen würde.

Dachte ich jedenfalls.

Ich öffnete sie wieder und rechnete damit, mich im Wien des nächsten Jahrtausends wiederzufinden, aber ich saß immer noch neben Pee-Pee im Polizeiwagen. Der Unterschied war nur, daß er sich nicht mehr bewegte, und auch alles andere nicht. Es war wie auf der Straße in Wien, als Astopel mir gesagt hatte, ich könne nicht mit George reden. Astopel, der, wie sich später herausstellte, meinen Freund George in einen jahrhundertealten Hund auf einem Hotelbett verwandelt hatte.

»Wie rudert man ein Boot über ein hölzernes Meer, Mr. McCabe?«

Bei all meinem verwirrten Umherschauen hatte ich noch keinen Blick auf den Rücksitz geworfen. Dort saß die kürzlich verstorbene Schülerin Antonya Corando. Heute sah sie ziemlich gut aus.

»Was geht hier vor, Antonya?«

»Zuerst müssen Sie meine Frage beantworten. Es ist wichtig!«

Ich stützte mich mit dem Ellenbogen auf die Lehne und beobachtete sie im Rückspiegel. »Ich weiß nicht, wie man so ein Boot rudert. Ich habe noch nicht viele hölzerne Meere gesehen, wenn ich ehrlich sein soll.«

»Ich auch nicht. Es klingt wie ein Zen-Koan. Die haben mir gefallen, als ich noch lebte. Sie kitzelten einem das Gehirn so sehr, daß man es am liebsten kratzen wollte. Zum Beispiel: ›Ich lösche das Licht. Wo ist es hingegangen?‹«

Ich langte in Pee-Pees Hemdtasche, fischte seine Zigaretten heraus und zündete mir mit dem Zigarettenanzünder eine an. »Wie rudert man ein Boot über ein hölzernes Meer? Na ja, wenn das Wasser aus Holz wäre, bräuchte man ja gar kein Boot. Man könnte aussteigen und zu Fuß gehen, wohin man will.«

Sie lächelte, und sie hatte einen schönen Mund mit großen weißen Zähnen. »Ich weiß nicht, ob das die Antwort ist, aber für mich klingt es gut.«

»Warum bist du hier, Antonya?«

»Astopel wollte kommen, aber sie haben ihn nicht gelassen, weil er zuviel vermasselt hat. Er hat mich umgebracht. Und er hat mich auch dazu gebracht, diese Notizbücher mit den Zeichnungen von Ihnen anzufangen. Ich wußte nicht, was ich tat – sie fielen mir einfach ein, und meine Hand war wie ein Sklave. Astopel hat auch Ihr anderes Ich geschickt, das junge.«

»Gee-Gee?«

»Ja.«

Sie fing an zu kichern, was mich nur noch mehr durcheinanderbrachte. »Warum lachst du, Antonya?«

»Wegen der vielen *Is* in Ihrem Leben. Da ist Gee-Gee und Pee-Pee Bucci …« Jetzt lachte sie laut, und es war ein großartiger Klang, ein Mädchenklang, einer, der dich daran erinnert, daß das Leben dein Freund sein kann.

»Und weißt du was? Ich hätte in diesem Augenblick nichts dagegen, Pipi zu machen. Zuviel Kaffee heute morgen. Damit hätten wir drei *i-i*s für *mi-mich.*«

Das setzte sie von neuem in Gang. Ich saß da und wärmte mich an ihrem lauten, unbeschwerten Lachen, als wäre es italienischer Sonnenschein. Nichts bewegte sich. Ich rauchte Pee-Pees Pall Mall und schaute mich um. Draußen vor meinem Fenster stand ein Chevy El Camino, rot wie ein kandierter Apfel, mit dem fetten Russell Pratt am Steuer und wartete darauf, daß eine unveränderlich rote Ampel auf Grün umspränge. Was mich daran erinnerte …

»Antonya, du bist ja schon tot, also weißt du Bescheid: Was kommt danach? Gibt es einen Gott?«

Ihr neuerliches Lachen kam wie eine Flutwelle. Als es über alles hinweggebrandet war, mußte sie sich die Augen wischen. Sie schaute mich im Rückspiegel an und lachte wieder los. Was zum Teufel hatte ich gesagt?

»Was zum Teufel habe ich gesagt? Ich habe nur gefragt, ob es einen Gott gibt.«

»Aber Sie haben so gefragt, als wollten Sie wissen, wieviel Uhr es ist. Als wäre es weiter keine große Sache.«

Ich rieb mir den Schädel. »Mein Leben könnte nicht merkwürdiger werden, als es jetzt ist. Wie die Dinge liegen, bist *du* womöglich Gott, verkleidet als das tote Mädchen, das Bilder aus meiner Zukunft gemalt hat. Ich weiß es nicht. Es gibt keine Regeln mehr in meinem Leben.«

Wie auf ein Stichwort flog die Wagentür auf meiner Seite auf, und jemand packte mich bei der Schulter. Hart.

»Steig aus. Komm schon, steig aus!« Gee-Gee. Er sah aus, als hätte er große Angst, und hörte sich auch so an.

»Was gibt's? Was ist los?«

»Steig aus und laß uns abhauen.«

»Hallo, Gee-Gee!« rief Antonya vom Rücksitz.

Er musterte sie kurz, während er an meinem Hemd zerrte. »Steig-aus-verdammte-Scheiße! Laß uns abhauen.«

Ich setzte mich in Bewegung und warf einen letzten Blick in den Rückspiegel. Antonya lächelte immer noch. Es war bizarr, denn ihr Gesichtsausdruck war noch genau der gleiche wie ein paar Augenblicke zuvor, als sie über mich gelacht hatte. Es sah aus, als würde ihr Gesicht jetzt immer so bleiben.

»Bye, Frannie!«

»Renn, Motherfucker! Renn wie eine gesengte Sau!« Gee-Gee jagte los wie ein Gepard. Meine Mittvierzigerbeine und meine Marlboro-Lunge waren dem Jungen nicht gewachsen. Er hetzte einen halben Block weit die Straße entlang und blieb dann stehen, um zu sehen, wo ich blieb. Er winkte mir mit mächtigem Armschwenken zu und rief, ich solle kommen, machen, mich *beeilen.* Ich bemühte mich, aber es hatte keinen Sinn. Als ich versuchte, mit ihm Schritt zu halten, wußte ich, daß die Tage, da ich auf Erden schnell gerannt war, vorbei waren. Außerdem, wieso zum Teufel rannten wir überhaupt? Warum war ich ihm gefolgt, wenn ich doch von Antonya wichtige Dinge hätte erfahren können, wenn ich dageblieben wäre? Alles über den Tod und Gott und was weiß ich noch. Aber nein, ich springe einfach auf und renne mir selbst hinterher. Hey, ich, warte

auf mich!

Als ich zum dritten Mal am Rand des Zusammenbruchs war, konnte ich ihm mit letzter Kraft zurufen: »Wo laufen wir hin?«

»Nach Hause! Wir müssen nach Hause, bevor sie hier sind.«

»Wer sind *sie?*«

»Beweg dich einfach, Mann. Beweg dich.«

Den ganzen Weg zurück, vorbei an Scrappy's Diner, an der High School, an den Häusern alter Freunde und Feinde. Noch ein Hund, den ich gekannt hatte, stand in jemandes Garten und beschnupperte eine Stelle dort. Als ich stehenblieb, um zu Atem zu kommen, kam es mir so vor, als liefe ich im Rückwärtsgang an meinem Leben vorbei. Aber selbst in dieser merkwürdigen Weise fluteten weiter die Erinnerungen durch meinen Kopf wie kleine Gegenstände, die von einem Tornado herumgewirbelt werden. Ich konnte sie nicht stoppen.

Aber irgend etwas stoppte Gee-Gee. Fünf Meter vor mir

flog er plötzlich durch die Luft und fiel dann auf seltsame Weise auf die Seite. Er schlug so laut auf dem Boden auf, daß ich den Aufprall der Knochen auf dem Pflaster hörte. Ich lief hin, voller Sorge um ihn. Der Junge – der Junge – er ist so hart gestürzt – ist ihm nichts passiert?

»Mach dir keine Sorgen um mich – sieh zu, daß du nach Hause kommst!« Er hielt sich die Hüfte und schaute immer hinter mich und dann überall herum, voller Angst. Sein Gesicht war voller Angst.

»Gee-Gee, was ist denn? Was geht denn hier vor?«

»Astopel hat alles versaut. Er hat sich eingemischt. Er hat sich in dein Leben eingemischt, und das hätte er nicht tun sollen. Das hab ich erst jetzt wirklich begriffen. Bis dahin dachte ich, es wäre okay, daß er da ist. Es wäre okay, mich herzubringen und mich bei dir sein zu lassen und uns beide in die Zukunft zu schicken, *aber das war es nicht.* Er hätte nichts von allem tun dürfen. Verstehst du? Er hätte Antonya nicht umbringen dürfen. Er hätte nicht herkommen und versuchen dürfen, dich zu beeinflussen. Aber er hat es getan, und jetzt mußt du mit dem Fallout klarkommen. Der Mist, den er gebaut hat, geht auf *deine* Kappe, wenn es schiefgeht, aber so ist es nun mal. Also lauf nach Hause, bitte. Ich glaube, wenn du es bis zum Haus schaffst, bist du sicher. Wenn nicht, bist du im Arsch, und das garantiere ich dir.«

»Was ist mit Astopel?«

»Der ist weg. Sie haben ihn geholt. Den Wichser siehst du nicht wieder.«

»Wer sind *sie?*«

Er versuchte aufzustehen, aber er konnte nicht. Er fiel wieder hin und fing an zu fluchen. Ich wollte ihm helfen, aber er schlug meine Hand weg. »Hau ab! Verschwinde! Mach, daß du wegkommst!« Und plötzlich fing er an zu weinen.

Ich wußte, woher diese Tränen kamen. Von jener tief verborgenen, geheimen Adresse: 17 Jahre, McCabe Street. Von dem Ort, den niemand je hatte aufsuchen oder sehen oder auch nur kennen dürfen. Einem Ort, der fest verschlossen hinter Mauern aus Grausamkeit, Bluff und Wut verborgen lag. Wo eine allzu zerbrechliche oder deformierte Liebe wohnte und dazu die überwältigende Angst, daß alles, was man in seinen Träumen je zu tun hoffte, entweder beschissen peinlich geraten oder elendig scheitern würde.

Ich zögerte nur einen Augenblick, ehe ich ihn hochzog und mir im Feuerwehr-Rettungsgriff über die Schulter warf. Er war so leicht. Fast mußte ich lachen, weil er so leicht war. Er schrie, ich sollte ihn herunterlassen, aber das war es gar nicht, was er wollte. In Wirklichkeit nicht. Außerdem lief ich schon auf mein Haus zu, und in seiner hilflosen Lage konnte er wenig tun.

Mit ihm auf der Schulter kam mir das Laufen leichter vor. Als ich später darüber nachdachte, blubberte die Symbolträchtigkeit in mir hoch – wenn du nur willens bist, dich selbst zu tragen ... und dergleichen Humbug mehr.

»Laß mich runter!«

»Halt den Mund und rudere.«

»Was?«

»Wie rudert man ein Boot über ein hölzernes Meer?«

»Bist du jetzt völlig ausgeflippt?«

»Nein. Die Frage hat Antonya mir vorhin im Wagen gestellt.«

»Wirklich? Das hat sie dich gefragt?«

Die Worte kamen im Rhythmus meiner stampfenden Schritte. Wirklich? – Das – hat – sie – dich – gefragt?

»Ja. Bevor du kamst. War das wirklich Antonya?«

»Weiß ich nicht. Ja, wahrscheinlich. Vielleicht war es auch einer von ihnen. Ich kann's nicht sagen.«

Ich blieb stehen. Ich spürte seine Körperwärme an meiner Wange. »Wer sind *sie?* Sag mir nur das. Wer sind *sie?*«

»Aliens.«

»Oha.«

»Ganz meine Meinung, Bruder.«

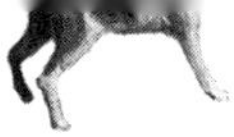

ZU HAUSE AUF DEM ELEKTRISCHEN STUHL

»Gee-Gee, möchtest du noch ein bißchen Speck?«

»O ja, Ma'am, das wär prima. Der ist lecker.«

»Ma'am klingt wie aus einem Cowboyfilm. Sag Magda zu mir. Wir sind ja praktisch verwandt. Frannie, ich komme gar nicht darüber hinweg, wie ähnlich ihr einander seid. Er könnte wirklich dein Sohn sein. Sagst du mir auch wirklich die Wahrheit über seine Herkunft?« Schäm dich, sagte das Lächeln meiner Frau, während sie drei dicke Scheiben kanadischen Speck aufspießte und Gee-Gee auf den Teller legte. Dann reichte sie ihm den Teller. Sofort schaufelte er sich eine ganze Scheibe in den Mund und schlang sie hinunter wie ein Hund, fast ohne zu kauen. Das machte sieben Scheiben Speck, die er bei zwei Mahlzeiten im Laufe von zwei Stunden vertilgt hatte. War er ein Schwarzes Loch? Wo ging das ganze Essen hin? Hatte er vielleicht mehrere Mägen, wie eine Kuh? Oder Backentaschen wie ein Hamster, wo er alles für den Winter verstaute? Hatte ich in seinem Alter wirklich so viel gegessen?

Magda und Pauline konnten den Blick nicht von ihm wenden, aus verschiedenen Gründen natürlich. Magda war völlig hingerissen von diesem Doppelgänger ihres Ehemanns, der da an ihrem Frühstückstisch saß. Im Gegensatz dazu wirkte Pauline sexuell wie vom Donner gerührt, als hätte man ihr mit einem Holzhammer auf den Kopf geschlagen. Kam auf dasselbe heraus. Draußen vor unserem Haus warteten Aliens darauf, uns zu verschlingen, aber drinnen wurde mit Volldampf gefrühstückt. Ich begriff nicht, wieso Gee-Gee auf einmal so gelassen sein konnte.

Die beiden Frauen saßen im Wohnzimmer und erwarteten uns. Ich hatte eine Million Fragen an ihn, aber ich wollte nicht vor diesen beiden Unschuldigen über kleine grüne Männchen oder über die tote Antonya reden. Sie hatten zusammen Frühstück gemacht, eine echte Seltenheit in unserem Haus und ein Zeichen dafür, daß dies ein besonderer Anlaß war. Ich konnte nur mit einem vollbeladenen Teller dasitzen, versuchen, Blickkontakt zu Gee-Gee herzustellen und zu sehen, ob er mir auf diese Weise irgend etwas mitteilen könnte. Nur einmal konnte ich seinen Blick auf mich lenken, und er lächelte, und sein Kopf tanzte einen kleinen Cha-Cha-Cha. Vermutlich sollte das bedeuten, ich solle cool bleiben und abwarten, bis der richtige Augenblick zum Reden gekommen wäre. Aber er war es gewesen, der die Schreckensnummer da draußen abgezogen hatte. Jetzt hatte er mein Angst-O-Meter in den roten Bereich getrieben (für mich eine neue Erfahrung), während er begeistert Speck und Blaubeerpfannkuchen herunterschlang.

»Frannie, wieso hast du mir nie von Gee-Gee erzählt?« Magda sah an diesem Morgen wunderschön aus, obwohl sie keine schöne Frau ist. Pauline ebenfalls. Sie waren zwei hinreißende Frauen, und ich hatte das Glück, in einem Haus mit ihnen zu leben. In dem Haus, das womöglich in diesem Augenblick von außerirdischen Eindringlingen umzingelt war, wenn man dem Speckgesicht mir gegenüber trauen konnte.

Ich schaute sie an und versuchte, mir eine glaubhafte Lüge einfallen zu lassen. »Weil seine Eltern Idioten sind und ich nichts mit ihnen zu tun haben wollte. Bis vor kurzem wußte ich nicht besonders viel von ihnen. Hey, Gee-Gee, erinnerst du dich an die *Besucher*, von denen du vorin gesprochen hast?«

Er blickte nicht mal von seinem Teller auf. »Yeah?«

»Kommen die nun her oder nicht?«

»Keine Ahnung. Kann ich noch ein bißchen Sirup haben, bitte?«

Magda bohrte nach. »Was für Besucher? Sollen wir noch ein paar Pfannkuchen machen?«

Gee-Gee wedelte mit seiner Gabel. »Ein paar Typen, die ich von woandersher kenne.«

»Von *woandersher*?« prustete ich.

»Sind das Freunde von dir?« Paulines Stimme tat einen Sprung aus ihrem Mund – kamen heute morgen etwa noch mehr Gee-Gees zu uns? Yeah, Baby!

»Mehr so Typen als Freunde, wenn du weißt, was ich meine.«

Magda schaute Pauline an, und beiden wuchs gleichzeitig das gleiche Lächeln. Boys ahoi!

Ich war so frustriert von seiner Hinhaltetaktik, daß ich nicht länger stillsitzen konnte. Da ich nichts Besseres zu tun hatte, stand ich auf und ging an die Spüle. Ich schaute aus dem Fenster und war froh, daß ich draußen nur die verrostete alte Schaukel sah und keinen E.T. Keine Fliegenden Untertassen, die in unserem Garten gelandet waren. Ich drehte den Wasserhahn auf und schaute zu, wie silbriges Wasser in die Spüle und in den Abfluß strömte. Es lief lange Zeit, bis Magda mich fragte, was ich da machte.

»Ich zähle die Moleküle.« Ich blickte nicht auf. Mir war, als müßte ich gleich platzen.

»Frannie ...«

»Es ist alles in Ordnung, Mag. Mach dir keine Sorgen um mich.«

Gee-Gee sagte: »Guck mal aus dem Fenster, Onkel Frannie.«

»Das hab ich gerade getan.«

»Dann guck genau hin. Schau dir euren Garten richtig an.«

Ich ignorierte ihn und schaute weiter das Wasser an. Ich drehte den Hahn zu. Wieder auf. Wieder zu.

»Sind deine Freunde hier, Gee-Gee?« fing Pauline wieder an. »Sind sie im Garten?«

»Nein, nein. Da draußen ist bloß etwas, das Onkel Fran sehen soll.«

Ein Stuhl scharrte über den Boden. Einen Augenblick später stand Pauline neben mir. Sie legte mir eine Hand auf die Schulter und stützte das Kinn darauf. Das Mädchen war sonst niemand, der seine Zuneigung zur Schau stellt. Vermutlich war diese Schmuserei für Gee-Gee gedacht. Mir war es egal – es war nett, sie in der Nähe zu haben. Ich legte den Kopf schräg, bis er ihren berührte. »Du riechst gut.«

»Wirklich?«

»Ja. Du riechst nach Nelken und brennendem Laub.«

»Wow, das ist eine coole Beschreibung, Onkel Frannie. Nelken und brennendes Laub. Gefällt mir sehr.«

Ich drehte mich zu Gee-Gee um. Zu meiner Verblüffung betrachtete er mich mit echter Bewunderung.

»Ich schwöre bei Gott – ich hab noch nie gehört, daß einer jemanden so beschrieben hätte.«

»Na, mein Kleiner, wenn du älter bist, werden dir sicher auch so raffinierte Sachen einfallen.«

Er grinste, und ein kleiner Kontinent aus gelbem, blau gesprenkeltem Pfannkuchen fiel ihm von der Gabel.

Pauline kniff mich in die Seite. »Das war gemein. Er wollte dir nur ein Kompliment machen.«

»Du hast recht. Leg deinen Kopf wieder an meine Schulter – das fühlt sich gut an.«

Sie tat es, und ich wandte mich wieder dem Fenster zu, um zu sehen, ob mir im Garten etwas entgangen war.

»Die Schaukel ist weg.«

»Was für 'ne Schaukel?« fragte Pauline verträumt.

»Guck weiter hin, Onkel.«

Wie ich schon sagte, hat unser Haus früher der Familie meines Schulfreundes Samuel Bayer gehört. In *deren* Garten stand während unserer gesamten Kindheit eine sterbende Schaukel in einer Ecke. Die Leute, von denen ich das Haus gekauft habe, hatten diese Schaukel abbauen lassen. Aber weil die Welt da draußen heute morgen in den sechziger Jahren existierte, schloß der Blick in den Garten auch diese rostige, braune, traurig aussehende Flugmaschine ein, die ein paar glückliche Jahre lang ungezählte Kinder fast in den Orbit befördert hatte. Der Blick *hatte* diese Schaukel eingeschlossen. Das wußte ich, denn als ich wenige Augenblicke zuvor in den Garten hinausgeschaut hatte, hatte ich sie gesehen und mich gleich daran erinnert. Und jetzt war sie weg.

»Gee-Gee, was ist los?«

»Weiter hingucken. Weiter aufpassen.«

»Ach du Scheiße!«

»Was ist los, Frannie?« fragte Magda.

»Kann ich noch ein paar Pfannkuchen haben, Tante Magda?«

»Natürlich, Honey. Alles okay, Frannie?«

»Ja.«

Die Schaukel war nicht das einzige draußen im Garten, was jetzt verschwunden war. Während ich hinausschaute, veränderte sich die ganze Landschaft. Nicht schnell wie im Zeitraffer. Aber wenn man eine bestimmte Stelle ein paar Sekunden lang im Auge behielt, sah man, wie sie und ihre Umgebung sich mehr oder minder auffällig veränderte. Hinter der Stelle, wo die Schaukel gestanden hatte, war ein Holzzaun. Ein paar Monate zuvor hatten Johnny Petangles und ich einen Sonntagnachmittag damit verbracht, ihn ziegelrot anzustreichen. In den sechziger Jahren, als die Familie Bayer hier wohnte, war der Zaun weiß. Und noch vor ein paar Minuten war er weiß gewesen, als die Schaukel davorgestanden hatte. Jetzt war keine Schaukel mehr da, und der Zaun war grün. Dann wurde er nach und nach marineblau, dann wieder weiß, dann grün in verschiedenen Schattierungen und schließlich ziegelrot. Als ich das Haus gekauft habe, war der Zaun weiß. Ich habe ihn in dieser zweiten Grünschattierung streichen lassen, und erst kürzlich war er rot übermalt worden.

Und während die Farben des Zauns wechselten, wechselten auch die Gegenstände daran und in seiner Umgebung. Das erste, was ich bemerkte, war ein großer gelber Blumentopf, der mit etwas, das aussah wie ein Stück von einem schwarzen Kleiderbügel, oben am Zaun befestigt war. Gelber Blumentopf, weißer Zaun. Der Topf verschwand, das Weiß dahinter auch. Ein silbernes BMX-Fahrrad am Zaun erschien und verschwand. Einfach so. Ein brauner Basketball kam und ging. Ein großes gelbes Dreirad. Blip blip blip – alles war ein paar Sekunden lang zu sehen und verschwand dann wieder.

Ich konnte mich kaum von diesem Schnellvorlauf losreißen und fragte Pauline, ob sie es auch sah.

»Was soll ich sehen?«

»Wie sich da draußen alles verändert.« Ich deutete hinaus. »Siehst du das silberne Fahrrad? Guck! Jetzt ist es weg.«

Pauline gab mir einen Schubs. »Was für ein Fahrrad? Wovon redest du?«

Ich sah Gee-Gee an. Er schüttelte den Kopf und formte mit dem Mund die Worte: »Sie kann nichts sehen.«

Frustriert wandte ich mich wieder dem Fenster zu. »Ach du Scheiße.«

»Warum sagst du das dauernd, Frannie?«

Weil ich vielleicht fünf Sekunden lang meinen alten Kumpel Sam Bayer gesehen hatte, wie er – etwa fünfzehn Jahre alt – splitternackt vor dem Zaun stand und auf den Rasen pißte. Ich glaube, ich lachte und schnappte nach Luft, aber ich hatte keine Zeit, darüber nachzudenken, weil es zu schnell vorbei war. Einer von diesen billigen, ebenerdigen Swimmingpools erschien. Zwei Kinder tobten darin herum und tobten dann wieder zurück in die Unsichtbarkeit.

»Das ist doch blöd«, sagte Pauline und stapfte hinaus.

Kurz darauf klingelte das Telefon. Magda ging dran. Ich hörte, wie sie die Küche verließ. Gee-Gee trat hinter mich. »Sie bringen die Welt da draußen wieder auf den heutigen Stand. Aber sie müssen es langsam tun, wie ein Taucher, der zu tief im Wasser war. Deshalb hab ich vorhin gesagt, wir müssen hierher zurück. Sie müssen alles reparieren, was Astopel versaut hat.«

»Uns kann nichts passieren, solange wir hier drin sind?«

Er schüttelte den Kopf.

»Aber wenn wir draußen wären …«

»Würden wir wahrscheinlich weggezappt. Ich schätze, das ist mit Paulines Tattoo passiert.«

Die Geschichte meines Gartens in fünf Minuten. Dreißig Jahre Geschichte von Crane's View in fünf Minuten. Was mochte in der Stadt vor sich gehen, während wir aus dem Fenster schauten? Ich hätte alles dafür gegeben, wenn ich in diesem Augenblick mitten auf der Main Street hätte stehen dürfen.

»Sie bringen die Welt da draußen wieder up to date? Auf das heutige Datum?«

»Richtig.«

»›Sie‹ heißt Aliens?«

»Richtig.«

»Wie kommt's dann, daß du noch hier bist?«

»Ich schätze, weil du mich brauchst, Onkel Frannie.«

»So nötig wie einen Hirntumor.«

Ein großer Basset kam in Sicht, sackte zu Boden, fing an, sich zu kratzen, und verschwand wieder. Voilà »Der Richter«. Der Hund gehörte der Familie Van Gelder, der das Haus vor mir gehört hatte. Er war in der ganzen Stadt berüchtigt, weil er mehrmals von Autos und Lastwagen angefahren worden war und immer überlebt hatte. Außerdem stank er wie ein Sumpf, aber das ist vermutlich der Preis, den ein Hund dafür bezahlen muß, daß er neun Leben hat. »Der Richter« starb friedlich in seinem Korb an Altersschwäche, einen Monat bevor die Van Gelders auszogen.

Als der Zaun wieder rot wurde, erschien mein antiker »Briggs & Stratton«-Rasenmäher davor. Magda kam wieder
in die Küche; sie brachte das schnurlose Telefon mit. »Das ist George. Er sagt, es ist wichtig.«

Ich nahm das Telefon. Gee-Gee kehrte zum Tisch zurück und aß weiter. »George. Was gibt's?«

»Der Hund ist wieder da, Frannie. Er sitzt neben mir.«

»Dein Hund? Chuck?«

»Chuck und Old Vertue. Sie sitzen nebeneinander in meinem Wohnzimmer. Und er lebt, Frannie. Old Vertue ist wieder lebendig. Außerdem ist hier jemand, den du kennenlernen mußt. Er hat die Hunde hergebracht. Er sagt, er kennt dich. Sein Name ist Floon.«

»Caz de Floon«, rief Floon im Hintergrund.

»Ich komme rüber.« Ich drückte auf den Knopf, der die Verbindung beendete, und ließ den Arm sinken.

»Sind Gee-Gees Freunde hier?« fragte meine schöne Frau.

»Ja. Einer ist drüben bei George. Wir gehen ihn abholen.«

Der Junge und ich standen auf der sicheren Seite der Haustür. Meine Hand lag auf dem Türknopf. Er hielt ein Zimtbrötchen in der Hand, das Magda aufgebacken hatte, damit er es unterwegs essen könnte.

»Glaubst du, es ist jetzt ungefährlich, wieder hinauszugehen?«

Er biß in sein Brötchen und mümmelte durch die klebrige Süße: »Wir haben lange genug gewartet, ob sich noch etwas verändert, nachdem dein Zaun wieder rot geworden ist. Ich würde sagen, wir sind wieder im Heute. Hey, es gibt eigentlich nur eine Möglichkeit, das herauszufinden ...«

Die Augen beinahe zugekniffen, öffnete ich die Tür. Vermutlich dachte ich, wenn draußen entweder das Ende der Welt oder die Monster aus dem Weltall auf mich warteten, dann könnte ich sie vertreiben, indem ich die Augen zumachte.

Es schien alles okay zu sein. Langsam atmete ich aus. Wie hatte Crane's View, zumindest in meiner Straße, am Tag zuvor ausgesehen? Vor dem Haus gegenüber parkte der weiße Saturn und nicht Dads Jaguar. Okay. Auf der Veranda nebenan hing die Riesenhängematte. Okay. Mein Motorrad stand wie eine niederträchtige gelbe Kröte in der Einfahrt. Okay. *All systems go.*

Langsam und voller Unbehagen stieg ich die Verandatreppe hinunter. Als ich auf der letzten Stufe, einen Schritt weit von *terror firma* entfernt, angekommen war, packte mich jemand bei der Schulter und riß mich zurück. .

»Paß auf!«

Ich war so erschrocken, daß ich vergaß, einen Herzanfall zu bekommen. Gee-Gee lachte wie ein Irrer. Ich packte seine Hand auf meiner Schulter und wollte ihn im Salto von der Veranda befördern. »Nein, nicht!« schrie er. »Mein Knie! Mein Knie ist doch kaputt!«

»Wieso zum Teufel hast du das getan? Findest du so was komisch?«

»Immer mit der Ruhe. Das war ein Spaß. Sei nicht so mies gelaunt, Mann!«

»Ich soll nicht mies gelaunt sein bei all diesem Scheiß, der hier im Gange ist? Bist du blöd?«

»Nein, Onkel Frannie. Ich bin du.«

»Na, dann benimm dich auch wie ich. Ich meine … Also, laß uns einfach losgehen und nicht weiter rumkaspern, ja?«

Pauline rief aus unserem Schlafzimmerfenster: »Wiedersehen, Gee-Gee! Bis bald!« Sie lehnte auf dem Fenstersims, und es sah *nicht* aus, als hätte sie ein Hemd an.

»Wiedersehen, Pauline! Ich bin bald zurück.«

»Laß uns die Ducati nehmen. Das geht schneller.«

Er schüttelte den Kopf. »Keine gute Idee, Boss. Besser, wir gehen zu Fuß.«

»Warum?«

»Sieh dich doch um. Sieh dir die Bäume und die Straße an. Sie sind immer noch dabei, alles ins Heute zurückzubringen, siehst du das nicht? Wir sind noch nicht komplett wieder hier.«

Nach einem heftigen Regen ist die Welt eine Zeitlang verändert. Überall satte neue Gerüche, das Gras glänzt, die Blätter an den Bäumen auch, sie tropfen und wechseln ihre Farbe. Zweige schnellen hoch, Gegenstände dampfen, Tiere kommen aus ihren Verstecken hervor und schütteln mit wilden Zuckungen das Wasser von sich … lauter kleine Dinge, aber lauter *Dinge.* Als ich tat, was Gee-Gee gesagt hatte, und die Dinge in meiner Umgebung aufmerksam betrachtete, sah ich, daß er recht hatte: Zu George zu fahren, wäre keine gute Idee. Denn wie nach einem Regenschauer schien sich auch jetzt alles um mich herum zu verändern. Die Aliens *hatten* uns wieder in die richtige Zeit zurückgebracht, das stimmte. Aber sie waren noch nicht fertig, und das wurde jetzt deutlich.

Zuerst fiel mir auf, daß ein langer schwarzer Riß in der weißen Wand eines Nachbarhauses langsam verschwand, wie wenn jemand ein Spaghetti in den Mund saugt. Als nächstes erschienen zwei dicke, weiß angestrichene Felsblöcke an der Einmündung zu jemandes Einfahrt. Einen Augenblick zuvor waren sie noch nicht dagewesen. Ich kannte diese Details –

ich sah sie jeden Tag, aber sie waren so trivial gewesen, so sehr Teil des öden Einerleis meines Lebens, daß ich nie weiter darüber nachgedacht hatte. Erst jetzt wurden sie wichtig, als sie buchstäblich wieder in eine Welt gesetzt wurden, die ich zu kennen geglaubt hatte. Wie heißt die berühmte Redensart? »Gott steckt im Detail.« Amen.

Wenn wir mit meinem Motorrad zu George gefahren wären, hätten wir eine verdammt gute Chance gehabt, unterwegs in ein Schlagloch zu fallen, das vor zwanzig Jahren dagewesen war und das ein vergeßlicher Alien vergessen hatte, wieder aufzufüllen.

Obwohl wir unbedingt schnell zu George kommen mußten, schauten wir uns immer wieder um.

»Schau dir die Telefondrähte an.«

»Und den Baum da, die weiße Birke. Vor einer Minute war sie noch halb so groß.«

»Gerade haben sich die Vorhänge verändert.«

Diese Veränderungen gingen immer weiter, fast immer geringfügig, aber überall und anscheinend an allem.

»Ist ja irgendwie cool. Diese Typen kümmern sich wirklich um alles.«

»Gee-Gee, hast du sie schon gesehen? Ich meine, wirklich gesehen?«

Er zögerte; anscheinend mußte er abwägen, was er sagen konnte und was nicht. »Yeah, hab ich. Deshalb hab ich dich aus dem Wagen geholt und nach Hause gebracht – sie haben gesagt, ich sollte es tun. Und sie haben mir auch gesagt, ich soll die Klappe halten, wenn du Fragen stellst. Und nachdem ich gesehen hab, was sie hier zustande bringen, werde ich nicht ungehorsam sein, darauf kannst du deinen Arsch verwetten.«

Auf halbem Wege zu Georges Haus hatte mein junges Ich eine neue Offenbarung. »Ich muß dir was sagen. Und ich glaube, es wird dir nicht gefallen.«

Ich hatte mich gerade gefragt, was passieren würde, wenn man einem Alien mit der chemischen Keule ins Gesicht (in die Gesichter?) sprühte. Ein Vogel flog quer über unseren

Weg und verschwand. Tschilp tschilp – und weg. »Himmel, hast du den Vogel gesehen?«

»Ja. Hör mal, ich glaube, ich bin scharf auf Pauline.«

Schweigen. Weitergehen.

»Hast du gehört?«

Schweigen.

»Komm schon, Mann, sag was.«

Ich deutete mit steifem Zeigefinger auf ihn. »Je mehr einer weiß, desto schweigsamer wird er.«

Er stieß einen Pfiff aus. »Das ist ein cooler Spruch. Hast du dir den gerade ausgedacht?«

»Nein, Gee-Gee, den hab ich gelesen. Und an irgendeinem Punkt in deinem Leben wirst du erkennen, daß Bücher cool sind und daß tough sein dumm ist. Ob du es glaubst oder nicht, du wirst das eine für das andere aufgeben. Du kannst eine Menge Zeit sparen.«

»Sag noch einen. Zitier noch was, was du gelesen hast.« Er meinte es ernst. Sein Gesicht, voller Staunen, bettelte: »Erzähl schon, bitte.«

»Hier ist einer, der auf diesen Augenblick paßt: ›Ich gehe auf die Suche nach einem großen Vielleicht.‹ Die letzten Worte eines berühmten Schriftstellers.«

Die Hände in den Taschen, humpelte er neben mir her und paßte seinen Schritt an meinen an. »Soll das so was heißen wie: Keiner weiß, was der Tod ist, aber ich werd's herausfinden?«

»Oder: Ich sterbe, und mir bleibt nichts anderes *übrig*, als es herauszufinden.«

»Ja, das meine ich ja.«

»Wir müssen hier nach rechts.«

»Ich kann nicht fassen, daß du mit George Dalemwood befreundet bist. Der Typ war ein Spasti.«

»Und du warst ein sadistisches, dummes, tyrannisches Arschloch. Warum hast du mir keine einzige Frage gestellt, Gee-Gee? Ich stehe vor dir und bin die Zukunft, aber du hast mich nicht ein einziges Mal gefragt, wie mein Leben ist. Warum nicht? Interessiert es dich nicht? Bist du kein bißchen neugierig?«

Jetzt schwieg er. Wir gingen weiter. Zweimal wandte er den Kopf und schaute mich an, aber lange Zeit sagte er nichts.

»Sie haben mir etwas erzählt. Sie haben gesagt, ich soll es dir nicht verraten, weil es dich beeinflussen könnte, in dem, was du tust. Aber ich will es dir erzählen.«

»Dann erzähl's doch. Was ist es denn?«

»Sie haben gesagt, wenn das hier vorbei ist, und wenn alles klappt und richtig läuft, dann werde ich in meine Zeit zurückgeschickt und habe keine Ahnung, daß es passiert ist. Ich werde mein Leben leben, so wie Du es schon getan hast, und am Ende bin ich … wie Du.« Er machte ein unglückliches, ungeduldiges Gesicht.

»Und davor graut dir?«

»In Crane's View bleiben? Magda Ostrova heiraten? Ich hatte gehofft, es gibt vielleicht ein bißchen mehr.«

»Weiße Flokati-Teppiche in einer Junggesellenbude in L.A. zum Beispiel? Aber es *gibt* mehr. Zuerst gehst du nach Vietnam …«

Er zog den Kopf ein. »Nein, danke.«

»Sei still und hör dir an, wie dein Leben verläuft, zumal wenn du es nachher wieder vergißt. Nach Vietnam wirst du um die ganze Welt reisen. Dann gehst du auf ein sagenhaftes College in Minnesota.«

»Minnesota! Bist du wahnsinnig? Da draußen haben sie im Winter tausend Grad unter Null.«

»Psst. Du wirst dort deine erste Frau kennenlernen. Sie ist eine schöne Frau, die in Hollywood als Produzentin einen Haufen Geld machen wird. Einen ordentlichen Batzen von dieser Kohle wirst du bekommen, weil du die Idee zu einer mittelmäßigen Fernsehshow hast, die sehr erfolgreich sein wird. Du wirst Geschmack am Leben in L.A. finden, aber es wird dich versauen. Wenn du genug davon hast, kommst du hierher zurück, und zum ersten Mal in deinem Leben bist du wirklich glücklich. Kein übles Resümee. Also mach dir keine Sorgen; es gibt 'ne Menge, worauf du dich freuen kannst, glaub mir.«

»Ist das nicht dein Hund da oben?«

Der Anblick von Old Vertue, wie er die Straße herunter auf uns zugehinkt kam, war kein Schock. Es waren schon merkwürdigere Dinge passiert. Ein Schock war die Tatsache, daß der Hund viel größer war als beim letzten Mal. Größer, als ich ihn überhaupt irgendwann gesehen hatte. Und noch etwas: Er bewegte sich zu schnell. Wie konnte er auf nur dreieinhalb Beinen so schnell laufen?

»Dieser häßliche Köter sieht nicht freundlich aus, und er ist anscheinend auch *nicht* froh, dich zu sehen, Onkel Fran. Scheiße, ich glaube, wir sollten einen Schritt zulegen.«

Vertue kam geradewegs auf uns zu; sein Schwanz wedelte zu schnell, und sein Kopf war gesenkt. Und er bewegte sich verdammt schnell, viel zu schnell. Viel schneller als noch einen Augenblick zuvor. Ohne sich umzuschauen, ob ein Auto kam, lief Gee-Gee auf die Straße und sprintete hinkend auf die andere Seite. Ich zögerte, denn ein Teil meiner selbst wollte diesen Hund aus der Nähe sehen. Als ich ihn das letzte Mal gesehen hatte, hatte Astopel gesagt, Vertue sei George. Was war er jetzt? Warum war er so viel größer? Er fing an zu knurren. Es war sehr laut.

»Mach, daß du wegkommst. Der beißt dich.« Gee-Gee war klugerweise auf das Dach eines glänzend schwarzen Audi TT geklettert. Ich hätte am liebsten gelacht – der Eigentümer dieses netten kleinen Wagens würde *ziemlich* sauer sein. Aber ich lachte nicht, denn als ich wieder zu dem Hund hinüberschaute, hatte er den Abstand zwischen uns halbiert und kam schnell näher.

Bist du in Rom, benimm dich wie ein Römer. Vor mir stand ein alter VW-Bus. Die Karre war sehr hoch und hundertprozentig Vertue-sicher, wenn es mir bloß gelänge, meinen Arsch auf das Dach hinaufzuhieven. Aber es ist verdammt schwer, auf einen alten VW-Bus zu klettern. Man kann nirgends seine Füße draufstellen, sich nirgends festhalten oder …

Klack-klack. Das war das Geräusch, das die Kiefer des Hundes machten, als sie durch die Luft nach mir schnappten. Hatte ich diesem dämlichen Vieh nicht das Leben gerettet, bevor es starb? Und es zweimal ordentlich bestattet, auch wenn es nicht bestattet bleiben wollte? War das Dankbarkeit? Die Bestie war (wieder mal) von den Toten auferstanden und versuchte mich anzufallen. Und wie es springen konnte! Während ich auf das Dach des VW kraxelte, sprang das Tier wie ein Basketballprofi nach meinem Arsch.

Gee-Gee stand auf dem Dach des einen Wagens, ich auf einem anderen. Ich stand höher, sein Wagen hatte mehr Klasse. Die Höhe war mir lieber. Unterdessen äugte der Hund zu mir herauf, als wäre ich die Anchovis-Pizza, die er bei Domino's geordert hatte.

Frustriert warf ich die Hände in die Luft. »Was sollen wir jetzt machen?«

Vertue knurrte und klackte noch ein bißchen.

»Rufen wir doch die Polizei«, sagte der Klugscheißer auf seinem Audi und grölte ein dickes, fettes, gekünsteltes Lachen.

Das inspirierte Old Vertue, und er fing wieder an zu springen. Er kam bedrohlich höher und höher.

»Der wird dich beißen, Boss. Seine Zähne machen *klack-klack*. Laß dir lieber schnell was einfallen.«

»Was denn zum Beispiel?«

»Warum schießt du ihn nicht ab? Hast du deine Waffe dabei?«

»Man kann diesen Hund nicht umbringen. Er ist schon zweimal gestorben, seit ich ihn kenne.«

Er hörte nicht auf zu grinsen. »Vielleicht hast du beim dritten Mal Glück.«

»Gee-Gee, hilf mir hier raus, ja? Sei nicht den ganzen Tag so ein Knallkopf. Hilfst du mir, hilfst du dir selbst, vergiß das nicht.«

»Wie heißt er?«

»Old Vertue.«

»Was ist denn das für ein Hundename? Vertue! Komm her, mein Junge.«

Der Hund rührte sich nicht. Jetzt sabberte er. Sabberte und *klackte*. Man sah sein Zahnfleisch. Es glänzte rosa wie Bubblegum.

»Wir müssen hier weg. Wir müssen rüber zu George und sehen, was mit ihm los ist.«

»Na, aber wir haben weder Stelzen noch einen Heißluftballon.« Er überschattete seine Augen mit der flachen Hand und tat, als spähe er zum Horizont. »Keine Leiter in Sicht. Wär schön, wenn's hier ein Hochseil gäbe, aber auch das gibt's nicht.«

»Ich danke dir für diese Information.«

»Aber bitte. Weißt du, was das für ein Hund ist? Das ist ein HUHUHU.«

»Soll heißen?«

»Soll heißen, daß die meisten Hunde einfach *Hunde* sind, verstehst du? Nichts weiter. Hunde-Hunde. Aber der hier, das ist mal ein hundsgemeiner Hunde-Hund. Ein HUHUHU.«

Klack-klack. Ich schaute hinunter in Vertues Bubblegum-Schnauze und bemerkte zum ersten Mal, daß seine Zähne braun wie Tabak waren. Rosa und braun und glitzernd. *Klack-klack.*

»Hey, Onkel Fran?«

»Was?«

»Ich hab 'ne Idee.«

Ich richtete mich auf und schaute zu ihm hinüber. »Ja?«

»Wir fliegen.«

»Das ist brillant. Womit?«

»Wir fliegen einfach, Mann. Alles andere hier ist doch auch verrückt, oder? Wieso können wir dann nicht fliegen? Wieso können wir nicht einfach von diesen Dächern springen und fliegen? Wer sagt, daß es nicht klappt, wenn wir es versuchen?«

»Die Schwerkraft.«

»Hör mal, *Zio*, seit ich hier bin, ist es, als säße man auf dem elektrischen Stuhl und kriegte den ganzen Tag fünftausend Volt durch den Kopf gejagt. Das hat alles verschmort, aber unser Gehirn ganz besonders. Also sage ich, wir versuchen's einfach und sehen, was passiert. Wir haben immer wieder gesehen, das alles möglich ist. Also machen wir uns das zunutze. Die ganze Welt um uns herum ist verrückt. Du und ich, wir sind gleichzeitig hier. Ist das nicht verrückt? Wir machen Zeitreisen. Der tote Hund steigt aus dem Grab. Vögel verschwinden vor unseren Augen aus der Luft. Warum sollen wir nicht fliegen? Wenn wir fliegen wollen, versuchen wir's. Wenn's nicht klappt, klappt's nicht. Wieso nicht?«

Ich war es, der da redete, aber ein Ich, dem ich seit Jahren nicht mehr begegnet war. Das Ich, das an »Warum nicht?« glaubte. Nicht an »Ausgeschlossen«, »Geht nicht«, »Kein Ausgang« oder »Nein. Punkt.«

Mein Mittvierziger-»Diese Idee ist lächerlich«-Ich wollte aufstehen und das Kino verlassen. Aber der ganze Rest schrie es an, es solle sich wieder hinsetzen und den Film bis zum Ende anschauen. Warum nicht fliegen? *Warum nicht?*

»Also los.«

Gee-Gee grinste wie ein Halloween-Kürbis und klatschte zweimal in die Hände. »Ausgezeichnet.« Ohne einen Augenblick zu zögern streckte er die Arme aus, als wolle er einen Kopfsprung ins Wasser machen. Dann sprang er vom

Dach seines Audi. Und schlug eine Sekunde später auf dem Boden auf, brüllend vor Schmerz. Old Vertue schaute ihn an und dann wieder zu mir herauf, gerade als ich vom Dach des VW-Busses segelte – und flog.

Könnte ich Ihnen beschreiben, wie es war zu fliegen? Gewiß. Werde ich es tun? Nicht in einer Million Jahren. Aber ich sage Ihnen was anderes: Erinnern Sie sich an den besten Kuß, den Sie je erlebt haben? Wie plötzlich alles Geräusch, alles Leben, alle Materie verschwand? Wie sich für diesen heiligen Augenblick Ihr ganzes Leben auf Ihren Lippen konzentrierte? Das ist ein Teil dessen, was ich empfand, als ich begriff, daß es passierte, daß es Wirklichkeit war.

Ich flog wie ein Astronaut auf dem Mond. Der Sprung vom Wagendach ließ mich drei Meter über dem Boden vorwärtsschweben. Langsam sank ich hinab. Als ich den Boden berührte, stieß ich mich mit einem Fuß ab und stieg sofort wieder in die Höhe, in der ich gewesen war. Schwebte sanft vorwärts und flog … gewissermaßen.

»Du Mistkerl, du Mistkerl, du bist oben! Es funktioniert! Ich hab's ja gesagt. Ich wußte, daß es funktioniert. Verdammt, laß mich in Ruhe, Hund!«

Gee-Gee rannte unten hinter mir her und wedelte aufgeregt mit den Händen. Ein paar Augenblicke lang glitt mein Schatten tatsächlich über ihn und die Erde hinweg, als wäre ich ein Flugzeug, das sein dunkles Abbild herabwirft. Er schrie, als Old Vertue gegen sein Bein prallte und ihn zum Stolpern brachte. Als ich zu meiner ersten Landung herunterkam, ungefähr fünfzehn Meter weit von meinem Startplatz entfernt, sah ich, wie der Junge dem Hund mit voller Wucht gegen den Kopf trat. Orangegelber Cowboystiefel gegen Hundeschädel. Resultat? Unentschieden. Vertue blieb stehen und schüttelte zweimal den Kopf. Das gab mir genug Zeit, mich wieder abzustoßen, und Gee-Gee konnte weiterlaufen.

»Jetzt hast du's raus, Onkel. Ganz klar, du bist in der Luft!«

Ich wandte mich im Fluge halb um und sah nach Old Vertue. Er hielt jetzt Abstand, hatte aber keineswegs vor, die Verfolgung aufzugeben. Als ich mich wieder umdrehte, spürte ich, wie mein Körper zu sinken begann. Aber jetzt hatte ich den Bogen raus, und als ich den Boden berührte, war es nur das – eine Berührung. Ich stieß mich ab und war wieder oben.

»Das ist so was von cool! Du *fliegst!*«

»Das hast du geschafft, Gee-Gee. Wenn du nicht gesagt hättest, ich soll es versuchen, wäre es nie dazu gekommen.«

»Ja, ja, ich weiß. Aber wen interessiert, wie es gekommen ist? Es ist einfach so verdammt cool!«

Das stimmte. Aber was sollte ich tun, wenn ich Georges Haus erreicht hätte – außer landen? Floon war da, George war da, und Vertue war hier und wollte mich beißen, während ich versuchte, dort hinzukommen …

Als hätte er meine Gedanken gelesen, fragte Gee-Gee von unten: »Was machen wir, wenn wir bei den Dalemwoods sind?«

Bevor ich antworten konnte, sah ich einen Jogger, der

uns auf dem Bürgersteig entgegenkam. Ich fing an zu lächeln. Wie würde er wohl reagieren auf einen Mann, der wie ein Papierdrachen am Himmel schwebt, einen Jungen in dreißig Jahre alten Kleidern und mit einer schlechten Elvis-Frisur, der hinterherlief, und einen Hund mit drei Beinen, nur einem Auge und einer Schnauze, die dauernd *klack-klack* machte? Das würde ein Fest werden.

Er hatte einen dieser lächerlichen Jogginganzüge an, die kein richtiger Jogger jemals tragen würde, ein Verkehrschaos von schreienden Farben, die allesamt dadurch noch häßlicher wurden, daß sie einander überlagerten. Welcher Mensch würde sich solche Sachen kaufen? Etwas Ähnliches hatte ich vor kurzem schon einmal gesehen, aber das fiel mir erst später auf. Als ich Gelegenheit hatte, über die Details nachzudenken.

Ich war so fasziniert, daß jemand uns drei jetzt so sehen konnte. Ich war so erpicht darauf zu sehen, wie er auf dieses absurde Bild reagieren würde. Ich hatte nur noch Augen für die Tatsache, daß ein Mann im Jogginganzug auf uns zukam – und was würde er denken?

Er erschoß zuerst den Jungen. Der Mann erschoß Gee-Gee.

Drei Meter vor uns griff er lässig in die pink-auf-gelb leuchtende Tasche und zog eine Pistole. Ich sah es, begriff es und sog das Bild langsam in mein träges Hirn. Drei Meter hoch über dem Boden war ich außerstande, etwas zu unternehmen. Ich schrie: »Eine Pistole! Paß auf, er hat eine Pistole!«

Mit ausdruckslosem Gesicht zielte Caz de Floon auf Gee-Gee und schoß ihm in den Hals, in die Brust, in den Bauch. Der Junge brach zusammen und war tot, bevor er auf dem Gehweg lag. Floon wandte sich Old Vertue zu und schoß ihm durch den Kopf.

Peng peng peng.

DIE KARTOFFEL DER RATTE

Bestimmt fiel ich im selben Moment vom Himmel, als Gee-Gees Herz aufhörte zu schlagen. Denn als er starb, starben auch das »Warum nicht?« und der neuerwachte Sinn für das Wunderbare, den er mir zurückgegeben hatte. Ich erinnere mich nicht, wie ich fiel, und nicht einmal, wie ich auf den Boden aufschlug, so entsetzt war ich über das, was passiert war.

Mit hängenden Armen stand Caz de Floon da, genau so, wie ich ihn in Wien gesehen hatte, und schaute gleichmütig die beiden Toten an. Ich rappelte mich auf, blieb aber, wo ich war. Ich hatte keine Ahnung, was er als nächstes tun würde. Vielleicht würde ich auch sterben.

»*Warum?* Warum haben Sie das getan, Floon?«

»Mir gefällt die Zukunft nicht, in der ich gelebt habe, Frannie. Ich will eine andere. Mußte ein paar Veränderungen vornehmen. Sie hatten einen unfairen Vorteil mit diesen beiden. Ich weiß, wer der Junge war.« Er deutete auf den toten Hund. »Jetzt wird es anders aussehen.«

»Wie sind Sie hierher zurückgekommen?«

»Das weiß ich nicht. Göttliche Intervention – *manus e nubibus* – die Hand aus den Wolken. Ich nehme an, jemand Mächtiges will mich hier haben. Auf die gleiche Weise haben sie auch den Jungen hergebracht, damit er Ihnen hilft.«

Ich erinnerte mich, wie Gee-Gee gesagt hatte, Astopel habe einen Fehler gemacht, als er mein Leben manipulierte. Denn das Ergebnis war, daß jetzt alles passieren konnte. Floon mit einer Pistole in der Hand war der unmittelbare Beweis dafür.

»Aber Sie haben sie umgebracht. Wozu? Wissen Sie, wer sie waren?«

»Ja, George hat es mir erklärt. Ich habe Ihnen gerade gesagt, warum, McCabe. Von jetzt an werde ich Ihnen so nah sein wie die Ader an Ihrem Hals. Oder Ihr Auge in seiner Höhle.«

»Oder die Scheiße in meinen Eingeweiden. Legen Sie die Waffe weg, und wir können uns *wirklich* nahe kommen, Caz. Ich gebe Ihnen einen Zungenkuß, während ich Ihnen das Hirn rausschneide.« Ein übler Gedanke fing in meinem Kopf an zu blinken. »Wo ist George?«

Floon zog die Stirn kraus und klang überrascht. »Zu Hause. Wo sollte er sonst sein?«

»Sie haben ihm nichts getan?«

»Nein. Ich brauche ihn. Ich brauche George und Sie, aber ich weiß noch nicht, wofür. Wenn ich es weiß, werden wir sehen. Aber folgen Sie mir jetzt nicht, denn sonst werde ich Sie augenblicklich erschießen. Das wissen Sie?«

»Ja, Floon, das weiß ich.«

»Seien Sie nicht traurig, wenn ich weg bin. Ich werde immer in Ihrer Nähe sein. Und ab und zu sehe ich nach Ihnen.« Seine Stimme klang fröhlich und gutmütig.

»Was haben Sie vor?«

»Werde jetzt hier ein paar Dinge verändern. Damit das Leben noch netter wird, als es bisher war.«

»Für Sie. Nicht für sonst jemanden.«

»Natürlich für mich, Frannie. Zumindest bin ich ehrlich dabei.«

Angewidert wandte ich mich ab und schaute zu Gee-Gee hinüber, um mir noch einmal vor Augen zu führen, daß es wirklich passiert war. Aber sein Leichnam war verschwunden und der Hund ebenfalls.

Floon muß gesehen haben, wie meine Miene sich veränderte; er zielte mit der Pistole auf mich, schaute hinüber und fing an zu lächeln. »Ah, das ist rücksichtsvoll. Sie haben Ihnen die Mühe erspart, Ihren Kollegen von der Polizei zwei Leichen zu erklären.«

»Wer tut das alles, Floon? Wissen Sie das? Haben Sie Astopel kennengelernt?«

»Nein. Aber ich vermute: Gott. Und wenn ja, dann gefällt mir diese Gottheit. Vielleicht hat Er beschlossen, sich mal wieder einzumischen. Wäre das nicht interessant? Bis später.« Er winkte mit der Pistolenhand und ging davon.

Als er weg war, stand ich stocksteif da und hatte keine Ahnung, was ich als nächstes tun sollte. Das Nächstliegende war, zu George zu gehen und zu sehen, ob er wohlauf war. Stattdessen starrte ich auf die Stelle, wo der Junge und der Hund gelegen hatten.

Für mich war er immer der Junge gewesen, der Nervtöter oder Gee-Gee. Jetzt, da er weg war, erinnerte ich mich – falls es das richtige Wort ist –, daß er ich war. Und er war tot. Dieses Ich gab es nicht mehr, und ich war sicher, daß es noch Dinge gab, die er mir hätte zeigen können und nun nie mehr zeigen würde.

Ich war wieder in meiner eigenen Zeit und hatte allzu viele Informationen zu schlucken und keine Zeit, sie zu verdauen. Bestimmt hatte ich nur noch ein paar Tage Zeit, um zu vollbringen, was immer ich hier erreichen sollte. Ich konnte nicht in die Zukunft zurückkehren, um mich noch einmal umzuschauen, denn der Zauberspruch »Löcher im Regen« hatte nicht funktioniert. Ich konnte Astopel und Gee-Gee keine Fragen mehr stellen. Und das Sahnehäubchen auf diesem Misthaufen war, daß Floon im Hier und Jetzt frei herumlief und bestimmt noch weitere Verwicklungen anrichten würde. Ich konnte nur hoffen, daß er mir nicht in die Quere kam, während ich versuchte herauszufinden, was zu tun war.

»Hey, Frannie, wieso hat der Typ mit 'ner Pistole auf dich gezielt?«

Johnny Petangles ist ein großer, fetter Mann. Er lebt von »Burger King«-Whoppers und Süßigkeiten. Körperlich sieht er seit fünfzehn Jahren unverändert aus. Es gibt Leute in unserer Stadt, die ihn für eine Art weisen Narren halten. Ich habe keine Ahnung. Johnny hat nur eine einzige ungewöhnliche Leistung vollbracht, an der man erkennen kann, daß er mehr als nur leicht zurückgeblieben ist: Er kann Jahrzehnte der Fernsehwerbung auswendig – und das ist kein Talent, mit dem man einen Job im Weißen Haus oder bei Microsoft bekommt. Seit dem Tod seiner Mutter vor einigen Jahren habe ich ein Auge auf ihn. Das ist nicht schwer, denn die meisten Leute in Crane's View tun das ebenfalls. Wir geben ihm zu essen, wenn er es annimmt, wir geben ihm kleine Jobs, damit er seine Hamburger und seine Arnold-Schwarzenegger-Videos bezahlen kann, und haben ihn einfach unter unsere Fittiche genommen. Er ist vielleicht kein Raketenwissenschaftler, aber er ist unser Johnny, und das genügt. Ich habe mich immer bemüht, ihn so anständig zu behandeln, wie ich kann.

»Wo kommst du her?«

»Mrs. Darnell hat mir Zimttoast zum Frühstück gemacht. Das war nett von ihr, stimmt's?«

»Ja, das war's. Er ist ein böser Mann, Johnny. Er heißt Floon. Wenn du ihn in der Stadt siehst, halte dich von ihm fern.«

»Solltest du ihn nicht verhaften? Er hat dich mit der Kanone bedroht.« Johnny liebt Filmsätze wie »mit der Kanone bedroht«. Manchmal, wenn er ein Video anschaute und so einen Satz hörte, schrieb er ihn mühsam mit Großbuchstaben auf einen Block, den er neben dem Fernseher aufbewahrte.

»Später vielleicht. Jetzt noch nicht.«

»Okay. Aber willst du, daß ich ihm folge? Ich könnte einen Geheimbericht machen, in dem steht, wo er hingeht.«

Mein erster Impuls war, ihm zu sagen, das solle er vergessen, aber dann hielt ich inne. Was konnte es schaden? Selbst wenn Floon ihn bemerkte, brauchte er ja nur zwei Minuten mit ihm zu reden, um zu erkennen, daß an seinem geistigen Schweizer Messer ein paar Klingen fehlten. Wer konnte sich von einem fetten Schwachsinnigen bedroht fühlen, der Isuzu-Reklamespots aufsagt? Was Floon nicht wußte, war, daß John, wenn er sich erst einmal etwas in den Kopf gesetzt hatte, so hartnäckig sein konnte wie ein Mungo, der gegen eine Kobra kämpft. Warum sollte er Floon also nicht beschatten?

»Du müßtest aber sehr gut aufpassen, Johnny. Wenn er dich sieht, macht er vielleicht großen Ärger.«

Johnny lächelt nie, aber jetzt tat er es doch. »Ich kann mich gut verstecken. Ich hab mich immer vor meiner Mutter versteckt, und sie hat mich nie gefunden. Vor ihm versteck ich mich einfach auch. Paß nur auf – ich wette zehntausend Billionen Dollar, daß der Typ mich nie sieht.«

»Ist gut, John, aber sei vorsichtig. Mach keine Dummheiten.«

»Ich bin ein bißchen dumm, Frannie, aber nicht im Verstecken.« Er lächelte immer noch, als er ging.

So viel war in den letzten paar Stunden passiert – es war ein Wunder, daß ich auf zwei Beinen Georges Haus erreichte, statt auf allen vieren zu kriechen. Mein Gehirn fühlte sich an, als wäre es von Dämonen im LSD-Rausch gefickt und dann weggeworfen worden. Als ich seine Straße erreicht hatte, ging ich schneller und immer schneller, ohne es zu merken. Ich wollte meinen Freund George Dalemwood sehen, einen realen, soliden Menschen, einen wichtigen Bestandteil des Lebens, das ich noch vor wenigen Tage so seelenvergnügt für selbstverständlich gehalten hatte.

Ich stieg die Verandatreppe hinauf und drückte auf den Klingelknopf. Niemand öffnete, aber das war nichts Besonderes. Auch wenn er zu Hause war, ignorierte George das Läuten des Telefons oder der Türglocke häufig. »Sie wollen mich«, sagte er sich wahrscheinlich, »aber ich glaube nicht, daß ich sie will, egal, wer es ist.« Und dann machte er weiter mit dem, was er gerade tat, ohne auf die Glocke zu achten, die tadelnd im Hintergrund lärmte.

Bevor ich es noch einmal versuchte, ging ich ein paar Stufen hinunter und schaute zum Dach hinauf. Da hatte er ja auch neulich gesessen, als meine Welt noch einfacher gewesen war – eine Welt, in der »nur« tote Hunde wiederauferstanden waren, nicht aber Versionen meiner selbst aus Vergangenheit, Gegenwart und Zukunft. Die dann von holländischen Industriellen aus dem einundzwanzigsten Jahrhundert erschossen wurden.

Mein Freund hockte heute nicht auf dem Dach, aber während ich noch hinaufschaute, hörte ich etwas, das mein

Herz beruhigte. George ist ein außergewöhnlich guter Gitarrist. Er ist ein solches Original, daß so etwas eigentlich keine Überraschung sein dürfte, aber es ist doch eine. Und wenn man seinen seltsamen, konservativen Geschmack kennt, würde man erwarten, daß er nur klassische Musik spielt, aber das tut er nicht. Er kann alles von Mozart bis zu den Beatles und macht verdammt gute Imitationen von Michael Hedges und Manitas de Plata. Er übt mindestens zwei Stunden täglich auf der schönsten Gitarre, die ich je gesehen habe. Ich würde dieses Instrument schon um seines Namens willen lieben: Es ist ein sehr seltenes Modell namens »Church Door«, Kirchentür. Als ich George einmal fragte, was sie gekostet habe, schluckte er heftig und wurde beiläufig. »Fünfstellig«, sagte er nur. Aber sie ist es wert. Er behandelt diese Holzkiste, als ob er sie liebkose, und vielleicht tut er das auch.

Ich stand mit einem Fuß auf der Verandatreppe und hörte, wie er Scott Joplins »Bethena« spielte, einen Walzer von dunkler Schönheit und eines seiner liebsten Stücke. Ich

prustete leise und erleichtert. Die Musik verriet mir, daß er wohlauf war. George spielte je nach Stimmung bestimmte Stücke. Ich wußte, daß Bethena dran kam, wenn er in seiner Arbeit festsaß und sich einen Ausweg überlegte. Normalerweise bedeutete das Stück, daß man sich besser fernhielt. Es war entschieden kein Spaß, mit George zusammen zu sein, wenn er etwas zu durchdenken hatte. Aber heute würde er seine Kirchentür aus der Hand legen und mir zuhören müssen.

Die Musik schwebte hinter dem Haus hervor. Ich machte mich auf den Weg nach hinten. George saß mitten im Garten auf dem Boden, die Gitarre zwischen den Knien. Ein unberührter »Mars«-Riegel lag neben ihm. Musik erfüllte die Luft. Chuck, der Dackel, saß da und starrte sein Herrchen an, wie der Hund auf dem RCA-Label das Grammophon anstarrt.

»George?«

Er blickte zu mir auf und lächelte. Der Hund kam auf mich zugelaufen, um Hallo zu sagen. Ich bückte mich und hob ihn auf, und er attackierte mein Gesicht mit heißer, hastiger Zunge. »Schön, daß du wieder da bist, Chucky.«

George hörte es, und sein Lächeln wurde breiter. »Hast du Caz de Floon gesehen? Hat er dich gefunden?«

»Ja, Caz hat mich gefunden.« Ich ging zu ihm, den Hund auf dem Arm – ein warmes Bündel, den ganzen Weg zappelnd und küssend. George spielte zwei Akkorde – eine Auflösung – und legte die Gitarre weg.

»Wann ist Chuck wieder aufgetaucht?«

»Caz hat ihn gebracht. Er sagte, er sei ein Geschenk für mich. Es ist so viel passiert, Frannie.«

»Ich weiß.«

Es dauerte eine Weile, bis er wieder sprach. »Und du hast mit Floon gesprochen?«

»Allerdings.«

»Wie fandest du ihn?« Das war eine unglaubliche Frage, denn George fragte einen sonst niemals, niemals, was man von jemandem hielt, weil es ihm egal war. Die Leute ebenso wie das, was man von ihnen hielt. Als Faustregel konnte gelten, daß George Dalemwoods Interesse an der Menschheit ungefähr so groß war wie das des Durchschnittsmenschen am Feldspat.

Ich setzte mich zu ihm und ließ Chuck wieder laufen. Er ging zu George, rollte sich zufrieden neben ihm zusammen und schloß die Augen. »Wie ich Floon fand? Ich kannte ihn schon.«

George riß das Papier von seinem Mars herunter. »Ich auch.«

Ich schoß hoch. »Du kanntest Floon schon?«

»Er sagt, ja.« Er biß in den Schokoriegel. Ein dünner Faden von hellbraunem Karamel rollte herab und umschlang seinen Daumen. Er leckte ihn ab. »Er sagte, wir hätten uns kennengelernt, als er um die dreißig war.«

»Wie?«

»Angeblich hat er mich beauftragt, die Gebrauchsanweisung für etwas zu schreiben, das er erfunden hatte.«

Ein warmer Windstoß ergriff das braun-rote Mars-Papier

und wirbelte es in die Luft. Ich fing es ein. »Erinnerst du dich an ihn?«

»Du hast die schnellsten Hände, die ich je gesehen habe, Frannie. Du solltest wirklich ein Instrument spielen.«

»Stimmt es, daß er dich engagiert hat, George?«

»Nein, ich hab ihn noch nie gesehen. Und obwohl mein Gedächtnis ausgezeichnet ist, habe ich zur Sicherheit in meinen Unterlagen nachgesehen. Ich habe nie für jemanden namens Floon gearbeitet.«

»Dann lügt er?«

»Er ist nicht der Meinung. Außerdem wußte er genau, wer ich war, und kennt bestimmte Teile meines Lebens. Er hat alte und obskure Arbeiten von mir zitiert.«

»Die kann er irgendwo gefunden haben.«

»Sicher, aber die Bandbreite dessen, was er wußte, war schon beeindruckend. Er muß eine Menge Hausaufgaben gemacht haben, um all das herauszufinden. Möchtest du etwas von meinem Mars?«

»Nein. Also, Floon steht vor deiner Tür mit Chuck im

Schlepptau, um dein Vertrauen zu gewinnen. Er sagt dir, wer er ist, und sagt, daß du mal für ihn gearbeitet hast. Wußtest du, daß er eine Waffe hat?«

»Jeder hat heutzutage eine Waffe, Frannie. Das hast du selbst gesagt. Deshalb hast du mir ja auch eine gegeben.« Er hielt dem Hund ein Stück Schokolade hin; der schnupperte daran und wandte sich dann ab. Achselzuckend steckte George sich das Stück selbst in den Mund.

»Ich muß dir erzählen, was mir passiert ist. Danach wirst du die Dinge anders sehen.«

»Kann sein, aber Floon hat mir schon eine Menge erzählt.«

Darüber war ich sauer, und es war meinem Ton anzuhören. »Floon ist nicht ich, George. Er war nicht da, wo ich gewesen bin. Was hat er gesagt?«

In der nächsten halben Stunde erzählte ich ihm meine Neuigkeiten, und er erzählte mir seine. Zu meiner großen Überraschung und Bestürzung war alles, was Floon ihm erzählt hatte, wahr bis in die letzte Einzelheit. Nichts war übertrieben, kein einziges Detail der Geschichte schöngefärbt, damit er besser aussah. Er hatte George alle Fragen beantwortet, und dann – das muß man sich mal vorstellen! – dann hatten die beiden zu ergründen versucht, was mit mir passierte und warum.

»Das ist ja toll! Ihr zwei habt eure Notizen über mich verglichen?«

»Ja.«

»George, Floon ist ein gottverdammter Citizen Kane mit Pistole. Er hat gerade Gee-Gee erschossen, und bevor er den Hund erschoß, hat er, glaube ich, etwas Übles mit ihm angestellt, so daß er zum Killerhund wurde. Die Ansichten dieses Mannes willst du für bare Münze nehmen?«

»Das habe ich nicht gesagt, Frannie. Ich habe gesagt, wir haben über dich gesprochen.«

Kochend vor Wut riß ich büschelweise unschuldiges Gras aus und bewarf den unschuldigen Chuck damit. Die Halme waren zu leicht, um den Hund zu erreichen, aber er wachte auf und behielt mich für alle Fälle im Auge. »Ja, schön, dann sag mir doch mal, zu welchem Schluß ihr beiden *Prognostikatoren* gekommen seid?«

Im Haus klingelte das Telefon. Mißtrauisch stand George auf, um hinzugehen. Das war nicht seine Art. Ich hatte das Gefühl, er tat es nur, um Zeit zu schinden. Er kam wieder herausgelaufen und streckte mir mit steifem Arm ein schnurloses Telefon entgegen. »Frannie, das ist Pauline. Magda ist eben zusammengebrochen. Sie ist bewußtlos.«

Innerhalb der wenigen Minuten, die George brauchte, um mich heimzufahren, kam schon der Krankenwagen, den ich noch von seinem Haus aus gerufen hatte, mit heulender Sirene vom anderen Ende unserer Straße herauf. Als beide Fahrzeuge vor unserem Haus anhielten, kam mir das Wort »Oxymoron« in den Sinn. Denn genau das war diese Situation: ein Oxymoron. Zu wissen, was meiner Frau fehlte, noch bevor ein Arzt ihr den Puls gefühlt hatte, war ein unschätzbarer Vorteil. Die Ironie des Ganzen bestand darin, daß ich schon wußte: Ihr Fall war hoffnungslos. Lassen Sie sich nur Zeit, Doktor. Denn was immer Sie tun, es ist nutzlos – sie wird binnen eines Jahres an einem dicken, fetten, saftigen Gehirntumor sterben. Ich hatte George nichts davon gesagt; ich hatte ihm nur erzählt, daß ich als alter Mann in Wien mit Susan Ginnety verheiratet war. Nach typischer Dalemwood-Manier hatte er kurz geschwiegen, einmal in sein Mars gebissen und dann gesagt: »Das ist interessant.«

Zu viert rannten wir ins Haus. Als die Tür zuschlug, rief Pauline uns in die Küche. Magda lag auf dem Boden neben dem Tisch. Pauline hatte ein Kissen von der Couch geholt und es ihr unter den Kopf gelegt, und sie hatte ihre Arme und Beine ausgestreckt, so daß sie ganz friedlich dalag, aber auch allzu sehr wie eine Tote. Ich schaute sofort nach, ob ihre Gliedmaßen einwärts verrenkt waren – als spannten sich die Muskeln allzu straff um die Knochen –, was ein denkbar deutliches Anzeichen für einen Gehirntumor ist.

Die Sanitäter fielen auf die Knie und begannen mit ihrer grimmigen Arbeit. Ich war in Vietnam Sanitäter gewesen und wußte, was sie taten. Das machte das Zuschauen nicht

leichter. Ich wollte dauernd dazwischenrufen. »Babinski prüfen!« und »Ist sie dezerebriert?« Aber ich tat es nicht, weil sie niemanden gebrauchen konnten, der sich in diese streng geregelte Prozedur einmischte. Gleichwohl beobachtete ich sehr aufmerksam, was sie taten.

Pauline preßte eine Hand auf den Mund und winkte mich mit der anderen drängend zu sich herüber. George sah es und schob sich hinter die Sanitäter, so weit weg von uns wie möglich.

»Was ist passiert, Pauline?«

»Wir haben uns unterhalten, und irgendwie, weißt du, verdrehte sie plötzlich die Augen nach oben. Und dann rutschte sie vom Stuhl. Als ob sie einen schlechten Witz machen wollte, weißt du? Mom hatte in den letzten zwei Wochen schreckliche Kopfschmerzen. Sie hat dir nichts gesagt, weil sie dich nicht beunruhigen wollte.«

Ich bin sicher, meine Reaktion war überraschend für sie. Wahrscheinlich hatte sie erwartet, daß ich hochgehen würde wie eine Rakete, weil man mir von diesen Kopfschmerzen nichts gesagt hatte, aber ich schaute nur auf meine Schuhe und nickte.

»Mir ist nichts aufgefallen, aber hat sie sich in letzter Zeit merkwürdig benommen? War sie zum Beispiel aus heiterem Himmel plötzlich mürrisch oder unvernünftig?«

Ein Sanitäter schob Magdas Augenlid hoch und leuchtete ihr mit einer kleinen gelben Taschenlampe ins Auge. »Dezerebration liegt nicht vor«, sagte er, »aber die Pupillen reagieren ungleichmäßig.«

Ich konnte mich nicht länger zurückhalten. Es hatte ja keinen Sinn. »Achten Sie auf Anzeichen für einen Gehirntumor.« Die beiden Männer schauten zu mir auf. »Sie hatte in letzter Zeit Sehstörungen und starke Kopfschmerzen.«

»Von Sehstörungen hat sie mir nie was gesagt, Frannie.«

Ich drückte Paulines Arm, um sie zum Schweigen zu bringen.

»Kennen Sie denn die Symptome, Chief McCabe?«

»Ich war Sanitäter beim Militär. Machen Sie einen Nadeltest, stellen Sie fest, wie sie auf Schmerz reagiert.«

Der eine der beiden schaute seinen Partner an. »Gott, ich hab noch nie mit einem Hirntumor zu tun gehabt.«

Pauline trat nah an mich heran. Ich konnte ihren Atem riechen, als sie fagte: »Frannie, glaubst du wirklich, daß Mom einen Gehirntumor hat?«

Sollte ich das Mädchen anlügen? Ihr die Wahrheit sagen? »Ich weiß es nicht, Sweetheart. Aber ich möchte, daß sie die Möglichkeit überprüfen. Warten wir ab, was die Jungs zu sagen haben. In solchen Dingen geht man besser auf Nummer sicher. Sie sollen alles prüfen.« Ich schob Pauline so, daß sie vor mir stand, schlang die Arme um sie und hielt sie fest, als ginge es um mein Leben. Steif und zitternd stand sie da. Ich fühlte mich so hilflos, und sie tat mir so verdammt leid. Ich wollte nicht wissen, was ich über den Zustand ihrer Mutter wußte.

Sie stöhnte. »Mom. Oh, Mom.«

Zum ersten Mal in meinem Leben fing mein Herz an, unregelmäßig zu schlagen. Es schien plötzlich in meiner Brust heraufzuklettern, bis es unten in meiner Kehle saß.

Dort pochte es hart und ungleichmäßig. Meine Wangen wurden heiß. Ich berührte die eine, und meine Finger fühlten sich eiskalt an. Mein Herz hämmerte überall im oberen Brustraum. Es schlug schnell schnell schnell, schien dann stehenzubleiben, schlug noch zweimal schnell, blieb wieder stehen ... der normale Rhythmus war verschwunden, es tat, was es wollte, und schleuderte in meinem Brustkorb herum wie ein Auto, das mit hoher Geschwindigkeit in eine Parklücke gelenkt wird.

Ohne Pauline loszulassen, ließ ich die Hand von meiner Wange zur linken Seite meiner Brust sinken. Mir war, als könnte ich fühlen, wie mein Herz darunter polterte. Es war seltsam, faszinierend und schrecklich.

»Frannie, ist alles in Ordnung?« George sah mich an.

»Ja, ich hab nur eine leichte Arrhythmie. Kein Wunder bei dem Streß.«

»Was heißt das, Frannie? Was fehlt dir?« Pauline klang ängstlich. Würde ich als nächster zusammenbrechen?

»Es bedeutet, daß ich Herzklopfen habe. Nichts Besonderes. Keine Angst.«

»Soll ich Sie untersuchen?« Einer der beiden Männer hatte die Blutdruckmanschette in der Hand. Ich schüttelte den Kopf.

Sie hoben Magda auf eine Trage und hängten eine Infusion über sie. Bei jedem Schritt fragte Pauline, was sie da machten, und sie verdient Bescheid zu wissen. Ich erklärte ihr sorgfältig die gesamte Prozedur und bewahrte die ganze Zeit über einen kühlen, zuversichtlichen Tonfall. Dieser Tonfall schien zu wirken, denn ihre Schultern entspannten sich, und nach einer Weile hörte sie auf, sich ständig nervös die Lippen zu lecken.

»Wir sind dann fertig hier. Möchten Sie mitfahren zum Krankenhaus?«

»Pauline, möchtest du mit deiner Mom fahren? George kann mich mit seinem Wagen hinbringen.« Ich dachte mir, ich brauchte jetzt zehn Minuten allein mit George, um alles zu besprechen. Solange, wie die Fahrt von unserem Haus zum Krankenhaus von Crane's View dauert.

Sofort verkrampfte sich ihr Körper wieder. »Nein! Ich fahre mit keinem Krankenwagen. Ich will nicht, Frannie. Bitte laß mich mit George fahren. Bitte!«

Ihre unerwartet aufflammende Hysterie brachte uns alle aus dem Konzept. Ich ließ jede Diplomatie beiseite, packte sie fest bei den Schultern und schüttelte sie. »Hör auf! Es ist okay, Honey, alles ist okay. Du brauchst nicht mit dem Krankenwagen zu fahren. Fahr mit George, und ich fahre mit Mom zum Krankenhaus. Beruhige dich, okay? Es wird alles gut.«

Während ich redete, starrte sie zu Boden und nickte die ganze Zeit, als säße ihr Kopf auf einer Spiralfeder. »Gut. Okay. Ich komme hinter dir her. Aber – Frannie? Sollte ich die Ärzte nach meinem Tattoo fragen? Meinst du, ich sollte sie fragen, warum mein Tattoo weg ist?«

Wovon zum Teufel redete sie? Als mir schließlich ein Licht aufging, mußte ich blinzeln, um meine Gedanken auf das zu konzentrieren, was an diesem Morgen mit ihr passiert war. »Äh – nein. Das tun wir ein andermal. Jetzt kümmern wir uns um Magda.«

»Okay. Aber, Frannie, wird Gee-Gee im Krankenhaus sein?«

»Ich ... ich weiß es nicht, Honey. Ich habe keine Ahnung, wo Gee-Gee im Augenblick ist.«

Im Krankenwagen kam Magda wieder zu Bewußtsein. Ich hatte mit einem der Sanitäter gesprochen, der, wie sich herausstellte, neulich in der High School gewesen war, um Antonya Corandos Leichnam abzuholen. Ich hatte ihn nicht erkannt.

»Frannie?« Die Stimme meiner Frau klang sehr sanft und sexy. Sie klang perverserweise, als rufe sie mich ins Bett. Vielleicht rief Magda meinen Namen auch mehr als einmal, aber ihre Stimme war so schwach, daß man sie leicht überhören konnte.

»Magda, wie geht es dir? Wie fühlst du dich? Bist du ein bißchen benommen?« Ich berührte ihre Schläfe und streichelte sie. Ihr Gesicht fühlte sich an manchen Stellen kalt an und heiß an anderen.

Sie blinzelte ein paarmal, ohne den glasigen Blick von mir zu wenden. Einmal öffnete sie den Mund eine ganze Zeitlang, sagte aber nichts. Ihre Zunge sah grau und runzelig aus. Magda bewegte den Kopf langsam hin und her, schaute sich mit ausdrucksloser Miene um und versuchte anscheinend herauszufinden, wo sie war.

»Du bist ohnmächtig geworden, Mag. Wir sind in einem Krankenwagen und bringen dich in die Klinik, damit sie dich dort untersuchen. Ich habe Dr. Zakrides angerufen, und er erwartet uns dort.«

Sanft berührte sie mit einem Finger meinen Handrükken. Sie streichelte ihn langsam, und dann sank ihr Finger wieder herab. Sie sagte etwas, das ich nicht hören konnte. Ich beugte mich tiefer über sie. Aus dem kleinen Quell, der ihr noch geblieben war, schöpfte sie die Kraft, es noch einmal zu sagen. »Klopf-klopf.« Ich würgte einen kurzen, rauhen Aufschrei herunter. Es war unsere Parole, unser geheimes Lächeln. Wenn einem von uns sexy zumute war und er Lust auf Liebe hatte, dann ging er zum andern und sagte es, dieses »Klopf-klopf«. Ich weiß nicht, woher es kam, und ich erinnere mich auch nicht, wer von uns dieses Wort als erster in diesem Zusammenhang benutzt hatte. Aber es war die *einzige* Gelegenheit, bei der wir es zueinander sagten, und aus keinem anderen Grund als diesem.

Es war entsetzlich, dieses wunderbare Wort jetzt an diesem Ort und unter diesen Umständen zu hören. Aber auch unglaublich, daß sie ausgerechnet das jetzt zu mir sagen wollte, während die meisten Leute von Angst gepackt wären. Jedes Paar hat ein geheimes, intimes Vokabular, das niemand sonst sprechen oder verstehen kann. Bis zu diesem Augenblick war »Klopf-klopf« unser großes Lotterwort gewesen, das nur eine einzige Bedeutung für uns gehabt hatte und deshalb unwiderstehlich wirkte. Mein Herz galoppierte bergauf in meiner Brust. Meine Frau ging fort.

Einer ihrer Mundwinkel zuckte. Als ich es sah, befürchtete ich, sie könnte einen Anfall bekommen – die häufige Folge eines Gehirntumors. Aber es kam fast noch schlimmer: Das Zucken wurde zu einem Lächeln. Wie schaffte sie das? In ihrem Innern war alles hinüber, aber sie lag hier und lächelte. Als sie noch etwas sagen wollte, fehlte ihr die Kraft dazu. Sie konnte die Worte nur mit dem Mund formen, aber das genügte. Langsam sagte sie: »Ich mag dich.« Auch ein bedeutender Satz aus unserer gemeinsamen Geschichte, das Resultat einer alten Wunde, die zu einem Witz verheilt war, dann zu Freude und zu einer Erinnerung, die keiner von uns vergessen würde.

Zehn Jahre vor unserer Heirat hatten Magda und ich eine sehr ernsthafte Affäre. Aber sie ging schief, und lange Zeit regneten Scherben von Schmerz auf uns beide herab. Es war alles meine Schuld. Durch irgendein Wunder war Magda Jahre später dazu fähig, mir mein beschissenes Benehmen zu verzeihen und mir noch eine Chance zu geben. Gleichwohl waren unser beide Seelen von oben bis unten mit Narben übersät. So kam es, daß wir einander umkreisten wie zwei Hunde, als wir wieder anfingen, miteinander zu gehen: langsame Annäherung, steifer Rücken, steil aufgerichteter Schwanz, immer im Kreis. Selbst als wir wußten, daß wir hier etwas Großes gefunden hatten, wagte keiner von uns, eines der Zauberworte zu sagen, die den Handel besiegeln. So blieb es mehr als nur ein Weilchen. Schließlich, als wir einmal eine besonders schöne Zeit miteinander verbracht hatten, raffte ich meinen ganzen Mut zusammen. Ich schaute ihr geradewegs in die Augen und sagte: »Ich mag dich.« Natürlich meinte ich den großen Knaller, aber ich hatte Angst, sie könnte reißaus nehmen, wenn ich sagte: »Ich liebe Dich« oder »Ich will Dich« oder »Du bist die Richtige für mich«. Sie lächelte wie jemand, der nach Hause gekommen ist, und sagte: »Ich wünschte, wir wären jetzt in einem Schlafzimmer.«

Ich lächelte zurück. »Warum?«

»Weil ich da nackt für dich sein könnte. Nein, unbekleidet. Nein, nackt. Na ja, *beides*, und dann könntest du es dir aussuchen.«

Natürlich wurden sowohl »Ich mag dich« als auch »nackt und unbekleidet« zu Ehrenmitgliedern unserer Beziehung. Beide wurden häufig ausgesprochen als Beruhigungen,

Erinnerungen und narrensichere Alternativen zu »Ich liebe dich«.

»Sprich jetzt nicht mehr, Mag. Spar deine Kräfte.«

Welche Kräfte? Nichts in ihrem Gesichtsausdruck oder in der gebrochenen Linie ihres Körpers deutete darauf hin, daß mehr als ein Glühwürmchenfunke an Kraft in ihr war. Was immer da von Magda Besitz ergriffen hatte, war jetzt am Ruder, und es war ganz sicher nicht ihr Freund. Sie schloß die Augen, und ich nahm ihre Hand. Sie drückte die meine matt und ließ dann wieder los.

Ich schloß die Augen und beschwor das Bild herauf, das ich in solchen Situationen immer heraufbeschwor: In Nahaufnahme greift ein Finger in die weißen Nummernlöcher der Wählscheibe eines alten schwarzen Telefons im Stil der vierziger Jahre. Finger ins Loch – Scheibe drehen – und noch einmal, Ziffer um Ziffer langsam die Nummer wählend. Es klingelt am anderen Ende. Zwei-, dreimal, manchmal auch viermal, aber irgendwann wird der Hörer abgenommen. Eine unbestimmbare Männerstimme fragt ruhig:

»Ja?« Ich habe ihn – es ist Gott. Er geht immer ans Telefon und hört zu. Das heißt nicht, daß er auch tut, worum ich Ihn bitte. Er hört nur zu, und das ist unser Deal.

Diesmal bat ich im stillen: Bitte halte Magda hier raus. Wenn es ihr Schicksal sein soll, so zu gehen, dann okay. Aber wenn es wegen etwas ist, das ich getan habe, dann brich *mir* den Schädel. Mich kannst du zerbrechen – aber bitte laß sie in Ruhe. Weiter nichts. Ich dankte ihm, und die Hand in meinem geistigen Bild legte den Hörer auf. Kein Flehen, keine Erläuterungen – Er weiß ja, wovon ich rede. Und er bekommt eine Menge Anrufe.

»In Ordnung.«

Meine Augen waren geschlossen, aber ich schrak hoch, als ich die Stimme hörte. Magdas Hand lag schlaff in meiner. Gott hatte soeben »In Ordnung« gesagt. Ich öffnete die Augen und schaute dem Sanitäter ins Gesicht. Er lächelte und sagte noch einmal mit dieser unverwechselbaren Stimme: »In Ordnung, Mr. McCabe. Wir können Ihre Frau retten.«

Magdas Augen waren noch geschlossen. Ihr Gesicht sah sehr friedlich aus. Ich wußte, sie würde uns jetzt nicht hören können, ganz gleich, wo sie war.

»Wir können tun, was Sie verlangen, Sir. Aber Sie werden auch etwas für uns tun müssen.«

»Sind Sie Gott?« fragte ich schüchtern.

Sein Lächeln wurde wärmer. »Nein, aber wir sind mächtiger als Menschen. Wir können bestimmte Dinge geschehen lassen, wie Sie es nicht können.« Er hatte ein großes Gesicht – große Augen, breite Nase, und seine Zähne hatten die Farbe einer vergilbten Meerschaumpfeife. Alles in allem war nichts Besonderes an seinem Gesicht. Man würde es nicht bemerken und nicht im Gedächtnis behalten. Vielleicht war das gerade der Sinn der Sache.

»Eine kleine Gruppe von uns, darunter auch Astopel, ist auf die Erde gekommen ...«

»Also *sind* Sie Aliens? Gee-Gee hatte recht?«

»Ja.« Er hörte nicht auf zu lächeln. Jetzt schaute er mich ermutigend an, wie ein Lehrer, der mit der Antwort eines Schülers auf eine schwierige Frage sehr zufrieden ist.

»Es gibt Aliens auf der Erde, die aussehen wie Menschen? Das ist ein gottverdammter Film aus den fünfziger Jahren! Warum sind wir nicht schwarz-weiß? Wir haben die Bodysnatcher hier!«

Ich wurde zu laut. Er legte einen Finger an die Lippen. »Wenn Sie sehen könnten, wie wir wirklich aussehen, wären Sie beunruhigt. Wir sind nicht hergekommen, um Unruhe zu stiften. Das hat Astopel getan, und deshalb sind Ihnen all diese merkwürdigen Dinge passiert.«

Er griff in die Brusttasche und zog ein blau-weißes Päckchen Kaugummi heraus. Die Schrift darauf war kyrillisch. Das schwarze Plastikschildchen auf der Brusttasche besagte, daß sein Name Barry war. Barry, der Alien.

»Wie lange sind Sie schon hier, äh, Barry?«

»Etwas mehr als einen Monat. Einige von uns schon länger, wie die Schiavos. Wie Sie wissen, sind die beiden schon seit Jahren hier. Möchten Sie einen russischen Kaugummi? Sie sind sehr gut.«

Ich war wie vom Donner gerührt. »Die Schiavos sind – Geraldine Schiavo ist ein *Alien*? Oh mein Gott! Deshalb sind sie einfach so verschwunden, und ihr Haus … Allmächtiger! Warum sind Sie hier?«

Er beugte sich nach vorn und sagte zum Fahrer: »Nate, halt an. Wir brauchen ein bißchen Zeit, ehe wir zum Krankenhaus kommen.«

»Was ist mit meiner Frau?«

»Mit ihr ist alles in Ordnung, bis wir ankommen. Machen Sie sich keine Sorgen. Wir haben alles unter Kontrolle, Mr. McCabe. Besser gesagt, diesen *Teil*. Bitte vertrauen Sie mir.«

Was blieb mir sonst übrig? Wichtiger noch: Welche Teile hatten sie *nicht* unter Kontrolle?

Der Krankenwagen wurde langsamer und bog scharf rechts ab. Ich schaute aus dem Fenster und sah, daß wir auf dem Parkplatz des Grand Union Market waren. Eine ironische Fügung, denn hier hatte man an jenem ersten Tag Old Vertue gefunden.

»Halten wir aus einem bestimmten Grund hier an? Ist dieser Platz eine Art von symbolischer Geste?«

Barry Smiley verlor sein Lächeln und verneinte mit verständnislosem Blick: Wir brauchen einfach einen Ort, wo wir uns unterhalten können, und der hier biete sich eben an. Ich glaubte ihm kein Wort. Er öffnete die Schiebetür und winkte mich hinaus. Ich warf noch einmal einen Blick auf Magda und gehorchte dann. Der Parkplatz war fast leer, aber schon stieg die Tageshitze vom narbigen, rissigen Asphalt auf. Eine einsame weiße Möwe schwebte über uns. Sie entdeckte etwas auf dem Boden und setzte zur Landung an. Der plattgefahrene Kadaver einer Maus erwies sich als Gegenstand ihrer Zuneigung. Sie hackte auf das ein, was von dem zermanschten Fladen noch übrig war.

Barry sah ihr zu und sagte: »Da, wo wir herkommen, gibt es keine Tiere. Das sind außergewöhnliche Dinge. Sie können sich sehr glücklich schätzen, daß Sie sie haben. Das gefällt mir am besten an der Erde – die Tiere.«

»Welches ist Ihr Lieblingstier?«

Die Möwe erhob sich in die Luft, die platte tote Maus im Schnabel. Sie landete oben auf einer Straßenlaterne und schaute sich um, als wisse sie nicht, wie sie dort hingekommen war.

Barry gluckste und legte den Kopf in den Nacken, um den Vögel zu beobachten. »Das ist eine interessante Frage. Aus dem Stegreif würde ich sagen, entweder der Dodo oder der Stegosaurus, aber den würden Sie kaum als Tier bezeichnen, oder?«

»Nein, die meisten Leute würden wohl Dinosaurier sagen. Und der Dodo ist ausgestorben.« Ich wartete auf eine Antwort, aber er schaute nur immer in die Höhe.

Die Möwe segelte träge von ihrer hohen Warte herunter und flog mit der häßlichen Beute im Schnabel davon.

»Ja, beide Geschöpfe sind ausgestorben.«

»Aber Sie haben sie noch lebend gesehen, seit Sie hier sind, nicht wahr, Barry? Oder irre ich mich?«

Mein Lieblingsmarsmensch schüttelte den Kopf. »Nein, Sie irren sich nicht. Als wir herkamen, haben wir uns als erstes einen Überblick über die Geschichte der Menschheit verschafft. Wir haben jede Ära der Erdvergangenheit aufgesucht, um uns mit den Ursprüngen der Menschheit vertraut zu machen.«

Ich sagte: »Hmm.« Ich stand auf dem Parkplatz des Grand Union und hörte einem Mann aus dem Weltraum zu, der mir erzählte, er habe einen kurzen Abstecher in die Kreidezeit gemacht, um sich auf einer Studienfahrt für den Kurs Menschheit eins die Dinosaurier anzuschauen. Was konnte ich da sagen außer »Hmm«?

»Das muß Ihnen unglaublich erscheinen. Möchten Sie einen Beweis, Mr. McCabe?«

»Barry, schon wieder haben Sie meine Gedanken gelesen.«

»Kein Problem. Was kann ich Ihnen zeigen? Was möchten Sie gern sehen? Einen Stegosaurus?«

»Nein, der würde den Asphalt zerstören, und ich müßte Sie beide wegen Landfriedensbruchs festnehmen. Aber meinen Sie das ernst? Könnten Sie alles heraufbeschwören, was ich sehen möchte?«

»Ja, solange es existiert oder mal existiert hat. Darüber hinaus nichts. Wie gesagt, wir haben durchaus unsere Grenzen hier.«

»Ich weiß genau, was ich sehen will.«

»Wirklich, ein Stegosaurus wäre kein Problem …«

»Lassen Sie's gut sein, Barry. Sie wollen mir beweisen, daß Sie sind, wer Sie sind? Ich sage Ihnen, was ich sehen möchte.«

Als ich es ihm gesagt hatte, ließ er die Schultern hängen, als wolle er sich wortlos beklagen: »Das ist *alles?*« Aber dann straffte er sie wieder und sagte, okay, ich solle nur mitkommen. Er ging quer über den Parkplatz auf den Supermarkt zu.

»Und Magda wird nichts fehlen?«

»Vertrauen Sie mir.«

»Das sagen Sie immer wieder. Warum sollte ich?«

»In fünf Minuten werden Sie wissen, warum. Sie müssen fünf Minuten lang darauf vertrauen, daß Ihrer Frau nichts passiert.« Sein großes, offenes Gesicht war eins, dem man gleich Vertrauen entgegenbringen konnte. Es war das perfekte Gesicht für den Auftrag, den er hier zu erfüllen hatte. Man sah diesen Typen und dachte sofort: Ich bin in guten Händen. Mag sein, daß ich in Schwierigkeiten bin, aber hier ist ein Mann, der aussieht, als ob er mir helfen könnte. Ich werde ihm vertrauen.

Nur schade, daß er zufällig ein Alien war.

Er blieb stehen, drehte sich um und sah mich an.

Paranoia überfiel mich wie ein Glas Eiswasser, das mir ins Gesicht geschüttet wurde. »Was? Was ist?«

»Irgend etwas …« Er legte drei Finger ans Kinn und strich damit hin und her, als fühle er nach Bartstoppeln. »Irgend etwas Wichtiges ist soeben hier in der Stadt passiert. Ich weiß nicht, was, aber es ist etwas Wichtiges. Ich habe es gespürt. Es ist sehr stark. Es wird sich auswirken.«

»Was denn?«

Er hob die flache Hand. »Ich weiß nicht, *was*, aber etwas … irgend etwas ist gerade in Ihrer Stadt passiert. Etwas, das Folgen haben wird.«

»Das hilft mir nicht weiter, Barry. Wenn Sie von Ihrem Planeten hierher reisen und die Zeit verändern, wenn Sie Dinosaurier herbeizaubern und die Toten auferstehen lassen können, wieso können Sie dann nicht … Woher kommen Sie überhaupt?«

»Am besten ließe es sich mathematisch ausdrücken, aber da das nicht Ihrer Neigung entspricht, will ich es phonetisch sagen: Hratan-Pakofel.«

»Rattenkartoffel?« Mein Bauch sprang an, bevor mein Kopf Zeit zum Nachdenken hatte. Gelächter brach aus mir hervor, das klang wie ein bizarrer Dschungelvogel: Hii-hii-hii – Kaa-kaa-kaa. »Sie kommen von der *Rattenkartoffel?*« Ich konnte nicht aufhören zu lachen. Der Name klang so albern – wie der Titel einer Fernsehshow für kleine Kinder. Dazu kam, daß ich an einer Art Bruchstelle angekommen war; nach allem, was vorgefallen war, hatte ich jetzt das Gefühl, daß mein Gehirn zerschmolz wie heißes Kerzenwachs.

Während ich lachte, hob Barry den Daumen und schrieb damit säuberlich in die Luft. Während er sich bewegte,
erschienen in dicker weißer Schrift zwei Worte zwischen uns und schwebten unbewegt vor mir: HRATAN-PAKOFEL.

»Wo ist das?«

»Von der Erde aus gesehen hinter dem Krebs-Nebel.«

»Oh. Ihr Ratten sitzt also hinter dem Krebs. Das paßt.« Ich deutete auf die verrückten Worte, die da in der Luft hingen, leuchtend wie Feuer. »Bei jeder anderen Gelegenheit würde dieser Anblick mich höllisch beeindrucken, Barry. Aber wissen Sie, was ich jetzt empfinde? Müdigkeit. Das ist alles – nichts als eine beschissene, riesige Müdigkeit. Gehen wir – sehen wir mal, ob Sie die Wahrheit sagen.«

Jetzt war ich derjenige, der losging, weiter auf den Supermarkt zu, obwohl ich gar nicht wußte, ob wir dort hinwollten.

Er zögerte. Dann griff er nach den weißen Wörtern, pflückte sie aus der Luft und steckte sie in die Tasche. »Es wäre nicht gut, wenn andere sie so sehen würden. Wer weiß, was die sonst denken?«

»Was weiß ich. Gehen wir in den Supermarkt?«

»Ja. Das ist es, was ich Ihnen zeigen will.«

Lange bevor wir da waren, wußte ich, daß alles stimmte. Ich wußte, daß Barry echt war. Ich wußte, daß das, was ich gleich sehen würde, unmöglich war, und daß ich es trotzdem gleich sehen würde. Hören konnte ich es schon. Und um zu hören, was ich hörte, hätte die halbe westliche Welt einen Mord begangen.

Ich blieb stehen und schaute den Raumfahrer an, aber er ging weiter. Ohne mich anzusehen, sagte er: »Kommen Sie, drinnen hören Sie es besser.«

Er stieß die Tür zum Supermarkt auf. Als sie aufschwang, schwoll die Musik an, und ich wäre fast in Ohnmacht gefallen. Ich konnte es nicht glauben. Man merkt sofort, wenn Musik live gespielt wird und nicht aus dem Radio kommt oder dieser Müll ist, der aus den Lautsprechern dudelt. Es ist der aufgemotzte rohe Klang, das plärrende Vibrieren von zuviel Gitarre, die Rückkopplungen, die einem das Trommelfell zerreißen, oder das Schlagzeug,

das alles andere übertönt. Das hier war live, und sie waren es, weil ich sie jetzt sehen konnte. Und, Herr im Himmel, sie *waren* es.

Ich war schon tausendmal in dem Supermarkt gewesen, aber noch nie hatte er so ausgesehen. Wo Gänge mit Lebensmittelregalen hätten sein müssen, war mitten im Geschäft eine Bühne errichtet worden. Aber nichts Professionelles, wohlgemerkt. Kein Flitter, nichts Teures oder sonstwie denen Angemessenes, die da auf der Bühne standen und nur für Barry und mich spielten.

Sie sahen uns kommen, aber keiner reagierte mit mehr als einem Achselzucken oder einem Na-wie-geht's-Kopfnicken. Ihre Gleichgültigkeit verriet, daß wir sie nicht störten, weil sie an Publikum gewöhnt waren.

John Lennon saß auf dem Rand der kleinen Bühne, eine Zigarette im Mundwinkel, eine Rickenbacker-Gitarre auf dem Schoß. Er sah aus wie fünfundzwanzig, vielleicht dreißig – wie sie alle. Paul stand auf der anderen Seite der Bühne neben George. Die beiden wiegten sich hin und her und alberten herum. Paul sang eine lausige Version von »I Feel Fine«. Im Bühnenhintergrund spielte Ringo mit geschlossenen Augen sein Schlagzeug. »I Feel Fine«, schlecht gespielt von den Beatles. Aber schlecht oder nicht, es waren *die Boys*, und der Sound war verdammtnochmal unverwechselbar.

Das hatte Barry mir zeigen sollen, und das war es, ein Vierteljahrhundert, nachdem die Gruppe auseinandergegangen, und zwanzig Jahre, nachdem John Lennon ermordet worden war. Aus einer Million Gründe hätte ich gern die Hand ausgestreckt und Lennons Arm berührt – nur das –, aber ich widerstand diesem Impuls. Er muß meine Aufregung und meine Ehrfurcht gespürt haben, denn unvermittelt blickte er auf, sah mich an und wackelte mit den Augenbrauen. Es war derselbe Gesichtsausdruck wie in einem berühmten Fernsehinterview, das er nach dem Ende der Gruppe gegeben hatte. Ich hatte das Interview zu Hause auf Video. Ich besaß viel zu viele Beatles-Andenken, denn niemand, überhaupt niemand, war jemals besser als sie.

Die Beatles, tot und lebendig, wieder vereint im Supermarkt von Crane's View. Präsentiert durch die Rattenkartoffel, den freundlichen kleinen Planeten gleich hinter dem Krebs-Nebel.

Als sie ihren eigenen Song zu Ende gespielt hatten, begannen die Fab Four mit »She's Not There« von den Zombies – für mich auch eins der besten Stücke aller Zeiten, ein Song aus McCabes musikalischer Ruhmeshalle. Aber warum spielten die Beatles eine Coverversion von *diesem* Stück? Keiner von ihnen sagte etwas – sie gingen einfach von der einen Melodie zur anderen über. Ich seufzte wie ein Junge, der sich verliebt hat. Ich brauchte gar nicht zu sterben, um zu wissen, daß dies der Himmel war.

Als sie bei meiner Lieblingsstelle in diesem gespenstischen Song angekommen waren, beugte Barry sich zu mir herüber und sagte: »Möchten Sie jetzt darüber reden, oder wollen Sie warten, bis die Musik vorbei ist?«

»Jetzt. Wenn ich noch länger bleibe, gehe ich hier überhaupt nicht mehr weg.«

»Okay, dann gehen wir wieder. Solange wir hierbleiben, werden sie weiterspielen.«

Die Beatles spielten nur für uns? Ich stöhnte. »Ist das wahr?«

»Ja. Das haben Sie sich gewünscht, Mr. McCabe, und solange Sie hierbleiben, werden sie immer nur weiter Ihre Lieblingssongs spielen.«

»Help!« Songs, die ich liebte, überfluteten meinen Kopf – »For No One«, »Concrete and Clay«, »Walk Away Renee« … die hätten sie dann vermutlich auch gespielt. Wie ich schon sagte: der Himmel. »Gut, gehen wir.« Auf dem Weg nach draußen riskierte ich nicht, einen Blick über die Schulter zurückzuwerfen. Aber zum ersten Mal in meinem Leben begriff ich, warum Lots Weib doch nicht so dumm war.

In der grellen Sonnenhitze auf dem Parkplatz war alles wieder still. Die Musik war verstummt, und ich wußte, das bedeutete, daß auch *sie* wieder fort waren. Wenn wir jetzt wieder in den Laden zurückgingen, wäre es ein ganz gewöhnlicher Supermarkt – Büchsen mit Campbell-Suppe und gefrorene Lammkeulen wären wieder da, wo sie hingehörten, und hätten meinen für kurze Zeit wahrgewordenen Traum ersetzt.

Mitten auf dem Parkplatz waren zwei mickrige grüne Gartenstühle erschienen. Auf den Sitzflächen standen große Styroporbecher. Irgendwo in der Nähe schnitt jemand Holz mit einer Motorsäge; der Lärm und der Geruch wehten durch die Luft. Ein Hund bellte wild – raff-raff-raff – und wie von Sinnen. Ein Wagen rollte auf den Parkplatz. Jemand pfiff schrill und langgezogen. Eine Frauenstimme sagte hallo. Der Tag war hellwach und kam zum Frühstück herunter.

In den Styroporbechern war Kaffee, genau richtig gezuckert und kochend heiß – ganz so, wie ich ihn gern hatte. Nichts davon überraschte mich. Barry erwies sich als prima Gastgeber. Ich setzte mich auf die Kante des billigen Blechstuhls und starrte über den Platz hinweg zum Krankenwagen. Für ein paar Augenblicke fing mein Herz wieder mit seinem unheimlichen Hüpftanz an. Ich blies in den dampfenden Becher und trank in kurzen, vorsichtigen Schlückchen. »Okay. Storytime. Erzählen Sie mir, was los ist.«

»Sie sind nicht besonders religiös, nicht wahr, Mr. McCabe?«

»Nein, aber ich glaube, daß Er da ist. Das glaube ich von ganzem Herzen.«

»Oh, Er ist schon da, aber nicht so, wie Sie denken. Möchten Sie, daß ich diese Situation im Detail beschreibe, oder hätten Sie lieber eine gekürzte Zusammenfassung?« Er grinste bei diesen Worten, aber ich wußte, daß er es ernst meinte.

»Die gekürzte Version bitte, Barry. Ich leide unter Aufmerksamkeitsstörungen. Es fällt mir schwer, lange stillzusitzen.«

»Okay. Am besten fange ich dann damit an, daß ich Ihnen etwas aus der Bibel zitiere: ›Also ward vollendet Himmel und Erde mit ihrem ganzen Heer. Und also vollendete Gott am siebenten Tage seine Werke, die er machte, und ruhte am siebenten Tage von allen seinen Werken, die er machte.‹ Das ist ein Zitat aus dem Buch Genesis, und dieses Wort bedeutet buchstäblich ›Entstehung‹. Dieses erste Kapitel Ihrer Bibel berichtet von der Erschaffung des Universums.«

»Des Universums? Ich dachte, in der Genesis geht es nur um die Erschaffung des Lebens auf der Erde.«

»Nein, es geht um den Ursprung von allem – jedem Planeten, jedem Lebewesen, jeder Zelle. Aber die Menschheit ist erwartungsgemäß eitel und sieht alles nur in Bezug auf sich selbst. Das Wichtigste bei all dem ist dieser symbolische siebente Tag, an dem Gott Sein Werk vollendet hatte und ausruhte. Dieser Tag geht jetzt zu Ende, Mr. McCabe. Wir sind ganz kurz vor dem Augenblick, da er sozusagen wieder aufwachen und seine Autorität von neuem geltend machen wird.«

»Armageddon?« Ich stellte die Frage in dem gleichen Ton, in dem ich einmal einen Arzt in der Notaufnahme gefragt hatte: »Muß ich sterben?« – nachdem man auf mich geschossen hatte und ich spürte, daß ich steil bergab ins Koma sank.

Das gefiel Barry. Nachdem er soeben das furchterregendste Wort des menschlichen Vokabulars gehört hatte, lachte er leise und nahm einen großen Schluck Kaffee. »Nein, es ist viel interessanter. Stellen Sie sich Gott einen Augenblick lang als Bären vor.«

Ich schaute hinauf zu zwei silbrigen Flugzeugen, die wie Splitter in verschiedenen Richtungen über den kobaltblauen Himmel flogen und ihre Kondensstreifen hinter sich herzogen. »Sagten Sie, als Bären?«

»Ja. Gott ist ein Bär, der Himmel und Erde erschaffen hat und dann über Milliarden und Abermilliarden Jahre hinweg seinen Winterschlaf gehalten hat. Über undenkliche Zeiten hinweg.«

Diese Vorstellung war so atemberaubend, daß ich vorläufig nur kraftlos wiederholen konnte: »Milliarden Jahre.«

»Ganz recht. Aber bevor er schlafenging, sorgte er dafür, daß er zu einem bestimmten Zeitpunkt wieder geweckt wird.«

Jetzt platzte mir der Kragen. »Nun reicht es aber! Sie wollen mir erzählen, Gott-der-Bär hat all das hier erschaffen und ist dann schlafen gegangen? Aber nicht bevor er den *Weckdienst* bestellt hat? Wo hat er denn da angerufen – an der Rezeption?«

Barry klemmte seinen Becher zwischen die Knie und klopfte sich die Hände ab. Seine bis jetzt freundliche Stimme verwandelte sich in rotglühenden Sarkasmus. »Sie können spotten und Zeit verschwenden, oder Sie können zuhören, Mr. McCabe. Ich rate Ihnen zum Zuhören, weil Sie damit Ihrer Frau am Ende das Leben retten könnten.«

»Reden Sie weiter.«

»Die Vortrefflichkeit des göttlichen Plans lag in seiner Einfachheit.« Er breitete die Arme aus, als wolle er die Größe eines Fisches demonstrieren, den er geangelt hatte. »Er hat alles geschaffen – das Universum, Sie, mich … alles, und dann hat er geruht. Aber zuvor sorgte er dafür, daß wir alle Ihn wecken würden, gemeinsam. Er gab uns das Wissen und die Mittel sowie hinreichend Zeit für unsere individuelle Entwicklung, damit wir *zusammen* ein Gerät bauen könnten, das Gott wecken würde, wenn es Zeit wäre.«

»Das ganze Universum arbeitet gemeinsam an einer Maschine, die Gott aufwecken wird?«

»Übermäßig vereinfacht ausgedrückt, ja. Und er hat sich dabei bemerkenswert gütig gezeigt und die Unterschiede zwischen den einzelnen Spezies berücksichtigt. Jede Zivilisation hat sich mit eigener Geschwindigkeit entwickelt. Manche sind um Äonen weiter fortgeschritten als andere, aber das macht nichts. Wenn es so weit ist, müssen alle Kulturen, ganz gleich, auf welchem Entwicklungsstand sie sind, zusammenarbeiten, sonst kann diese Weltmaschine nicht geschaffen werden. Und sie ist das Wesentliche. Sie ist das Einzige.«

»Hört sich an wie der Turm zu Babel.«

Er nahm den Becher und fing an, kleine Plastikbröckchen vom Rand abzubrechen und sie in den Kaffeerest zu werfen. »Das stimmt, aber in einem empyrealen Maßstab.«

»Empyreal. Was bedeutet das? Aber vergessen Sie's, es ist nicht wichtig. Barry, kommen wir zur Sache. Ich weiß, es ist egozentrisch, aber was hat das alles mit mir zu tun? Wie kommt es, daß mein Leben sich in ein Gemälde von Salvador Dali verwandelt hat?«

»Jede Zivilisation im Kosmos hat bei diesem Unternehmen eine bestimmte Aufgabe zu erfüllen. Betrachten Sie uns alle als Arbeiter in einer Fabrik, die ein einziges Produkt herstellt. Viele haben schon erledigt, was sie tun sollten. Manches ist schon vor Milliarden Jahren geschehen, anderes vor fünf Minuten. Es geschieht die ganze Zeit – Stück für Stück wird die Weltmaschine zusammengesetzt.«

»Warum nennen Sie es nicht die Gottmaschine?«

»Weil sie von Welten zusammengebaut wird, Mr. McCabe, nicht von Gott. Das ist der springende Punkt bei dem Unternehmen.«

»Und wieso ich? Was hat ein Cop in Crane's View, New York, mit der Weltmaschine zu tun?«

Er schaute abrupt weg. »Das wissen wir nicht.«

Im nächsten Augenblick war meine Hand naß von Kaffee, weil meine Finger sich durch den weißen Plastikbecher gebohrt hatten. »Sie *wissen* es nicht?«

Er seufzte wie ein alter Mann, der soeben seine drükkenden Schuhe ausgezogen hat. Es dauerte ein Weilchen, bis er wieder sprach. »Wir wissen nicht, was auf der Erde getan werden muß. Wir haben lediglich ungefähr begriffen, wer es tun muß.«

»Ich etwa?«

»Nein. Eine Zeitlang dachten wir es, und deshalb haben wir Astopel erlaubt, Ihr Leben zu manipulieren. Darum ist der alte Hund erschienen, Antonyas Aufzeichnungen, darum haben wir Ihnen erlaubt, Ihre Zukunft zu erleben … alles das. Wir dachten, daß alle diese Erlebnisse vielleicht dazu beitragen könnten, Sie zu dem zu stimulieren, was nötig ist. Aber wir haben uns geirrt. Sie sind nicht der Richtige, Mr. McCabe. Das wissen wir jetzt. Die Zeit wird sehr knapp, und wir müssen die richtige Person rasch finden.«

»Wegen des Millenniums?«

Mit einer wegwerfenden Handbewegung wischte er diese Frage beiseite. »Das Millennium war eine Party für die Erde, für niemanden sonst. Die Arbeit an der Weltmaschine ist schon viel mehr als zweitausend Jahre im Gange. Aber jedes Teil muß innerhalb einer bestimmten Zeit fertiggestellt und eingebaut werden. Die Menschheit hat Jahrmillionen bekommen, um ihres zu vollenden. Leider hat sie es noch nicht getan, und jetzt macht man sich zunehmend Sorgen wegen einer möglichen Verzögerung. Dazu darf es nicht kommen. Alle Arbeiten unterliegen einem strengen Zeitplan, auch wenn er nach irdischen Zeitmaßstäben überhaupt nicht streng klingen würde.«

»Was ist denn Ihre Aufgabe auf der Rattenkartoffel?«

»Hratan-Pakofel. Administration und Troubleshooting. Wir müssen dafür sorgen, daß jede Komponente rechtzeitig fertig und ausgeliefert wird. Wir laufen mit Klemmbrettern in der Fabrik herum, kontrollieren alles, was hereinkommt, und sind dem Gesamtbetrieb zugeordnet.

Wenn etwas schiefgeht oder Fehler passieren, sind wir für die Berichtigung verantwortlich.«

»Ist so etwas wie hier schon mal geschehen?«

»Die Fälle sind zahlreicher als die Moleküle in einem Pfefferminz.«

»Bei all dem komme ich mir ziemlich klein vor, Barry. Was könnte ich denn tun, um beim Bau der Weltmaschine mitzuhelfen?«

»Sterben.«

LÖWEN ZUM FRÜHSTÜCK

Schweigend fuhren wir vom Parkplatz auf die Straße. Barry hatte die Wahrheit gesagt: Nichts hatte sich verändert, seit wir aus dem Krankenwagen gestiegen waren und bis wir weiter zum Krankenhaus fuhren. Obwohl Magda anscheinend bewußtlos war, sah sie friedlicher aus als vorher, als sei eine schwere Last von ihr genommen worden. So war es vermutlich auch. Ich wollte nur dasitzen und sie anschauen. Ich dachte darüber nach, wieviel sie mir bedeutete, und wußte, daß sie wieder auf die Beine kommen würde. In gewisser Weise war die gleiche Last auch von mir genommen worden, und zu meiner großen Überraschung war ich relativ ruhig. Ich wußte, ich hatte das Richtige getan, auch wenn es das Ende von allem bedeutete, was ich liebte und erhoffte.

Manchmal ist das Glück wie das Geräusch eines Flugzeugs am Himmel. Man späht hinauf, um es zu sehen, aber das Flugzeug ist nicht da. Wohin man auch schaut, man findet es am ganzen Himmel nicht, obwohl das Geräusch immer noch da ist und sogar lauter wird. Die Sucherei macht einen ein bißchen hektisch. Und gleichzeitig denkt man, das ist doch albern. Trotzdem guckt man immer weiter hoch, und wenn man es endlich entdeckt hat, fühlt man sich wie erlöst. Fast mein ganzes Leben lang hatte ich in den falschen Gegenden des Himmels nach dem Glück gesucht. Nach unserer Hochzeit habe ich Magda von dieser Analogie erzählt, und sie meinte, es klinge nach einem Country- und Western-Song. Ich sagte, fuck you, und sie sagte, ja bitte.

»Wo sind George und Pauline?«

»Hinter uns, wie vorher.«

»Was wird jetzt passieren, wenn die Ärzte Magda untersuchen?«

»Sie werden feststellen, daß sie gefährlich niedrigen Blutdruck hat, und ihr eine Reihe von Medikamenten verschreiben.«

»Wann wird dieses … dieses Ding anfangen, sich bei mir auszuwirken?«

»In ein paar Tagen werden Sie Kopfschmerzen bekommen. Die Situation wird sich rasch verschlimmern. Es wird aber nicht lange dauern.«

»Wenn Sie mir ihren Hirntumor geben können, wieso können Sie dann nicht die Person finden, die den Teil für die Maschine bauen muß?«

»Wir haben es versucht, glauben Sie mir. Aber im wesentlichen vermögen wir nur zu manipulieren, was bereits ist oder war, Mr. McCabe. Antonya Corando zum Beispiel war eine sehr gute Künstlerin, die schon angefangen hatte, Heroin zu spritzen. Sie wäre innerhalb von sechs Monaten gestorben. Wir haben Ihnen Ihre Zukunft gezeigt, wie sie verlaufen wäre, wenn Sie weiter so gelebt hätten wie bisher. Aber vieles auf der Erde können wir nicht begreifen, ehrlich gesagt. Es gibt große Lücken in unseren Erkenntnissen. Astopel hat uns unsere Grenzen gezeigt, indem er sich in Ihr Leben eingemischt hat.«

»Das bedeutet, Sie könnten sich in diesem Fall auch irren? Womöglich klappt es nicht, mir ihren Tumor zu geben, und sie stirbt trotz allem daran?«

»Möglich, aber unwahrscheinlich. Ich kann Ihnen garantieren, wenn man von Ihnen beiden jetzt eine CT machen würde, hätte Magda keinen Tumor, und Sie hätten einen.«

»Aber wie es letzten Endes ausgehen wird, können Sie noch nicht mit hundertprozentiger Gewißheit sagen.«

»Nein. Ich würde lügen, wenn ich es behaupten wollte. Wir bemühen uns immer noch, zu verstehen, wie die Systeme auf diesem Planeten arbeiten, aber das größte Problem ist jetzt, daß wir einfach nicht mehr genug Zeit haben, um es herauszufinden.«

»Wie ist der alte Floon hierher zurückgekommen?«

Barry zuckte die Achseln. »Astopel hat Mist gebaut. Er hat ihn hergeschickt, und das hätte er nicht tun dürfen. Er dachte, wenn Floon hier ist, wird Sie das anspornen, schneller zu arbeiten.«

»Floon wußte über mich und Gee-Gee Bescheid. Hat Astopel es ihm gesagt?«

»Ja, und außerdem fast so viel, wie Sie jetzt wissen.«

»Könnte er nicht große Schwierigkeiten machen, wenn er das alles weiß?«

»Doch.«

»Warum bringen Sie ihn nicht um?«

»Wir erwägen es.«

»Soll ich es tun?«

»Ich werde Ihnen sagen, wie wir uns entschieden haben. Einstweilen zerbrechen Sie sich nicht den Kopf darüber.«

»Und Sie sind sicher, daß der, den Sie suchen, in Crane's View ist?«

»Absolut. Wir sind sicher, daß es Leute sind, die Sie *kennen.*«

Und Barry erzählte mir noch etwas: Es sei nicht nur ein Mensch, der für den Beitrag der Menschheit zur Weltmaschine zuständig sei – es seien vier. Drei hätten ihren Teil bereits erfüllt. Als ich fragte, was sie gemacht hätten oder ob ich es sehen könnte, griff er in die Tasche und zog *die* Feder heraus.

»Ich werde verrückt! Deshalb verfolgt mich das verdammte Ding auf Schritt und Tritt. Aber Menschen haben keine Federn – Vögel haben welche. Finden Sie diesen Vogel, und Ihre Probleme sind gelöst.«

»Diese Feder wurde von Menschen gemacht. Und da ist noch etwas.« Aus derselben Tasche zog er das silbrige Knochenstück, das ich gefunden hatte, als ich Old Vertue das erste Mal begraben hatte. Erwartungsvoll schaute ich Barry an; vermutlich hatte diese Vorführung eine gute Pointe.

Aber es kam keine. Stattdessen hielt er die beiden Gegenstände in der flachen Hand und schaute sie an. Ohne nachzudenken, ohne zu zögern, ohne etwas damit zu verbinden, ohne zu überlegen, ohne irgend etwas Gottverdammtes zu tun, fragte ich: »Wie rudert man ein Boot über ein hölzernes Meer?«

Er schnippte mit den Fingern der anderen Hand. Es klang sehr laut in der engen Kabine. Wie das Knacken eines Zweiges. »Sehr gut, Mr. McCabe, Sie haben sich an Antonyas Frage erinnert. *Das* ist der dritte Teil. Jetzt brauchen wir nur noch den vierten zu finden.«

»Woher wußte ich das, Barry? Woher wußte ich, daß diese Frage der dritte Teil war?«

»Weil Sie sich auf unsere Frequenz eingestimmt haben. Sie haben unseren Kanal gefunden.« Lächelnd langte er hinüber und kontrollierte noch einmal Magdas Blutdruck. »Jetzt sind Sie in der Lage, unsere Sendungen zu empfangen.«

»Werden Sie nicht witzig. Was hat das zu bedeuten?«

»Es bedeutet, daß Sie allmählich verstehen.«

»Aber was haben eine Feder, ein Knochen und diese Frage gemeinsam?«

»Ich weiß es nicht. Wir hoffen, der vierte Teil wird es uns sagen.«

Im Krankenhaus erwarteten uns Michael und Isabell Zakrides. Sofort nahmen sie den Sanitätern alles aus der Hand und verscheuchten sogar die Krankenschwestern, die zu Hilfe eilten. Die beiden Zakrides sind alte Freunde und ausgezeichnete Ärzte. Als ich vor Jahren niedergeschossen worden war, rettete Mike mir das Leben. Als ich zusah, wie er und seine Frau die Trage mit Magda den Korridor entlangschoben, wurde mir klar, daß er sich bald wieder um mich kümmern würde, wenn nämlich bei mir die Lichter ausgingen. Bevor dieser entzückende Gedanke landen und mich deprimieren konnte, sah ich unten am Korridor etwas, das meine Aufmerksamkeit erregte. Nachdem ich mich vergewissert hatte, daß Magda einstweilen gut versorgt war, ging ich hin.

Bill Pegg stand dort unten und hörte sehr aufmerksam einer kleinen Ärztin mit Mönchshaarschnitt zu. Ihr pedantischer Ton rollte mir schon auf fünf Schritt Entfernung die Fußnägel auf. Als ich dazukam, hob er die Hand, um sie zu unterbrechen.

»Moment, Doktor. Das ist Polizeichef McCabe. Er will das alles sicher auch hören.«

»Was gibt's, Bill?«

»Chief, das ist Dr. Schellberger. Brunhilde Schellberger.« Er zog die eine Augenbraue einen Millimeter hoch, aber das sagte alles.

»Hallo, Doktor. Was gibt's denn?«

»Ein männlicher Weißer namens John Petangles wurde vor einer halben Stunde mit Schußverletzungen an Bauch und Oberschenkel eingeliefert.«

Ich schaute Bill an, hörte aber dabei mich selber, wie ich Johnny sagte, es sei okay, Caz de Floon zu beschatten, ein paar Minuten nachdem dieser Scheißkerl Gee-Gee und Old Vertue erschossen hatte.

»Gebt eine Großfahndung heraus: Männlicher Weißer, etwa sechzig Jahre, trägt einen bunten Jogginganzug. Er ist ungefähr einsfünfundsiebzig, hat dichtes, weißes Haar und wiegt … um die fünfundsiebzig Kilo. Vielleicht ein bißchen weniger.«

Bill zog seinen Notizblock aus der Tasche und schrieb alles auf, aber immer wieder wanderte sein Blick vom Papier weg und musterte mich. »Woher weißt du das, Chief?«

»Tu's einfach, Bill. Wie geht es Johnny?«

»Nicht gut. Er ist gerade im OP.«

»Doktor?«

Sie drehte die Hand hin und her. »Nach der Operation werden wir mehr wissen.«

»Wer ist dieser Kerl, Frannie? Woher weißt du, wen wir suchen müssen?«

»Das erzähle ich dir später. Erst muß ich hier einen Sanitäter namens Barry finden.«

»Barry?« fragte Dr. Schellberger. »Hier in diesem Krankenhaus gibt es keinen Sanitäter, der so heißt.«

Ich wandte mich zum Gehen. »Das wundert mich überhaupt nicht.«

George und Pauline saßen im Warteraum und hielten einander bei der Hand. Dieses Bild fuhr mir ins Herz wie ein

Blitz, der einen Baum spaltet. Zwei Menschen, die mir so viel bedeuteten. Ich würde sie nur noch ein paar Tage haben, und dann würden sie fort sein. George fort, Pauline, Magda, Crane's View ... Mein Leben. Wie gleitet man auf der Welle *dieses* Gedankens an den Strand, ohne herunterzufallen? Dein Leben wird in ein paar Tagen vorbei sein.

»Wird sie wieder gesund, Frannie? Ist mit Mom alles okay?«

»Ja, ich glaube schon. Ich hoffe es. Sie haben gesagt, es sieht gut aus. Aber wir müssen abwarten, bis sie mit den Untersuchungen fertig sind. Pauline, kannst du hier einen Augenblick warten, während ich mit George rede? Es dauert nur fünf Minuten.«

Sie packte mich beim Arm. »Gibt es etwas, das du mir nicht erzählst? Gibt es etwas, was ich über Mom wissen sollte?«

»Nein, nein, um so etwas geht es nicht. Glaub mir. Ich muß mit George nur etwas besprechen ...«

»Lüg mich nicht an, Frannie. Bitte nicht. Ich weiß, daß du mich für ein Baby hältst ...«

»Das stimmt nicht, Pauline. Magda ist deine Mutter. Wenn ich wüßte, daß mit ihr etwas wirklich nicht stimmt, würde ich es dir nicht verheimlichen. Warum glaubst du, daß ich das tun würde?«

»Weil ich in deinen Augen ein Kind bin, und ...«

Es war jetzt so wenig Zeit übrig, daß ich es für unerläßlich hielt, Pauline wenigstens diesen Punkt ganz klar zu machen. Ich faßte sie bei beiden Armen und zog sie so dicht an mich heran, daß sich unsere Nasenspitzen fast berührten. »Das bist du für mich keineswegs. Ich bin höllisch stolz auf dich, und ich glaube, daß aus dir eine Kämpferin wird, wie du es dir neulich abends in der Garage gewünscht hast.« Mehr fiel mir nicht ein, aber ich wußte, ich mußte mehr sagen, denn in mir brach alles auseinander – brach auseinander und stürzte gleichzeitig zusammen. Unmöglich, aber es war trotzdem so.

Das Leben besteht nur aus Widersprüchen und der Notwendigkeit, zu lernen, wie man damit umgeht. Ich wollte diesem gescheiten, naiven Mädchen sagen, es solle still sein und zuhören: Ich werde dir ein bißchen von dem erzählen, was ich gelernt habe, und vielleicht kannst du etwas damit anfangen. Gleichzeitig wollte ich ihr gar nichts sagen, sondern sie weiter in dieser silbrigen Seifenblase der Unschuld leben lassen – bis zum letzten Augenblick, denn irgendwann würde sie natürlich platzen, und Pauline würde auf einer Erde landen, die sehr viel härter war, als sie es sich je hatte träumen lassen.

»Hör mir zu …« Aber jetzt war es an ihr, mich festzuhalten, denn ich verlor völlig die Fassung, konnte nichts mehr sagen und fing an zu weinen.

»Belügst du mich, Frannie? Weinst du deshalb? Belügst du mich über Mom?« Ihre Stimme war weich und liebevoll wie Cashmere. Sie stellte ihre Frage, war aber gleichzeitig beruhigt. Sie hegte keinen Groll. Okay – selbst wenn du mich belogen hast, ist es okay. Ich verzeihe dir und halte dich fest, bis es dir besser geht. Lauter neue Seiten an die-

sem Mädchen, die ich bis zu diesem Morgen nie gesehen hatte. Und alle erschienen gleichzeitig. Sexy Pauline, Flirty Pauline, die Verzeihende, die Verständnisvolle … Wieso hatte ich das vorher nie gesehen? Warum hatte ich sie nicht gekannt?

»Bin ich gut zu dir, Pauline? War ich ein guter Stiefvater?«

»Na ja, schon. Ja, auf jeden Fall. Warum fragst du? Was ist los?«

»Ich will es nur wissen. Ich muß es wissen. Mit deiner Mom ist alles okay. Ich schwöre, daß sie nichts gesagt haben, was ich dir nicht sage. Aber hier geht's um was anderes: Ich will nur wissen, ob ich für dich ein guter Kerl war.«

Sie lächelte – leise, aber warmherzig. »Ein *sehr* guter Kerl. Neulich nachts, als wir in der Garage gesessen und uns unterhalten haben, da hab ich dich so sehr geliebt. Du hast mir das Gefühl gegeben, daß das, was ich sagte, nicht verrückt oder dumm war. Du hast mir das Gefühl gegeben, daß ich normal bin.«

Wir umarmten uns. Wir umarmten uns, und ich spürte Tränen auf meinem Gesicht und die Wärme ihres schmalen Körpers in meinen Armen. »Sei nicht normal, Pauline. Versuche niemals, normal zu sein, denn das ist das erste Symptom einer Krankheit zum Tode. Sobald du das Bedürfnis spürst, normal zu sein, besorg dir das Gegenmittel.«

»Und was *ist* das Gegenmittel?«

Ich hätte so schrecklich gern eine brillante, fetzige Entgegnung geliefert, an die sie sich für den Rest ihres Lebens erinnern würde. Aber mir fiel nichts weiter ein als: »Sieh einfach zu, daß du dein Leben lebst, Pauline. Laß nicht zu, daß das Normale sich für dich ausgibt.«

Isabell Zakrides kam mit Papieren herüber, die ich unterschreiben mußte, und wollte wissen, ob sie mit einem von uns über Magdas Zustand sprechen könne. Mit einem Blick fragte ich Isabelle, ob es etwas Neues gebe. Ihre Augen antworteten, nein, es sei nur eine Formalität. Ich sagte, sie solle mit Pauline sprechen, und das Gesicht des Mädchens zeigte glückliche Dankbarkeit.

»Werden Sie mir sagen, was mit meiner Mom los ist?«

»Selbstverständlich, Pauline. Setzen wir uns da drüben hin, und ich gebe dir die komplette Info.«

Als wir draußen vor dem Krankenhaus standen, berichtete ich George, was Johnny Petangles passiert war; ich sei sicher, daß Floon auf ihn geschossen habe. Ich erzählte ihm auch, was zwischen mir und Barry vorgegangen war. Als ich fertig war, machte George ein Gesicht wie eine durchgebrannte Sicherung, ein Ausdruck, der alles sagte. »Das alles zu verdauen, das ist, als müßte man einen ganzen Truthahn mit zwei Bissen verschlingen, Frannie. Es ist atemberaubend. Was wirst du jetzt tun?«

»Ich wollte Barry ein paar Fragen stellen, aber er ist verschwunden. Ich habe das Gefühl, er wird wiederkommen, wenn es nötig ist. Bis dahin will ich nicht, daß dieser Schwanzlutscher Floon mit einer Pistole durch die Stadt streift. Er hat zwei Leute und einen Hund niedergeschossen, und es ist noch nicht mal Mittag.«

»Aber was wirst du tun, wenn du ihn findest? Du hast nur noch ein paar Tage, Frannie.«

»Erst muß ich Floon finden. Der Kerl ist gefährlich. Und dann suche ich nach dem vierten Ding, auf das sie so heiß sind – was zum Teufel es auch sein mag. Was kann ich sonst tun? Ich habe nicht gerade wahnsinnig viele Möglichkeiten.«

Tiefe Traurigkeit legte sich auf sein sonst so unbewegtes Gesicht und ging nicht mehr weg. Er hatte Angst um mich, und zu meiner Überraschung war auch eine große Menge Zuneigung in seinem Blick. Sehr leise fragte er: »Wie kann ich dir helfen?«

»Geh wieder hinein und behalte Pauline für mich im Auge. Ich kann mir jetzt um sie keine Sorgen machen. Nimm dein Handy mit, damit ich dich erreichen kann, wenn es sein muß. Und geh auch ran, um Himmels willen, George. Laß es nicht einfach klingeln, bis der Akku leer ist.«

»Okay. Wo gehst du jetzt hin?«

»Nach Hause, meine Pistole holen und mich umziehen.

Dann suche ich Floon, den Fliegenden Holländer.«

Wir starrten einander an, und in diesen stummen Sekunden ging eine Menge zwischen uns beiden hin und her.

Endlich flackerte ein kleines, schuldbewußtes Grinsen an seinen Mundwinkeln auf. Er konnte sich nicht verkneifen, mich zu fragen: »Frannie, hast du wirklich die Beatles gesehen? Wie war es?«

»Alle waren kleiner, als ich sie mir vorgestellt hatte. Sogar Lennon. Für mich war er immer drei Meter groß.«

Als ich nach Hause kam, klingelte das Telefon. In unserer Hast, zum Krankenhaus zu kommen, hatten wir vergessen, die Haustür abzuschließen. Ich lief hinein und erwischte das letzte Klingeln. Aber als ich Hallo gesagt hatte, war der Anrufer nicht mehr dran. Hatte Floon in der Zwischenzeit noch etwas angestellt? Gott bewahre. Ich dachte über diese vertraute Wendung nach, als ich in unser Schlafzimmer ging und anfing, mich umzuziehen. Wie konnte »Gott bewahren«, wenn er die ganze Zeit geschlafen hatte? Wie konnte etwas »gottverdammt« sein, und wie konnte man sagen: »Weiß Gott«? Und war er tatsächlich bewußtlos, wie wir es im Schlaf sind? Oder meinte Barry das als eine Art kosmische Metapher?

Mit der Hose in den Händen und einem erhobenen Bein, bereit zum Hineinsteigen, merkte ich, daß ich auf unser Bett starrte. Schlief Gott auf einer Matratze? Hatte er ein Kopfkissen? Wie groß war sein Bett? Warum lächelte ich plötzlich? Ich würde bald tot sein, weil mein armes Gehirn explodieren würde. Bis dahin mußte ich den irren Caz de Floon fangen, bevor er noch jemanden erschießen konnte, und dann das vierte Ding finden, um das Universum zu retten. Warum lächelte ich?

Als ich die Hose angezogen hatte, richtete ich mich auf und nahm eine astreine Bruce-Lee-Pose ein: die Arme in umgekehrter L-Form erhoben, bereit zum tödlichen Schlag. Ich ließ die Hand niedersausen und schrie mit meiner besten Hongkong-Karatefilm-Stimme: »Hiii-ja!« McCabe, der sterbende Herr des Universums. Denn George hatte recht: Es war einfach zuviel für die Vorstellungskraft, und erst recht für die Verdauung. Es schien einfach logisch, zu tun, was ich konnte, und Barry den Rest zu überlassen, ihm und seiner Gang und wer sonst noch da draußen zwischen den Sternen war.

Eine Lösung hatte ich nicht, aber die Ungeheuerlichkeit des Problems mußte ich bewundern.

Wo steckt Floon? Wo würde ich in seiner Situation hingehen? Wo *könnte* ich hingehen, ohne Geld und ohne Ausweis? Ich nahm an, daß er nichts als die Kleider am Leib gehabt hatte, als er hergekommen war. Außerdem wußte er nicht das Geringste über die Verhältnisse von heute. Wenn ich plötzlich um dreißig Jahre zurückgeschossen worden wäre, ohne Vorbereitung und ohne irgendwelche Mittel, wüßte ich nicht, was ich tun sollte. Er hatte gesagt, er wollte »ein paar Veränderungen vornehmen«, und ich vermutete, das bedeutete, er wollte sich zunutze machen, was er über die Zukunft wußte, um seinen Wohlstand dort zu vergrößern – mit anderen Worten, am Tag des Börsengangs eine Quadrillion Microsoft-Aktien kaufen. Aber wie konnte er das tun? Wollte er eine Bank ausrauben, um sich das nötige Startkapital zu beschaffen? Er besaß eine Pistole, und den nötigen Mumm hatte er ganz sicher auch.

Ich stand vor der Frisierkommode, steckte alle möglichen Sachen in meine Taschen, und dabei betrachtete ich mich im Spiegel und versuchte die Sache auszuknobeln: Wo würde Floon hingehen? Was würde er wohl als erstes tun?

Magda ist eine ordentliche Frau. Alles ist an seinem Platz, unser Haus ist immer tipp-topp in Ordnung, auf ihrem Schreibtisch liegen keine Papiere, die dort nicht hingehören, und monatliche Rechnungen werden stets pünktlich beglichen. Das ist eine ihrer Qualitäten, die ich von ganzem Herzen zu schätzen weiß, denn ich bin für gewöhnlich weder im Kopf noch in meiner Buchführung besonders ordentlich. Wenn morgens die Post kam, legte sie alle Briefe für mich in einem säuberlichen Stapel auf meine Kommode. Wenn ich von der Arbeit nach Hause kam und mich umzog, blätterte ich sie durch und las alles, was einladend aussah. Alles andere ließ ich auf der Kommode liegen, bis der Augenblick käme, wo ich das minimale Interesse aufbrächte, sie zu öffnen. Magda und Pauline machten sich darüber lustig, wieviele Preisausschreiben mir entgingen und wieviele Waisenkinder ich verhungern ließ, weil ich die meisten dieser Briefe tagelang nicht öffnete.

Heute lag zuoberst auf diesem Stapel der Quartalsbericht meines Börsenmaklers. Als ich mir die Taschen mit dem vollgestopft hatte, was ich vermutlich brauchen würde – Geld, Notizbuch, Pistole –, ging ich im Geiste noch einmal die Liste durch, um sicherzugehen, daß ich nichts vergessen hatte. Dabei fiel mein Blick auf den Brief des Maklers, speziell auf die Post- und E-mail-Adressen der Firma. Und dann ging mir ein Licht auf.

»Elementar, mein lieber Watson!« Und dann galoppierte ich aus dem Haus wie ein Pferd in Flammen.

Unsere Stadtbibliothek war das Lieblingsprojekt von Lionel Tyndall, dem einzigen obszön reichen Einwohner von Crane's View, einem einsamen alten Exzentriker, der sein Vermögen mit Ölquellen gemacht hatte. Tyndall stiftete der Bibliothek vor seinem Tod so viel Geld, daß es eine Freude ist, diesen Ort aufzusuchen. Sie haben dort nicht nur ein großes Sortiment von ständig wechselnden Büchern; auch die Einrichtung ist stets up to date und auf dem neuesten Stand. Die Chefbibliothekarin, Maeve Powell, brachte mir geduldig bei, wie man mit einem Computer umgeht, und als ich das konnte, zeigte sie mir, wie man surft und das Internet mit all seinen Möglichkeiten nutzt.

Als ich an diesem Morgen hineinkam, saß Maeve am Empfangstisch und betrachtete einen großen Bildband über Armbanduhren. Der Computerraum der Bibliothek liegt hinter diesem Tisch auf der rechten Seite. Von wo ich stand, konnte ich nicht hineinschauen. Es machte mich nervös, zu wissen, daß Floon womöglich nur wenige Schritt weit von mir entfernt war, aber ob das stimmte, konnte ich nicht wissen.

Bibliothekarin Powell ist so ernsthaft wie ein Postwertzeichen; wenn sie also lächelt, sollte man es als ein besonderes Geschenk auffassen. Sie schaute von ihrem Buch auf und lächelte. »Guten Morgen, Francis.«

»Hallo. Sind Sie hier, seit die Bibliothek heute geöffnet hat?«

»Ja. Ich habe gerade etwas über die Breguet Tourbillon gelesen …«

»Das ist schön. Aber ist hier ein Mann in einem scheußlich bungen Jogginganzug hereingekommen, etwa sechzig, mit dichtem weißem Haar? Er spricht mit Akzent.«

»Ja. Er war sehr nett. Fragte nach CDs mit Encarta-Enzyklopädie und -Wörterbuch, die wir hier in Reserve haben. Damit ist er dann in den Computerraum gegangen.«

»Ich wußte es! Ich wußte, er würde nach einem Computer und dem gottverdammten Internet suchen! Ist sonst noch jemand in der Bibliothek?« Ich schaute mich um. Eine dicke Frau in einem gelben Kleid saß an einem Tisch und las in einem *Utne Reader*-Magazin. »Außer ihr?«

Maeve begriff. Ihre Stimme wurde ernst, und sie sprach schneller. »Ja, im Computerraum sind noch zwei Kinder.«

»Scheiße.« Ich holte tief Luft und atmete langsam wieder aus. »Okay, damit müssen wir einfach klarkommen.«

»Wer ist dieser Mann, Frannie?«

Einen Moment lang fühlte ich mich versucht, es ihr zu sagen, aber irgend etwas hielt mich zurück. »Nicht so wichtig. Ich muß nur mit ihm reden, und es könnte heikel werden. Wer ist sonst noch in der Bibliothek, außer ihr und den beiden Kindern?«

»Niemand.«

»Dann gehen Sie doch eine Weile hinaus und nehmen Sie die Frau mit.«

»Soll ich das Polizeirevier anrufen?«

»Nein. Mal sehen, ob ich die Sache ohne Aufsehen erledigen kann. Gehen Sie beide nur schon mal raus.«

Sie stand sofort auf, zögerte dann aber. Es war klar, daß sie etwas sagen wollte. Stattdessen ging sie um ihren Tisch herum zu der Frau hinüber. Beide starrten mich an, während Maeve mit ihr sprach. Das Dickerchen wollte offensichtlich nicht gehen. Aber dann hörte sie etwas, das sie umstimmte. Sie sprang von ihrem Stuhl hoch, als wäre es ein Schleudersitz, und dampfte an mir vorbei zur Tür in einem Tempo, das alles sagte.

Maeve blieb noch einmal bei mir stehen. »Frannie.«

»Ja?« Ich schaute von ihr zur Tür des Computerraums und wünschte, sie würde gehen, damit ich es hinter mich bringen könnte.

»Meine Tochter Nell ist da drin. Nell und ihre Freundin Layla.«

»Ich kümmere mich darum. Keine Sorge.«

»Wenn irgend etwas passieren würde …«

Ich sprach leichthin, als wäre das alles keine große Sache. »Es wird nichts passieren, Mrs. Powell. Ich gehe da hinein und komme mit dem Kerl wieder heraus. Ratz fatz, und wir sind weg. Bitte vertrauen Sie mir.«

»Ich vertraue Ihnen ja, Frannie. Aber da drin ist *Nell*. Lassen Sie nicht zu, daß meinem Kind etwas passiert.«

»Niemals.« Ich berührte ihre Wange. Ihre Augen schwammen in Tränen, und ihre Lider zitterten.

Als sie das Gebäude verlassen hatte, ging ich langsam um den Tisch herum. An die Wand gepreßt, zog ich die Beretta aus der Tasche und entsicherte sie. Ich hielt sie an meiner Seite und schob mich auf den Computerraum zu. Als ich die Tür erreicht hatte, wollte ich einen verstohlenen Blick durch die Glasscheibe werfen. Ohne Vorwarnung zerbarst eine Nova von unvorstellbarem Schmerz in meinem Kopf. Weil ich mit dem Rücken an der Wand stand, rutschte ich daran entlang zu Boden. Sonst wäre ich aufs Gesicht gefallen. Ich hatte keine Gewalt über meinen Körper.

Ich dachte, mich hätte eine Kugel getroffen. Dann dachte ich nichts mehr, denn in meinem Kopf war kein Platz für irgend etwas außer dem Schmerz. Der Atem gefror mir in der Kehle. Ich konnte nichts sehen. Keine Qual war schlimmer als das. Nichts. Das Schrecklichste war, daß ich die ganze Zeit bei Bewußtsein blieb – kein Blackout, kein physischer Ausstieg. Ich muß ausgesehen haben wie ein Betrunkener, wie ich da auf dem Boden saß, benommen und hinüber. Es war wie bei einem unterirdischen Atomversuch. Sie wissen schon – wenn die Bombe losgeht, ist das einzige sichtbare Anzeichen dafür die Erde, wie sie nach innen einbricht, eine halbe Meile tief, den fünfzig Megatonnen Feuer in ihrem Bauch entgegen.

Ich weiß nicht, wie lange es dauerte – fünf Sekunden, eine Minute. Ich weiß nicht, wie ich es überlebte. Als es aufhörte, war ich wie betäubt. Ist das das richtige Wort? Betäubt, gelähmt, und nichts in meinem Gehirn würde je wieder richtig funktionieren. Hiernach war das nicht mehr möglich.

Ich saß auf dem Boden vor dem Computerraum und starrte blicklos auf ein großes Schwarzweißfoto von Ernest Hemingway an der Wand gegenüber. Daneben hing eins von Fitzgerald, dann kamen Faulkner, Emerson, Thoreau. Ich kannte die Gesichter, aber es dauerte eine Ewigkeit, ihre Namen aus dem Schutt meines Verstandes zu wühlen. Um sicherzugehen, daß es Hemingway war, sprach ich seinen

Namen aus. Es klang korrekt, obwohl er nur langsam aus meinem Mund kam, als wäre das Wort aus zähem Karamel.

Ich fühlte die Kälte des Bodens unter meinen Handflächen, die Härte der Wand an meinem Rücken. Nichts in mir war mehr sicher oder verläßlich. Eine der ersten Erkenntnisse, die mir kamen, als mein Kopf langsam wieder klar wurde, war die, daß der Hirntumor soeben mein Dasein übernommen hatte. Im Gegensatz zu dem, was Barry gesagt hatte – daß ich ein paar Tage Gnadenfrist hätte, bevor er mich umbrächte –, bewies das, was soeben passiert war, daß er nicht recht hatte. Vielleicht blieb mir nicht mal mehr ein Tag.

Ich versuchte normal zu atmen, aber das war unmöglich. Meine Lunge sog die Luft in kurzen, keuchenden Zügen ein, wie bei einem kleinen Tier, das in die Enge getrieben ist. Ich wandte meine ganze Willenskraft darauf, langsam und tief zu atmen, aber es klappte nicht. Mein Blick bewegte sich an der gegenüberliegenden Wand herunter, über den Boden und zu meiner Hand. Sie hielt noch immer die Pistole umklammert, aber eine endlose Zeitlang konnte ich buchstäblich nicht erkennen, was für ein Gegenstand das war.

Aus dem Computerraum kam Kinderlachen. Mehr als alles andere schärfte das meine Gedanken. Mir fiel wieder ein, warum ich da war: Floon – schnapp ihn. Maeves Tochter – rette sie. Steh auf.

»Steh auf, *Mullerfucker.*« Ich lächelte über meinen Fehler. Eins meiner liebsten Wörter in der englischen Sprache, und ich konnte es nicht mal mehr aussprechen. Also versuchte ich es noch einmal, sorgfältig: »*Mother-fucker.*« Gut. Und jetzt war es Zeit, aufzustehen. Ich versuchte es. Ich versuchte, mich vom Boden hochzustemmen, aber ich war schwer, so unglaublich schwer. Die Schwerkraft hatte sich verdoppelt, verdreifacht. Wie sollte ich je hochkommen?

Einen grausigen Augenblick lang stand mein Kopf wieder in Flammen – der Schmerz loderte hindurch wie ein meilenlanger Tanz von Blitzen, ein Wetterleuchten am nächtlichen Augusthimmel. Aber das war alles – ein Gleißen, noch einmal gefrierender Atem, aber dann war es vorbei. Es war vorbei.

Und dann sprach ich wieder, aber nicht mit meiner eigenen Stimme. »Steh verdammt noch mal auf, *Motherfucker.*« Sagte ich, sagte *jemand*, und diesmal war das Wort tadellos ausgesprochen.

»Ich kann nicht. Ich habe keine Kraft«, sagte ich ohne Selbstmitleid, mit absoluter Ruhe.

»Nein, *du* kannst nicht, aber ich kann. Also mach schon.« Gee-Gees Stimme kam aus meinem Mund.

Ich fragte: »Wo bist du?« und wartete.

»Überall, wo du mich brauchst«, antwortete er. »Aber steh jetzt *auf*.«

Ich hielt es für eine gute Idee, die Pistole auf den Boden zu legen, während ich versuchte, aufzustehen. Behutsam legte ich sie hin; ich wollte kein Geräusch machen. Sie lag schwarz auf dem gelben Linoleum. Ich mag keine gelben Sachen.

»Vergiß das Gelb! Konzentrier dich. Du mußt dich konzentrieren auf das, was du tust.«

»Okay.« Ich fuhr mir mit der Zunge über die Lippen und raffte Energie zusammen, um aufzustehen. Anfangs ging es langsam. Als ich mich aufstützte, spürte ich plötzlich einen massiven Ruck von Kraft und Energie, der durch meine Arme ging. Aber nur in den Armen, sonst nirgends. Sie fühlten sich an, als gehörten sie einem starken und agilen Menschen. Einem Siebzehnjährigen vielleicht …

»Das bin ich nicht, der das hier tut, nicht wahr, Gee-Gee?«

»Doch, das bist du. Komm mir jetzt nicht philosophisch. Reiß dich am Riemen und mach's endlich.« Er klang genervt, als ginge ihm meine Hilflosigkeit auf den Wecker.

Als ich wieder stand, schaute ich zu Boden und sah meine Pistole dort. Es war, als liege sie fünf Meilen weit entfernt auf dem Grund des Grand Canyon. Ich brauchte sie für das, was ich tun mußte, aber ich war nicht sicher, ob ich es schaffen würde, noch einmal hinunterzugelangen, ohne auf die Nase zu fallen.

»Ich glaube, das schaff ich nicht.«

»Heb die Scheiß-Pistole auf.«

Wie ein alter Mann, wie *der* alte Mann, der ich in Wien gewesen war, sank ich in Zeitlupe in die Hocke, um meine Pistole zu holen. Es klappte, und ich hatte das Gefühl, wirklich etwas geleistet zu haben. Denn trotz der starken Arme kam der Rest meines Körpers mir ganz nutzlos vor.

»Und was jetzt?« fragte ich in die Leere um mich herum. Ich bekam keine Antwort. Gerade, als ich Gee-Gee am dringendsten brauchte, war er verschwunden.

Ich stand da, und aus meinen Ohren kamen Rauch und Asche von dem Vesuv, der eben in meinem Gehirn ausgebrochen war. Es gab keine Garantie dafür, daß ich nicht jeden Augenblick aus den Latschen kippen würde. Und trotzdem sollte ich einen Raum betreten und dort einen wahnsinnigen Milliardär und Mörder entwaffnen, während zwei Kinder danebenstanden?

Drei Kinder. Als ich es geschafft hatte, genug Kraft zusammenzukratzen, um noch einmal zu dieser Tür zu

gehen, schaute ich hindurch und sah drei kleine Rücken, die um einen großen herumstanden. Zwei Mädchen, ein Junge und Floon starrten auf den Monitor. Er saß, und die drei standen, aber trotzdem war keins von ihnen höher als seine Schultern. Die Kids standen so dicht zusammen, daß sie einander berührten; sie wollten nichts von dem Spaß verpassen, der da über den Bildschirm flimmerte. So viele Informationen erschienen dort so schnell, daß meine Augen unmöglich irgend etwas aufnehmen konnten. Da mir alle den Rücken zugewandt hatten, beobachtete ich sie weiter.

Hin und wieder hob Floon die Hände auf das Keyboard und tippte so schnell, wie ich noch nie jemanden hatte tippen sehen. Das war es, was die Kinder zum Lachen brachte. Jedesmal, wenn er die Tasten mit den Fingern attackierte, quiekten sie vor Entzücken und versuchten, sich noch dichter an den Monitor zu drängen. Ich habe gehört, daß die schnellsten Stenotypisten hundertsechzig Wörter in der Minute schaffen. Vergessen Sie's – Floon war um Äonen schneller. Wie es aussah, tippte er schneller, als die verdammte Maschine es aufnehmen konnte. Ich schwöre bei Gott, es lag immer eine winzige Verzögerung zwischen dem, was er eingab, und dem, was dann auf dem Bildschirm erschien. Wenn er tippte, sah er aus wie eine Zeichentrickfigur im Schnelldurchlauf.

Schließlich lehnte er sich zurück und wartete, während der Computer aufholte und tat, was er verlangt hatte. Sekunden später erschien dann ein Schwall von Worten und Grafiken oder fliegende Myriaden von mathematischem Zeug. Er betrachtete alles eine Weile und fiel dann wieder über die alte Tastatur her. Und jedesmal schütteten die Kinder sich aus, wenn sie ihn rasen sahen. Das Interessante war, daß Floon offenbar nichts dagegen hatte, daß sie hier waren. Oder es war ihm gar nicht bewußt.

Aber mir – desto mehr, als der Junge sich Nell Powell zuwandte und sie heftig gegen das andere Mädchen schubste. Nell schubste ihn ebenso heftig zurück. Er verlor das Gleichgewicht, taumelte zurück, versuchte sich zu fangen. Es gelang ihm nicht, und er fiel auf den Hintern. In diesem Augenblick konnte ich sein Gesicht sehen, und er war ich,
neun oder zehn Jahre alt. Der zehnjährige Frannie McCabe war in diesem Raum mit Floon und den Mädchen. Der siebenundvierzigjährige Frannie McCabe stand allein draußen und schaute zu.

Als ich Gee-Gee gefragt hatte, wo er sei, hatte er gesagt: *Überall, wo du mich brauchst.* Das also hatte er gemeint? Daß ich nicht mehr nur ich war und dann Gee-Gee, sondern auch noch andere McCabes aus allen meinen Epochen? Einschließlich der kleine Fran da drin bei Caz de Floon? Ein lebendes Album mit »Greatest Hits«, alle gleichzeitig gespielt.

Immer noch auf dem Hintern sitzend, schaute der Junge zur Tür. Sein kleines Gesicht erschien wie eine Mischung aus verschlagener Ratte und Chorknabe. Ohne das geringste Anzeichen von Überraschung grinste er mich verschmitzt an, als gäbe es einen privaten Witz zwischen uns beiden, und streckte mir den aufgerichteten Daumen entgegen.

Ich wandte mich ab, lehnte mich wieder an die Wand und schloß die Augen. Okay, nimm's hin. So wird es weitergehen, bis du stirbst: Chaos allenthalben, keine Antwort auf deine Fragen, ein Kopf, der tickt wie eine Zeitbombe, und jedesmal, wenn du dich umdrehst, ein anderer McCabe. Also nimm es hin, akzeptiere es, wenn du kannst. Denn du hast keine Zeit für irgend etwas anderes, Freundchen.

Ich spähte wieder durch die Scheibe und sah, wie der Junge aufstand und noch einmal zu mir herüberschaute. Sein Gesichtsausdruck fragte unmißverständlich: Was willst du? Was soll ich tun? Nell bemerkte es und wandte den Kopf, um zu sehen, wohin er glotzte. Ich zog mich hastig zurück; sie sollte nicht wissen, daß ich da war.

Welche Möglichkeiten hatte ich? Was konnte ein kleiner Junge gegen Floon ausrichten, was ich nicht selbst könnte – obwohl der Kleine im Moment wahrscheinlich stärker war als ich und klarer in der Birne außerdem. Nach der Explosion in meinem Kopf war ich ausgelaugt und sehr zittrig, und mir war nur allzu deutlich bewußt, daß ich jeden

Augenblick wieder zusammenklappen konnte.

Als Junge hatte ich so viel Geduld wie eine Stubenfliege. Daran hätte ich denken sollen, als ich den kleinen Gee-Gee im Computerraum beobachtete. Nachdem wir einander noch ein Weilchen angestarrt hatten, gestikulierte er wieder, ungeduldig und übertrieben. Sein ganzer zappelnder Körper fragte: Was soll ich tun?

So gut ich konnte, malte ich mit Gesten einen Computermonitor. Er verstand, was ich sagen wollte, und nickte. Als nächstes zeigte ich ihm, was er tun sollte. Er strahlte wie eine Tausend-Watt-Birne. Junge, er war begeistert von meinen Anweisungen.

Ohne eine Sekunde zu zögern, trat er an Floon heran, der wieder tippte. Mit beiden Händen stieß der Junge der Monitor von seinem Ständer, und das große Scheißding flog in den Raum und krachte auf den Boden. Zeit verstrich. Alle vier erstarrten, wo sie waren. Aber dann tat dieser Schweinehund Floon nicht, was ich erwartet hatte. Ich hatte gedacht, er würde aus der Haut fahren, zum Berserker werden, sich wie Rumpelstilzchen mitten durchreißen vor lauter Wut über den Verlust seiner Daten oder der Zeit, die er bereits am Computer verbracht hatte, um zu tun, was immer er da tat. Aber nichts von all dem. Mit bestürzender Coolness stand er auf, ging hinüber zum nächsten Computer und fing an, auf den einzudreschen, ohne aus dem Takt zu geraten.

Nachdem meine einzige Idee den Bach hinuntergegangen war, stieß ich die Tür auf, ging zu Floon und schmetterte ihm meine Pistole mit voller Wucht gegen den Hinterkopf. Das wirkte. Er kippte nach vorn und schlug mit dem Gesicht gegen den Monitor, daß die Scheibe zersprang. Er hatte eine Menge weißes Haar. Ich packte eine Handvoll davon und knallte sein Gesicht auf das Keyboard.

»Kinder, lauft raus. Nell, deine Mom wartet draußen.«

Die Mädchen schwirrten ab wie zwei Hasen, aber nicht McCabe Junior. »Das war supercool!«

»Geh raus.«

»Nein! Ich bleibe hier. Glauben Sie, das laß ich mir entgehen? Schlagen Sie ihn noch mal.«

»Geh, oder ich sag deiner Mutter, daß du fünfzehn Dollar aus ihrer Handtasche geklaut hast, um zur Autoausstellung nach White Plains zu fahren.«

Sein Unterkiefer klappte herunter. »Woher wissen Sie das?«

Ich bemühte mich, nicht zu lächeln, als ich hervorbrachte: »Ich kann hellsehen. Jetzt geh raus und warte auf mich.«

»Mann, was für ein heißer Scheißer.« Und mit diesen Worten wandte er sich zum Gehen. »Aber ich werde auf Sie warten. Vergessen Sie das nicht.«

Kaum hatte die Tür sich geschlossen, da schlug ich Floons baumelnden Kopf noch einmal auf die Tasten, nur weil mir danach war. Durch und durch unprofessionell, aber ich war auch kein Profi mehr. Ich suchte nach seiner Pistole. Sie steckte in einer seiner Taschen. Ich wühlte sie heraus und steckte sie ein.

»McCabe …« murmelte er.

»Schnauze, Caz, sonst dribble ich noch ein bißchen weiter mit Ihrem Kopf. Glauben Sie ja nicht, daß mich das nicht reizen würde.«

»McCabe, hören Sie zu …« Er klang halbwegs betrunken.

Ein Schwall von Schmerz schoß durch mein Hirn. Nicht jetzt! Nicht jetzt, bitte. Ich hob die Schultern und zog den Kopf ein, und dann erwartete ich das Schlimmste, aber es kam nicht.

»McCabe, werfen Sie wenigstens einen Blick auf den Monitor.«

Was dort zu sehen war, wirkte wie ein höchst detaillierter Zugfahrplan.

»Tan –« Er holte tief Luft und fing auf halbem Wege an zu husten. Blut tropfte von seinem Mund auf den Tisch. »Tancresis. Es ist noch nicht erfunden! Oder – wenn doch, ist es noch nicht öffentlich bekannt. Ist das nicht erstaunlich? Nicht einmal das Wort steht im Wörterbuch. Es weiß noch niemand davon.«

»Ich weiß nicht, wovon Sie reden, Caz. Und es ist mir auch ziemlich egal.«

»*Egal?* Tankretische Sprenz? Nukleare Transmutation? *Kaltfusion*, Sie Idiot! Wie das geht, ist noch nicht entdeckt!«

Ich schlug seinen Kopf noch einmal auf das Keyboard. Allmählich machte es Spaß. Meine Wut auf ihn pumpte eine ordentliche Adrenalinladung Energie in meine Adern und mein Herz zurück. »Versuchen Sie nicht, mich zu fikken, Floon – dazu ist Ihr Schwanz nicht groß genug.« Und nach der Melodie von Sam Cookes Song »Wonderful World« sang ich:

»Weiß nicht sehr viel über Kaltfusion,
Weiß auch nicht viel über Caz de Floon,
Doch ich weiß, ich reiß den Arsch dir auf
Und du weißt, ich wart schon lange drauf …

Mir ist egal, was Sie suchen oder was Sie gefunden haben, Floon. Aber jetzt werden Sie und ich erst einmal von hier verschwinden. Und wenn Sie unterwegs irgend etwas anstellen, was mich sauer macht, bringe ich Sie um, ohne auch nur eine Sekunde zu zögern. Darauf gebe ich Ihnen mein Wort.«

»Sie können mich nicht umbringen – Sie sind Polizist.«

»Präteritum, Caz. Präteritum. Dies ist eine schöne neue Welt. Hoch mit Ihnen.«

»Bitte, McCabe, hören Sie mir zwei Minuten zu. Was ich Ihnen erzähle, wird Ihr Leben verändern.«

Ich schnaubte. »Was davon noch übrig ist. Ich habe kein Bedürfnis danach, mein Leben weiter zu verändern als bisher. Was wollen Sie? Sie haben eine Minute Zeit. Also reden Sie.«

»Okay.« Er betastete seine Stirn und zuckte zusammen. Er betrachtete seine Finger und wußte anscheinend nicht, was er mit dem verschmierten Blut darauf anfangen sollte. Das gefiel mir außerordentlich.

Ich schaute auf mein nacktes Handgelenk und hielt mir dann eine imaginäre Armbanduhr ans Ohr, um mich zu vergewissern, daß sie funktionierte. »Nach meiner Uhr haben Sie noch ungefähr dreißig Sekunden von Ihrer Minute, Caz.«

»Stop! Sie sollten mir dankbar sein für das, was Sie gleich sehen. Im allermindesten Fall wird es Ihnen zeigen, wie Sie sofort sehr reich werden können. In fünf Minuten. Geben Sie mir nur fünf Minuten …«

»Zwei. Ich habe schon Geld genug.«

»Zwei. Okay. Ich zeig's Ihnen.« Wieder rutschte er einen Tisch weiter – Computer Nummer drei. Bei diesem Tempo würden in der Bibliothek keine Geräte mehr übrig sein, wenn wir gingen. Seine Finger ließen die Tastatur rattern wie ein Maschinengewehr, und die Informationen, die er aufrief, flogen über den Bildschirm.

»Diese Website kenne ich! Yahoo, Finanzen.«

»Richtig. Und jetzt passen Sie auf.« Er tippte weiter. Einen Augenblick später erschien eine Marktforschungsstudie über eine Firma namens SeeReal auf dem Monitor. Die Börsenticker-Abkürzung dafür lautete SEER. Die Unternehmensaktien wurden zu sechzehn vierzehn Sechzehntel Dollar gehandelt. SeeReal war seit drei Jahren im Geschäft, hatte aber noch keinen Penny Gewinn erwirtschaftet.

»SEER. Sehr interessantes Unternehmen, Caz. Vier Dollar die Aktie? Wow, das ist die Liga von Intel, was? Wird Zeit, daß wir gehen.«

Seine Stimme wurde höher, höher und höher. »Nein, nein, Sie müssen zuhören! SeeReal hat eine Substanz namens Naterskine entdeckt. Diese Forschung wird dazu führen, daß sie etwas entwickeln, das tankretische Sprenz heißt. Wenn das geschieht, wird das Unternehmen zehnmal wichtiger und mächtiger als General Electric. Glauben Sie mir, McCabe. Deshalb war ich so schockiert, als ich gesehen habe, daß es noch nicht geschehen ist. In den neuesten Ausgabe der Wörterbücher und Enzyklopädien findet sich keine dieser Informationen. Es ist, als wollte jemand namens Bill Gates Sie fragen, ob Sie Lust hätten, ein bißchen Geld in ein neues Unternehmen namens Microsoft zu investieren, das er gründen möchte. Und wenn Sie mir

mehr Zeit geben, hier zu arbeiten, dann werde ich noch sehr viel mehr solche Dinge für Sie herausfinden. Investieren Sie jetzt, und in fünf Jahren sind Sie reich wie Krösus.«

»Floon, Sie sind ein Stück Scheiße an meiner Schuhsohle. Je eher ich Sie abkratzen kann, desto besser. Aus irgendeinem unerklärlichen Grund hat man Ihnen das große Privileg gewährt, um dreißig Jahre in der Zeit zurückzureisen. Zeitreise, Herrgott noch mal. Ein absolutes, totales Vier-Sterne-Wunder. Aber was machen *Sie* als erstes? Gehen online und surfen im Netz, um Geld zu machen. Sie sind ekelhaft.«

»Das habe ich doch gar nicht getan.«

»Es ist mir egal, was Sie getan haben. Stehen Sie auf.«

»Seien Sie kein Esel, McCabe. Keiner von uns weiß, weshalb man uns hierher zurückgeschickt hat. Wir wissen auch nicht, ob wir je wieder in unsere richtige Zeit zurückkehren können. Warum sollen wir also nicht das Beste daraus machen?«

Er glaubte, ich sei aus denselben Gründen hier wie er.

»Sie glauben, ich wurde aus *Ihrer* Zeit hierher zurückgeschickt?«

Er klapperte ein paarmal übertrieben langsam mit den Lidern. Als er sprach, troff seine Stimme von Sarkasmus. »Na, *hallo*, stehen Sie denn etwa nicht hier neben mir, obwohl wir uns zuletzt in Wien gesehen haben?«

»Floon, Sie sind sechzig Jahre alt. Sehe ich aus wie sechzig?«

»Das ist doch unwichtig ...«

»Nein, es ist äußerst wichtig. Daß Sie hierher zurückgeschickt wurden, war ein Fehler. Daß ich hierher zurückgeschickt wurde, war die Korrektur. Dies ist meine Zeit; für mich ist es kein Fehler.«

Sichtlich unbeeindruckt verschränkte er die Arme. »Woher wissen Sie das?«

Ich wollte antworten, aber dann dachte ich, was soll's? »Weil die Aliens es mir gesagt haben. Los jetzt.«

»Was für Aliens?« Jetzt sah er aus, als ob er mir glaubte.

»Sie haben sie noch nicht kennengelernt? Die Aliens von der Rattenkartoffel? Nette Jungs. Wohnen hinter dem Krebs-Nebel. Wenn sie zur Erde kommen, verkleiden sie sich entweder als Sanitäter oder als gutgekleidete Schwarze mit teuren Armbanduhren. Los jetzt.«

»Wo gehen wir denn hin?«

Wo *gingen* wir hin? Bis zu diesem Augenblick hatte ich darüber eigentlich nicht nachgedacht – bei all dem Wirbel. Aber Floon hatte nicht unrecht. Ich konnte ihn nicht ins Gefängnis bringen, weil das bei den Leuten auf dem Revier zu viele Erklärungen erfordert hätte, und für Erklärungen hatte ich keine Zeit.

»Wollen Sie nicht wissen, was ich am Computer getan habe, McCabe?«

»Nein, und jetzt halten Sie den Mund.« Wo zum Teufel sollte ich ihn hinbringen?

Die Tür flog auf, und mein kleines Ich erschien. »Die Cops sind da.«

»Wo? Hab ich dir nicht gesagt, du sollst hinausgehen?«

»Bin ich doch, Mr. Dummy. Aber jetzt sind die Cops da

draußen. Das wollte ich Ihnen bloß sagen. Ich dachte, Sie wollen's vielleicht wissen. Die sind mit zwei Wagen da, und gerade unterhalten sie sich auf der anderen Straßenseite mit der Bibliothekarin.«

Ich dachte laut. »Maeve muß sie gerufen haben.«

Mit Spott im Blick und in der Stimme fragte Floon: »Werden Sie mich verhaften lassen, McCabe?«

»Lieber würde ich Sie ausstopfen lassen. Jetzt halten Sie den Mund. Ich muß mir die Sache überlegen.«

Die beiden betrachteten mich, als ob ich wüßte, was ich tat. Floon war ungerührt, der Junge glücklich und aufgeregt. Ich hatte ihn nicht wieder hinausgeworfen, und das hieß, daß er vorläufig dableiben und sehen konnte, wie es weiterging.

So schnell mein hinkendes Hirn denken konnte, versuchte ich mir darüber klarzuwerden, welche Möglichkeiten mir offenstanden. Wenn wir in der Bibliothek blieben, würde Bill Pegg irgendwann annehmen, daß es sich um eine Art Geiselnahme handelte, und die entsprechenden Schritte unternehmen. Das ließ nichts Gutes ahnen. Ich mochte Bill sehr gern, aber ich wußte, daß er Träume von Ruhm und Ehre hegte, größtenteils unerfüllt. Hier bot sich für ihn die Chance, im großen Stil das Kommando zu übernehmen, aber das war nicht unbedingt gut so.

Besser wäre es, einfach aus der Bibliothek hinauszuspazieren. Aber beide Möglichkeiten liefen auf das gleiche hinaus – ich müßte danach Stunden damit verplempern, alles zu erklären und diese bizarre Situation glattzubügeln. So viel Zeit zu vergeuden, das konnte ich mir nicht leisten.

»Was ist mit dem Keller?« fragte Junior, aber ich registrierte seine Frage erst nach ein paar Herzschlägen.

»Hä?«

»Der Keller. Wenn wir uns da rausschleichen, durch die Kellertür?«

»Wieso schleichen?«

»Weil die Cops da draußen sind, Blödmann! Meine Güte, willst du, daß sie dich fangen oder was?«

»Wer ist dieses Kind, McCabe?«

»Mein Sohn.«

»Bin ich nicht!«

»Na, aber nah dran. Woher weißt du von dem Keller?«

»Ich weiß ‘ne Menge über diesen Laden. Ich hab so gut wie alles hier erforscht. Ich und dieser Typ, wir haben einen Weg gefunden, wie man unten durch die Feuertür raus kann …«

Trotz meines versengten Gehirns fiel mir ein, wovon der Junge redete; ich erinnerte mich, wie ich in seinem Alter das Schloß an einer Tür unten im Keller geknackt hatte. Al Salvato und ich. Ich sprach den Namen aus, bevor ich Gelegenheit zum Nachdenken hatte. »Al Salvato.«

Little Fran nickte, denn es lag auf der Hand, von wem er geredet hatte.

Und er hatte recht – wir könnten uns mühelos durch diese Tür hinausschleichen, und nach ein paar strategischen Haken nach rechts und links wären wir in fünf Minuten aus dieser Gegend verschwunden.

»Du bist ein cleverer Junge. Und da du schon mal die Idee hattest, könntest du uns doch auch gleich den Weg zeigen.«

»Okay.«

Ich packte Floon beim Arm und schob ihn vor mir her. Er leistete keinen Widerstand, und das war klug, denn sonst hätte ich ihn wieder auf den Kopf geschlagen. Wir verließen den Computerraum, bogen nach rechts ab und gingen bis zu einer breiten Treppe. Der Junge nahm flink zwei Stufen auf einmal. Wir beiden alten Männer waren langsamer, aber auch wir kamen unten an.

Der Kleine winkte uns, ihm zu folgen. »Die Tür ist da drüben.«

»Was sagen Sie zu diesem blitzgescheiten Jungen, Floon? Er bringt uns tatsächlich hier raus. Kein Wunder, daß ich so clever bin – ich habe jung angefangen.«

»Wovon zum Teufel reden Sie, McCabe?«

»Schon gut. Folgen Sie einfach diesem kleinen Genie.«

Als ich die Hand ausstreckte, um die Tür aufzustoßen, bemerkte ich im letzten Moment ein Schild an der Wand, auf dem stand, daß es sich um einen Notausgang für den Brandfall handle. Wenn man sie öffnete, werde ein Alarmsignal ertönen. Ich nahm an, damit sei irgendein gräßliches, kreischendes Getöse gemeint, das die Racker abschrecken sollte, die mit geklauten Büchern aus der Bibliothek verduften wollten. Gräßliches, kreischendes Getöse jeglicher Art aber wäre nicht eben förderlich für meinen Plan, mich auf Zehenspitzen hinauszuschleichen und heimlich zu entkommen.

»Darf ich etwas zu bedenken geben?« Floon wartete meine Erlaubnis nicht ab. »Wenn Sie diese Tür öffnen, werden Sie einen elektronischen Alarm auslösen. Nur für den Fall, daß Sie das Schild dort oben nicht gelesen haben.«

»Ich habe das Schild gelesen, Floon, keine Sorge. Ich weiß schon, daß hier eine Alarmanlage ist.«

»Ja, schön, und ich würde vermuten, wenn Sie sich ein bißchen umsehen, finden Sie auch einen Draht, den Sie abklemmen könnten.«

Das machte mich mißtrauisch – zumal da er in einem so gleichmütigen Ton redete. »Wieso kümmert es Sie, ob wir jetzt hier rauskommen?«

»Ich will nicht verhaftet werden. Es gibt andere Dinge, die ich lieber tun würde, als hier in einer Gefängniszelle zu hocken.«

»Sie werden gar nichts tun, bis ich mit Ihnen fertig bin. Und dann stecke ich Sie selbst in eine Gefängniszelle.«

Der Junge starte uns stirnrunzelnd an und stemmte die Hände in die Hüften. »Werdet ihr beide jetzt den ganzen Tag verquatschen, oder hauen wir bald hier ab? Na los, gehen wir.«

Ich brauchte fünf Minuten, um den Draht zu finden, und zwei Sekunden, um ihn mit Hilfe des dicken braunen Klappmessers, das der Junge mir gab, durchzuschneiden. Dann waren wir draußen, und die Tür fiel hinter uns ins Schloß. Wir stiegen eine kleine Anhöhe hinauf und an einem kleinen Bach vorbei wieder hinunter, und als wir uns dann umdrehten, war die Bibliothek verschwunden – ebenso wie meine Ratlosigkeit. Ich wußte, wo wir hingehen würden.

»Hier nach rechts.«

»Darf ich fragen, wohin?« Wenn Floon sprach, klang es jedesmal ebenso pedantisch wie amüsiert. Es war eine Stimme, auf die man am liebsten mit dem Baseballschläger eingeprügelt hätte.

»Zu George.«

»Warum? Da waren wir doch gerade!« Zum ersten Mal kippte seine Stimme um und klang verärgert und irgendwie menschlich.

Der Junge stieß mich in die Rippen. »Wer ist George?«

»Junior, ich bin dir wirklich dankbar für deine Hilfe in der Bibliothek. Aber wenn du jetzt mitkommen willst, möchte ich keine Fragen mehr hören – keine, nicht eine einzige. Hier passiert zu viel, und mein Kopf ist vollgestopft. Fragen von dir werden mir da nicht helfen. *Capice?*«

»Yeah. Ich *capice.*«

»Gut. Aber dieses eine Mal werde ich dir antworten. Wir gehen zu einem Freund von mir. Er heißt George, und er ist sehr gescheit. Er muß mir helfen, etwas auszuknobeln. Okay? Das ist der ganze Plan.«

Wir gingen durch die vertrauten Gärten und Seitenstraßen von Crane's View. Ein kleiner Junge, gefolgt von zwei Männern mittleren Alters. Manchmal hüpfte er voraus und lächelte bei sich, allein in seiner eigenen Welt. Ich beobachtete ihn und versuchte, mich an einzelne Stücke dieser Welt zu erinnern, in der ich einmal gelebt hatte: Lakritzbonbons Marke »Good & Plenty«, Early Wynn als Werfer der »Cleveland Indians«, die Zeitschrift *Famous Monsters of Filmland*, die Beatles mit »I Wanna Hold Your Hand«, die Three Stooges im Fernsehen. Ich ging weiter und dachte an die köstlichen Belanglosigkeiten, die jene Tage ausgefüllt hatten. Einiges fiel mir wieder ein, aber so vieles war verschwunden. Das machte mich sehr traurig. Ich wünschte, ich hätte Zeit, mich mit dem Jungen hinzusetzen und mir von seinem Leben, von meinem Leben, erzählen zu lassen. Dann hätte ich es wieder in allen Einzelheiten gekannt, und dieses Wissen hätte ich in der Zeit, die mir noch blieb, bei mir tragen können.

Manchmal schaute der Junge sich verwirrt um, denn die Stadt, die er vor vierzig Jahren gekannt hatte, war nicht die gleiche wie heute. Häuser, die er kannte, waren nicht da, wo sie hingehörten. Andere Häuser gehörten nicht dahin, wo sie waren. Der Stadtplan wirkte verändert. Wer waren alle diese Fremden? Niemand kennt eine Kleinstadt so gut wie die Kids, die dort wohnen. Sie leben auf der Straße, wissen auswendig, wer dort wohnt, welche Autos dort stehen, was in den Schaufenstern liegt. Im Sommer, wenn Ferien sind, haben sie kaum etwas anderes zu tun. Man kann zu Hause bleiben und sich langweilen oder durch die Stadt streifen. Also stehen sie neben ihren Fahrrädern an der Tankstelle und schauen zu, wie Autos zum Ölwechsel auf die Bühne fahren, oder vor den Häusern, wo die Leute ein- und ausziehen. Eher als jeder andere können Kids einem alles über neue Bewohner der Gemeinde sagen. Wie viele Kinder sie haben, was für einen Hund, welche Farbe ihre Möbel haben, und ob der Mann die Frau anschreit.

Crane's View war Little Frans Stadt, und gleichzeitig war *diese* Stadt es nicht. Aber die Veränderungen, die er überall sehen mußte, schienen ihn nicht weiter zu beunruhigen. Wenn er nicht weiterwußte, blieb er einfach stehen, schaute mich an und wartete auf Anweisungen. Ich ließ Floon ein paar Schritt vor mir herlaufen, aber hauptsächlich beobachtete ich den Jungen und merkte dabei, daß ich unentwegt lächelte. Mir gefiel die Bereitwilligkeit, mit der er die gewandelte Szenerie akzeptierte; alles, was anders war als seine eigene Welt, schien okay zu sein. Sein Gesichtsausdruck sagte, daß er allem ganz offen gegenüberstand.

»McCabe?« Floon drehte sich um und sah mich an.

Ich gab ihm einen Stoß. »Weitergehen, Arschloch.«

»Ich gehe ja. Warum, glauben Sie, wurden wir hierher zurückgeschickt?«

»Ich weiß, warum *ich* zurückgeschickt worden bin, Caz. *Sie* sind irrtümlich hier. Sie sind ein beschissener Fleck im Gewebe.«

»Woher wissen Sie das?«

»Die Aliens haben's mir gesagt.«

»Das ist äußerst hilfreich.«

»Gern geschehen.«

Wir gingen weiter, der Junge immer noch ein gutes Stück vor uns.

»Hey, Caz, wie rudert man ein Boot über ein hölzernes Meer?«

»Ist mir völlig schnuppe. Witzige kleine verschlüsselte Fragen interessieren mich überhaupt nicht.«

»Mit einem Löffel.«

Beide schauten wir den Jungen an. »Mit einem Löffel?«

»Ja, weil es gar kein hölzernes Meer gibt, und das bedeutet, daß man was Verrücktes nehmen muß, um rüberzurudern, zum Beispiel einen Löffel. Vielleicht ist es auch kein hölzernes Meer, sondern ein hölzernes Mehr – also das Gegenteil von Weniger. Verstehen Sie?« Er grinste boshaft. »Wie meinen Sie es denn?«

»Himmel, daran hab ich noch gar nicht gedacht.«

Floon schaute von der einen Version meiner selbst zur anderen und wieder zurück. »Woran haben Sie nicht gedacht?«

»Daß es Mehr und nicht Meer sein könnte.«

Floon runzelte die Stirn. »Ich nehme alles zurück, McCabe – vielleicht ist er doch Ihr Sohn. Es liegt eine echte Familienähnlichkeit in der abstrusen Art, wie ihr beide denkt.«

»Abstrus. Sie haben Ihre Vokabeln wirklich gelernt, Caz. Kam das Wort nicht in unserem letzten Buchstabierwettbewerb vor?«

Der Junge kam an meine Seite. Er hüpfte ein paar Schritte und nahm dann zu meiner echten Überraschung meine Hand. Ich wußte nicht, was ich sagen sollte. Es war ein seltsames, aber auch schönes Gefühl. Händchenhalten mit dir selbst, über vierzig Jahre Abstand.

»Was willst du werden, wenn du groß bist?« Ich kannte die Antwort, aber ich wollte trotzdem hören, wie er es sagte. Wollte hören, wie er wieder in diesem Traum lebte, in dem ich über viele Jahre meiner Kindheit hinweg gelebt hatte.

Er blähte tatsächlich die Brust ein bißchen, bevor er antwortete. »Ich will Schauspieler werden. Ich will in Monsterfilmen mitspielen. Vielleicht als der Typ in dem Monsterkostüm.«

»Ach ja? Kennst du *Sindbads Siebente Reise?* Das ist mein Lieblingsfilm.«

Er ließ meine Hand fahren und machte einen Satz seitwärts. »Meiner auch, meiner auch! Das ist der größte Film der Welt. Der Zyklop ist am besten. Im Kunstunterricht hab ich neulich einen aus Ton gemacht.« Er hob beide Hände, krümmte sie zu dreikralligen Klauen und brüllte nach Zyklopenart. »Die Stelle, wo Sindbad ihm die Fackel ins Auge steckt und es rausbrennt, sodaß er blind ist und zurücktaumelt und von der Klippe fällt? Erinnern Sie sich daran?«

Ich nickte und verstand vollkommen. »Wie sollte ich die vergessen? Das ist die beste.« Wie oft hatte ich diese Szene gesehen – als ich in seinem Alter war und mit meinen Kumpeln in Reihe vier im Embassy gesessen hatte, und dann später, als meine aufmerksame Ehefrau mir das Video vor ein paar Jahren zu Weihnachten geschenkt hatte. Wenn sie

wütend auf mich war, nannte Magda mich »Sekourah«, und das war der Schurke in dem Film.

Auf dem kurzen Rest des Weges zu Georges Haus plauderten wir über die Filme, die wir mochten, und über unsere Lieblingsszenen darin. Es war schön, sich in absolut allem einig sein zu können. Floon hatte irgendwann die Nase voll und fragte angewidert, ob wir nicht *bitte* das Thema wechseln könnten. »Nein!« sagten wir in glücklicher Eintracht und redeten weiter.

»Was für ein Auto ist das?«

Vor Georges Haus stand ein höchst futuristisch aussehender Allradwagen. Ich hatte ihn in der Fernsehwerbung gesehen – ein Isuzu, irgendein Isuzu-Modell. Alles daran war runder und aerodynamischer als an diesen Schlitten für Wochenendkrieger. Er sah aus wie die übercoolen Autos, die man auf MTV in den Musikvideos sieht.

Floon sprach, bevor ich Gelegenheit hatte, die Frage des Jungen zu beantworten. »Das ist ein Isuzu Vehicross. Ein wunderbares Fahrzeug. Zweihundertfünfzehn PS, Torque-on-Demand-Allradantrieb. Genau so einen hatte ich als junger Mann. Das erste neue Auto, das ich mir gekauft habe.« Er klang so vernarrt in das Auto, daß ich halb damit rechnete, kleine Herzen aus seinen Augen aufsteigen zu sehen – wie die Liebesvögel in einem Disney-Film.

»Er ist richtig häßlich, wenn Sie mich fragen. Sieht ja aus wie ein großer, silberner Frosch. Kann man damit durchs Wasser fahren? Sieht aus wie die Autos in den James-Bond-Filmen, mit denen man von der Straße runter ins Wasser fahren kann.«

Floon sah regelrecht vergrätzt aus, während ich die Einschätzung des Kleinen ganz zutreffend fand. »Nein, man kann damit nicht durchs Wasser fahren, Herrgott. Aber Offroad-Fahren, das geht schon, obwohl es manchmal gefährlich ist, weil es nach hinten einen schrecklichen toten Winkel gibt. Das hat meinen Unfall verursacht.«

»Was ist denn ein toter Winkel?«

Floon ignorierte den Jungen und grinste die ganze Zeit den Isuzu an, als wäre der sein Kind.

»Meine Güte, Caz, jetzt lächeln Sie ja richtig. Ich dachte nicht, daß Sie das können.«

Er strich mit seiner knubbeligen Hand über das Wagendach und tätschelte es zärtlich. Es klang lauter als erwartet, weil alles ringsum sehr still war. »Dieser Anblick weckt hübsche Erinnerungen. Ich war neunundzwanzig und arbeitete bei Pfizer. Sie gaben mir eine Gehaltserhöhung, und damals war das einzige auf der Welt, was ich mir wirklich wünschte, einer von diesen hier. Ich dachte, wenn man ein solches Auto hat, beherrscht man die Welt: Da wäre man so cool, daß man Löwen zum Frühstück verspeisen könnte. Erinnern Sie sich noch an die Zeit, als ein Auto Ihr Leben ausgefüllt hat, McCabe? Ich erinnere mich noch genau an den Tag, als mir klar wurde, daß ich mir eins leisten konnte – in genau dieser Farbe. Aber ich wartete noch zwei Wochen, ehe ich ins Autogeschäft ging. Es war, als stände man mit der Tasche voller Geld vor einem Bonbonladen. Man schiebt das Hineingehen möglichst lange hinaus, um die

Vorfreude zu verlängern. Ich hatte monatelang den Katalog studiert. Ich konnte alle Ausstattungsdetails, die ich für meinen Wagen haben wollte, auswendig. Die meisten weiß ich heute noch.« Er verstummte, starrte den Wagen an und ließ sich von den guten Erinnerungen überfluten.

Junior verschränkte unbeeindruckt die Arme und runzelte die Stirn. »Ich finde immer noch, daß er aussieht wie ein Frosch.«

Floon fing an, um das Auto herumzugehen. Ich spannte mich an, denn ich wußte nicht, was er vorhatte.

»Ich hatte den Wagen erst zwei Monate, als ich beim Zurücksetzen auf dem Parkplatz mit jemandem zusammenstieß – wegen dieses lächerlichen toten Winkels. Es war ein wirklich dummer Fehler im Design. Ich hatte eine große Beule genau hier …« Er bückte sich, und sein Kopf verschwand auf der anderen Seite hinter dem Wagen. Es wurde noch stiller und blieb so. Schließlich wechselten der Junge und ich einen Blick und gingen dann gleichzeitig um den Wagen herum, um zu sehen, was los war.

Floon hockte neben dem Wagen und strich geschäftig mit der Hand hin und her über eine große Delle in der unteren Seitenwand. Er sagte nichts, aber seine geschäftige Hand wurde langsamer und dann wieder schneller, dann langsamer … sodaß es aussah, als wolle er die Stelle mit der Handfläche abschleifen.

»Was machen Sie da, Caz?« fragte ich so behutsam, wie ich konnte; ich war keineswegs sicher, wo zum Teufel er in diesem Augenblick mit seinen Gedanken war.

Er hob den Kopf, und sein Blick erzählte keine fröhliche Geschichte. »Das hier ist exakt die gleiche Beule.« Er wollte sich erheben, verzog schmerzlich das Gesicht und hielt inne. Er legte sich eine Hand ins Kreuz und kam sehr viel langsamer wieder hoch. Wortlos schlurfte er am Wagen entlang nach vorn und öffnete die Fahrertür. Überrascht von seiner ruhigen Chuzpe war ich drauf und dran, den Cop zu spielen und zu sagen, hey, das dürfen Sie nicht machen. Aber die Sache sah zu interessant aus, und so beschloß ich abzuwarten, was er als nächstes tun würde.

Floon kletterte in den Wagen, aber statt sich zu setzen, kniete er auf dem Fahrersitz und schien etwas auf dem Boden zu suchen. Dann fing er an, mit sich selbst zu reden, nicht nur ein, zwei Wörter, sondern in ganzen, langen Sätzen. Als ich nah genug herankam, um zu hören, was er sagte, verstand ich nichts, weil er in einer gutturalen fremden Sprache redete. Es klang wie Deutsch, aber wie sich nachher herausstellte, war es Holländisch. Jedes Wort hörte sich an, als ob er sich räusperte. Und was er sagte, klang wie ein lautes, bestürztes Murmeln, ein verärgertes oder besorgtes Gespräch, wie man es mit sich selbst führt, wenn man seine Schlüssel nicht finden kann und es mächtig eilig hat.

»Telemann! Hah!« Er hatte mir den Rücken zugewandt, hielt eine CD-Hülle hoch und schüttelte sie, als wäre sie ein entscheidendes Beweisstück, das er soeben entdeckt hatte. Er ließ sie fallen und suchte weiter auf dem Boden und unter den Sitzen herum.

»Floon ...«

»Moment!«

Weil ich so ein netter Kerl war, würde ich ihm noch ein paar Sekunden Zeit lassen, um zu finden, was er suchte. Außerdem war es interessant, ihm dabei zuzusehen, wie sein Verstand nach und nach aus dem Leim ging.

Auf Englisch sagte er: »Hah, da ist sie ja! Ich hatte recht.«

»Was macht er da?« Junior kam herüber und erhob sich auf die Zehenspitzen, um besser sehen zu können.

Ich sprach mit tiefer Stimme und versuchte zu klingen wie Orson Welles. »Ich fürchte, der Mann gerät aus den Fugen.«

»Hä? Was heißt das?«

»Moment. Wir warten mal ab, was er als nächstes tut.« Ich legte dem Jungen meine Hand auf die Schulter. Er schüttelte sie sofort ab und trat einen Schritt beiseite.

»Frannie? Bist du das?«

Ich blickte auf und sah George auf seiner Veranda neben einem Fremden stehen. Auf den ersten Blick wußte ich nicht, wer es war. Ein junger Mann, der mir irgendwie bekannt vorkam. Dann kam die Erkenntnis wie ein Kanonenschuß, der vor mir losging. Ich wußte, wer er war – und zwar mit Macht. Fast hätte ich laut gelacht. »Jungejunge! Äh … Caz?«

Er hörte nicht auf zu murmeln und zu wühlen und drehte sich auch nicht um.

»*Floon*!«

Jetzt hatte ich seine Aufmerksamkeit. Über die Schulter hinweg funkelte er mich an. Er hielt etwas in der Hand, aber sein Körper verdeckte es. Außerdem hatte ich es eilig, ihm die Neuigkeit zu erzählen und seine Reaktion zu sehen.

»Was wollen Sie, McCabe?« Die Worte klangen zu laut, und seine Stimme war voller Haß und Eile.

Ich zielte mit dem Finger auf ihn wie mit einer Pistole und fauchte ebenso niederträchtig zurück: »Reden Sie nicht in diesem Ton mit mir, Sie Stück Scheiße. Werfen Sie mal einen Blick auf die Veranda. Schauen Sie nur hin.« Mit wilder Geste schleuderte ich den Arm in die Richtung. Alles, um seinen gottverdammten Blick dort hinzulenken.

»Was haben Sie gesagt?«

»*Sie sollen zur Veranda schauen*, Floon!«

»Ich kann nicht, ich muß hier …«

»Okay, es reicht. Raus aus dem Wagen. Kommen Sie her …« Ich streckte die Hand nach ihm aus, aber er war schneller. Ehe ich mich versah, hatte Caz de Floon eine neue Pistole und zielte damit auf mich. Wo hatte er die her? Aber es war fast egal, denn was er gleich sehen würde, war sehr viel mächtiger als jede Pistole.

»Lassen Sie mich in Ruhe, McCabe.«

Ich trat mit erhobenen Händen zurück. »Bitte schauen Sie doch zur Veranda, ja?«

Er wand sich hin und her und quälte sich unbeholfen aus dem Wagen. Die ganze Zeit blieb die Pistole auf mein Herz gerichtet. Erst als er wieder stand, schaute er in die Richtung, die ich ihm wies. Der Fremde neben George beobachtete das alles gleichmütig und mit milder Neugier. Was hier vorging, war irgendwie interessant, aber nicht interessant genug, um aufregend zu sein.

Die beiden Männer schauten einander an. Es lief mir

kalt über den Rücken, denn zu meiner großen Überraschung veränderte sich ihr Gesichtsausdruck kein bißchen. Der jüngere Mann erschien interessiert, aber unbeteiligt. Der alte Mann war schlicht stinksauer.

»Wissen Sie nicht, wer das ist? Herrgott, sogar *ich* weiß, wer es ist! Wie können Sie ihn nicht erkennen, Floon? Das sind Sie! Das sind Sie, als Sie jung waren.«

»Ich weiß. Ich wußte, daß er hier ist, als ich die Beule im Wagen gesehen hatte. Deshalb habe ich darin herumgesucht. Ich wußte, daß es mein Wagen ist. Und ich hatte immer die Pistole unter dem Beifahrersitz. Ich habe sie mit Klebstreifen dort angebracht, gleich nachdem ich den Wagen vom Händler abgeholt hatte.«

Ich erinnerte mich, wie Floon mir in Wien erzählt hatte, daß George und ich ihm die Feder gegeben hätten, als er jung war, und daß sie alles verändert habe. Und ich erinnerte mich, daß George gesagt hatte, der alte Floon kenne ihn aus jüngeren Tagen.

Gefolgt von dem etwa dreißigjährigen Caz de Floon, polterte George die Verandatreppe herunter und kam auf uns zu. Keiner der beiden Floons schien sich sonderlich für die Anwesenheit des andern zu interessieren. Ihre Coolness bei diesem Zusammentreffen war erstaunlich. Dann begriff ich, daß es eine einseitige Angelegenheit war, denn Floon Junior konnte ja unmöglich wissen, wer der weißhaarige Mann mit der Pistole war. Wenn man in einen Spiegel schaut und sich vorzustellen versucht, wie man in dreißig Jahren aussieht, liegt man mit seiner Vorstellung höchstwahrscheinlich falsch. Meine hatte jedenfalls nicht gestimmt, als ich mich in Wien zum ersten Mal im Spiegel erblickt hatte.

Aber es gab noch ein Steinchen im Floonschen Puzzle, von dem ich nichts wußte, und es würde gleich zum Vorschein kommen und alles verändern.

Der jüngere Mann hatte den gleichen dichten Haarschopf (nur kastanienbraun), die Offiziershaltung und die breiten, stumpfen Hände. Aber was die Ähnlichkeit zwischen den beiden vollends erhärtete, war sein Tonfall, als er sprach – er klang identisch. »Vater? Warum bist du hier?«

Sagte Floon zu Floon. Der junge zum alten. Die Bühne gehörte jetzt ihnen allein; wir übrigen waren die Saalbeleuchtung, die jetzt heruntergedreht wurde, damit die Show beginnen konnte.

Der alte Floon sagte nichts, sondern beobachtete sein jüngeres Ich eindringlich, als versuche er zu begreifen, worauf der andere hinauswollte. Die Pistole hielt er dicht an seiner Seite. Sie war immer noch auf mich gerichtet. Ich sah, daß es eine Walter PPK war. Eklige Waffe. Ekliger Mann.

»Ich bin nicht dein Vater.«

Der junge Floon ignorierte, was der alte gesagt hatte; er trat vor und zischte: »Du hast versprochen, mich zwei Jahre in Ruhe zu lassen. In zwei Jahren, Vater. Das war unsere Abmachung, und du warst damit einverstanden. Aber jetzt sind nicht einmal sechs Monate rum. Warum kommst du her?« Seine Stimme war jetzt ätzend. Hätte er jemanden damit besprühen können, hätte dessen Haut wahrscheinlich Blasen geworfen. Sie stand in absolutem Kontrast zu seinem Gesicht, das leer, gleichmütig und nichtssagend wirkte.

»Ich bin nicht dein Vater! Den Unterschied mußt du doch sehen!«

»Ich sehe eine Vereinbarung, die wir getroffen haben und die du jetzt brichst, auf deine typische Art. Du bist ein verachtenswerter Mann. Weißt du das, Vater? Ihr beide, du und Mutter, seid verachtenswerte Menschen. Bitte geh weg von meinem Wagen.« Er musterte den alten Mann von Kopf bis Fuß, wie einer ein Mädchen begutachtet. Sein Blick verharrte auf der Pistole. »Woher hast du die Waffe?«

Old Floon schaute auf seine Hand und dann wieder auf den andern. »Woher ich die habe? Sie war unter dem Beifahrersitz. Das weißt du doch.«

»Das dachte ich mir. Du warst in meinem Wagen und hast sie dir genommen, ohne zu fragen. Mein Wagen, meine Pistole – das ist so typisch für dich. Genau davon rede ich. Denn es ist nicht deine Pistole, und du hast sie nicht wegzunehmen, Vater. Ich habe sie gekauft. Ich habe sie mit meinem Geld gekauft, nicht mit deinem. Nichts, was mir gehört, kommt mehr von dir, überhaupt nichts. Und es wird nie wieder anders sein.«

»Das weiß ich! Ich erinnere mich daran. Einer der großen Tage meines Lebens!« sagte Old Floon.

Dann wurde es so still, daß man einen Menschen tot hätte zu Boden fallen hören können, womit ich jeden Augenblick fest rechnete, auch wenn ich nicht wußte, wer es sein würde. Die ganze Situation hatte eine beschissen unheimliche Wendung genommen; Logik und Fakten wurden hier zerkaut wie ein *Juicy Fruit*-Kaugummi. In diesem Augenblick wäre alles möglich gewesen. Und ich wäre nicht überrascht gewesen, wenn alles mögliche passiert wäre. Floon erschießt mich. Floon erschießt Floon. Floon ergibt sich Floon. Floon … Sie verstehen.

»Sieh dir doch meine Hände an, um Himmels willen! Sieh doch, wie fett sie sind. Erinnerst du dich nicht an *seine* Hände?« Old Floon ließ die Pistole am Zeigefinger baumeln und hielt beide Hände hoch, als wolle er sich uns ergeben. »Diese langen Finger? Die er mir immer ins Ohr gebohrt hat, wenn ich etwas falsch gemacht habe? Erinnerst du dich nicht?«

Der jüngere Mann schien unbeeindruckt. Er verschränkte die Arme vor der Brust, schloß die Augen und schüttelte den Kopf. »Du hast die gleichen Hände wie ich, Vater. Warum lügst du da? Was hast du für ein Problem?«

Old Floon explodierte. »Ich ein Problem? Mein Problem ist, daß ich nicht dein Vater bin! Er hatte schmale Hände! Und wenn ich etwas falsch gemacht habe, hat er sie gegen mich verwendet! O ja, o ja. Hat mir diese schrecklichen Finger ins Ohr gebohrt. Und gesagt: ›*Mein* Sohn wird so etwas *nicht* tun. *Nicht-mein-Sohn.*‹ ›Wir leben jetzt in Ame-ri-ka! Also wirst du sprechen wie ein Ame-ri-kaner.‹ Einmal die Woche, öfter, manchmal fünfmal die Woche fand er irgendeinen neuen Grund, mich mit diesen Fingern zu foltern, mit Fingern wie Bleistifte.« Old Floon klang wie von Sinnen; seine Augen blieben zwar in seinem Kopf, aber gleichzeitig waren sie irgendwoanders, in weiter Ferne.

»Sieh dir meine Hände an, du Idiot! Das sind Catcherpfoten. Sehen die wirklich aus wie seine?«

Als immer noch keine Reaktion kam, wurde der alte Mann noch wütender. Er packte Little Frannie beim Arm und riß ihn zu sich. Der Kleine versuchte sich grunzend zu entwinden, aber es war unmöglich. Old Floon stopfte sich die Pistole vorn in den Hosenbund, um die andere Hand frei zu haben.

Als er wieder sprach, klang seine Stimme völlig anders – sie hatte einen starken, gutturalen Akzent, und die Worte kamen langsam aus seinem Mund, so daß sie mehr Gewicht und Farbe hatten. Er hörte sich an wie Henry Kissinger. »Ein Held ißt Löwen zum Frühstück.« Er stieß dem Kleinen den Zeigefinger so hart ins Ohr, daß das Gesicht des armen Jungen in sich zusammenfiel und er schrill aufkreischte wie eine Katze.

»Willst du ein Held werden, oder willst du Briefe austragen? Oder einem anderen Mann die Hemden bügeln? Das wäre ein guter Job für meinen Sohn – einem anderen

Mann die Hemden bügeln.« Wieder ein Fingerstich ins Ohr, wieder ein erschrockener Schrei.

George, Floon Junior und ich schauten zu, wie dieser Wahnsinnige seinen vierzig Jahre alten Groll an einem kleinen Jungen austobte. Es war so bizarr und abgedreht, daß wir viel zu lange gar nichts taten, weil wir alle drei von der Gewalt und Häßlichkeit dieses Anblicks einfach wie hypnotisiert waren. Was ist auf den ersten Blick interessanter als ein Autounfall? Warum, glauben Sie, staut sich da der Verkehr meilenweit? All diese Augen wollen sehen, was noch übrig ist. Ein Autounfall, schlechte Nachrichten für einen anderen, jemand, der in der Öffentlichkeit die Kontrolle verliert … das alles ist der Tod in Aktion, auf lauter verschiedene Arten, Leute. Treten Sie näher und sehen Sie, wie das Leben beißt – jemand anderen.

»Loslassen!« Der Junge sträubte sich wie wild und wand sich hin und her, aber es gab kein Entrinnen. Keins.

Neben mir lehnte eine lange und ziemlich schwere Eisenstange am Haus. Auf der Veranda war ein schwarzes, schüsselähnliches Ding, an dem mehrere farbcodierte Drähte hingen. Dieser Apparat sollte an die Stange geschraubt werden. Wenn man es korrekt machte und die Einstellungen stimmten, wurde diese Konstruktion zu einer Fernsehaußenantenne. Ein paar Tage zuvor hatte George oben auf seinem Dach gesessen und sich vorgestellt, er sei genau diese Antenne, damit er dann eine gute Beschreibung dafür verfassen könnte, wie man sie richtig zusammenmontierte.

Ich hatte die Stange schon gesehen, aber bei all dem Trubel nicht weiter registriert. Old Floon schaute interessiert zu, wie der Junge zappelte und an seiner Hand umherhüpfte. Während er abgelenkt war, trat der junge Floon zum Haus, nahm die Stange und hieb sie, ohne eine Sekunde zu zögern, dem Alten mit voller Kraft über den Schädel.

Das Geräusch von Metall auf Schädel war eine Mischung aus *klong* und *zump*. Es war ein tiefes, dumpfes Geräusch, nicht laut, aber oh, so eindringlich. An ein solches Geräusch erinnerte man sich, selbst wenn man nicht wußte, was es verursacht hatte. Nach dem Schlag bebte die Stange so heftig in seinen Händen, daß es aussah, als sei sie lebendig. Mein Blick wanderte an der vibrierenden Stange hinauf bis zu den Augen des jungen Floon. Sie waren noch immer ausdruckslos und völlig leer, nur lebendig. Das ist alles – etwas anderes ließen sie nicht erkennen. Soweit dieser Mann es wußte, hatte er soeben mit einer anderthalb Meter langen Eisenstange seinem Vater den Schädel eingeschlagen, aber die einzige Regung in seinem Gesicht war: Nichts.

Old Floon fiel nach links, Little Frannie nach rechts. Er hatte so entsetzlich heftig gezerrt, um loszukommen, daß er einfach der Schwerkraft anheimfiel, als der alte Mann ihn losließ. Die beiden trennten sich voneinander wie ein Gabelbein, das man zerbricht. Kaum lag der Kleine am Boden, krabbelte er auch schon wie ein geölter Blitz auf allen vieren davon, ohne recht zu wissen, was geschehen war; klar war nur die physikalische Tatsache, daß er unvermittelt frei war und sich nicht wieder einfangen lassen würde. Beim Krabbeln kreischte er: »Arschloch, Arschloch!«

mit der hohen, schrillen Stimme eines Jungen, dem man wehgetan hatte. Es war ein seltsamer Anblick – wie er davonkrebste und immer wieder dieses eine Wort zu einem alten Mann hinüberschrie, der auf dem Rücken lag und nichts mehr übrig hatte als ein bißchen entweichende Körperwärme.

Ich schaute die anderen an und bückte mich schließlich, um nach dem Puls zu fühlen. Nichts. Aber Floons Kopf sprach Bände, bevor ich auch nur seine Kehle berührt hatte – ein Blick, und jeder hätte Bescheid gewußt. Denn wo einmal die Schläfe des Mannes gewesen war, sah man jetzt nur noch frischen Brotteig und rote Hafergrütze.

Ich warf seinem Mörder einen Blick zu. »*Home run*, Junge. Diesen Typen haben Sie glatt vom Platz geschlagen.«

Der junge Floon zog nur leicht die Brauen hoch und ließ die Eisenstange fallen. Sie landete mit einem metallischen Scheppern und rollte von ihm weg. Ich glaube, wir alle verbrachten einen Augenblick damit, ihr beim Rollen zuzusehen, bis sie zur Ruhe kam. Wie sie dalag, hatte sie plötzlich eine ganz neue Persönlichkeit. Innerhalb von anderthalb Minuten war aus einem Antennenmast eine Mordwaffe geworden.

DREAMPILOT

So gut wie alles, was danach stattfand, war merkwürdig, aber das Merkwürdigste war das, was passierte, unmittelbar nachdem Floon Floon umgebracht hatte. Ohne ein Wort traten wir drei Erwachsenen in Aktion, während der Kleine zuschaute.

Ich ging zum Wagen und winkte Floon Junior, er solle die Heckklappe öffnen. Er schloß sie auf, und kaum war sie hochgeschwungen, wandten wir uns der Leiche zu. Ich schaute George an und sagte nur: »Hol die großen Säcke.« Er ging ins Haus und kam ein paar Augenblicke später wieder heraus (gefolgt von Chuck, dem Dackel). Er trug einen Karton mit den großen Industriemüllsäcken, die er benutzte, wenn er die Äste an seinem Apfelbaum zurückschnitt. Er ging zum Heck des Wagens, zog ein paar Säcke heraus und legte eilig den Kofferraumboden damit aus. Kein einziges Mal schaute ich mich um, ob jemand in der Nachbarschaft die Vorgänge der letzten zehn Minuten mitangesehen hatte oder ob uns jetzt jemand beobachtete.

Wir hoben die Leiche auf, manövrierten sie ungeschickt in einen der glänzenden schwarzen Säcke und wuchteten sie in den Kofferraum. Der Plastiksack landete mit einem dumpfen Schlag und lautem Geraschel auf den anderen Plastiksäcken, und wir stießen und schoben ihn fest in eine Ecke. Dann verstaute ich die Mordwaffe daneben. Es war klar, daß auch sie verschwinden mußte.

Als das erledigt war, streckte ich die Hand nach den Autoschlüsseln aus. Es würde keine Diskussion geben – ich würde fahren. Floon gab mir sofort den Schlüsselbund. Alle vier (und der Hund) stiegen wir in seinen nagelneuen Isuzu und fuhren los.

Schweigend fuhren wir durch die Stadt. Ab und zu

schaute ich mich um und dachte daran, wie anders alles am Morgen ausgesehen hatte, als es noch das Crane's View von vor dreißig Jahren gewesen war. Nach dem wenigen zu urteilen, was ich sehen konnte, hatte die Crew von der Rattenkartoffel alles wieder an seinen richtigen Platz gebracht. Allerdings hatte ich wegen unserer bedeutsamen Ladung nicht vor, die Einzelheiten zu überprüfen.

George und Floon saßen auf dem Rücksitz, der Junge vorn neben mir. Wir schwiegen weiter, bis mir klar wurde, hey, ich habe keinen blassen Schimmer, wohin ich jetzt fahren soll. Ich schaute im Rückspiegel meine Fahrgäste an, um zu sehen, ob sie weniger ratlos aussahen als ich. Beide starrten aus dem Fenster und hielten die Hände im Schoß.

»Hey.«

Blinzelnd schaute ich zu dem Jungen hinüber. »Was willst *du* denn?«

Er hielt zufällig die berühmte Feder in der Hand, drehte sie mit seinen kleinen Fingern hin und her, wie es jeder tut, wenn er mit einer Feder spielt.

»Woher hast du die?«

Wortlos deutete er mit dem Kopf über die Schulter.

»Was? Was soll das heißen?«

»Von ihm hab ich sie. Von dem Typen im *Sack.*«

»Wie kommt das denn?«

»Ich hab sie halt.« Plötzlich hatte die Quasselstrippe sich in Mr. Laconic verwandelt

»Gib sie her.«

Er tat es nicht. Ich drehte den Kopf, schaute ihn an und schnippte mit den Fingern unter seiner Nase. »*Gib sie mir.*«

Mit einem dramatischen Seufzer reichte er sie herüber. »Dieser große blöde Wichser hat mich im Ohr verletzt. Es tut immer noch weh.«

»Darauf wette ich.« Ich warf einen Blick in den Rückspiegel und sah, daß Floon mich beobachtete. Ich langte nach hinten und schwenkte die Feder hin und her, damit er sie nahm. »Die werden Sie brauchen.«

Er ergriff sie, schaute sie an, sagte kein Wort.

»Außerdem haben Sie Blut an der Wange; wischen Sie

das lieber ab. Jetzt hören Sie zu, Floon: Etwas an dieser Feder ist unglaublich wichtig, aber fragen Sie mich nicht, was, denn ich weiß es nicht. Dieses Ding ist nicht das, was Sie denken; sie stammt nicht mal von einem Vogel. Es ist einfach was völlig *anderes*. Das werden Sie verstehen, wenn Sie sie in Ihrem Labor oder sonstwo untersuchen. Diese Feder wird eine äußerst wichtige Rolle spielen bei dem, was Sie mit dem Rest Ihres Lebens anfangen; also geben Sie gut darauf acht.«

»Frannie, woher weißt du so was?«

»Ich weiß es einfach, George, also laß mich jetzt reden und unterbrich mich nicht. Als nächstes: Wenn Sie Geld haben, kaufen Sie Aktien einer Firma namens SeeReal ...«

»*Cereal?*«

»Nein – See-Real. *See* wie ›sehen‹, und *real* wie ›wirklich‹. Die beiden Wörter werden zusammengeschrieben: SeeReal. Die Ticker-Abkürzung ist S-E-E-R. Kaufen Sie Aktien dieser Firma, sobald Sie können, und kaufen Sie viele.« Ich bemühte mich angestrengt, mich darauf zu besinnen, was Old Floon mir in der Bücherei sonst noch erzählt hatte, aber mir fiel nichts mehr ein. Erst später erinnerte ich mich an »tankretische Sprenz« und Kaltfusion, aber da waren die Männer längst in Richtung ihrer nächsten dreißig Jahre verschwunden.

»Was machen wir jetzt, Frannie?« George hielt Chuck auf dem Schoß. Selbst dieser bescheuerte Hund mußte gespürt haben, daß hier etwas Ernstes im Gange war, denn er hopste nicht herum wie sonst und versuchte alle zu küssen.

»Wir fahren zu mir nach Hause und holen eine Schaufel. Dann fahren wir in den Wald hinter Tyndalls Anwesen und begraben den Toten. Es sei denn, du hättest einen besseren Plan.«

»Jemand könnte ihn finden. *So* groß ist der Wald nicht.«

»Stimmt, George, aber die Alternative ist, daß wir durch die Gegend fahren, bis der Sprit alle ist, während wir noch überlegen, was wir mit unserer Leiche anfangen. Dann können wir bei CITGO tanken, hoffen, daß niemand sieht, was wir da im Kofferraum haben, und dann noch ein bißchen rumfahren. Klingt das nach einem besseren Plan, oder hast du noch einen anderen Vorschlag?«

Schweigen.

»Okay. Dann sage ich, wir verfahren nach meinem Plan und hoffen, daß wir Glück haben und niemand uns sieht.«

»Warum tust du das überhaupt, Frannie? Wenn wir erwischt werden, kommen wir ins Gefängnis. Wir kriegen alle schreckliche Schwierigkeiten. Du bist der Polizeichef!«

»Wirklich?« Floon schluckte, und seine Stimme wurde ganz hoch.

»Ich tue es, weil ich keine Zeit mehr habe, George. Das ist das einzige, was ich jetzt mit Sicherheit weiß. Wir müssen ihn wegschaffen, ohne daß jemand erfährt, was eben passiert ist. Bitte frag mich nicht warum – es ist einfach so. Ich habe keine Zeit mehr, mir den Kopf darüber zu zerbrechen, was wir sonst mit dieser Leiche anfangen können. Wir müssen sie loswerden, und Floon muß hier raus. Vielleicht irre ich mich, aber ich muß mich an diesen Instinkt halten. Andere Dinge sind sehr viel wichtiger.«

»Viel wichtiger als *das hier*, Frannie?«

»Sehr viel wichtiger, glaub mir.«

Die beiden auf dem Rücksitz schauten einander an.

»Floon, warum waren Sie vorhin bei George?«

»Weil ich etwas erfunden habe, und weil der Beste in der Branche mir die Gebrauchsanleitung schreiben muß.«

Ich schlug mit der Hand auf das Lenkrad, um dem, was ich sagte, Nachdruck zu geben, während ich im Rückspiegel Blickontakt mit George hielt. »Soll das heißen, er kam aus heiterem Himmel *heute* zu dir, heute morgen, um dich zu fragen, ob du für ihn arbeiten willst?«

»Nicht ganz. Er hat gestern angerufen und mir gesagt, daß er in New York sei, und ob wir uns treffen könnten.«

»Das ist mir immer noch ein allzu großer Zufall. Aber das alles ist keine Zufallsfügung.«

»Was alles?«

»Es kann kein Zufall sein, daß Mr. Floon ausgerechnet *heute* bei dir zu Hause war, als ich mit *ihm* zu dir kam.« Ich deutete wie ein Tramper mit dem Daumen über die Schulter und nahm an, daß jeder wisse, wovon ich redete.

Eine Flamme aus Schmerz versengte die Innenseite meiner Stirn und zwang mich, so stark zu blinzeln, daß meine Augen fast geschlossen waren. Dann schoß sie in den Hinterkopf, wo sie ein paar unerträgliche Sekunden lang auf und ab flackerte wie ein blinkendes Neonschild. Und erlosch. Aber mir war klar, daß ich besser nicht mehr Auto fuhr, denn beim nächsten derartigen Einschlag wäre es gut möglich, daß ich diesen fetzigen neuen Wagen geradewegs in jemandes Wohnzimmer steuerte und damit alle unsere Probleme löste.

Als ich vor unserem Haus anhielt, kam laute Musik aus einem offenen Fenster im Obergeschoß. Paulines Zimmer. Ob George sie vom Krankenhaus heimgebracht hatte, bevor er sich mit Floon getroffen hatte? Trotz allem mußte ich lächeln. Ein gelber und grüner, sommerlicher Tag. Laute Technomusik, die aus dem Zimmer eines Teenagers flutete. Was konnte normaler und beruhigender sein als diese Szene? Ihre Mutter war im Krankenhaus, würde aber wieder gesund werden. Es gab keinen Grund zur Sorge. Magda würde bald wieder zu Hause sein.

Ich stand auf dem Gehweg und betrachtete unser Haus, und ich liebte, was ich sah. Ich wußte, ich mußte mich beeilen – aber bitte noch eine Minute, um mir alles anzuschauen und einzuprägen, ja? Nur eine. Wie glücklich ich hier gewesen war. Wie viel ich dafür gegeben hätte, den Rest meines Lebens damit zu verbringen, diese beiden Frauen Tag für Tag zu kennen, älter zu werden, Pauline dabei zuzusehen, wie sie heranwuchs in ein handfestes, interessantes Leben, das ihr eigenes wäre. Mit etwas mehr Zeit hätte ich vielleicht auch ein bißchen von dem entdecken können, was Triebfeder meines eigenen Lebens war. Vielleicht nicht, aber es wäre auch gar nicht wichtig gewesen, solange ich es hier hätte leben können, mit diesen Menschen, in dieser Stadt, die ich liebte. Ganz gleich, was bald mit mir passieren würde: Ich hatte keinen Grund, mich zu beklagen.

Ich war versucht, die Treppe hinaufzulaufen und nach Pauline zu sehen, sie zu beruhigen und ihr zu sagen, daß jetzt alles gut werden würde. Aber ich hatte keine Zeit. Außerdem wollte ich nicht, daß sie Floons Wagen sah und Fragen stellte.

Stattdessen ging ich also in die Garage, um die Schaufel zu suchen. Drinnen stand mein Wagen, und das erinnerte mich daran, wie ich neulich nachts den wiederauferstandenen Vertue im Kofferraum gefunden hatte. Was mich daran erinnerte, wie ich mich mit Pauline im Wagen so nett darüber unterhalten hatte, was sie mit ihrem Leben anfangen wollte. So ging es immer weiter; alles in diesem staubigen Raum erinnerte mich an etwas Neues, und das Heimweh nach meinem flackernden Leben wurde immer heftiger.

Ich suchte in der vollgestopften Garage nach dem Werkzeug, mit dem ich schon meinen Vater sowie (zweimal) einen vierhundert Jahre alten Hund begraben hatte. Ich fand es an der hinteren Wand, wo es neben einer Harke lehnte. Daneben war ein Fenster mit Blick auf die Straße. Als ich nach der Schaufel griff, schaute ich kurz aus dem Fenster und sah einen Polizeiwagen die Straße heraufkommen. Er hielt fast unmittelbar gegenüber Floons Wagen an.

Natürlich würden die Cops irgendwann hier aufkreuzen, wenn sie merkten, daß ich nicht in der Stadtbücherei gefangengehalten wurde (von einem Mann, der gerade von sich selbst umgebracht worden war und dessen Leichnam in dem Wagen auf der anderen Straßenseite lag). Die Situation war so surreal, daß es komisch hätte sein müssen, aber dazu war es viel zu spät.

Adele Kastberg und Brett Rudin stiegen aus dem Polizeiwagen. Das war gut, denn sie waren alle beide Schwachköpfe. Sehr viel mehr Sorgen hätte ich mir gemacht, wenn Bill Pegg jetzt vor meiner Haustür gestanden hätte. Die beiden Cops kamen zum Haus herauf, und an einer bestimmten Stelle verlor ich sie aus den Augen, weil mein Gesichtsfeld beschränkt war. Die Türglocke läutete ihr vertrautes Ding-Dong. Ich merkte plötzlich, daß ich diesen Klang im Stillen unbewußt nachahmte – *ding dong* –, damit ich ihn später noch einmal hören und mir ein bißchen mehr von dem einprägen könnte, was nun bald fort sein würde. Wir warteten alle drei darauf, daß jemand die Tür aufmachte. Als niemand kam, läuteten die beiden noch einmal. Pauline hatte ihre Musik laut aufgedreht. Ich hörte sie durch die Garagenwände. Konnte sie hinter dieser Mauer von Lärm auch das Läuten in ihrem Zimmer hören? Ich schloß die Augen und versuchte, sie durch Willenskraft dazu zu bringen, daß sie die Tür aufmachte. Inmitten dieser Willensaufbietung hörte ich, wie ein Motor ansprang. Ich öffnete die Augen und sah noch das Heck von Floons Wagen, der langsam auf der Straße davonfuhr.

»Wo zum Teufel fahren die hin? Ihr wollt mich wohl verarschen!« Ich biß mir in die Hand. Das tat weh, aber ich mußte etwas tun, um meiner Frustration Luft zu machen.

Zwei dumme Cops standen vor meiner Tür und setzten mich wirkungsvoll in meiner eigenen gottverdammten Garage fest. Und selbst wenn ich jetzt entkommen könnte – was sollte ich machen, nachdem der Wagen mit dem Beweismaterial soeben weggefahren war? Wohin *fuhren* sie
bloß? Was dachten sie sich dabei? In Wahrheit wußte ich natürlich genau, was sie sich dabei dachten, und es war auch völlig einleuchtend: Sie wollten verschwinden, weil sie eine Leiche im Wagen liegen hatten. Aber was zum Teufel sollte ich inzwischen tun – hier mit meiner Schaufel warten, bis sie sich entweder zum Zurückkommen entschließen könnten oder mir der Kopf platzte?

Zum Glück trat jetzt ein bißchen geballte Polizeimacht in Aktion. Wie ich Officer Adele und ihre diplomatische Art kannte, war sie es wahrscheinlich, die jetzt anfing, so laut an die Tür zu hämmern, daß man es noch eine Straße weiter hören konnte. Das war Adeles Art von polizeilichem Handeln, aber zum ersten Mal in all den Jahren unserer Zusammenarbeit war ich froh darüber.

Der Isuzu verschwand vollends, als die Musik im Haus abbrach. Ein wenig Zeit verging noch, aber dann hörte ich Paulines Stimme, und die anderen mischten sich darunter. Ich war so erleichtert, daß ich die Zunge herausstreckte und schielte. Die drei sprachen eine Weile miteinander, aber ich konnte nicht verstehen, was sie sagten. Dann hörte ich, wie die Haustür sich schloß. Ich nahm an, daß sie alle ins Haus gegangen waren. Was bedeutete, daß ich sehr wenig Zeit zum Fliehen hatte, ehe sie wieder herauskämen. Ich schaute mich in der Garage um, ob es da außer dem viel zu lauten und auffälligen Auto noch etwas gab, was mich schnell und lautlos fortbringen könnte.

Zu Anfang des Sommers hatte Magda, von einem anfeuernden Artikel über Fitness inspiriert, ein Mountainbike gekauft. Pauline und ich waren sprachlos gewesen. Wie zu erwarten, benutzte meine Frau das Rad vielleicht dreimal, bevor sie zu dem Schluß kam, daß sie nicht zu der Sorte Mädchen mit dicken Waden und feuchten Achseln gehörte. Als sie mir das Rad zeigte, taufte ich es auf der Stelle auf den Namen der kleinen Fee aus »Peter Pan« – Tinkerbell –, und zwar wegen seiner lächerlichen Farbe: Goldmetallic/Pink.

Ich hasse Fahrräder und das Fahren damit. Sie bohren sich dir in den Arsch und bringen dich ohne guten Grund

zum Keuchen. Fahrräder sind außerdem höllisch gefährlich und ein schwerwiegendes Verkehrsrisiko. Überdies sind die Leute, die sie benutzen, ausnahmslos selbstgerechte Verfechter diverser, wenig ansprechender Themen wie Umwelt, Fitness und Ruhepuls. Zum Teufel mit ihnen; wenn ich will, daß mein Herz schneller schlägt, mache ich Sex.

Das muß man sich mal vorstellen – diesen Höhepunkt der Würdelosigkeit: Polizeichef McCabe rast, wild in die Pedale tretend, auf einem niedlichen kleinen, pinkfarbenen Fahrrad seine Straße hinunter, als hätte er nicht mehr alle Tassen im Schrank. Und hat er da eine schmutzige Schaufel quer über der Lenkstange? Ja, wahrhaftig. Aber merkt der Mann denn nicht, wie wenig Luft in den Reifen ist? Ebenso gut könnten sie ganz platt sein.

Das Fahrrad war klein, und weil ich vor dem Aufsteigen den Sattel nicht eingestellt hatte, stießen meine Knie fast an die Brust, als ich losradelte, sodaß das ganze Unternehmen noch zehnmal unbequemer und lächerlicher wirkte.

Folgen Sie dem Isuzu da! Aber wie konnte ich das, wenn

er fünf Minuten Vorsprung und zweihundertmal so viel PS hatte wie ich? Eine Straße entlang, noch eine. Ständig Ausschau nach dem Wagen haltend. Die Schaufel rutschte auf der Lenkstange hin und her und wäre ein halbes dutzend mal beinahe heruntergefallen.

Ich begegnete zu vielen Leuten, die ich kannte, und versuchte nach besten Kräften unsichtbar zu sein. Aber ich scheiterte erbärmlich.

»Hoppla, Chief! Schönes Fahrrad!« Grins.

»Hey, Fran, plötzlich sportlich geworden?« Gacker.

Und auch mit einfachem Lächeln und leisem Kichern beobachteten diese Leute – meine Freunde und Nachbarn –, wie mit heftig pumpenden Knien und halb platten Reifen ein Idiot vorbeigeradelt kam.

Mir war, als sähe ich den Wagen an der Kreuzung Broadway und April Street links abbiegen, aber das war höchstwahrscheinlich Wunschdenken. Unaufhörlich versuchte ich, mir zu überlegen, wohin sie wohl fahren würden. Unversehens ließ ich die Schaufel fallen; ich bremste hart und hörte, wie sie hinter mir klappernd über die Straße rollte und tanzte. Ich hob sie auf und fuhr weiter. Jetzt mußte George am Steuer sitzen, denn er kannte sich in Crane's View aus. Aber wohin würde mein Freund fahren? Wenn er die Anleitung dazu schreiben müßte, wie man aus dieser Klemme herauskam, was würde er sagen?

Strampel strampel strampel – ich strampelte durch die Stadt und hörte im Geiste unentwegt die Musik aus dem *Zauberer von Oz*, wenn Miss Gulch auf ihrem Fahrrad davonfährt und Toto, den Hund, als Gefangenen mitnimmt. Strampel strampel strampel – so hatte ich mir meine letzten Tage auf Erden entschieden nicht vorgestellt.

Ich war jämmerlich schlecht in Form; meine Raucherlunge schrie um Hilfe, und ich hatte das Gefühl, daß mein Körper jeden Augenblick einknicken und die Arbeit einstellen würde. Die Anzahl der Möglichkeiten, wohin sie gefahren sein konnten, war einfach zu groß. Ich mußte jetzt eine Entscheidung treffen und mich dann daran halten, ehe mein Körper in seine Einzelteile zerfiel.

»Okay, in den Wald. Fahren wir in den Wald.« Und das tat ich. An der Mobile Lane hielt ich mich links und nahm die Abkürzung zum Hause Tyndall, die ich seit vierzig Jahren benutzte. Jetzt, da ich wußte, wo ich hinfuhr, fühlte ich mich im Kopf besser, aber körperlich war ich erledigt. Wenn Magda sich begeistert über die Vorzüge ihres neuen Fitness-Programms verbreitete, hatte sie mir erzählt, daß das Radfahren im Rahmen des Aerobic-Trainings nur vom Schwimmen übertroffen werde. Ich sagte aha und las weiter meine Zeitung. Jetzt war mir betrüblich klar, was sie gemeint hatte. Ich schwitzte, keuchte, fluchte – alles gleichzeitig. Simultaner Zusammenbruch an allen Fronten. War das auch Aerobic? Und dieser Wald hinter Lionell Tyndalls Haus schien mir plötzlich *viel* weiter weg zu sein, als ich es in Erinnerung hatte. Andererseits war es natürlich viele Jahre her, daß ich zu Fuß oder mit Hilfe anderer Pedale als des Gaspedals in diesem Teil von Crane's View gewesen war. Fitness-Fanatiker krähen immer, daß man mehr sieht, wenn man zu Fuß geht oder mit dem Fahrrad fährt. Aber das einzige, wovon ich in diesem Augenblick mehr sah, waren meine Wut und Verzweiflung, während ich mich abstrampelte, um Tinkerbell schneller als im Schrittempo voranzutreiben.

Als ich das Gefühl hatte, daß es schlimmer nicht mehr werden konnte, hörte ich hinter mir eine Sirene, die schnell näherkam. Einen Moment lang verflüssigte sich alles, und ich fühlte mich wie früher als Junge, als ich ständig Ärger mit der Polizei hatte. Mein einziger Gedanke war: *Weg hier* – bloß weg von hier. Laß dich ja nicht schnappen! Ich erwog sogar, vom Rad zu springen und in die Büsche zu rennen. Aber wenn ich der Cop in dem Wagen wäre und das sähe, würde ich denken, du liebe Güte, warum läuft der Typ mit dem pinkfarbenen Fahrrad denn weg? Statt die Flucht zu ergreifen, senkte ich den Kopf also so tief wie möglich über den Lenker und strampelte tapfer weiter, immer in der Hoffnung darauf, daß die Götter oder vielleicht sogar die Gang von der Rattenkartoffel mir aus der Patsche helfen würden.

Und irgend jemand tat es wohl auch, denn der Streifenwagen heulte viel zu schnell an mir vorbei und weiter geradeaus, die Straße entlang. Ich bin sicher, wer immer da am Steuer saß, hatte so viel Spaß daran, mit Sirene und Vollgas zu spielen, daß er keinen Gedanken an den Mann verschwendete, der da mit gesenktem Kopf auf seinem Fahrrad vorankeuchte. Was mir wiederum neuen Grund zum sorgenvollen Nachdenken gab, während ich die letzten paar Links- und Rechtskurven fuhr: Wohin *fuhr* dieser Wagen in einem so halsbrecherischen Tempo? Unsere Polizei hatte Anweisung, in der Stadt nicht schnell zu fahren, solange es nicht wirklich irgendwo Ärger gab. Welche neuen Komplikationen, welchen Schlamassel gab es denn jetzt schon wieder?

Zum Glück kam hier Tyndalls großes Haus, und gleich dahinter begann der Aquädukt, der zu der Abkürzung in den Wald gehörte, wenn man zu Fuß oder mit dem Fahrrad unterwegs war. Zum ersten Mal seit meiner Abfahrt zu Hause war ich froh, daß ich dieses Zweirad fuhr. In fünf Minuten wäre ich bei der Straße, die in den Wald führte. Wenn ich dann keine Spur von George fände, wüßte ich nicht mehr, was ich tun sollte.

Ich fand keine Spur von George. Trotzdem bog ich ab und fuhr in den Wald. Wenn man mir gesagt hätte, da sei jetzt ein steiler Berg, den ich hinauffahren müsse, dann wäre ich abgestiegen, hätte das Fahrrad umgedreht und wieder nach Hause geschoben – und zum Teufel mit den Konsequenzen.

So fuhr ich langsam weiter, ohne etwas zu sehen, und Enttäuschung und Ratlosigkeit nahmen mit jedem Meter zu. Als ich das Ende des Waldes erreicht hatte, machte ich kehrt und fuhr zurück, und dabei schaute ich mich genauso aufmerksam um wie beim ersten Mal. Die Instinkte eines alten Polizisten sind schwer auszurotten. Ich blickte hin und her, von einer Seite der überschatteten Straße zur anderen, und spähte zwischen den Bäume nach irgendwelchen Anzeichen – Anzeichen dafür, daß sie hierher gekommen waren, um die Leiche zu begraben. Aber wie sollten sie das anstellen ohne Schaufel?

»Verdammt, George, warum hast du nicht getan, was ich gesagt habe? Es wäre der einfachste Ausweg aus diesem Schlamassel gewesen.« Was nicht wirklich stimmte, das wußte ich wohl, aber es tat doch gut, es zu sagen – wenn auch nur zu den Bäumen und zu Tinkerbell.

Autos sausten vorbei. Ich eierte strampelnd so dicht wie möglich am Straßenrand entlang. Ich wollte nicht gesehen werden, aber wie vermeidet man das, wenn man mit einem rosa Fahrrad mitten durch das Nirgendwo fährt? Keinen Augenblick lang kam es mir in den verwirrten Sinn, daß die Isuzu-Boys mit einem Allradwagen unterwegs und – ergo! – nicht auf die Straße angewiesen waren.

Kurz bevor ich aufgeben und mir den nächsten Schritt überlegen wollte, schaute ich zur Seite und sah Little Frannie aus einer dunklen Gruppe von Kiefern hervorkommen. Er sah mich auch, war aber anscheinend kein bißchen überrascht. Er hatte die Hände tief in den Taschen seiner Khakihose vergraben und sah nicht eben glücklich aus. Ich radelte langsam zu ihm hinüber und schleifte die Füße über den Boden, um anzuhalten.

»Hey.«

»Hey.« Er sah mich nicht an. »Ziemlich cooles Fahrrad. Außer, daß es rosa ist.«

Einen lächerlichen Augenblick lang war ich verlegen und verspürte das dringende Bedürfnis zu erklären. »Na ja, es ist nicht meins. Gehört meiner Frau. Wo sind die andern?«

»Da hinten zwischen den Bäumen.« Es klang traurig und leise, und er seufzte tief, als er den Satz beendet hatte.

»Wieso bist du hier?«

Er schaute zu Boden. »Sie haben gesagt, ich soll nach Hause gehen«, brummelte er.

»Kannst du mir zeigen, wo sie sind?« Ich bemühte mich, nicht ungeduldig zu klingen. Wenn ich ihn jetzt sauer machte, säße ich mächtig in der Tinte.

Sofort hellte sich seine Miene auf: Dies war die Einladung eines Erwachsenen, sich wieder an der Action zu beteiligen. »Ja, ich zeig's Ihnen! Nehmen Sie das Fahrrad mit? Wieso hat es so dicke Reifen?«

Als ich in seinem Alter war, gab es noch keine Mountainbikes. Deshalb konnte ich seine Skepsis verstehen.

»So fährt es sich besser, vor allem im Wald, über Steine und so Zeug. Spring rauf – wir fahren zusammen, und du kannst mir zeigen, wo sie sind. Und dann kannst du selbst mal damit fahren, wenn du Lust hast.«

Er sprang auf und schrie entzückt: »Sie lenken, und ich bin der Dreampilot! Ich sage Ihnen, wo's langgeht!«

»Okay, Mr. Dreampilot. Halten Sie die Schaufel.«

Ich hatte sie nicht gefunden, weil sie ein gutes Stück in den Wald hinein und in eine schmale Schlucht gefahren waren, die von der Straße aus nicht zu sehen war. Bei Floons Auto angekommen, konnten wir niemanden entdecken. Aber die Leiche lag noch im Kofferraum. Kein gutes Zeichen.

»Wo sind sie?« Ich lehnte das Fahrrad an einen Baum und drehte mich einmal um mich selbst, aber ich sah nichts.

Auch der Junge schaute sich um. »Vorhin haben sie eine Stelle gesucht, wo sie ihn begraben könnten, irgendwo unter den Bäumen. Aber ich durfte nicht mitgehen. Dieser Floon hat kleiner Pisser zu mir gesagt.«

Instinktiv legte ich ihm die Hand auf den Kopf und hätte beinahe gesagt: In deinem Alter war ich sehr viel mehr als nur ein kleiner Pisser. Aber ich hielt mich zurück und bemühte mich stattdessen um einen beruhigenden Tonfall. »Hey, das ist ein Kompliment! Ich bin ein großer Pisser und stolz darauf, aber das kommt nur, weil ich erwachsen bin. Gib mir die Schaufel. Willst du jetzt das Rad nehmen und ein bißchen rumfahren?«

Er schüttelte den Kopf. »Nein, ich möchte mit Ihnen gehen.«

»Okay, dann komm. Wir lassen das Rad hier und gehen sie suchen.«

Wir liefen ein paar Minuten herum, aber wir fanden sie nicht, ja, wir hörten sie nicht einmal. Der Wald duftete, und überall war Laub und flackernder Schatten. Bald würde der Herbst kommen, und die Gerüche hier würden sich verändern – würden dicker werden, wuchtiger –, und vieles würde sterben und herabfallen und den Waldboden bedecken und verrotten. Altes Holz und altes Laub, und später würde es schneien, und die dunklen, letzten Farben des Winters würden unter dem Weiß verschwinden.

Von all dem würde ich nie wieder etwas sehen. Der Gedanke war unerträglich. Ich versuchte mit aller Kraft, ihn aus meinem Kopf zu vertreiben. Wir gingen weiter, und ab und zu blieben wir stehen und lauschten nach den anderen.

»Wer sind Sie?« fragte der Junge.

Ich zögerte, lächelte. »Ich bin du, als Erwachsener.«

Er betrachtete die Erde und dachte darüber nach. »Aber wie können wir beide gleichzeitig hier sein?«

»Das weiß ich nicht. Es ist einfach passiert. Ich kann's nicht erklären. Schätze, es ist Zauberei.«

»Okay.« Er wippte auf den Absätzen, entdeckte etwas auf dem Boden und bückte sich, um einen interessant aussehenden Stock aufzuheben, der vor einem Stein lag. Er klang ruhig und vernünftig, als er sprach – als wäre das, was ich

da gesagt hatte, keine große Sache. »Ich wußte schon, daß wir irgendwie verwandt sind oder so was, aber ich wußte nicht, wie. Du bist wirklich ich, wenn ich erwachsen bin?«

»Ja. Ich bin du, wenn du siebenundvierzig Jahre alt bist.«

»Das ist ziemlich alt. Aber du siehst okay aus. Hast du noch deinen Penis?«

Ich stutzte. »Meinen Penis? Äh, ja. Wieso sollte ich nicht?«

»Marvin Bruce hat mir erzählt, der Penis wächst in den Körper zurück, wenn man vierzig ist.«

Der bloße Name und die Erinnerung an diese dürre, gelbzahnige, arschkriecherische Kanalratte bewirkte schon, daß sich mir die Nackenhaare sträubten. Ein wenig zu unerbittlich sagte ich: »Marvin Bruce bohrt in der Nase und *ißt* seine Popel. Vertraust du einem, der so was tut?«

»Du kennst Marvin?«

»Na klar. Er ist ein Wichser. Wahrscheinlich ist er erwachsen geworden und heißt jetzt Kenneth Starr.«

»Wer ist das denn?«

»Schon gut. Laß uns weitergehen.«

Wir fanden sie so tief im Wald, wie nur möglich. beide saßen auf dem Boden und starrten ausdruckslos in die Ferne. Chuck lag auf Floons linkem Fuß und schlief. Nur George blickte langsam auf, als wir näherkamen. Sein Gesichtsausdruck verriet, daß er sich bemühte, seine Gedanken gewaltsam von einem entlegenen Ort zurückzuholen, was ihm aber große Schwierigkeiten bereitete. Vielleicht wirkte er deshalb nicht überrascht, mich zu sehen.

»Frannie. Da bist du ja. Alles okay? Du bist sehr blaß.«

»Alles okay. Was macht ihr? Warum sitzt ihr hier rum? Da liegt ein Toter hinten im Auto. Den könnt ihr nicht einfach da liegen lassen.«

»Wir wollten ihn gleich holen gehen. Wir haben nur haltgemacht, um uns auszuruhen, und dann fing Caz an, mir die Einzelheiten über sein Projekt auseinanderzusetzen. Es ist absolut unglaublich. Du kannst dir nicht vorstellen, welche Auswirkungen das, was er da in Angriff nehmen will, haben wird.«

»Ich glaub's dir. Jetzt steh auf, George. Wir müssen ein Loch graben und aufhören, Zeit zu verschwenden. Habt ihr schon eine Stelle gefunden?«

Der Junge spazierte davon und bohrte seinen Stock in den Boden.

»Hier müßte es eigentlich überall gehen, Frannie. Es ist weit genug weg von der Straße. Aber wir werden tief graben müssen, damit die Tiere ihn nicht ausbuddeln, wenn wir weg sind.«

Ich stach die Schaufel in die Erde. Laut klirrend traf sie auf eine Baumwurzel. Es war genauso wie an dem Tag, als ich Old Vertue hier draußen hatte begraben wollen; dicke Wurzeln durchzogen kreuz und quer den Waldboden dicht unter der Erdoberfläche. Ich hatte auf die harte Tour gelernt, daß es unmöglich war, sie zu durchschneiden.

Ich ging hin und her und stieß alle paar Schritt die Schaufel in den Boden, aber überall war es das gleiche: Wurzeln im Überfluß. Man hörte nichts als das Gezwitscher der Vögel, mich mit meiner Schaufel und den Jungen, wie er seinen Stock durch die Luft pfeifen ließ, gegen die Bäume schlug und auf die Äste klatschte.

»Ich glaube nicht, daß es geht. Hier sind einfach zu viele gottverdammte Wurzeln.«

»Sollen wir die Leiche holen oder nicht?«

Ich ließ die Schaufel zu Boden fallen und verschränkte die Arme. Vor meinem geistigen Auge sah ich nur noch eine riesige Verkehrsampel auf Rot, die nicht mehr umsprang. Es mußte etwas geschehen; wir mußten schleunigst eine Entscheidung treffen – aber was für eine?

Wind kam auf. Die Luft war plötzlich erfüllt von sattem Kieferndeduft und dem sexy Gesäusel einer warmen Brise in sommerlichen Bäumen. Ohne nachzudenken, hob ich den Kopf und schnupperte. »Mein Gott, was für ein wunderschöner Duft.«

Als könnte es sich nicht entscheiden, ob es gehen oder bleiben sollte, flimmerte das Sonnenlicht hier und da über den Körper des Jungen. Er hielt den Kopf gesenkt. Wie es aussah, hatte er kürzlich die Haare geschnitten bekommen

– von Vernon, dem Friseur der Stadt, der schon seit zwanzig Jahren tot war.

Little Fran sah etwas auf dem Boden liegen; er ließ seinen Stock fallen und bückte sich langsam. Sein Blick war unverwandt auf eine bestimmte Stelle gerichtet. »Hey, schaut mal hier!« Er war fünf, sechs Schritt weit entfernt. Es ärgerte mich, daß er mich ablenkte, und ich konnte auch gar nicht sehen, was ihn da in solche Aufregung versetzte. Kinderkram wahrscheinlich. Keine Zeit jetzt für so was. George und Floon standen da und warteten auf meine Entscheidung. Welche Ironie – diese beiden Megahirne warteten auf eine Entscheidung von Frannie McCabe, der für einen erzürnten Highschool-Direktor einmal als »Kandidat für die Gaskammer« gegolten hatte, bevor er von der Schule verwiesen worden war. Aber ich hatte keine Ahnung, was ich ihnen sagen sollte; die Verkehrsampel in meinem Kopf stand immer noch auf Rot.

»*Seht doch!*« Blitzschnell griff der Junge nach etwas, das auf dem Boden lag.

Er richtete sich auf und hielt etwas zwischen Daumen und Zeigefinger. Die übrigen Finger waren abgespreizt, als wolle er nicht berühren, was er da festhielt. Bis es sich bewegte, dachte ich, es sei ein neuer Stock.

Es war eine Eidechse oder ein Chamäleon – ich weiß es nicht, ich bin kein Herpetologe. Ich hätte George, den Fachmann auf allen Gebieten, fragen sollen, aber ich war so aufgeregt, daß es mir egal war. Der arme kleine Scheißer hatte sich brav um seinen eigenen Eidechsenkram gekümmert und sich ein bißchen auf dem Waldboden gesonnt. Bis er ohne Vorwarnung an seinem langen Schwanz in die Luft gerissen worden war. Für einen Augenblick. Einen Augenblick lang blieb er so, zappelte und baumelte im Kreis herum und versuchte verzweifelt zu entkommen. Dann brach der Schwanz ab, und als Mr. Eidechs auf dem Boden auftraf, sauste er davon. Der Junge quiekte entzückt und bestürzt zugleich. Aber was wichtiger war: Als die Eidechse flüchtete, huschte sie an meiner Schaufel herauf, daran entlang und darüber hinweg. Der Anblick dieser beiden Dinge zusammen – das eine auf dem andern, Eidechse auf Schaufel – berührte etwas in mir, wie eine Flamme ein trockenes Blatt Papier berührt.

Im selben Moment erinnerte ich mich, wie George und ich Antonya Corandos Notizhefte angeschaut hatten. Und ich dachte daran, wie er gesagt hatte, daß es nur zwei Bilder gebe, die in allen ihren seltsamen, prophetischen Zeichnungen immer wieder auftauchten: diese Schaufel und eine Eidechse.

Mein Blick war unverwandt auf die Stelle am Boden gerichtet, wo der Kleine die Eidechse gefunden hatte. Ich ging darauf zu und sagte: »Grabt hier.«

»*Da*? Das ist doch direkt unter dem Baum. Da werden überall Wurzeln sein.«

»Nehmen Sie die gottverdammte Schaufel und graben Sie *hier*, Floon. Sonst ramme ich sie Ihnen in den Arsch, und zwar mit dem Blatt zuerst.«

»Aber Frannie, er hat recht. Die Wurzeln …«

»George, erinnerst du dich an Antonya Corandos Schulhefte? Erinnerst du dich an die beiden Motive, die immer wieder auftauchten?«

Er sog an seiner Unterlippe und hob die Hand, um einen Einwand zu erheben – als säße er in der Schule und wolle die Aufmerksamkeit des Lehrers auf sich lenken. Aber seine Hand wurde immer langsamer, als ihm ein Licht aufging und er sich erinnerte, was er gesagt hatte. Abrupt krallten sich seine Finger in die Luft und wurden zur Faust. »Die Eidechse und die Schaufel!«

»Genau. Fang an zu graben. Genau hier.«

»Ja!« Er wirbelte herum und wandte sich an Floon, der uns beide jetzt anstarrte, als wären wir der Feind. »Es ist hier, Caz. Frannie hat recht – hier müssen wir graben.«

»Ich fange an! Lassen Sie mich«, krähte der Kleine fröhlich, hob die Schaufel auf und ließ sie in seiner Aufregung gleich wieder fallen. Sofort hatte er sie wieder aufgehoben, und dann fing er an zu graben wie ein kleiner Bagger.

»Nein, wir machen das. Dann geht's schneller. Geh du lieber zur Seite.« Ich streckte die Hand nach der Schaufel aus.

Er wollte sie nicht hergeben. Er versuchte sogar, sie hinter seinem Rücken zu verstecken. »Nein! Das ist nicht fair! Ich hab die Eidechse gefunden. Ich. Und die beiden Typen hier hab ich auch gefunden, und du nicht. Also darf ich auch als erster graben.«

Ich bemühte mich, vernünftig zu klingen; ich war nicht der Böse, sondern der Gute, der auf seiner Seite stand. »Mein Freund, wir müssen das jetzt einfach selbst tun, und zwar so schnell wie möglich. Wir müssen dieses Loch graben und dann verschwinden.«

Sein Gesicht bemühte sich, zu versteinern, aber Sie wissen ja, wie Kids sind – sie haben noch nicht gelernt, cool zu sein. Leidenschaft kennen sie heiß und kalt, aber nicht cool. Als er das nächste Mal sprach, schluchzte er. »Das ist nicht fair. Ich hab dir heute zweimal geholfen, und das weißt du! Und ich hab dir geholfen, aus der Bücherei zu kommen. Ich ...«

»Gib die gottverdammte Schaufel her. *Sofort!*« Ich tat

einen Schritt auf ihn zu. Was immer er in meinem Gesicht sah, jagte ihm einen Schrecken ein. Er hielt das Werkzeug hinter seinem Rücken, aber als er mich kommen sah, ließ er es fallen. Er wich einen Schritt zurück, stolperte darüber und fiel hin. Seine Augen starrten mich angstvoll an. Jetzt war keine Zeit mehr zu verlieren. Ich hob die Schaufel auf und wandte ihm den Rücken zu.

»Du bist der Pisser! Du bist der dicke fette Pisser, und du hast *keinen* Penis!« Seine Wut verwandelte sich in einen höhnischen Singsang. »Du hast keinen Peee-nis, du hast keinen Peee-nis!«

Ich achtete nicht weiter auf ihn, sondern gab Floon die Schaufel und deutete auf die Stelle am Boden. Mir war schwindlig, und ich mußte mich setzen.

»Frannie, Achtung ...« Das war Georges Stimme, und dann traf mich etwas Hartes in die Kniekehle. Das Knie knickte ein, aber ich fiel nicht hin. Ich drehte mich um und sah, wie der Junge in den Wald hinein davonrannte.

»Er hat dich getreten.«

»Macht nichts. Los.«

Aber es machte doch etwas. Wir beschlossen, daß es besser wäre, wenn George und Floon zuerst die Leiche holten, und dann stand ich allein da und dachte an den kleinen Jungen. Wo würde er hinlaufen? Würde er zurückkommen?

Ich fühlte mich matt, aber im Kopf war ich so klar wie den ganzen Tag nicht. Eine Art Plan hatte Gestalt angenommen. Grab ein Loch, begrab die Leiche, fahr in die Stadt zurück ... Das Knistern und Knacken von Zweigen unter ihren Fußen kündigte ihre Rückkehr an. Die Gestalt in dem Sack auf ihren Schultern sah kleiner aus.

Als ob der Mann noch lebte und sie um seine Bequemlichkeit besorgt wären, ließen sie ihn sehr behutsam zu Boden sinken. Floon hob die Schaufel auf und fing an zu graben. Er arbeitete mit präzisen Bewegungen und ohne Kräfte zu verschwenden. Die Grube wuchs schnell, nicht zuletzt, weil nichts im Weg war – keine Wurzeln, keine Steine, nichts Unsichtbares oder Unerwartetes. Ich war sicher, daß da auch nichts sein würde. Die Eidechse war das X gewesen, das diese Stelle markiert hatte, und das hatte ich sofort gewußt, als ich sie gesehen hatte.

Als George das Graben übernahm, fragte er, ob ich je von Kilioa gehört hätte. Als ich verneinte, erklärte er, daß es sich um ein mythologisches Wesen handelte – eine der zwei Eidechsenfrauen, die die Seelen der Verstorbenen gefangenhielten. Aber in diesem Augenblick war es mir völlig schnuppe, ob die Eidechse, die wir gesehen hatten, Kilioa gewesen war oder ein gewöhnliches Waldreptil, das an einem schönen Tag ein paar Sonnenstrahlen einfing.

»Ja, aber Eidechsen waren in den Mythologien der Welt immer schon wichtig, Frannie. Sie können alle möglichen profunden Dinge symbolisieren.«

»Faszinierend. Grab nur einfach weiter.«

»Das interessiert dich nicht, wie?«

»Nicht die Bohne.«

Das Graben ging weiter. Wir redeten ein bißchen, aber nicht viel. Ich fühlte mich nicht imstande, mich an der Arbeit zu beteiligen; also überließ ich sie den beiden anderen.

Ab und zu sah ich nach, ob der tote Floon noch bei uns war.

Sie waren schon ziemlich tief, als ich draußen auf der Straße zwei Sirenen vorbeikommen hörte, die eine dicht hinter der anderen. Es machte mich verrückt, daß ich nicht wußte, weshalb sie unterwegs waren. Normalerweise brauchte ein Polizeiwagen in Crane's View keine Sirene. Ich vermutete das Schlimmste und beschloß deshalb, am besten sollten die beiden Burschen sich so schnell wie möglich in Sicherheit bringen; ich würde die Arbeit allein zu Ende bringen und dann nach Hause fahren.

Als ich es ihnen sagte, schienen beide nicht besonders unglücklich darüber, daß sie aufhören sollten. Wir standen am Rand des Loches und schauten hinein.

»George, ich möchte, daß du die Stadt für eine Weile verläßt. Fahr einfach weg und komm ein, zwei Wochen nicht wieder. Hast du Geld bei dir?«

»Ja, aber wo soll ich denn hin?«

»Weiß ich nicht. Ich möchte nur, daß ihr, du und Floon, für eine Weile von hier verschwindet. Ruf mich in ein paar

Tagen an. Ich sage dir, wenn die Luft rein ist und du zurückkommen kannst. Ich will alle Spuren beseitigen, die wir vielleicht an deinem Haus hinterlassen haben. Wenn ich fertig bin, schließe ich ab. Wer weiß, ob nicht jemand gesehen hat, was passiert ist.«

»Okay.«

»Wir können nach New York fahren, in mein Apartment«, schlug Floon vor.

»Nein, das ist keine gute Idee. Verreist für ein Weilchen. Fahrt mit dem Auto irgendwohin, wo man euch beide nicht kennt. Fahrt ans Meer und unterhaltet euch über Floons Pläne.«

Ich erinnerte mich an das Hotelzimmer in Wien, und wie ich den Hund dort auf den Bett hatte sitzen sehen. Astopel hatte gesagt, das sei George Dalemwood. Ich erinnerte mich an Susan Ginnety, die mir erzählt hatte, George sei dreißig Jahre zuvor einfach aus Crane's View verschwunden, und man habe ihn nie wiedergesehen.

»Floon, gehen Sie nur schon vor. Ich muß George noch ein paar Dinge sagen.«

Als Floon außer Hörweite war, legte ich meinem Freund beide Hände auf die Schultern und beugte mich so weit vor, daß unsere Nasen einander beinahe berührten.

»Frannie, du siehst nicht gut aus. Du siehst ziemlich krank aus. Laß uns das hier fertig machen, und dann fahre ich dich nach Hause.«

»Nein, mir fehlt nichts. George, hör zu. Ich weiß ein paar Dinge über die Zukunft. Ich weiß, daß ihr zusammen an einer sehr großen Sache arbeiten werdet. Das kann Jahre dauern. Vielleicht ist es sogar das Projekt, von dem er dir erzählt hat. Tu es, aber sei sehr vorsichtig. Sieh zu, daß du immer mit dem Arsch an der Wand stehst. Vertraue ihm nie allzu sehr, ganz gleich, für wie brillant du ihn hältst.

Jetzt verschwinde aus der Stadt, und bleib eine Weile weg. Ich weiß nicht, wie es hier in den nächsten paar Tagen weitergehen wird. Aber ich will dich nicht hier in der Gegend haben, wenn die Kacke anfängt zu dampfen. Und – George?«

»Ja?« Sein Gesicht war ein einziges sorgenvolles Fragezeichen. Es brach mir das Herz, aber ich konnte nichts weiter tun.

Ich wollte meinem Freund schon sagen, daß ich ihn liebte, aber da fiel mir etwas anderes ein. »Tankretische Sprenz. Kannst du dich an dieses Wort erinnern?« Ich buchstabierte es ihm. »Weißt du etwas über Kaltfusion? *Wirklich?* Großartig! Und das hat etwas damit zu tun. Und wenn du es nicht gleich findest, halte die Augen offen, denn nur darum geht es bei der ganzen Kaltfusion. Es wird die Welt verändern. Tankretische Sprenz, okay?«

»Okay. Wann soll ich dich anrufen?«

»In ein paar Tagen. Warte, bis der Rauch sich verzogen hat.« Ich wußte, er würde nicht zurückkommen, aber das wollte ich ihm nicht sagen, denn es hätte ihm angst gemacht. »Gib auf dich acht. Und auch auf Chuck.« Ich gab ihm einen Kuß auf die Wange. »Du bist ein guter Freund. Der beste.«

»Ich habe Angst, Frannie.«

»Ich auch.«

»Du? Du hast nie vor irgend etwas Angst.«

»Ich habe Angst, daß ich das alles hier eines Tages verlieren werde und es nicht genug geliebt habe. Denk daran: Liebe das alles hier, immer. Und liebe es für mich mit, wenn du dich daran erinnerst.«

Ich gab ihm einen leichten Schubs, und er ging. Chuck tanzte um seine Füße herum, lief hierhin und dorthin; er war glücklich, wieder mit dem unterwegs zu sein, den er am meisten liebte. George drehte sich einmal um. Ich sagte nur: »Tankretische Sprenz.« Er wiederholte es, aber als er fertig war, hatte er sich so weit entfernt, daß ich nichts mehr mitbekam.

Ich wartete darauf, daß der Motor des Isuzu ansprang, aber ich hörte nichts. Ich wartete lange, zu lange. Aber dann kam es – leise, so leise, als wehte das Geräusch aus einer halben Meile Entfernung herüber. Ich stellte mir vor, wie sie langsam zwischen den Bäumen hinausfuhren, wie sie Löchern, Stümpfen und Steinen auswichen. George am

Steuer oder Floon? George – er kannte die Stadt, wußte, daß man an der Straße rechts abbiegen und die fünf gewundenen Meilen bis zur Hauptstraße fahren mußte.

Ich manövrierte mich unbeholfen in das Loch hinunter und fing wieder an zu graben. Die Erde war weich und feucht – jede Schaufel förderte eine Menge davon herauf. Beim Graben beschäftigte ich mich damit, daß ich mir vorstellte, wie sie mit ihrem Wagen die Straße hinunter zur rasengesäumten Hauptstraße fuhren. Ich versuchte mich an die Wegmarken zu erinnern, an denen sie vorbeikamen. Die große Rotbuche, die vom Blitz getroffen worden war. Das kleine weiße Kreuz am Straßenrand, wo vor Jahren der tödliche Unfall passiert war. Der stille Weiher in der Nähe, der immer von grünem Schaum und Wasserlilien bedeckt war. Da hatten wir als Kinder so viele Frösche gefangen. Einmal hatte ich Marvin Bruce hineingeschubst und dafür gesorgt, daß auch sein Kopf unter Wasser war.

Ohne Grund fing mein Herz an zu rasen. Ich schloß die Augen und versuchte, es zuerst mit Willenskraft zur Ruhe zu bringen, dann mit flehentlichem Bitten. Nach ein paar
weiteren verrückten, ungleichmäßigen Schlägen wurde es endlich wieder still. Ich wartete ab, ob es so bleiben würde. Mein Kinn ruhte auf der Brust. Beruhige dich, Herz – alles wird gutgehen. Ich konnte meinem Körper nicht mehr vertrauen. Wieviel Zeit blieb mir noch? Vielleicht hätte ich doch die beiden anderen das Grab ausheben und mich dann in die Stadt fahren lassen sollen. Vielleicht wäre das sehr viel gescheiter gewesen als das, was ich jetzt vorhatte.

Als ich die Augen öffnete, sah ich den Boden der Grube. Langsam hob ich noch eine Schaufelvoll Erde. Da kam etwas zutage. Mein Herz blieb ruhig, aber ich spürte seine Schläge in meinem ganzen Körper.

Etwas Weißes war da unten. Etwas Weißes, bedeckt von feuchter schwarzer Erde. Ich schob die Schaufel nach oben aus dem Grab und sank auf die Knie, um besser zu sehen. Vorsichtig wischte ich ein paar Krumen beiseite. Noch mehr Weiß kam zum Vorschein. Es war Stoff, Baumwolle, ein Kleidungsstück. Ein T-Shirt? Mit hohlen Händen räumte ich mehr Erde beiseite, bis ich sah, jawohl, es war ein weißes T-Shirt und, o Gott, ein Leichnam.

Die Eidechse und die Schaufel hatten gesagt: Grabe hier. Hier liegt eine Leiche. Finde sie. Die ganze Zeit hatte ich mich darauf zubewegt, ohne es zu wissen. Grabe hier.

Grabe hier.

Sorgfältig wischte ich Erde weg, bis das Gesicht erschien. Ein Kind. Ich wußte, wer es war. Es war unmöglich. Ich wußte, wer es war. Nein! Renn weg, verschwinde von hier. Sein kleiner Mund, die Nase, die friedlich geschlossenen Augen.

Es war der Junge. Der Junge, den ich eben weggeschickt hatte, Dreampilot, ich. Jetzt lag er tot und mit Erde bedeckt in dieser Grube. Dieser Grube, die wir eben gegraben hatten, die er gern mitgegraben hätte. Jetzt lag er tot darin, und ich hatte ihn ausgegraben. Sein Gesicht war noch warm, als ich es berührte. Seine Lippen öffneten sich unter dem Druck meiner Hand. Sie waren noch feucht. Die Unterlippe glänzte.

»Nein!«

Ich fand einen Weg hindurch. Ich fand einen Weg hindurch, indem ich ein bißchen verrückt wurde, aber das half. Er war schmutzig. Er lag in der Erde, und man mußte ihn herausholen und saubermachen. Ich machte mich daran, ihn zu retten. Das war nicht das richtige Wort, aber es ist das Wort, das mir im Kopf blieb. Rette ihn – bring ihn zu uns zurück – zurück von da, wo er gar nicht hätte sein sollen.

Ich sprach mit ihm, während ich ihn herausholte. Ich sprach mit ihm, als ich ihn hochhob, in den Armen hielt, die Erde von ihm abwischte, von seiner weichen Kinderhaut, seinen Kleidern, alle Erde, die ich sehen konnte. Ich sprach mit ihm, während ich seine Gestalt behutsam zum Rand des Grabes hob und dort hinlegte, neben die Schaufel.

Ich kletterte hinaus. Ich fühlte mich schwach und krank, aber gleichzeitig seltsam beschwingt. Ich hatte eine Aufgabe zu erfüllen, eine Rettungsmission: Ich muß den Dreampilot zurückbringen. Alle meine Probleme müssen warten, bis das erledigt ist.

Ich mußte Pause machen und mich ausruhen. Ich setzte mich neben den Leichnam. Ich mußte ihn im Arm halten, damit ihm nicht noch etwas zustoßen konnte. Wir saßen zu nah an dem Loch. Das gefiel mir nicht. Es war zu nah. Wir mußten weiter weg. Das Loch war gefährlich und tief. Ganz gleich, wie vorsichtig man war, man konnte trotzdem hineinfallen.

Ich stand auf, hob ihn hoch und ging davon. Ich glaube, ich wäre wahrscheinlich aus dem Wald hinausgegangen, wenn mein Körper nicht gesagt hätte: Stop. Aber er sagte: Stop, oder ich gebe dir gar nichts mehr. Also tat ich, was er verlangte, und blieb stehen, wo ich war, wartete und hoffte, daß er mich weitergehen lassen würde. Ich sprach nicht mehr mit dem Jungen, entschuldigte mich nicht mehr dafür, daß ich ihm nicht erlaubt hatte, uns beim Graben zu helfen. Ich wollte jetzt nur noch, daß alles still war.

Sein Körper war leicht. War das so, weil er ein kleiner Junge war oder weil der Tod ihm sein Gewicht genommen hatte? So stand ich im Wald, mit dem Rücken zu Floons Grab, wartete darauf, daß etwas passierte, und kümmerte mich nicht darum, ob es passierte. Ich wußte, daß ich das Kind niederlegen und zu dem Loch zurückgehen sollte, um die Arbeit dort zu Ende zu bringen. Ich wußte, daß ich es tun sollte, aber ich tat es nicht.

Ich schätze, ich stand einfach da, die Kinderleiche in den Armen, und träumte. Ist das möglich? Ich stand da, ohne auch nur zu denken: Was nun? Ja, ich stand einfach nur da.

Bis ich das vielleicht dritte oder vierte *wump* hörte. Es gibt Geräusche, die man kennt, aber nicht erkennt, bis man sieht, wie sie zustande kommen. Mit dem Rücken zum Loch hörte ich es ein-zwei-dreimal – *wump wump wump.* Langsam, keineswegs schnell. Ich kannte das Geräusch, konnte es aber nicht unterbringen. Es kam aus dem Wald hinter mir, wo niemand war. Aber ich drehte mich nicht um. Noch nicht. *Wump wump.*

Erst als das schwere, dumpfe, vertraute Geräusch noch ein paarmal ertönte, wollte ich hinschauen. Ich drückte das Kind fester an meine Brust und drehte mich um.

Es waren fünf. Sie alle schaufelten die Erde zurück in das Loch. *Wump-wump.* Niemand sprach, aber sie sahen alle wirklich glücklich aus, sie lächelten und waren entzückt, diese Arbeit zusammen zu tun. Ihr Alter war unterschiedlich. Der jüngste schien ungefähr vierzehn zu sein, der älteste fünfundvierzig. Aber ich schätze nur. Jeder von ihnen trug, was der tote Junge in meinen Armen anhatte: Khakihose, weißes T-Shirt, hohe schwarze Leinenturnschuhe.

Und alle waren ich. Sie schütteten Floons Grab zu. Der Leichensack war verschwunden. Sie mußten den schwarzen Sack in das Grab gelegt haben, und jetzt schaufelten sie die Erde wieder hinein. Gemeinsam hatten sie die Arbeit für mich erledigt.

Ich schaute zu, bis sie fertig waren. Zu fünft brauchten sie nicht lange. Die Schaufeln in ihren Händen waren leicht. Die Erde flog in gewaltigen Ladungen zurück ins Loch. Beim Arbeiten schauten sie einander an und lächelten. Sie amüsierten sich königlich. Es war wie ein Familienausflug – sämtliche Brüder waren wieder vereint, alberten herum. Gruben ein Loch, machten sich einen Spaß. Aber sie waren keine Brüder, sie waren ich.

Als sie fertig waren, traten sie zurück, stützten sich auf ihre Schaufeln und begutachteten ihr Werk. Von da, wo ich stand, konnte man auf dem Boden nichts mehr erkennen. Niemand hätte sehen können, daß dort ein tiefes Loch gegraben und wieder zugeschüttet worden war. Der Waldboden sah so unberührt aus, wie er bei unserer Ankunft gewesen war.

Die Schaufler schauten einander an, und der älteste nickte beifällig. Ein anderer schlug dem jüngsten auf die Schulter und reichte ihm zwinkernd sein Werkzeug. War es das, was ich benutzt hatte? Sie waren alle gleich. Der Junge nahm die Schaufel mit anbetungsvollem Gesicht. Sie alle liebten einander; so zusammenzusein, das war das Größte im Leben.

Und dann kamen sie alle auf mich zu. Als sie vor mir standen, streckte der, der seine Schaufel abgegeben hatte, die Arme aus und nahm mir sanft das tote Kind ab. Ich widersetzte mich nicht.

»Es ist okay«, sagte er. »Wir kümmern uns jetzt um ihn.« Er hielt den Leichnam mit größerer Sorgfalt als ich und betrachtete ihn wunderbar warmherzig. Selbstverständlich würde er wissen, was zu tun war.

»Kommt«, sagte ein anderer, aber ich wußte nicht, welcher. Sie machten sich auf den Weg, und mir kam es ganz natürlich vor, ihnen zu folgen. Sie gingen zu beiden Seiten von mir. Ich schaute unentwegt von einem zum andern. Ich kannte sie alle. Jeder war eine andere Version meiner selbst, als ich jünger war.

Mein Körper fühlte sich ruhig und normal an, als wir durch den Wald gingen. Ich fühlte mich friedvoll und gleichzeitig tief-, tieftraurig. Denn als ich sie alle zusammen so sah, als ich sah, wie sie mit so viel Freude und Konzentration zusammenarbeiteten, als ich sah, wie gern sie einander hatten, und als ich das tote Kind in den Armen des einen sah, da verstand ich endlich.

Wie überquert man ein hölzernes Meer? Die Antwort auf diese Frage kannte ich immer noch nicht, aber als ich das alles um mich herum sah, wußte ich, wie ich sie finden würde. War es das, was uns Astopel und seine Leute beibringen wollten? Daß nichts wichtiger ist, als jedes einzelne Ich unserer selbst am Leben zu erhalten? Wir müssen auf sie hören und uns von ihnen leiten lassen.

Nicht: Erkenne dich selbst. Erkenne *jedes Ich* deiner selbst. Jedes Ich in all den Jahren, in den Tagen mit Magda und Pauline, in den Tagen der orangegelben Cowboystiefel und in der Zeit, als du noch geglaubt hast, daß der Penis in den Körper zurückwächst, wenn ein Mann vierzig Jahre alt ist.

Wir schauen den an, der wir vor Zeiten einmal waren, und finden diesen Menschen dumm oder erheiternd, aber nie wesentlich. Als blätterten wir in alten Fotoalben, wo wir lustige Mützen tragen oder breite Revers. Wie albern ich damals war, wie naiv.

Und wie falsch, so zu denken! Denn jetzt, da *du* dazu nicht mehr fähig bist, wissen diese Ichs immer noch, wie man fliegt, wie man den Weg in den Wald oder aus der

Bibliothek findet. Nur sie sehen die Eidechsen, nur sie können die Löcher füllen, die gefüllt werden müssen.

Gee-Gee, Dreampilot, die Totengräber … Jetzt wußte ich, wie sehr ich sie alle brauchte, um mein Leben wirklich zu verstehen. Wie überquert man ein hölzernes Meer? Frage sie, und höre dir aufmerksam jede ihrer Antworten an.

»Ich glaube, ich kann nicht mehr weiter.« In meinem Kopf pochte es, und in den Fingerspitzen fühlte ich ein seltsam kribbelndes Vibrieren.

»Wir helfen dir«, sagte einer und faßte meinen rechten Arm unter, um mich zu stützen. Ein anderer nahm den linken. So gehalten, fühlte ich mich fast wieder okay.

»Es ist nicht mehr weit bis zur Straße. Wir sind gleich da.«

Bürgermeisterin Susan Ginnety fand Frannie McCabes Leichnam. Sie war auf dem Heimweg von einer Fahrt nach New York und sann darüber nach, wie schön es wäre, jetzt in ein Heim zurückzukehren, zu einem Mann und einem Leben und nicht bloß zu ihrem Job. Sie war so verloren, wie sie es nur je gewesen war, und voller Angst, sie könnte den Rest ihrer Tage allein verleben müssen.

Sie fuhr an dem Weiher vorbei und an dem traurigen weißen Kreuz am Straßenrand. Dann durch das Wäldchen, wo das Stadtgebiet von Crane's View begann. Die Straße wurde hier kurvig, und sie bremste ab. Sie war eine vorsichtige Autofahrerin. Sie fuhr nur noch dreißig, als sie die Gestalt am Straßenrand liegen sah. Auf den ersten Blick sah es aus, als hätte ein Landstreicher beschlossen, sich ausgerechnet hier zu einem Nickerchen niederzulassen. Das Sonnenlicht, das durch die Bäume herabfiel, vollführte einen chaotischen Tanz auf der reglosen Gestalt, die da auf dem Rücken lag. Es war offensichtlich ein Mann. Susan wollte nicht anhalten, denn sie hatte Angst, aber sie war auch Bürgermeisterin und empfand es deshalb als ihre Pflicht. Und als sie ein paar Schritt vor der Leiche am Straßenrand angehalten hatte, konnte sie das Gesicht des Mannes sehen, und sofort war ihr Mund so weit aufgerissen, wie es nur ging.

Sie schaffte es kaum, den Hebel der Automatik in Parkstellung zu schieben, bevor sie in Tränen ausbrach. Bürgermeisterin Ginnety, das Geheimnis, das niemand je kennengelernt hatte, saß in ihrem Auto und weinte so lange und so laut, daß ihre Schreie die Vögel erschreckten, die in den Bäumen über ihr saßen. Minuten vergingen, bevor sie aussteigen und zu dem Toten gehen konnte.

Aber was die alten Geschichten behaupten, ist wirklich wahr – irgendwo tief im Herzen wissen die, die uns am meisten lieben, *immer*, wie es uns geht. Als Susan Ginnety erkannte, daß Frannie McCabe da am Straßenrand lag, wußte sie auch, daß er tot war. Die Erinnerungen an die glücklichen Zeiten, die sie als Mädchen mit ihm verbracht hatte, verfolgten Susan schon ihr Leben lag, und sie würden es nun weiter tun.

Erst Monate später, als sie sehr traurig und allein war, kam ihr eines Winterabends eine Offenbarung, die sie lächeln ließ. Erst so viel Zeit nach seinem Tod wurde ihr klar, welches Glück es gewesen war, daß ausgerechnet sie McCabe gefunden hatte. So war sie die erste gewesen, die ihm Lebewohl sagen konnte. Aber im nächsten Augenblick war ihr das Leben plötzlich hoffnungslos lang und dunkel erschienen. Denn selbst wenn es einem etwas schenkte – was fing man an mit einem ersten Lebewohl?

EPILOG

Ganz gegen Magdas Wunsch wurde das Begräbnis zu einem gewaltigen Ereignis. Frannies Freunde konnten sich nie darüber einigen, ob es ihn gefreut oder geschüttelt hätte zu wissen, daß fünfhundert Leute gekommen waren. Fünfhundert Leute, ehrlich erschüttert darüber, daß dieser immer noch junge Mann tot war. Er war so gescheit und kompetent gewesen und auch so lustig. Ohne Zweifel der beste Polizeichef, den sie je gehabt hatten. Die Geschichte, wie er am Tag seines Todes Maeve Powells Tochter vor irgendeinem mysteriösen Verrückten gerettet hatte, polierte seinen Stern nur noch glänzender.

Zugegeben, es gab auch viele Geschichten darüber, was für ein scheußlicher Bengel er früher war. Wie er einmal das Auto eines Rektors angezündet hatte. Wie er von der Schule geflogen, wie er verhaftet worden war, wie er seinem Vater Kummer beschert hatte. Aber sein Tod verwandelte diese Geschichten in Anekdoten, apokryph und größtenteils zum Schmunzeln. Der alte Frannie, das war schon ein Kerl, nicht wahr? Und hatten die meisten guten Männer zu ihrer Zeit nicht auch über die Stränge geschlagen? Man vergesse außerdem nicht, daß er mitgeholfen hatte, den einen von nur zwei Mordfällen aufzuklären, die es in Crane's View je gegeben hatte.

Was tat es also, wenn er früher ein ungezogener Junge war – McCabe war zu einem Teufelskerl herangewachsen. Er war ein guter Freund gewesen, zu hundert Prozent zuverlässig. Er hatte seine Frau geliebt und seine Arbeit gut gemacht. Das ist es, was zählt, und die Leute waren dankbar, ihn gekannt zu haben.

Gottlob war der Junge da. Gary Graham war sein richtiger Name, aber er ließ sich lieber Gee-Gee nennen. Ein gutaussehender Bengel. Die Leute, die es wissen konnten, sagten, er sehe aus, wie Frannie in dem Alter ausgesehen habe.

An dem Tag, als Gee-Gee zu den McCabes kam, wurde seine Tante mit Blaulicht ins Krankenhaus gefahren, und sein Onkel starb! Keine schöne Begrüßung, aber das machte nichts: Er packte sofort zu und errang die Bewunderung der Leute durch die Art, wie er sich benahm.

Er und Pauline arrangierten gemeinsam die Beerdigung, holten Magda aus dem Krankenhaus und führten sie zum Grab, als es soweit war. Und dann standen die beiden braven jungen Leute neben ihr, als sie auf den schlichten Sarg ihres Mannes hinunterschaute.

Jemand in der Nähe hörte, daß sie nur einen Satz sagte: »Ich mag dich.« Dann warf sie eine rosafarbene Rose auf den Sarg und kehrte auf ihren Platz zurück. Neben der großen Zahl der Trauergäste gab es nur wenige Dinge, die mit Überraschung aufgenommen wurden: die Tatsache, daß Frannies bester Freund George Dalemwood nicht erschien, daß Johnny Petangles erschien, und zwar im Rollstuhl, und daß ein Geistlicher, den niemand kannte, die letzten Worte sprach.

Niemand hatte den Mann je gesehen – einen elegant gekleideten schwarzen Gentleman mit dem Selbstbewußtsein eines Politikers und der Stimme eines Radiosprechers. Im Gottesdienst fragte jemand, der neben Gee-Gee saß, im Flüsterton, wer der Mann sei. Der Junge antwortete mit eigentümlicher Stimme: »Ich weiß, wer das ist. Onkel Frannie und ich kannten ihn.«

Den Leuten widerstrebte es, Magda zu fragen, in welcher Beziehung der Mann zu ihrer Familie stand, aber anscheinend gefiel ihr, was er sagte – vor allem das Zitat aus dem Koran: »Bedenke das Letzte von allem, und dann wirst du den Traum davon verlassen.« Es war das einzige in der ganzen Zeremonie, was sie zum Weinen brachte, aber wiederum hatte niemand den Mut, sie zu fragen, warum.

Als es vorbei war und die Leute gingen, trat der Junge auf den Geistlichen zu und fragte flüsternd, ob er ihn sprechen könne. Der Mann warf ihm durchtrieben lächelnd einen Blick zu und sagte, sicher, sobald er Zeit habe, könnten sie sich unterhalten. Zeit hätte er, wenn er so viele Hände wie möglich geschüttelt hätte. Er führte sich tatsächlich auf wie jemand, der für ein Amt kandidierte. Aber der Junge wartete, nachdem er Pauline gesagt hatte, er werde nach Hause nachkommen. Das Mädchen warf ihm einen besäuselten, liebevollen Blick zu und sagte, okay, aber beeil dich.

Die Leute, die sahen, wie er geduldig wartete, die Hände ausgestreckt, nahmen an, daß Gee-Gee sich nur bei dem Geistlichen bedanken wollte.

Aber als sie schließlich allein waren, schaute der Junge sich um, und als er sicher war, daß niemand zuhörte, wütete er los. »Du Arschloch! Du Scheißkerl! *Was hast du hier zu suchen?*«

»Gee-Gee, du solltest mir dankbar sein, daß ich dich habe zurückkommen lassen. Das brauchte ich nicht zu tun, weißt du.«

»Nein, weiß ich nicht. Ich weiß überhaupt nichts. Warum erzählst du's mir nicht? Hä? Meinst du, das könntest du tun?«

Der Mann warf einen Blick auf eine kostbare, silberschwarze Uhr an seinem linken Handgelenk. Als der Junge sie sah, traten ihm die Augen aus den Höhlen. »Das ist seine Uhr. Du hast seine Uhr gestohlen!«

»Geborgt. Ein schönes Stück, nicht wahr? Wirklich eine hübsche Uhr. Ich gebe sie dir, wenn wir hier fertig sind. Dann kannst du so tun, als hättest du sie gefunden, und bei Magda ein paar Punkte machen. Ja, so ist es am besten.« Er war sichtlich entzückt von seiner Idee.

Der Junge dagegen kochte vor Wut. Sein Mund war ein schmaler Strich, und seine Lippen waren fast weiß. Er sah aus, als werde er den Geistlichen jeden Augenblick anspringen und ihn attackieren, obwohl der Mann viel größer war als er.

Nachdem die Trauerandacht zu Ende war, erschienen die Friedhofsarbeiter, die in diskretem Abstand gewartet hatten, rasch von überall her. Zwei fingen an, die grünen Klappstühle zusammenzulegen. Einer nahm den Blumenschmuck herunter. Ein Bulldozer, der in der Nähe stand, fing an zu tuckern, wurde aber aus einem unbekannten Grund gleich wieder abgeschaltet und verstummte motormäßig rülpsend und hustend. Weitere Männer kamen dazu. Der Geistliche und der Teenager waren offensichtlich im Weg; also gingen sie ein paar Schritt beiseite.

»Wieso bist du wieder hier? Und wieso ich? Ich dachte, ich war tot.«

»Das warst du auch. Ich habe dich zurückgebracht.«

»Und soll ich dafür jetzt dankbar sein? Soll ich danke sagen?«

»Das wäre nett.«

Stattdessen sprang der Junge vor den Geistlichen und ließ den linken *und* den rechten *Fuck you*-Finger hochschnellen. Ein Friedhofsarbeiter sah es und jauchzte. Er deutete auf die beiden und hörte nicht auf zu lachen. Stinkefinger für den Pastor! Das war gut. Astopel schaute den Arbeiter an und nickte beifällig – auch er fand es komisch.

»Warum hast du das getan? Und wenn ich schon zurückkommen sollte, wieso dann nicht in meine richtige Zeit?«

»Aber dies *ist* von jetzt an deine Zeit, Gee-Gee. Gewöhne dich daran.« Astopel steckte die Hand in die Jackentasche und suchte darin herum. Dabei schaute er in den strahlend blauen Himmel hinauf. Die Sonne blinkte auf dem Kristallglas seiner Uhr. Einmal schoß der Lichtstrahl dem Jungen ins Auge, und er mußte den Kopf wegdrehen.

»Da haben wir's. Schau dir das an und paß gut auf.« Astopel holte eine Handvoll Murmeln aus der Tasche, acht Stück. Ihre Farben waren nicht ungewöhnlich – Katzenaugen, eine blaue, eine rote, und doppelte gab es auch, zwei gelbe. Kindermurmeln.

»Dies ist das Leben des Frannie McCabe.« Astopel hielt die Murmeln in den gewölbten Händen und schüttelte sie kräftig. Das gläserne Klicken klang laut und lästig. Er hörte auf, öffnete die Hände und ließ die Murmeln wieder sehen. Gee-Gee rechnete halb damit, daß noch etwas anderes da sein würde – irgendein Zaubertrick. Aber nein, da lagen nur die Murmeln auf der lachsfarbenen Handfläche. Er schaute dem Mann ins Gesicht und sah nur ein klares Lächeln. Plötzlich und unvermittelt warf Astopel die Murmeln in die Luft. Der Junge duckte sich, weil er glaubte, sie würden ihn treffen. Stattdessen aber erstarrten sie in der Luft zu einer absolut geraden, senkrechten Linie. Acht Murmeln – zwei gelbe oben, dann eine blaue … Sie bewegten sich nicht. Das Sonnenlicht prallte von ihnen ab in die Welt. Eine Kette von Murmeln hing makellos arrangiert und unbeweglich in der Luft zwischen den beiden. Nach einigen Augenblicken pflückte Astopel immer noch lächelnd eine nach der andern von ihrem Platz und ließ sie in seine andere Hand fallen.

Er schüttelte sie noch einmal, klick klick, und warf sie wieder in die Luft. Das gleiche geschah – nur, daß sie sich diesmal wie Schrotkugeln ausbreiteten und erstarrten, ohne daß ein Muster erkennbar gewesen wäre. Eine hier, eine da, eine höher, zwei tiefer …

»Und auch dies ist das Leben des Frannie McCabe, Gee-

Gee. Ich könnte sie den ganzen Nachmittag so hochwerfen, und jedesmal würden sie zu einem anderen Muster erstarren. Die Murmeln sind die Ereignisse und die Menschen in deinem Leben. Du hast ein Leben, aber wir mußten da ein wenig intervenieren. Wenn du dir diese Murmeln als das Rohmaterial vorstellst, mit dem wir arbeiten müssen, dann werfen wir sie gewissermaßen in verschiedenen Kombinationen in die Höhe, immer in der Hoffnung, ein bestimmtes Resultat zu erzielen.«

»Du benutzt mich. Du und die übrigen Scheiß-Aliens, ihr benutzt mein Leben, um zu kriegen, was ihr wollt.«

»Benutzen? Nein. Wir bewegen dich nur innerhalb deines eigenen Lebens hin und her.« Er pflückte die Murmeln aus der Luft und schüttelte sie. Sie klickten. »Jetzt, am Ende seines Lebens, ist Frannie einem Durchbruch sehr nah gekommen. Wir waren alle sehr gespannt und beeindruckt. Weil er so nah daran war, haben wir entschieden, dich jetzt hierher zurückzubringen, damit du es noch einmal versuchen kannst.«

»Warum nicht *ihn*? Warum habt ihr ihn sterben lassen?«

»Es war seine Entscheidung. Darauf haben wir keinen Einfluß.«

»Aber der alte Floon hat mich umgebracht.«

»Floon konnte dich nicht umbringen – er hat Frannie kennengelernt, als er neunundzwanzig war. Dich hat er nie gekannt.«

»Wer hat mich dann erschossen?«

»Unglücklicherweise hat Frannie es geschehen *lassen*. Das ist eine ganz andere Sache. Das ist es, was er am Ende gelernt hat. Also mußt du jetzt seine Entdeckung übernehmen und sie nutzen.

Sieh es einmal so, mein Junge: In manchen Kombinationen liegt eine perfekte Ordnung für diese Murmeln. Vielleicht ist es eine vertikale Linie, vielleicht ein Kreis – wer weiß? Aber du mußt sie finden. Francis McCabe. Bis jetzt ist es noch nicht dazu gekommen. Aber jetzt muß es geschehen, denn wir brauchen diese perfekte Ordnung für etwas Wichtiges. Nur McCabe in dieser oder jener Variation seines Lebens kann die makellose Kombination finden.
Also ist es jetzt an dir, es zu versuchen. Frannie war mit Magda verheiratet. Pauline war deine Stieftochter. Für dich wird Magda deine Tante sein und Pauline deine Cousine.« Astopel lächelte. »Vielleicht auch mehr als deine Cousine.«

Streitsüchtig fragte der Junge: »Und wenn dieses Arrangement mit Tante Magda nicht klappt? Wenn es mir auch nicht gelingt, die richtige Reihenfolge für deine blöden Murmeln zu finden?« Seine Hand schoß vor, um Astopel die Murmeln zu entreißen, aber dessen Hand schnappte zu wie eine Alligatorschnauze.

»Du willst sie nicht wegwerfen, Gee-Gee. Sie sind das, was du bist.«

»Aber wenn ich es nicht rauskriege, dann holst du einen neuen Frannie aus irgendeiner anderen Zeit und setzt ihn hier in ein anderes Arrangement. Du wirst es wieder tun.«

»Wieder und immer wieder, bis ein McCabe es schließlich findet und wir den Teil zur Weltmaschine hinzufügen können.«

Keiner von beiden hatte noch etwas zu sagen. Gee-Gee kochte. Es war, als wäre sein Blut in reines Adrenalin verwandelt worden. Astopel fühlte sich ziemlich wohl. Es war ein schöner Tag; er hatte seine Arbeit für heute getan, und vielleicht würde er jetzt ins Kino gehen.

»Wenn du willst, können wir dir etwas geben, das dir hilft.«

»Was denn? Ein Abführmittel?«

»Nein, einen Helfer. Etwas, das dir helfen könnte, die Lösung zu finden.«

»Also schön, warum nicht? Ich meine, warum soll ich mir nicht helfen lassen?«

»Gut. Du mußt dir nur eine Erklärung für Magda ausdenken.« Astopel hob zwei Finger an den Mund und pfiff. Es war ein müdes Zirpen, ein Geräusch, das riß und brach, kaum daß es draußen war.

»Das ist doch kein Pfeifen!« Gee-Gee grinste triumphierend. Niemand konnte pfeifen wie er. Er legte die beiden Finger zusammen wie Astopel und ließ einen Pfiff los,

sagenhaft und trommelfellzerfetzend. Sogar der gestandene Astopel zuckte zusammen. Als Gee-Gee diese Reaktion sah, pfiff er natürlich gleich noch einmal.

Nichts geschah. Gee-Gee wußte nicht, was er erwarten sollte – aber nicht nichts. Er schaute Astopel an, aber der machte ein unbesorgtes Gesicht.

»Soll ich noch mal?«

»Nicht nötig. Er wird kommen.«

»Er« erwies sich als massiv gebaute, bewegliche Form weit hinten auf dem Friedhofsrasen, die auf sie zukam. Er war jung und hatte diesmal zwei normale Augen und vier normale Beine, die ihm einen komischen Trab erlaubten. Die Zunge hing heraus, und seine Schnauze war so gestellt, daß es aussah, als ob er lächelte. Vielleicht tat er das auch. Ein gedrungener, lächelnder Hund mit einem Fell, das aussah wie ein Marmorkuchen.

»Der Hund? Das ist mein *Helfer?*«

»Du wirst dich wundern, wie viel Old Vertue weiß, Gee-Gee.«

»Gee-Gee. Muß ich jetzt immer mit diesem Namen leben?«

»Möglich. Aber vergiß nicht, vorläufig darf Gee-Gee mit Magda und Pauline zusammenleben.«

»Und mit diesem beschissenen Köter.«

»Klingt immer noch wie ein faires Geschäft. Tja, ich muß dann.« Der Geistliche steckte die Murmeln ein und ging ohne ein weiteres Wort davon.

Old Vertue kam herüber und setzte sich auf Gee-Gees Fuß, als wären sie alte Freunde. Der junge Mann wollte den fetten Bastard verjagen, aber dann tat er es doch nicht. Stattdessen schaute er hinüber zu dem hohen Hügel aus frischer Erde, der nur teilweise von einer Plane bedeckt war. Aus irgendeinem Grund waren jetzt keine Friedhofsarbeiter mehr da. Nur ihre nagelneuen Schaufeln lagen auf dem Boden, und daneben stand der stumme Bulldozer, der vermutlich später dazu benutzt werden würde, das Grab zuzuschütten. Er ging hinüber, hob eine Schaufel auf und wog sie prüfend in der Hand. Dann sah der Hund zu, als Gee-Gee anfing, Erde in Frannie McCabes Grab zu schaufeln.